Le secret de Tara

Le bal du désir

ALLISON LEIGH

Le secret de Tara

éditions Harlequin

Titre original : A WEAVER WEDDING

Traduction française de ADELINE EVENS

HARLEQUIN®
est une marque déposée par le Groupe Harlequin

PASSIONS®
est une marque déposée par Harlequin S.A.

Photos de couverture

Femme allongée : © ROYALTY FREE/FORFAIT UNLIMITED/JUPITER IMAGES
Femme : © ROYALTY FREE DIVISION/MASTERFILE
Chaussons bébé : © ROYALTY FREE/ISTOCKPHOTO

83-85, boulevard Vincent-Auriol 75646 PARIS CEDEX 13.
Service Lectrices — Tél. : 01 45 82 47 47
www.harlequin.fr
ISBN 978-2-2808-1493-5 — ISSN 1950-2761

Prologue

— Je vous sers un autre margarita ?

Tara Browning leva les yeux vers la jeune femme souriante qui desservait les verres vides et les déposait avec adresse sur son plateau.

Boire seule, cela ne se faisait pas, d'accord. Mais derrière la serveuse la salle du Suds-n-Grill était bondée, et de nombreux clients étaient debout.

Et toujours pas trace de Sloan.

— Oui, merci, acquiesça-t-elle en se forçant à sourire.

— Tout de suite, dit la serveuse, en se faufilant à travers la foule amassée au bar.

Tara poussa un soupir et regarda autour d'elle.

Difficile de ne pas se sentir seule au milieu de cette foule bruyante et bigarrée, alors que son frère jumeau se faisait attendre.

C'était Sloan qui lui avait donné rendez-vous. Le message que celui-ci avait laissé sur son portable était le premier signe de vie qu'il donnait depuis trois ans, et cela faisait cinq ans qu'elle ne l'avait pas vu en chair et en os. Depuis l'époque où elle avait été obligée de bouleverser complètement sa vie à cause de l'activité qu'il avait choisie.

Elle ne pouvait s'empêcher d'être déçue. Elle aurait dû se douter qu'il ne viendrait pas. Même si, aujourd'hui, c'était leur trentième anniversaire.

Son regard croisa par hasard celui d'un homme d'âge

moyen qui la fixait depuis son siège au bar, et elle détourna les yeux.

Elle n'était pas venue pour faire des rencontres. Elle n'avait pas l'habitude de fréquenter les bars à Weaver, la ville où elle vivait, et encore moins ici, à Braden, à une cinquantaine de kilomètres de chez elle. Elle était là pour voir son frère, point.

— Je peux prendre la chaise ? demanda un jeune homme assis à la table voisine, en la regardant avec le plus grand sérieux par-dessus sa bouteille de bière.

— Allez-y, dit-elle.

Au fond, elle savait bien qu'il était inutile de garder cette chaise pour Sloan.

Le jeune homme la tira vers lui.

— Merci, madame.

« Madame. »

Bienvenue au club, Tara !

L'homme au bar continuait à lorgner sur elle.

Elle se détourna légèrement tandis que la serveuse lui apportait un nouveau margarita.

Elle ne savait même pas pourquoi elle avait commandé un autre verre alors qu'elle n'avait pas du tout envie de boire. Ni pourquoi elle restait dans ce bar enfumé alors qu'il était évident que son frère ne viendrait plus.

Elle se leva, un peu titubante.

Pas question de chercher un taxi pour rentrer à Weaver. Même si elle en trouvait un, il faudrait qu'elle revienne le lendemain pour récupérer sa voiture. La seule solution était de passer la nuit dans un motel.

Dire que, si elle n'avait pas bu d'alcool, elle aurait pu rentrer tranquillement chez elle !

« Chez elle », façon de parler. Elle n'était pas vraiment chez elle à Weaver. C'était une histoire compliquée.

— Tu pars déjà ?

La question ne venait pas du quadragénaire assis au bar.

Elle s'arrêta net, contrariée, et leva les yeux vers le grand blond qui se dressait devant elle.

Il la dépassait d'une bonne vingtaine de centimètres, et ses yeux brun doré brillaient intensément dans la lumière tamisée du bar.

— Axel ? Axel Clay ?

L'homme se posa la main sur la poitrine comme si une balle venait de le toucher en plein cœur.

— Tu te souviens donc de moi ? prononça-t-il de ses lèvres bien dessinées.

Comment pourrait-elle ne pas le connaître ? La famille Clay était une véritable institution à Weaver. Si les femmes étaient aussi différentes les unes des autres qu'un bouquet de fleurs des champs, les hommes étaient tous faits sur le même modèle : grands, blonds, minces et incroyablement beaux. Aucun habitant de Weaver ne pouvait passer à côté d'eux sans les reconnaître.

— Qu'est-ce que tu fais ici ?

Axel esquissa un sourire en soulevant son verre.

— Je bois un verre, comme tout le monde.

Elle prit une grande inspiration.

Tout se mélangeait dans sa tête. En plus il sentait bon. Il était comme un courant d'air frais dans cet endroit exigu et surpeuplé. Un magnifique spécimen d'homme avec un grand H, celui dont rêvent toutes les femmes.

— Je veux dire, à Braden ? On ne t'a pas vu à Weaver depuis plus d'un an. Du moins c'est ce que j'ai entendu dire à la boutique, précisa-t-elle en rougissant.

— Je n'étais pas dans la région.

C'était ce qu'elle avait entendu dire aussi : ses fréquents

voyages, son élevage de chevaux, sa réputation d'éternel célibataire convoité par toutes les femmes de la ville, mais toujours inaccessible…

Quand Axel la prit par le bras et la tira vers lui pour laisser passer la serveuse, sa tête se mit à tourner.

Voilà ce que c'est de mener une vie de nonne. Quelques verres d'alcool, un bel homme, et elle ne savait plus ce qu'elle faisait !

— Alors, comment marchent les affaires au Charme classique ?

Elle se pinça les lèvres, regrettant d'avoir abandonné son verre sur sa table. Ça lui aurait donné une contenance et lui aurait évité de regarder bêtement l'homme qui était devant elle.

— Tu te rappelles le nom de ma boutique ?

Il n'y était venu que de rares fois, pour accompagner sa mère.

— Qu'est-ce que tu crois ? Tu n'es pas la seule à avoir de la mémoire. Il y a des tas de choses que je n'ai pas oubliées, dit-il avec un petit sourire moqueur, son regard s'attardant sur sa bouche.

Elle sentit sa gorge s'assécher.

— Je n'ai pas à me plaindre. Je vais sans doute prendre quelqu'un à mi-temps pour m'aider, après les vacances.

— Tu as toujours cette vieille cabine téléphonique au milieu du magasin ?

— Euh, oui…, bredouilla-t-elle.

La cabine en question, achetée à une vente aux enchères, servait de vitrine à sa collection de lingerie fine.

— Tu vois que j'ai une bonne mémoire, dit Axel en lui touchant le bout du nez. Alors, dis-moi. Qu'est-ce que tu fais à Braden ?

Elle se retint de frotter son nez qui la chatouillait.

— J'avais rendez-vous avec mon frère, mais apparemment il n'a pas pu venir.

Il la prit par l'épaule pour laisser passer la serveuse.

— Eh bien, moi je suis là. Essayons de trouver une table.

Elle était comme paralysée, incapable de réagir.

— Je ne crois pas qu'il y en ait de libre.

Celle qu'elle venait d'abandonner était déjà prise.

— Dans ce cas, allons danser !

Sans lui laisser le temps de protester, Axel l'attrapa par la main et l'entraîna vers la minuscule piste de danse.

Elle sentit qu'il était inutile de résister. Il l'attira à lui et elle se laissa aller.

— Je danse très mal, le prévint-elle, obligée de crier pour couvrir la musique du juke-box.

Au Suds-n-Grill, il n'y avait pas de D.J. ou de groupe qui joue en direct.

— Les belles femmes savent toujours danser.

Elle ne se rangeait pas parmi les « belles femmes », mais les paroles d'Axel et sa main posée sur sa taille produisirent en elle un frisson de délice qui la parcourut depuis la racine des cheveux jusqu'au bout des orteils.

A travers ses vêtements, elle sentait la chaleur brûlante des mains d'Axel. Elle avait l'impression — était-ce un effet de son imagination ? — que ses doigts se resserraient imperceptiblement, comme les griffes d'un fauve sur sa proie.

Maintenant, une voix rauque susurrait des désirs inavouables au son d'une musique langoureuse.

Une simple danse n'engageait à rien, non ?

Quelque part dans son cerveau embrumé, une petite voix lui disait que si.

Cela faisait cinq ans qu'elle vivait à Weaver, et elle n'avait jamais eu de liaison avec personne. Avant non plus. Rien depuis son bref mariage raté, des milliers d'années plus tôt.

Elle passa sa langue sur ses lèvres sèches.

— Et toi, tu avais rendez-vous avec quelqu'un ?

Axel se pencha vers elle.

— Moi aussi, on m'a posé un lapin, murmura-t-il à son oreille.

— Qui ferait ça ? dit-elle sans réfléchir.

Immédiatement, le rouge lui monta aux joues.

— En fait, j'ai du mal à me souvenir avec qui j'avais rendez-vous, dit-il avec un petit sourire. Cela ne devait pas être très important.

Elle sourit.

La tête lui tournait toujours, mais la sensation était très agréable. Et les mains d'Axel qui se faisaient toujours plus pressantes…

Il lui prit la main et passa ses doigts entre les siens.

— Et, maintenant, nous sommes là tous les deux, ajouta-t-il en la serrant un peu plus.

Un feu se répandit en elle. Elle n'aurait pas été plus troublée s'il l'avait embrassée sur la bouche.

— C'est mon anniversaire, dit-elle bêtement.

Il la fixa, toujours ce petit sourire bizarre au coin des lèvres.

— Tu as soufflé tes bougies ? Fait un vœu ?

Oui, elle avait fait un vœu : revoir Sloan, son frère, la seule famille qu'elle avait au monde. Et comme c'était lui qui l'avait contactée — elle n'avait aucun moyen de le joindre de toute façon —, elle pensait qu'il avait le même désir qu'elle.

Elle s'était trompée.

— Non, je n'ai rien fait, avoua-t-elle.

Axel lui serra la main.

— Ce n'est pas juste ! Dans ma famille, on ne conçoit pas un anniversaire sans gâteau.

Elle n'en était pas surprise. Personne à Weaver ne pouvait ignorer les liens très forts qui unissaient les membres de la famille Clay. Elle formait une véritable tribu. Tout le contraire de la sienne.

— Pour vous c'est une évidence, car vous êtes très liés. Moi, je suis seule, c'est sans importance.

Le pouce d'Axel, qui lui caressait la paume, s'arrêta net.

— Je ne suis pas d'accord, murmura-t-il en appuyant son regard. Nous sommes deux, aujourd'hui.

Elle regarda leurs mains entremêlées. Une décharge électrique lui alla droit au cœur, et elle eut l'impression que sa tête allait exploser.

— Oui, dit-elle dans un souffle.

Sans quitter son sourire impassible, Axel l'entraîna à travers la foule jusqu'à la sortie, et soudain elle sentit l'air frais de l'automne sur son visage brûlant.

Elle pensa vaguement qu'elle avait dû laisser sa veste à l'intérieur.

Puis cela ne compta plus. Car, en franchissant le seuil du bar, Axel passa ses bras autour de ses épaules, l'attira brusquement contre lui et posa sa bouche sur la sienne.

Elle renversa la tête, entrouvrit les lèvres et se laissa emporter par ses sensations.

Elle sentit la main de son compagnon, si chaude, douce et ferme à la fois, glisser le long de son dos puis remonter jusqu'à son cou et son visage.

— Vous voulez une chambre ? lança une voix d'homme, suivie par un rire féminin.

Axel releva la tête, mais ne daigna pas regarder le couple qui entrait dans le bar derrière eux. Ses yeux ne quittaient pas le visage de Tara, et sa main posée sur sa gorge devait sentir ses veines qui palpitaient.

— Alors, Tara Browning, que désirez-vous pour votre anniversaire ?

— Toi ! laissa-t-elle échapper, sentant encore le goût de ses lèvres sur les siennes.

Le mot avait jailli, spontané, dans toute sa crudité.

Elle couvrit de ses mains son visage brûlant.

— Excuse-moi, j'ai un peu bu.

— Ah ? Je pensais avoir ma petite part de responsabilité tout de même, protesta Alex, en la plaquant si fort contre lui qu'on n'aurait pas pu glisser une épingle entre eux.

Elle reprit son souffle. Elle se sentait prête à tout, même à commettre l'irréparable.

Il baissa la tête vers elle, lui effleura le menton de ses lèvres et remonta jusqu'à son oreille.

— M'avoir n'est pas la partie la plus difficile. D'abord, il va falloir célébrer comme il se doit ce jour particulier.

Elle frissonna dans l'air frais de la nuit, les mains à plat sur le cuir patiné du blouson qui couvrait les larges épaules d'Axel. S'il ne l'avait pas tenue fermement contre lui, elle serait tombée à la renverse.

— Célébrer ? Comment ça ?

— Le minimum, c'est un gâteau avec des bougies.

Il desserra enfin son étreinte pour retirer son blouson et l'enrouler autour de ses épaules frissonnantes. Puis il la prit par la main et la tira à travers le parking mal éclairé jusqu'à la silhouette massive et sombre d'un pick-up.

Le cuir lourd et chaud avait son odeur. Elle resserra le col et avança, évitant les flaques d'eau.

— Si nous trouvons un gâteau à cette heure-ci, je veux bien me couper la main, dit-elle, essayant de réprimer l'excitation qui montait en elle.

— S'il n'y a pas de gâteaux, nous trouverons autre chose, commenta Axel en ouvrant la porte du pick-up.

Puis il glissa les mains sous le blouson, chercha à tâtons sa taille et la souleva contre son corps musclé et longiligne.

— Cela fait bien longtemps que je n'ai pas eu envie de faire l'amour à une femme sur un parking, ajouta-t-il.

La crudité et la franchise de ces paroles provoquèrent en elle une montée de chaleur qui afflua vers la partie la plus intime de son corps.

— Je ne… Je ne fais pas ce genre de choses.

— Célébrer ton anniversaire ? murmura-t-il dans le creux de son cou.

Elle secoua la tête.

— Inviter un homme dans ma chambre. J'allais en prendre une dans le motel en face.

Mais, que ce soit dû à l'alcool qu'elle avait bu ou à Axel lui-même, ce soir, elle se moquait bien des convenances. Après tout, ils étaient adultes.

— Parfait, dit-il en posant furtivement ses lèvres sur les siennes, ce qui fit accélérer les battements de son cœur, ainsi, nous aurons un endroit pour déguster notre gâteau.

Et il la déposa sur le siège du passager.

Elle le regarda faire le tour du véhicule.

L'espace d'une seconde qui lui sembla une éternité, leurs regards se croisèrent à travers la vitre. Puis Axel grimpa et s'installa au volant.

— Prête ?

— Mmm, marmonna-t-elle.

Il démarra, et ils sortirent du parking.

Dieu Tout-Puissant, dans quoi s'était-elle fourrée ?

Axel lui jeta un regard rapide et lui sourit. Et quel sourire ! Puis il pressa doucement sa main posée sur le bord du siège.

Peu à peu, elle céda à son calme communicatif. Sa respiration s'apaisa, ses craintes s'évanouirent.

A ce moment, elle sut qu'elle avait exactement ce qu'elle voulait : elle était avec Axel Clay, et c'était tout ce qui comptait.

- 1 -

Il y avait des cœurs partout dans l'immense gymnase de l'école. Aucun doute n'était possible sur la fête que l'on y célébrait ce jour-là.

On était seulement le 13 février, mais les organisateurs du marché de la Saint-Valentin avaient choisi le samedi car la fréquentation serait meilleure qu'un dimanche.

— Quel est le prix de ces boucles d'oreilles ?

Tara adressa un sourire aimable à la jeune fille qui se tenait devant son stand.

— Elles sont à moitié prix si vous retournez vos emballages consignés au buffet.

Et le reste des bénéfices irait directement à l'école, pour financer l'agrandissement prévu.

La jeune fille lui tendit les bijoux qu'elle avait choisis.

— Vous pouvez me les mettre de côté ? Je reviens tout de suite.

— Pas de problème, dit Tara en la regardant s'éloigner dans les allées encombrées.

Cette année, tous les commerçants de Weaver s'étaient mis en quatre pour rendre cette foire la plus attrayante possible. Elle-même n'était pas en reste — même si, personnellement, elle ne se sentait pas spécialement concernée par la fête des amoureux.

Elle se percha de nouveau sur son tabouret derrière l'étal artistiquement décoré.

Plus que deux heures, et elle pourrait remballer sa marchandise et retourner à sa boutique avec la satisfaction d'avoir rempli son devoir de citoyenne de Weaver.

Les festivités se poursuivraient par un grand dîner, mais elle n'avait pas l'intention d'y participer, même si elle avait une place réservée en tant qu'exposante. Elle n'avait pas de raison de s'attarder plus. Elle n'aspirait qu'à une chose ce soir : retrouver son lit.

— Bonjour, Tara.

Hope Clay, une des organisatrices de la vente et la présidente du conseil d'établissement, venait de s'arrêter devant le stand. Son regard violet la fixait par-dessus ses élégantes lunettes.

— Les affaires ont bien marché, on dirait ? dit-elle en désignant les présentoirs à bijoux presque vides. Je trouve enfin le temps de passer. Je cherche quelque chose pour ma nièce Megan.

— Leandra est déjà passée. Elle est arrivée tout de suite à l'ouverture avec le petit Lucas, dit aimablement Tara.

Sa cliente lui rendit son sourire, l'air étonnamment jeune pour ses cinquante ans fêtés récemment — une grande réception avait été organisée pour l'occasion, et presque toute la ville y avait été invitée.

— Ce petit diable n'a que deux ans, mais il est plein de vie. Tristan et moi l'avons gardé avec Hannah l'autre jour, et, croyez-moi, nous attendions avec impatience le retour de leurs parents. Nous étions épuisés ! Mais, après tout, il est comme tous les enfants de la famille Clay.

Le regard de Hope s'arrêta sur un bracelet, et elle se pencha pour l'examiner de plus près.

— Ce bracelet est très joli. Il est en améthyste ?

Tara sortit le bracelet de son présentoir et le lui tendit.

— Oui. Mais Sarah — une autre nièce de Hope Clay —

a déjà acheté un bracelet en opale pour Megan tout à l'heure.

Hope jeta un coup d'œil à la petite étiquette blanche accrochée au fermoir.

— Je me demande si, à mon grand âge, je suis encore capable de savoir ce qui plaît à une adolescente de douze ans.

— Vous êtes encore jeune, la rassura Tara. Et, comme ces bracelets sont mes créations, ajouta-t-elle avec fierté, j'aime à penser qu'ils plaisent aux jeunes filles.

— Voilà qui est joliment dit, dit une voix d'homme.

Tristan, le mari de Hope, prit tendrement sa femme par les épaules.

Celle-ci lui adressa un sourire en retour.

— Je croyais que tu étais retenu tout l'après-midi par tes réunions. Tout va bien ?

— Oui, ça s'est mieux passé que je ne pensais.

L'homme à l'élégante stature détourna le regard de sa femme et fixa Tara de ses yeux bleus au charme resté intact malgré les années.

— Alors, Tara, combien va me coûter l'excellent goût de ma femme, cette fois ?

Elle lui annonça le prix, et il sortit un billet de son portefeuille. Il refusa le reçu qu'elle lui prépara.

Cela ne la surprit pas, car elle savait que c'était CeeVid, sa société de jeux vidéo, qui avait financé la majeure partie de l'agrandissement de l'école. Et la famille Clay se montrait toujours très généreuse quand il s'agissait d'aider la communauté. Ils étaient également réputés pour avoir un grand sens des responsabilités.

Mais l'un d'entre eux au moins dérogeait à cette règle…

Elle repoussa cette pensée et termina d'emballer le

bracelet avec le papier cadeau à rayures argent et ivoire de sa boutique, puis elle le remit à Hope.

— Voilà. Je suis sûre que vous avez fait le bon choix…

— C'est bon, j'ai l'argent ! la coupa la jeune fille de tout à l'heure, essoufflée, en brandissant un billet. Vous n'avez pas vendu mes boucles d'oreilles ?

Tara les sortit de sous la table.

— Les voilà. Je vous avais promis de les garder.

— Je savais que ce marché de la Saint-Valentin était une bonne idée ! commenta Hope. Nous nous retrouvons tout à l'heure pour le dîner. Maintenant, je sais quel bijou porter avec ma robe, ajouta-t-elle en s'éloignant au bras de son mari.

Tara eut un petit pincement au cœur, comme chaque fois qu'elle voyait un couple heureux. Aussi concentra-t-elle toute son attention sur sa jeune cliente.

Elle prit le billet et le déplia.

— Ces boucles sont pour oreilles percées, vous avez vu ?

— Je sais, je viens de me les faire percer, dit la jeune fille en faisant miroiter les petites pendeloques. Ce sera ma première vraie paire, une fois que je pourrai enlever les petits clous. J'ai hâte de les mettre ! Mon père ne voulait pas que je me fasse percer les oreilles.

Tara lui sourit.

Elle comprenait ce que sa jeune cliente pouvait ressentir. Bien que souvent absent, son propre père avait mené sa famille d'une main de fer.

— Les pères réagissent souvent comme ça, dit-elle en rendant la monnaie à la jeune fille.

Elle enroula les bijoux dans du papier de soie et les déposa dans une petite boîte.

— Voilà.

— Merci.

Emportant son précieux trésor, la jeune fille s'éloigna d'un pas léger, sans jeter le moindre regard aux autres stands.

Tara reprit place sur son tabouret et jeta un coup d'œil à sa montre.

Plus qu'une heure avant de commencer à remballer.

Mais cette heure lui sembla très longue, car les allées se vidaient peu à peu et les clients se faisaient rares. Sa bouteille d'eau était vide, son estomac commençait à la tirailler, et la seule chose qui la distrayait était le spectacle de la longue file d'attente devant le stand des baisers tenu par Courtney Clay, au centre du gymnase.

Comme la jeune infirmière était très jolie — et célibataire —, cette file ininterrompue et impatiente n'était pas surprenante.

Après avoir observé la scène d'un œil amusé pendant une dizaine de minutes, Tara réprima un bâillement et commença à sortir les cartons rangés sous la table.

Ce n'était pas encore l'heure de la fermeture, mais elle n'en pouvait plus.

Elle posa un carton sur le tabouret et décrocha les vêtements qu'elle n'avait pas vendus. Elle les retira des cintres et les plia soigneusement avant de les ranger, en intercalant du papier de soie entre chaque pièce.

Plus le rangement était précis, plus le déballage dans la boutique serait facile.

Elle remplit le premier carton et le posa sur le sol puis farfouilla sous la table pour en sortir un autre.

— Qu'est-ce qu'il y a là-dessous ? Un trésor ?

Le ton était un peu moqueur, la voix grave et profonde. Familière. Tellement familière.

Elle releva la tête, risqua un œil par-dessus la table, et son cœur fit un bond dans sa poitrine.

Axel Clay avait décidément la faculté d'apparaître et de disparaître quand elle s'y attendait le moins. Or, elle aurait volontiers accueilli tous les Clay de la Terre, sauf lui.

Surtout ne pas le regarder. C'était comme ça que ça avait commencé la dernière fois. Et où cela l'avait-il menée ?

Une histoire tellement banale qu'on en rirait presque.

Détournant le regard, elle sortit un carton vide.

— Qu'est-ce que tu fais ici ?

Le ton de sa voix était trop agressif. Elle aurait voulu paraître indifférente.

— Il faut qu'on parle.

— Après quatre mois de silence ? Tu te moques de moi ?

Loupé, pour le ton indifférent.

Elle attrapa un paquet de vêtements et le fourra sans ménagement dans le carton.

Tant pis pour les cartons bien ordonnés, elle préférait faire vite pour être loin d'ici le plus tôt possible.

Tremblante, elle ferma le carton et le posa sur l'autre.

— Tara…

Mais elle avait déjà replongé sous la table où elle essaya de se calmer.

« C'est un type comme un autre », se répéta-t-elle comme elle l'avait fait des millions de fois depuis cette nuit à Braden.

Une nuit qui s'était prolongée tout le week-end. Plus de quarante-huit heures enfermés tous les deux dans cette petite chambre d'hôtel. Deux nuits et deux jours suspendus hors du temps… Et puis tout s'était brusquement arrêté quand elle s'était réveillée seule, le dernier matin.

L'oiseau s'était envolé sans un mot. Il avait juste laissé

un minuscule bout de papier disant qu'il appellerait, coincé sous la boîte aplatie du gâteau au chocolat qu'ils avaient fini par trouver après avoir fait trois boutiques.

Une fois les bougies soufflées, ce gâteau leur avait duré tout le week-end. Il avait servi à toutes sortes d'expériences inavouables, qui hantaient encore ses rêves…

Bien entendu, elle attendait encore le coup de fil annoncé.

Non seulement Alex avait disparu sans prévenir, mais il avait également déserté Weaver depuis.

Volatilisé.

Les rires qu'ils avaient partagés, ces moments merveilleux de complicité, c'était comme si tout cela n'avait jamais existé. Un week-end de rêve, et puis plus rien.

Elle tira une grosse boîte et se redressa en se raidissant.

Malheureusement, Axel était toujours là, appuyé sur la table, plus imposant que jamais avec sa large carrure mise en valeur par son pull à col roulé.

Elle se rappela ses épaules nues et ruisselantes de sueur, alors qu'il lui faisait l'amour comme s'il ne devait jamais s'arrêter.

Elle chassa bien vite ce souvenir et pointa le carton du menton.

— Excuse-moi, je suis occupée.

Feignant d'ignorer sa présence à quelques centimètres d'elle, elle ouvrit la boîte et prit un des plateaux où étaient disposés les bijoux.

— Je peux t'expliquer mon silence pendant tous ces mois, répondit Axel.

Sa voix était calme, posée, presque couverte par les rires venant du stand des baisers.

— Ne te fatigue pas, dit-elle d'un ton neutre. Ce qui est passé est passé, point.

Voilà, elle avait trouvé le ton qu'il fallait.

Elle réussit même à esquisser un haussement d'épaule et un petit sourire.

— Depuis quand es-tu à Weaver ?

— Je suis arrivé ce matin. J'allais t'appeler.

Trop tard. Quatre mois trop tard.

— Ce n'est pas si pressé, dit-elle, toujours de marbre.

Ils avaient passé un week-end ensemble ? La belle affaire ! Elle était assez grande pour en assumer seule les conséquences. Cela ne le regardait plus.

Mais elle se mentait à elle-même. Elle n'avait pensé qu'à lui pendant ces quatre longs mois.

Pourquoi ne pas lui dire ?

Elle chassa cette pensée et, sans plus d'égards pour son amour des choses bien rangées, vida le contenu du plateau en vrac dans la boîte.

Elle trierait tout ça plus tard, à la boutique.

— Il s'est passé quelque chose de grave, reprit Axel. Je sais que tu vas trouver l'excuse nulle, mais…

Elle leva les yeux sur lui et surprit une grimace sur son visage incroyablement beau.

— Peu importe ce que je pense, Axel. Le temps a passé. Ce qui est arrivé n'a plus grande importance, maintenant. D'ailleurs, je… Je m'en souviens à peine.

Axel eut un rictus au coin des lèvres.

— Tu sais que tu as des petites taches de rousseur qui apparaissent sur le nez quand tu mens ?

Elle rangea le plateau et en prit un autre.

— C'est bon, tu m'as donné une explication. Maintenant, tu vois, je suis occupée.

— Je ne t'ai rien expliqué du tout.

Effectivement. Et tous les deux le savaient fort bien.

Mais pourquoi cela semblait-il si urgent pour Axel ? Il lui avait brisé le cœur en l'abandonnant sans explications, et quatre mois étaient passés depuis. Un jour de plus ou de moins, qu'est-ce que cela changeait maintenant ?

— Eh bien, épargne ta salive et faisons comme si c'était fait.

Il lui attrapa la main avant qu'elle ait pu vider son plateau.

— Tara…

— Axel Clay, c'est bien toi ? dit soudain une voix féminine un peu plus loin dans l'allée.

— On parlera plus tard, lança-t-il rapidement, avant de se tourner pour saluer la jeune femme blonde qui s'avançait vers lui.

— Salut, Dee. Comment ça va ?

Elle le serra avec fougue dans ses bras.

— Il va falloir que je gronde Sarah ! Elle ne m'avait pas dit que tu étais revenu. On te croyait tous en Europe, en train d'acheter je ne sais quel pur-sang hors de prix. Bonjour, Tara, ajouta-t-elle distraitement.

En d'autres circonstances, Tara aurait probablement été amusée par la volubile et joyeuse Deirdre Crowder, professeur à l'école même. Elle et Sarah Scalise — elle aussi professeur *et* cousine d'Axel — étaient de bonnes clientes et venaient souvent à sa boutique.

Mais elle n'était plus d'humeur à plaisanter. La journée avait été longue, et elle était épuisée.

Elle trouva néanmoins le courage de répondre poliment et profita de ce que l'attention d'Axel était détournée pour finir de remballer ses bijoux.

Ce faisant, elle ne put s'empêcher d'écouter Deirdre expliquer que Sarah n'était pas au courant de son retour. Elle remarqua aussi que la main de la jeune femme s'attardait sur le bras d'Axel.

— Excuse-moi, dit-elle, car son autre main était posée sur le présentoir et la gênait.

— Désolée.

Deirdre retira sa main sans détacher le regard d'Axel.

— Alors, combien de temps aurons-nous le plaisir de t'avoir parmi nous ? Il faudrait qu'on se réunisse tous.

Tara tira le tissu qui recouvrait la table, le plia et le posa sur la pile de cartons puis sortit de derrière son stand.

Elle devait encore démonter les portants des habits, mais elle n'était pas disposée à assister plus longtemps à la séance de charme de Deirdre, dont la réputation de séductrice n'était plus à faire.

Sans un regard, elle se dirigea vers la réserve pour récupérer le diable qu'elle avait laissé là le matin après avoir déchargé sa marchandise. Elle se pencha pour essayer de le déplier.

— Laisse-moi t'aider fit la voix de Deirdre derrière elle.

Cette dernière n'avait pas su retenir Axel assez longtemps à son goût et devait en être aussi dépitée qu'elle-même.

Elle se retourna.

— Je n'ai pas besoin d'aide, merci.

Elle secoua encore les poignées, et le diable se déplia, manquant de lui pincer les doigts.

— Tu vois ? dit-elle en se forçant à sourire.

Elle poussa le diable et reprit le chemin de son stand à grandes enjambées.

Axel était planté à côté des cartons, apparemment bien décidé à s'incruster.

Elle serra les dents, se mit à démonter habilement les portants et rangea les montants métalliques dans le dernier carton.

Puis elle empila les cartons sur le diable. Faisant comme s'il n'était pas là, elle enfila son manteau — un nouveau, depuis qu'elle avait perdu le sien au Suds-n-Grill — et noua son écharpe autour de son cou. Poussant ses cartons devant elle, elle se dirigea vers la sortie du gymnase.

Lorsqu'elle arriva devant la porte, elle vit s'avancer Joe Gage, le directeur de l'école élémentaire.

— Vous partez déjà, Tara ? dit-il en lui tenant la porte.

— Oui. Merci, Joe, dit-elle en avançant.

— Vous revenez dîner ce soir, n'est-ce pas ? Le vieil homme que je suis sera ravi de danser avec vous, dit-il, amical comme toujours.

Elle lui renvoya son sourire, espérant qu'il n'attendait pas de réponse de sa part.

Mais, derrière elle, Joe aperçut Axel, toujours sur ses traces.

— Tiens, Axel ! Je ne savais pas que tu étais là.

Elle accéléra le pas et n'entendit pas la réponse d'Axel. Son cœur battait très vite quand elle arriva enfin devant son 4x4 blanc.

Elle chercha ses clés dans sa poche et était en train d'ouvrir le hayon quand Axel la rejoignit.

Elle retint un soupir d'exaspération, mais s'écarta pour le laisser soulever le premier carton de la pile et l'enfourner dans le coffre. Puis il termina le travail comme si les boîtes n'étaient pas plus lourdes que des fétus de paille. Puis, avec une facilité déconcertante, il replia le diable et le glissa sur le côté.

Il referma le coffre et posa enfin son regard pénétrant sur elle.

— Nous devons parler tous les deux, Tara. Tu n'y échapperas pas. Alors, autant que ce soit maintenant. Il y a certaines choses que tu dois savoir.

Elle aussi aurait eu quelque chose de très important à lui dire, mais elle avait décidé de n'en parler à personne.

Pourtant, le temps passait, et bientôt son secret n'en serait plus un...

Une fois de plus, elle se demanda si elle ne ferait pas mieux de quitter Weaver. A part sa boutique qui marchait bien, rien ne la retenait — sauf que c'était le seul endroit où son frère pouvait la joindre.

Elle serra le trousseau de clés dans sa main.

— J'aimerais ramener tout ça au magasin avant le repas de ce soir.

— Alors je t'accompagne.

— C'est hors de question ! s'écria-t-elle, avec une véhémence qu'elle regretta aussitôt, car plusieurs personnes présentes sur le parking se retournèrent. On n'a qu'à se retrouver tout à l'heure, pour le dîner.

— Ce n'est pas l'endroit idéal pour parler.

De toute façon, elle n'avait aucune intention de s'y rendre.

Elle ouvrit la portière et prit place devant le volant.

— C'est à prendre ou à laisser, dit-elle en lui claquant la porte au nez.

Puis, ignorant le tremblement de ses mains, elle démarra en trombe comme si elle avait le diable à ses trousses.

Axel n'était pas le diable, mais il était le seul homme avec qui elle avait couché depuis son mariage-éclair, quand elle avait dix-huit ans.

Il était l'homme qui l'avait abandonnée sans un mot d'explication après un week-end qui resterait gravé à jamais dans sa mémoire.

Et, surtout, il était le père de l'enfant qu'elle portait.

- 2 -

Axel étouffa un juron en regardant le 4x4 blanc sortir du parking de l'école. Puis il leva les yeux vers le pâle ciel d'hiver et souffla dans l'air froid, faisant naître un petit nuage de condensation autour de sa tête.

Il n'était pas du tout certain que Tara reviendrait pour le repas de clôture.

Mais que s'imaginait-il ? Qu'elle l'attendait les bras ouverts ?

Des femmes, il en avait connu un certain nombre dans sa vie. Et toutes avaient joué le même jeu que lui : celui des aventures sans lendemain. Pas de problème. Mais ce week-end avec Tara avait été différent. *Elle* était différente.

Elle l'avait toujours été. Il l'avait remarqué dès leur première rencontre, cinq ans plus tôt.

Son portable vibra dans sa poche.

— Ici Axel Clay, dit-il en l'ouvrant.

— Alors, tu lui as parlé ?

C'était la voix de son oncle Tristan.

— Non, pas vraiment.

— La situation ne supporte pas l'à-peu-près, Axel. Sloan McCray est un contact important pour nous, et j'ai donné ma parole que nous allions protéger sa sœur. Tiens-moi au courant au moins une fois par jour.

Tristan Clay n'était pas seulement l'oncle d'Axel, c'était son patron, comme il ne manquait pas de le lui rappeler régulièrement. Mais il était vrai que Tristan avait ses raisons : la dernière mission qui lui avait confiée leur agence, Hollins-Winword, avait été un fiasco. Et lui, Axel, en était le seul responsable.

Le b.a.-ba d'une agence chargée de missions secrètes est la protection des personnes. A plusieurs reprises, leur agence avait travaillé pour le gouvernement sur des affaires qui ne pouvaient pas être traitées par les canaux habituels. C'était le cas de cette dernière mission, qui s'était soldée par un échec cuisant : il n'avait pas su assurer la sécurité des personnes impliquées, notamment celle de la fiancée de Sloan McCray.

En conséquence, Tristan avait pris les mesures qui s'imposaient : il l'avait suspendu.

L'affaire en était restée là, jusqu'à ce jour où il était allé trouver son oncle pour lui remettre sa démission.

Mais le sort en avait décidé autrement : il s'était retrouvé à supplier son oncle de lui confier la dernière mission décrochée par l'agence.

Non pas parce qu'il avait une dette envers Sloan McCray, mais pour la mission elle-même.

Tara Browning.

Le fait que Tara soit aussi la sœur de McCray risquait de lui compliquer la tâche, mais il avait envie de relever le défi.

Contre toute attente, Tristan avait accepté.

— Tu auras des rapports journaliers, avait-il promis à son oncle pour le convaincre.

Mais, quand Tristan avait annoncé à leur client que c'était Axel qui était chargé de protéger Tara et qu'il l'avait envoyé au Suds-n-Gril le soir où lui-même avait rendez-vous avec elle, Sloan McCray avait piqué une grosse colère.

Axel traversa le parking jusqu'à son pick-up négligemment garé dans un endroit interdit.

Un papillon glissé sous l'essuie-glace flottait dans le vent frais.

Il arracha le papier avec rage, grimpa dans la voiture et le jeta dans la boîte à gants, où il alla rejoindre une dizaine d'autres P.-V. les pinces pour la batterie et son revolver.

Il allait démarrer quand son portable vibra de nouveau.

— *Oui !*

— C'est comme ça que tu réponds au téléphone ?

Il esquissa une grimace en entendant la voix de sa mère et mit en route le moteur.

— Je vois qu'on t'a mise au courant.

Dans la petite ville de Weaver, le téléphone arabe fonctionnait à merveille, et les nouvelles se répandaient comme des traînées de poudre.

— Alors, comme ça, tu es revenu ?

Le ton se voulait sec, mais il devina dans la voix de sa mère tout l'amour qu'elle lui avait prodigué depuis sa plus tendre enfance.

— Imagine ce que ça fait d'apprendre la nouvelle par les autres ! poursuivit Emily Clay. J'ai eu trois coups de fil aujourd'hui de personnes qui avaient vu ta voiture dans le centre-ville.

— Je suis désolé. J'avais une affaire urgente à régler.

— Avec Evan, j'imagine ?

A cette remarque, il sentit la culpabilité le gagner.

— Non, je n'ai pas encore vu Evan, dit-il, sachant que sa mère l'apprendrait de toute façon.

Evan Taggart était le vétérinaire de la ville et également son beau-frère. Tous deux s'étaient lancés dans l'élevage de chevaux bien avant qu'Evan n'épouse Leandra, la sœur d'Axel.

Leur entreprise s'était rapidement développée. Et, avantage non négligeable, elle lui assurait une couverture parfaite pour ses autres activités — activités dont Evan avait toujours connu l'existence.

— Hmm, grommela Emily. Et quand comptes-tu passer à la ferme ?

« La ferme », c'était le domaine des Clay, le plus important élevage de chevaux de la région, à quelques kilomètres de la ville. C'était l'endroit où il avait grandi, et où il revenait toujours.

Mais cette fois, c'était différent. Il avait un poids sur la conscience. Pour la première fois de sa vie, quelque chose le retenait.

C'était cette même raison qui l'avait tenu loin de Weaver si longtemps.

— Bientôt, dit-il. J'ai encore quelques affaires à régler en ville.

— Il y a un bal pour la Saint-Valentin ce soir, à l'école. Nous y allons avec ton père.

— J'ai déjà fait un saut au gymnase tout à l'heure.

— Tu as vu Courtney, alors ? C'est elle qui tient le stand de baisers, cette année. Incroyable, non ?

La dernière fois qu'il avait vu sa cousine, c'était pour une cérémonie donnée en l'honneur de son frère disparu, Ryan. Elle était inconsolable.

— Il y avait la queue jusqu'au fond du gymnase, s'esclaffa-t-il. Je n'ai pas voulu la déranger.

— Ça fait plaisir de la voir s'amuser. Depuis la disparition de Ryan, elle a vécu des moments difficiles.

Il n'avait rien à répondre à cela. Pas maintenant. Il ne pouvait pas vraiment dire à sa mère pourquoi il évitait Courtney.

Il avait fait une promesse à Ryan…

— As-tu vu Hope et Tristan ? continua sa mère.

— Non, pas au gymnase.

C'était la vérité. Mais il avait vu son oncle dans les bureaux de CeeVid.

— Alors, essaie de passer au bal ce soir.

S'il était sûr que Tara viendrait, il n'hésiterait pas une seconde. Etant donné la situation, il serait de toute façon là où elle serait.

— On verra.

Sa mère proféra un « hmm » qui en disait long, comme si elle lisait dans ses pensées.

Elle connaissait trop bien son fils.

— Tu n'as pas oublié que demain nous sommes dimanche, n'est-ce pas ? poursuivit-elle. J'espère que tu viendras nous voir.

Il se pinça le nez.

— Chez qui a lieu le repas, cette semaine ?

Tous les dimanches, sa mère et ses tantes recevaient à tour de rôle tous les membres de la famille présents à Weaver. Quand ils étaient tous là, cela faisait de très grandes tablées.

Et puis parfois, avec juste une vingtaine de personnes, cela paraissait plus léger…

— C'est Jaimie qui fait le repas, nous serons dans la grande maison.

Le ranch Double-C était le domaine où avaient grandi son père et ses oncles. Son grand-père, Squire, y vivait toujours avec sa femme Gloria, son fils et sa belle-fille, Matthew et Jaimie.

Mais, que ce soit là ou chez lui, Axel ne se sentait pas le courage d'affronter toute la famille réunie.

— Tout le monde sera là ? demanda-t-il.

— Ça fait un an qu'on ne t'a pas vu, chéri ! Qu'est-ce que tu crois ? Ils voudront tous te saluer.

L'inconvénient des familles nombreuses.

— Ne m'attendez pas pour manger, grommela-t-il. Je passerai dans l'après-midi, ne t'inquiète pas pour moi.

— Je m'inquiète toujours, comme toutes les mères.

— A plus tard, maman. Je t'embrasse.

En reposant son téléphone, il aperçut brièvement son propre reflet dans le rétroviseur et détourna le regard aussitôt.

Il n'avait pas envie de la sollicitude de sa mère en cet instant. Ni de celle de la famille, pourtant si chaleureuse.

Tous ses oncles, tantes, cousins, frères et sœurs étaient des gens adorables. Aucun ne méritait qu'il garde pour lui le secret de Ryan.

Mais, s'il le trahissait, il avait peur que son cousin ne se braque encore plus. Et que celui-ci ne disparaisse définitivement.

Enfin, s'il ne pouvait rien pour sa propre famille, peut-être pouvait-il encore agir pour sauver la famille McCray ?

Il démarra et se dirigea vers l'artère principale du centre-ville, là où se trouvait Charme classique, la boutique de Tara. Il ralentit en arrivant devant et essaya de voir s'il y avait de la lumière à l'intérieur.

Deux possibilités s'offraient : soit il guettait Tara bien au chaud dans sa voiture, soit il bravait le froid — au propre comme au figuré — et allait lui parler.

Il devait lui expliquer la gravité de la situation. Et la chose serait infiniment plus facile s'il n'avait commis la faute irréparable de coucher avec elle…

Il avait été mandaté dans ce bar par Tristan pour une entrevue rapide avec Sloan McCray. Mais ce dernier n'était pas venu, et il était tombé sur sa sœur Tara.

Posté au bout du bar, il l'avait observée pendant plus d'une heure, assise seule à sa table.

Il avait observé sa manie de remettre obstinément ses mèches brunes derrière l'oreille. Il l'avait vue hésiter chaque fois que la serveuse venait lui proposer un autre verre. Il avait vu la moitié des hommes présents dans la salle poser des regards lourds sur elle sans qu'elle y prête attention une seule seconde. Et, surtout, il avait vu son visage se décomposer peu à peu au fur et à mesure que les minutes s'égrenaient.

Ses grands yeux noirs au regard inquiet semblaient démesurés dans son visage.

Il n'aurait pas dû se mettre sur son chemin au moment où elle partait. Si Tristan apprenait qu'ils avaient passé le week-end ensemble, il pouvait très bien lui retirer la mission.

Mais il l'avait fait, et tant pis pour les conséquences.

Tara était un petit bout de femme aux formes ultraféminines qui lui arrivait à peine à l'épaule. Il l'avait remarquée dès qu'elle avait emménagé à Weaver, cinq ans plus tôt, et elle lui avait tout de suite plu.

Et cette nuit-là, à Braden, elle lui avait paru plus séduisante que jamais. Il n'avait pu résister, même si c'était contraire à toute déontologie et s'il risquait sa place.

Il poussa un soupir.

Inutile de se chercher des excuses, il n'en avait aucune. Il n'aurait jamais dû la toucher, même si les moments qu'ils avaient partagés étaient inoubliables.

Il se gara devant le magasin.

La porte de verre coloré donnait un effet très chatoyant. Elle était fermée, bien sûr.

Il frappa et approcha son visage pour regarder à l'intérieur.

Tout semblait silencieux, rien ne bougeait dans le désordre

savamment agencé de vieux meubles, de présentoirs chargés de vêtements et autres babioles disposées çà et là dans la pièce.

Il frappa de nouveau, un peu plus fort, sur un triangle de verre rouge.

Tara apparut enfin.

Elle avait relevé les manches de son long pull et remonté ses cheveux en une espèce de chignon lâche d'où sortaient quelques mèches qui venaient chatouiller son menton délicat.

L'air buté, elle désigna l'écriteau posé sur le coin de la vitrine.

« Fermé. »

— Je ne partirai pas, Tara, dit-il.

Il savait qu'elle l'entendait à travers la vitre.

— Laisse-moi tranquille. Tu veux que j'appelle le shérif ?

— Vas-y, appelle-le, dit-il tranquillement. Ça me donnera l'occasion de revoir ce vieux Max.

— Ça doit être sympa de connaître la moitié de la ville.

Ces paroles étaient-elles bienveillantes, ou au contraire ironiques ? Difficile de savoir si c'était du lard ou du cochon.

— Ouvre, s'il te plaît.

La jeune femme serra les lèvres et ne bougea pas d'un pouce.

— C'est non, tu n'as toujours pas compris ?

— Non.

Une bourrasque de vent balaya la rue, apportant dans son sillage quelques flocons de neige.

— Tu ferais mieux de me laisser entrer, insista-t-il. Je ne bougerai pas d'ici.

Tara jeta un coup d'œil dans la rue. Ses yeux se posèrent sur le pick-up qu'il venait de quitter puis suivirent une voiture qui avançait lentement. Elle fit une grimace et se décida enfin à ouvrir la porte dans un cliquetis de clés.

— Tu aurais pu te garer derrière la boutique, dit-elle en refermant la porte derrière lui. Toute la ville connaît ta voiture.

Il eut une bouffée de chaleur.

— Et alors ?

— Et alors, ça m'embêterait que les gens commencent à jaser.

Hélas, le mal était déjà fait, pensa-t-il.

— Ne te déshabille pas, lui dit-elle alors qu'il commençait à ouvrir sa veste. Tu ne vas pas rester longtemps.

Il ne tint pas compte de la remarque et posa son vêtement sur le comptoir circulaire en acajou qui trônait au milieu de la pièce.

— Ton frère est en danger, dit-il abruptement.

Elle le regarda un long moment sans réagir.

— Comment ça ?

— Tu as bien entendu. Sloan est en danger. De graves menaces pèsent sur lui.

Il vit la gorge délicate de Tara palpiter sous l'effet de la surprise. Elle se laissa tomber dans un fauteuil en cuir dont les lignes massives la firent paraître encore plus fragile.

— Co… Comment es-tu au courant de ça ?

— Je travaille pour l'agence qui t'a placée à Weaver quand ton frère travaillait pour l'A.T.F.

Elle blêmit de façon instantanée.

Il se précipita vers elle.

— Ça va ?

Elle le repoussa.

— Tu connais Sloan ? Il…

Elle s'étrangla puis se reprit.

— Comment va-t-il ? Il est toujours à Chicago, n'est-ce pas ? Sous protection ?

En vérité, il ne savait pas très bien où se trouvait Sloan. L'homme était discret. Il évitait les circuits habituels, et c'était compréhensible.

— On garde le contact, lâcha-t-il — ce qui était à moitié vrai, puisque le seul qui recevait de loin en loin des nouvelles de lui était Tristan.

Il lut l'expression d'inquiétude sur le visage de Tara et se retint avec peine de ne pas la prendre dans ses bras.

Ils étaient allés très loin dans l'intimité, et le souvenir de leurs ébats fiévreux le réveillait encore parfois la nuit.

— Que sais-tu au juste sur l'affaire dont il s'occupe en ce moment ? demanda-t-il.

Tara balaya une mèche venue se coller sur sa joue.

— Quand il a infiltré Deuce's Cross, il a voulu que je m'éloigne de Chicago au cas où le gang découvrirait sa véritable identité, dit-elle en laissant tomber ses mains sur ses genoux. Mais je crois qu'il noircit le tableau. Je ne risque pas grand-chose. Ni pendant qu'il menait l'enquête, ni maintenant qu'il va y avoir le procès. J'ai dû quitter la seule maison que j'aie jamais eue… Mais, Dieu merci, tout cela va bientôt finir. C'était provisoire.

Cinq ans, ce n'est plus ce qu'on appelle du provisoire.

Mais il garda cette réflexion pour lui.

— Je crois qu'il a bien fait de t'éloigner, commenta-t-il. Quelques années avant lui, un autre agent fédéral avait infiltré le gang. Il a été démasqué et exécuté avec toute sa famille.

Les faits étaient crus et parlaient d'eux-mêmes. A leur lumière, les préoccupations de Sloan pour sa sœur paraissaient amplement justifiées.

Mais il s'en voulut quand il vit Tara se décomposer littéralement en entendant ses paroles.

Il serra les poings très fort pour ne pas lui montrer son émotion.

— La police fédérale ne pouvait pas laisser ce meurtre impuni, continua-t-il. Ton frère a finalement accepté de reprendre l'affaire. Mais, maintenant que le procès approche, les Deuces deviennent de plus en plus nerveux.

— Mais personne ne connaît l'identité de Sloan ?

— On n'est jamais complètement à l'abri, dit-il prudemment. Des informations peuvent toujours filtrer. Et Sloan veut à tout prix que tu restes en dehors de ça.

— Je n'utilise jamais mon nom de jeune fille. J'ai parlé avec Sloan une seule fois en cinq ans ! Et je n'ai aucun moyen de le joindre. Il faut que j'attende que ce soit lui qui me contacte. Et encore, quand il le fait, il trouve le moyen de me laisser en plan ! Franchement, je ne vois pas comment on pourrait arriver jusqu'à moi.

— Tu n'es pas une simple relation, Tara. Tu es sa sœur jumelle, sa seule famille.

Le visage de la jeune femme se crispa.

— Et qu'est-ce que je dois faire ? Tout laisser tomber et recommencer ma vie ailleurs, une fois de plus ?

— Pour l'instant, tu es en sécurité à Weaver, dit-il en fronçant les sourcils.

— Depuis combien de temps es-tu au courant ?

— Des dangers que court Sloan ou des raisons de ton installation à Weaver ?

Elle semblait au plus mal.

— Des deux.

— Depuis que tu es arrivée ici, il y a cinq ans.

— Super ! dit-elle, les traits tirés. Alors, tout ce que tu

m'as raconté à Braden sur l'élevage de chevaux, c'était du pipeau. Tu bosses pour l'A.T.F., toi aussi.

Ils n'avaient pas parlé de ses occupations à lui, seulement de celles de Tara. Et aussi de films, de livres, de politique et de religion. Le reste du temps, ils avaient fait l'amour. Encore, et encore.

— Je ne t'ai pas menti, Tara. Je suis éleveur de chevaux.

— Mais pas seulement, dit-elle d'une voix neutre. Je me trompe ?

— Non, reconnut-il. Mais je n'ai rien à voir avec l'A.T.F.

— Mais pourtant tu as dit…

— Ce n'est pas l'A.T.F. qui t'a envoyée dans le Wyoming. C'est une autre agence, la Hollins-Winword.

Tara entrouvrit les lèvres.

— Mais Sloan disait que…

— Cela n'a pas d'importance, de toute façon, coupa-t-il.

Dans un monde parfait, l'A.T.F. aurait dû assurer pleinement la sécurité de ses agents. Mais l'expérience montrait qu'il n'en était rien. Sloan McCray avait agi exactement comme lui l'aurait fait dans la même situation : il avait fait appel à quelqu'un d'autre pour pallier les défaillances de sa propre agence.

— Sloan a confié ta protection à la Hollins-Winword, et désormais cette agence fera de son mieux pour honorer son contrat.

Tara ferma les yeux un long moment, comme si elle puisait des forces en elle.

Il fit un geste vers elle, oubliant un instant ses objections, mais elle posa brusquement ses mains sur ses genoux et se redressa d'un coup.

Ses yeux sombres brûlaient d'un éclat intense dans la pâleur de son visage.

— Très bien. Je suis au courant, maintenant. Je pense que tu n'as plus de raison de rester à présent, dit-elle en se dirigeant vers la porte.

Il posa sa main sur son bras, et un frisson parcourut tout son corps à ce contact.

— Il ne s'agissait pas seulement de te tenir au courant de la situation.

Tara s'était arrêtée net quand il l'avait touchée.

— Que veux-tu dire ? demanda-t-elle, le regard fixé sur sa main.

— C'est moi qui suis chargé de ta protection, Tara. Je suis ton garde du corps.

- 3 -

Tara n'était pas certaine d'avoir bien entendu.

— Mon garde du corps ?

Axel restait silencieux, ses yeux dorés ne la quittaient pas — ce fameux regard qu'elle n'arrivait pas à oublier —, et le contact de sa main sur son bras la brûlait comme une braise incandescente.

C'était ridicule. Elle n'allait pas devoir supporter un garde du corps. *Et surtout pas lui*. C'était un non-sens.

— Non, murmura-t-elle d'une voix blanche. Non, non et non !

— Tu n'as pas le choix.

Elle ouvrit la porte.

— Si, j'ai le choix. Je suis chez moi, et je te demande de partir.

Toute sa jeunesse, sa vie avait été ballottée au gré des missions de Sloan et de ses lubies ultraprotectrices envers elle. Elle s'y était pliée de bonne grâce parce qu'il le lui demandait et qu'elle ne pouvait rien lui refuser. Car il n'était pas seulement son frère, sa seule famille, mais il était aussi son meilleur ami, son complice de toujours.

Mais aujourd'hui, après toutes ces années loin de lui, son jumeau était presque devenu un étranger, et il semblait s'appliquer à la maintenir le plus possible éloignée de sa vie.

Quant à Axel Clay, c'était elle qui n'en voulait pas dans sa vie.

— *Sors d'ici*, tonna-t-elle. Tout de suite !

A sa grande surprise, il s'avança vers la porte. Mais il s'arrêta sur le seuil, si près d'elle qu'elle sentit la chaleur de son corps irradier jusqu'à elle.

Quand il pencha la tête, elle se mit à trembler.

— Que tu le veuilles ou non, je suis chargé d'assurer ta sécurité, Tara. Tu rendras mon travail plus facile en acceptant cet état de fait.

Elle tremblait toujours. Mais peut-être était-ce à cause du courant d'air froid qui pénétrait dans la boutique.

— Je ne me sens pas obligée de te rendre la tâche plus facile, vois-tu, rétorqua-t-elle sèchement.

Elle tenait à rester le plus loin possible de lui avant que sa silhouette ne se transforme et que son état ne fasse plus de doute.

Les grossesses non désirées n'étaient pas l'apanage des adolescentes trop jeunes ou des irresponsables. Elle était adulte, consciente de ses actes et, pourtant, elle s'était fait surprendre comme une novice. Pour l'instant, seul son obstétricien à Braden était au courant.

— Tara, dit Axel d'une voix où pointait la lassitude, rien n'est simple dans cette affaire. Mais je n'ai pas l'intention de laisser tomber.

— Tu perds ton temps, répondit-elle, furieuse contre elle-même de sentir sa voix trembloter.

Elle claqua la porte derrière lui et le regarda s'éloigner à travers la vitre colorée, tout en fermant la serrure à double tour.

Sans s'occuper des objets encore dans les cartons, elle se dirigea directement vers la porte de derrière, attrapa son manteau et éteignit les lumières.

Sa voiture était garée dans la cour.

De peur d'apercevoir le pick-up d'Axel qui l'attendait au

coin d'une rue, elle démarra en trombe et arriva chez elle dix minutes plus tard, au mépris des règles élémentaires de prudence.

Axel ne l'avait pas suivie.

Cela ne la surprenait pas tant que ça, finalement. Elle était sûre qu'il mentait. Cette histoire de garde du corps, c'était juste pour l'impressionner.

Pourtant, une fois à l'intérieur, elle ne put s'empêcher de guetter son véhicule à travers les stores.

Quand elle vit les lampadaires s'allumer, elle s'en voulut.

Cela faisait plus d'une heure qu'elle passait d'une fenêtre à l'autre comme une idiote, s'attendant à le voir arriver.

Ou quelqu'un d'autre, peut-être ?

Le bal de la Saint-Valentin était bien le dernier endroit au monde où elle avait envie d'aller, mais c'était toujours mieux que de tourner en rond seule dans sa maison, à guetter l'arrivée hypothétique d'Axel.

Furieuse, elle se rendit dans sa chambre et ouvrit son placard. Elle dut tirer de toutes ses forces car la porte coinçait. Elle décrocha la première robe correcte qui lui tomba sous la main, la jeta sur le lit puis fonça à la salle de bains.

Son miroir lui renvoya un visage aux joues en feu, mangé par des yeux trop noirs, trop grands.

Elle détacha ses cheveux, les brossa pour leur redonner forme et se remaquilla légèrement. Puis elle retourna dans sa chambre et enfila sa robe.

Une robe noire, cela reflétait parfaitement son humeur. Et puis, la coupe toute droite ne révélait rien de son corps, excepté les épaules. Elle enfila des collants noirs — en filant un au passage — et des escarpins vernis, choisit un collier ras de cou et des pendants d'oreilles qu'elle avait fabriqués quelques années plus tôt.

Elle reprit son manteau qu'elle avait laissé près de la porte et sortit dans l'allée de gravillons qui menait au garage.

Elle ne voulait pas se l'avouer, mais un vague sentiment de peur lui étreignait la gorge, et elle se sentit mieux une fois installée dans sa voiture.

Elle reprit le chemin de l'école.

Quand elle arriva, le gymnase avait encore été transformé.

Une scène avait été érigée sur un côté, et on avait installé de grandes tables autour d'un espace libre pour la piste de danse. A l'opposé de la scène se trouvait le buffet, auprès duquel se pressaient les invités.

Déjà, un orchestre jouait des morceaux entraînants, et les tables commençaient à se remplir.

Et puis, il y avait les cœurs. Partout.

Elle prit une respiration profonde et tendit son ticket aux jeunes qui s'occupaient des entrées, puis elle passa au vestiaire déposer son manteau.

Après coup, elle songea qu'elle avait laissé ses clés de voiture dans la poche.

En temps normal, elle n'y aurait pas fait attention, mais, depuis sa conversation avec Axel, tout semblait si compliqué…

— Bonsoir, Tara, lui dit Joe Gage avec un regard admiratif. Tu es magnifique.

Pas plus que les compliments d'Axel, ceux de Joe ne la touchèrent. Non, vraiment, elle n'était pas d'humeur à se prêter au petit jeu de la séduction.

— Merci, Joe. Toi aussi.

Joe Gage était bel homme, mais ce n'était pas son genre. Et puis, elle était enceinte, ce n'était pas le moment de lui faire du gringue.

— Il y a du monde, on dirait, dit-elle pour détourner la conversation.

— Oui…

Le regard de Joe fut attiré par Deirdre Crowder qui passait à côté d'eux, moulée dans une robe en dentelle, puis il se reprit.

— Il y a une place libre à ma table, reprit-il.

Elle allait accepter, quand une main lourde et chaude se posa soudain sur son épaule.

— Merci, Joe, dit Axel, mais nous allons chercher deux places. Quoique… ça ne me gênerait pas tant que ça de manger avec Tara sur mes genoux, ajouta-t-il avec un sourire taquin.

Elle se retourna vers lui.

— Mais je…

La main d'Axel exerça une petite pression sur son épaule. A peine perceptible, mais l'avertissement était clair.

Ses protestations moururent au bord de ses lèvres.

Elle rougit en voyant l'expression amusée de Joe, qui adressa un sourire entendu à Axel.

— Moi non plus, ça ne me déplairait pas d'avoir la plus jolie femme de la soirée assise sur mes genoux, dit-il en jetant un regard vers les tables prises d'assaut. Votre famille est presque au complet, là-bas, près du buffet. On peut dire que vous prenez de la place quand vous êtes tous réunis !

— Joe, lança Deirdre Crowder, un cocktail rose à la main, le regard plein de curiosité en voyant la main d'Axel posée sur l'épaule de Tara. Cela ne vous ennuie pas si je m'installe à votre table ?

— Bien sûr que non, je vous en prie ! Amusez-vous bien, vous deux.

Et il s'éloigna en prenant Deirdre par le bras.

Tara avala sa salive.

Piégée, elle était piégée ! Elle allait devoir s'asseoir à la table des Clay.

Mais Axel la surprit.

— Allons d'abord danser, lui dit-il en la poussant à travers la foule des invités jusqu'à la piste de danse, au centre du gymnase.

C'était à double tranchant : elle évitait ainsi la famille, du moins pour le moment, mais sa fierté lui commandait de refuser l'invitation.

— Je ne sais pas danser, protesta-t-elle.

Axel la prit dans ses bras sans tenir compte de sa remarque.

— J'ai déjà entendu ça quelque part, il me semble, murmura-t-il en dépliant ses doigts crispés et l'obligeant à poser la main sur son épaule.

Ce n'était pas le moment de parler de Braden. Elle n'avait pas besoin qu'on lui rappelle ce souvenir. Son ventre qui grossissait un peu plus chaque jour se chargeait de le faire. Et, quand Axel passa son bras autour de sa taille, elle retint sa respiration, s'attendant à ce qu'il fasse un commentaire.

Mais, malgré ses doigts qui s'attardaient, il ne sembla rien remarquer.

— Détends-toi, dit-il.

Se détendre ?

Elle sentit un rire nerveux monter en elle.

— Tu plaisantes ?

Il se pencha vers elle.

— Je n'ai jamais été aussi sérieux, lui glissa-t-il à l'oreille.

Il la serra un peu plus, si bien que ses seins s'aplatirent contre son torse et que leurs jambes s'entremêlèrent.

Elle sentait l'empreinte de chacun de ses doigts dans son dos.

— Comment puis-je savoir que tu n'as pas inventé cette histoire de toutes pièces ? Je n'ai jamais entendu parler de cette agence, Hollins.

Il la fit tourner doucement au son de la musique.

— Ne parle pas trop fort.

— Personne ne peut m'entendre.

Effectivement, ils étaient si proches l'un de l'autre qu'ils pouvaient à peine respirer.

— Il vaut mieux être prudent. On ne sait jamais, commenta Axel.

Ses lèvres effleurèrent son oreille, provoquant un frisson qui n'avait rien à voir avec les souvenirs mais bien avec le présent.

— Plus tard, reprit-il, j'essaierai de te prouver que j'ai dit vrai. Mais sache que très peu de personnes connaissent l'existence de l'agence. Et c'est très bien comme ça.

Tara haussa les épaules.

Cette réponse ne l'impressionnait pas. Elle connaissait bien ce genre de personnes, capables d'inventer n'importe quoi pour justifier ce qu'ils faisaient. Son père était un champion en la matière.

Mais elle garda cette réflexion pour elle.

Imperceptiblement, elle avait laissé aller sa tête contre la poitrine d'Axel.

Etait-ce son pull moelleux ou son torse musclé qui lui donnait ce sentiment de bien-être ?

Elle releva la tête.

— J'ai du mal à croire cette histoire, mais mettons ça sur le compte de l'obsession de Sloan. Il a toujours été très protecteur envers moi…

Cela venait sans doute de leur enfance. Elle aussi avait des manies, des réactions qui s'expliquaient par le fait d'avoir été élevée par un homme obligé de maintenir le secret sur ses activités.

— Mais je suis capable de me débrouiller seule.

La main d'Axel descendit légèrement, s'approchant dangereusement de ses reins.

— Je t'ai dit que je te trouvais particulièrement en beauté ce soir ?

Elle lui écrasa le pied délibérément, se disant qu'elle aimerait faire de même avec le souvenir de ses lèvres posées sur cet endroit si sensible de son corps.

— Désolée.

— Ne t'excuse pas, c'était volontaire. Mais c'est normal, tu es sur la défensive. Je t'ai prise de court.

De nouveau, elle sentit la colère bouillonner en elle.

S'il savait…

— Comme c'est compréhensif de ta part ! lança-t-elle avec un sourire amer.

Elle avait l'impression d'étouffer.

Elle essaya de se reculer un peu pour ménager un espace entre eux, mais Alex resserra aussitôt son étreinte et lui prit la main ostensiblement, pour que tout le monde les voie.

— Les gens vont croire des choses sur nous, dit-elle.

Son cœur battait très fort, et hélas elle savait que c'était à cause de lui. De sa présence. De son corps contre le sien.

— Ils vont penser quoi ? Que j'aime danser avec toi ? C'est la vérité.

— Mais moi, je n'aime pas.

Elle sentait sa bouche près de ses cheveux. Ses doigts caressaient doucement sa taille, qu'il tenait très serrée.

— Tu mens. Je sens ton cœur qui bat.

— C'est l'effet de la colère, tu peux me croire !

Elle le sentit soupirer profondément.

— Je ne plaisantais pas quand je te disais que ce serait

plus facile si tu collaborais. Sinon, je vais être obligé de te suivre partout en jouant les admirateurs transis, et ce ne sera pas très agréable.

Elle aurait voulu s'arracher de ses bras et fuir loin, très loin.

Au lieu de ça, elle se laissait emporter par le rythme ondoyant de ses pas, au son d'une interminable ballade jouée par l'orchestre.

— Je te l'ai dit, je suis capable d'assurer ma sécurité toute seule.

Leurs joues se frôlèrent, et sa barbe naissante la picota.

— Tu veux que je te raconte comment la famille de l'autre agent a été tuée ? Tout se passait normalement, c'était un jour comme un autre. Ils étaient loin d'imaginer…

— Stop ! Je ne veux pas de détails.

— D'accord, j'arrête là, dit Axel doucement. Mais je voulais juste t'apporter la preuve de ce que je dis.

Il fit un pas sur le côté pour éviter un autre couple et baissa encore un peu plus la voix.

— Nous ne sommes pas tout à fait sûrs que l'ordre d'éliminer Sloan vienne des Deuces. Mais c'est fort probable, puisque leur procès commence la semaine prochaine. Si tu ne veux pas coopérer pour toi, fais-le pour ton frère. Protéger les gens, c'est mon boulot, Tara. Alors, fais-moi confiance.

Sa voix était calme, posée. Irrésistible.

Mais elle ne devait pas succomber.

— Alors, occupe-toi de Sloan.

— Ma mission ne porte pas sur lui mais sur toi.

« Travail. » « Mission. »

S'il insistait tant, c'était par devoir. Cela n'avait rien à voir avec elle personnellement. Rien à voir avec les deux jours qu'ils avaient passés dans les bras l'un de l'autre. Rien à voir avec les conséquences — dont, de toute façon, il n'était pas conscient.

Et, aujourd'hui plus que jamais, elle préférait garder le secret. Une brève liaison passée, voilà tout ce qu'elle partageait avec cet homme.

Mais, maintenant qu'elle était enceinte, elle n'était plus seule. Elle et son bébé faisaient corps, ils n'avaient besoin de personne. Peu importait qu'elle soit tombée si facilement dans les bras d'Axel, ni elle ni son bébé n'avaient besoin d'un homme aussi peu fiable que l'avait été son père dans son enfance.

— Eh bien, je refuse, finit-elle par dire.

Elle parvint enfin à s'arracher des bras d'Axel et sortit de la piste de danse tandis que Hope Clay prenait le micro pour signaler aux invités que le buffet avait été regarni.

— Si tu le permets, ajouta-t-elle, j'aimerais profiter de l'occasion pour saluer quelques personnes dans la salle.

Sans laisser à Axel le temps de protester, Tara suivit le mouvement de la foule vers le buffet. Mais, au lieu de se mettre dans la queue, elle s'éclipsa discrètement vers la porte qui menait aux toilettes.

Là, elle eut la mauvaise surprise de tomber sur la mère d'Axel qui se séchait les mains devant les lavabos.

— Bonjour, Tara, dit Emily.

Ses cheveux noirs étaient retenus sur le côté par une pince qui étincelait sous la lumière, et elle portait une robe fourreau rose, parfaitement dans l'esprit de la Saint-Valentin.

— Vous avez une très jolie robe, poursuivit-elle.

Instinctivement, Tara passa les mains sur sa robe, l'air contrit.

— Oh, c'est la première qui m'est tombée sous la main, s'excusa-t-elle.

— Allons, allons, pas de fausse modestie ! dit Emily,

taquine. Si vous dites ça trop fort, vous risquez de vous faire des ennemies dans la salle. Pour quelqu'un qui s'est mis la première tenue qui lui tombait sous la main, vous êtes drôlement élégante !

Tara n'avait pas besoin de se regarder dans le miroir qui recouvrait tout le mur pour savoir qu'elle était rouge comme une tomate.

— Je… Vous êtes très élégante vous aussi, bredouilla-t-elle. Merci.

Elle savait qu'elle n'était pas vraiment belle. Elle était petite, banale, le visage parsemé de taches de rousseur qu'elle arrivait difficilement à masquer sous le fond de teint. Et cette robe sans forme destinée à cacher son ventre naissant ne la mettait pas particulièrement en valeur.

Cependant, Emily ne semblait rien remarquer d'anormal tandis qu'elle jetait la serviette en papier dans la corbeille.

— Je compte sur vous pour amener mon vagabond de fils à notre table, dit-elle en sortant. A l'évidence, c'est vous qui captez toute son attention, mais j'aimerais pouvoir l'embrasser avant la fin de la soirée.

Tara eut du mal à garder le sourire, et son visage s'empourpra davantage. Elle marmonna quelques paroles inintelligibles.

Mais cela n'avait pas d'importance, car Emily était déjà dehors, laissant la place à une nuée de jeunes filles qui entrèrent en gloussant.

Tara les salua et se lava les mains pour se donner une contenance. Puis, au lieu de retourner dans le gymnase, elle prit l'autre sortie et se retrouva sur la dalle de ciment devant les courts de tennis.

Parfait.

Mais, en tournant au coin du bâtiment, elle tomba sur Axel, appuyé nonchalamment contre le mur, les bras croisés.

— Tu as oublié quelque chose, dit-il en lui tendant son manteau.

De l'autre main, il fit tinter ses clés de voiture.

Elle s'avança et les lui arracha d'un geste sec, craignant qu'il ne refuse de les lui donner.

Mais il la laissa faire.

Elle jeta le manteau sur ses épaules et s'avança vers le parking.

— Ta mère te cherche, lui lança-t-elle sans se retourner.

Mais il ignora ses paroles et lui emboîta le pas.

— Je ne te laisserai pas, Tara.

Oh, mon Dieu ! Elle aurait voulu se boucher les oreilles pour ne pas l'entendre. Elle pressa le pas, courant presque entre les rangées de voitures.

Son pied heurta un morceau de glace et la déséquilibra.

Instinctivement, elle mit les mains en avant pour amortir la chute. Mais elle n'eut pas le temps d'atteindre le sol qu'elle sentit des bras solides se refermer sur elle.

Axel l'avait rattrapée de justesse.

— Doucement, murmura-t-il tout près de son cou.

Elle lutta pour se dégager, mais il ne céda pas.

Les larmes envahirent ses yeux, elle ne voyait plus rien. Elle se sentit stupide.

— Laisse-moi, dit-elle faiblement.

— Je ne vais pas te faire mal, dit Axel en la remettant sur ses pieds. Mais... Ah non, tu ne vas pas pleurer !

A ces mots, les larmes redoublèrent, et elle maudit le bouleversement hormonal qui la rendait si irritable.

— Excuse-moi, dit-elle en s'essuyant les joues, sans toutefois pouvoir arrêter le torrent qui jaillissait de ses yeux. Pourquoi ne me laisses-tu pas tranquille ?

Il resta silencieux, le visage impassible.

— Impossible.

— Mais pourquoi ? A cause de cette histoire avec Sloan ? Qui pourrait croire qu'il se soucie de moi ?

— Tu te trompes.

— Qu'est-ce que tu en sais ?

— Parce que je le connais.

Sa voix était douce, comme sur la piste de danse tout à l'heure. Ses paroles résonnaient étrangement autour d'elle.

— Eh bien, je suis ravie pour toi. Parce que moi je ne le connais pas. Je ne le connais *plus*, cria-t-elle, en essayant de repousser la main d'Axel qui la maintenait toujours par la taille. Et puis, je n'ai que ta version de l'affaire.

Il la lâcha enfin.

— Mais pourquoi diable m'amuserais-je à inventer tout ça ?

Certainement pas pour pouvoir l'approcher. Elle lui avait prouvé qu'il n'avait pas besoin de ça.

— Je ne sais pas, admit-elle en reprenant la direction de son 4x4 qu'elle apercevait un peu plus loin. Et franchement je m'en fiche, jeta-t-elle par-dessus son épaule, en faisant attention cette fois où elle posait ses pieds.

Elle savait que c'était faux. Mais un mensonge de plus entre eux, qu'est-ce que cela changeait à présent ?

- 4 -

Tara claqua rageusement sa portière.

Si Axel la suivait jusqu'à chez elle, elle ne savait pas comment elle réagirait.

Elle regarda dans le rétroviseur et ne vit rien.

Mais elle n'était pas rassurée pour autant et appuya sur l'accélérateur.

Elle entra dans le garage, descendit et verrouilla les portières. Puis elle se ravisa, soupira et rouvrit.

Elle était à Weaver, là ! Et il ne s'y passait jamais rien, quoi qu'en dise Axel. Elle avait juste besoin d'un bon thé.

Elle entra dans la maison, jeta son manteau sur le dossier d'une chaise de la cuisine, remplit la bouilloire et la posa sur la plaque électrique de la vieille cuisinière — qui refusa de s'allumer.

Elle poussa un soupir et alluma le gaz.

Lorsque la petite flamme bleue jaillit sous la bouilloire, rassurante, elle retira ses chaussures et se rendit dans sa chambre.

Elle avait très envie de regarder par la fenêtre, mais elle se raisonna et troqua sa robe de soirée pour une longue chemise de nuit en coton.

De retour dans la cuisine, elle prit un sachet de thé dans le placard et saisit la bouilloire fumante pour verser l'eau dans un bol.

Ce ne fut que quand le sifflement de la vapeur s'arrêta qu'elle entendit la sonnette.

Comme personne ne venait jamais chez elle, elle n'avait pas de mal à deviner qui c'était.

Après tout, elle n'était pas obligée d'ouvrir…

Cependant, elle se dirigea vers l'entrée et ouvrit brusquement la porte.

Axel était là, le doigt sur le bouton, prêt à sonner une seconde fois.

— Quand vas-tu me laisser tranquille ? dit-elle, excédée.

Pour toute réponse, il lui tendit un téléphone portable.

— Tiens, c'est pour toi, annonça-t-il d'une voix neutre.

— Pardon ? demanda-t-elle en fixant l'appareil.

Il posa le téléphone contre son oreille.

— Je te passe ta sœur, dit-il.

Pendant quelques secondes, son cerveau s'arrêta. Puis elle reprit ses esprits et regarda Axel.

— Je ne sais pas quel jeu tu joues, mais…

— On n'a pas beaucoup de temps, Tara, l'interrompit-il.

Elle lui prit l'appareil des mains.

— Allô ? dit-elle.

— Je suis désolé de t'avoir fait faux bond pour notre anniversaire, dit la voix de son frère.

Elle faillit lâcher le téléphone.

— Qui est-ce ?

— C'est moi, Loulou. Fais ce que te dit Clay, je t'expliquerai tout après.

Elle ferma les yeux.

« Loulou. » Le surnom que son frère lui donnait quand ils étaient petits. Qui d'autre aurait pu le savoir ? Ils ne restaient jamais assez longtemps au même endroit pour que les gens notent ce genre de détail.

— Sloan ?

Mais la connexion était déjà coupée.

Elle resta immobile, le téléphone sur l'oreille, comme si la ligne allait se rétablir par miracle.

Axel lui prit délicatement le portable des mains et la poussa à l'intérieur.

Elle ne protesta même pas quand il la fit asseoir sur le canapé du salon, ni quand il disparut dans la cuisine pour revenir avec son bol de thé fumant.

— Du café serait plus approprié, me semble-t-il, dit-il en lui déposant le bol entre les mains.

Il s'assit sur la table basse en face d'elle.

Elle fixa le bol, l'air sombre. Il avait retiré le sachet.

— J'ai arrêté le café, dit-elle faiblement.

Elle leva les yeux vers lui.

— Alors, c'est bien vrai, tout ça ? Tu étais sérieux ?

— Très sérieux.

Le ton était solennel.

La voix de son frère résonnait encore dans sa tête.

— C'est la première fois en trois ans que je parle avec Sloan, dit-elle en portant le bol à ses lèvres, le regard dans le vague. On vivait ensemble, tu sais. Dans une vieille maison.

Le premier endroit où elle s'était sentie chez elle. Mais elle avait dû le quitter, comme les autres.

— On était très proches, on partageait tout. Et puis, il a décidé de prendre des missions, et…

Elle secoua la tête.

— Et tout a changé. Tout.

Sa vie, son frère.

— Ce n'est pas définitif, intervint Axel. C'est une situation temporaire, tu l'as dit toi-même.

Il se pencha vers elle, les coudes appuyés sur les genoux, les mains pendant dans le vide, et la regarda droit dans les yeux.

— Cette situation — moi, ici —, c'est temporaire aussi.

Bien sûr. Car l'intérêt soudain qu'il lui portait n'avait rien à voir avec leur week-end à Braden. C'était juste son travail.

Elle avala sa salive pour essayer de chasser la boule au fond de sa gorge.

— Et en supposant que je sois d'accord avec tout ça…

Ce qui n'était pas encore dit, vu le choc qu'elle avait eu en entendant la voix de Sloan.

— Que se passera-t-il alors ? Quels sont tes plans ? Me suivre chaque fois que je vais faire mes courses ? Faire le pied de grue devant ma boutique ?

— Je serai avec toi vingt-quatre heures sur vingt-quatre. Et si je suis obligé de m'absenter, mon coéquipier me remplacera.

— Attends, dit-elle en posant son bol vide sur la pile de journaux, non sans remarquer au passage les cuisses musclées d'Axel qui saillaient sous son jean. Comment ça, vingt-quatre heures sur vingt-quatre ?

— C'est clair, non ?

Elle eut un instant la vision d'un vigile armé jusqu'au cou planté devant la porte de sa boutique, faisant fuir tous les clients.

Elle ne pouvait pas se le permettre, même si elle n'avait pas l'intention de rester toute sa vie à Weaver. Son magasin n'était pas une façade, c'était une vraie affaire, son gagne-pain. Elle avait travaillé dur pour y arriver. Elle avait pu mettre de l'argent de côté pour faire réparer leur vieille maison à Chicago, et maintenant qu'elle allait avoir un enfant, elle en avait plus que jamais besoin.

— Je ne veux pas que tu sois dans mes jambes toute la journée quand je suis dans ma boutique.

En plus, les gens allaient jaser, s'imaginer n'importe quoi…

— Je ne serai pas avec toi que dans la boutique. Ici aussi. Nuit et jour.

Elle était abasourdie.

— Pendant combien de temps ? dit-elle, laissant malgré elle percer son impatience dans sa voix.

— Jusqu'à ce que nous neutralisions ceux qui menacent Sloan.

— « Nous » ?

— Les autorités. Hollins-Winword. Ton frère.

— Et toi ?

— Ce n'est pas ma mission.

— Et cela prendra combien de temps de « neutraliser cette menace » ? dit-elle, retenant avec peine sa colère.

Axel posa ses longues mains sur ses cuisses.

— Le temps qu'il faudra.

« Le temps qu'il faudra. »

Elle se toucha le front. Elle commençait à avoir mal à la tête.

Combien de fois son père, agent de la C.I.A., avait-il utilisé cette phrase, quand il les faisait déménager une fois de plus vers une destination inconnue ?

Chaque fois, elle se demandait avec angoisse combien de temps ils allaient rester. Assez longtemps pour terminer l'année scolaire ? Se faire des amis ? Se sentir chez elle ?

La réponse de son père était toujours la même : « Nous resterons le temps qu'il faudra, Tara. » Et il la renvoyait vers sa mère, car ce qu'il faisait derrière les portes closes de son bureau — et il y avait toujours un bureau, quelle que soit la taille de leur logement — était plus important que de répondre aux questions de sa fille.

Elle ne se souvenait pas au bout de combien de déménagements elle avait fini par ne plus rien demander.

Et puis, quand elle était devenue adulte, elle avait eu *sa* maison. Pour y planter enfin ses racines.

Jusqu'à que cela recommence avec Sloan.

— Ça ne pourrait pas être quelqu'un d'autre que toi ? dit-elle avec une grimace. Je veux dire, un autre garde du corps ?

— Ça aurait pu. Mais ce sera moi.

Elle aurait voulu crier, hurler son désespoir, mais elle serra les paupières.

— Les gens risquent de se méprendre sur notre situation s'ils te voient tout le temps sur mes talons. Surtout après nous avoir vus danser ensemble… En plus de ce que tu as dit à Joe Gage. Tu n'es même pas allé saluer ta famille, tu as passé tout ton temps avec moi ! Tu sais comme les ragots vont vite à Weaver.

Rien que l'idée de la rumeur qui enflait sur leurs relations, cela lui donnait la chair de poule.

Alex souleva légèrement les sourcils, et elle surprit son regard qui s'attardait sur sa bouche.

— Que préférerais-tu ? Que les gens parlent de notre supposée liaison, ou qu'ils connaissent la vraie raison de ma présence à tes côtés ?

— Je n'aime pas que les gens parlent de moi, quelle qu'en soit la raison !

— Ils parlent déjà, de toute façon.

— C'est faux, protesta-t-elle.

Il eut un petit rictus.

— Bien sûr que si. Mais peut-être qu'en te montrant distante comme tu l'es tu leur donnes du grain à moudre.

— Distante ? C'est la meilleure ! s'écria-t-elle, indignée. Je discute avec mes clients, je suis présente à tous les événements de la ville, comme les autres commerçants.

— Ça, c'est le minimum. Et les amis ? Tu n'as même pas de petit ami connu.

Elle sentit son visage devenir brûlant.

A part son bref simulacre de mariage quand elle avait dix-huit ans, elle n'avait connu aucun homme, sauf lui. Et elle avait eu le tort de le lui dire lors de ce fameux week-end.

— Je suis allée au bal ce soir, je te rappelle. Et puis, ma vie privée ne te regarde pas.

— Elle me regarde dans la mesure où je suis chargé de ta protection, répondit-il en levant la main pour arrêter ses protestations. A part le bal de ce soir, tu n'as aucune vie sociale, Tara. Tu vas aux réunions de la chambre de commerce, mais tu ne restes jamais boire un café pour discuter. Même chose quand tu vas à l'église. Tu t'en vas tout de suite après la fin de l'office.

Elle se raidit dans le canapé et tira sa chemise sur ses genoux.

— Comment sais-tu tout ça ? En écoutant les bruits qui courent sur moi ?

Il soupira.

— C'est Hollins-Winword qui t'a installée à Weaver. Tu crois que, depuis, ils n'ont pas gardé un œil sur toi ?

A ces mots, elle se leva d'un bond, si vite que la tête lui tourna quelques secondes.

— Tu *m'espionnes* ? Ça veut dire que tu savais tout sur moi quand on a… quand on s'est…

Sa voix se brisa sous l'émotion. Elle était incapable de

trouver les mots pour exprimer ce qu'elle ressentait en cet instant.

— Personne ne t'espionne. Et, quand je t'ai rencontrée à Braden, je ne savais rien sur toi. Mais l'agence avait gardé un œil sur toi pour vérifier que tout se passait bien. Cela voulait dire se renseigner sur toute personne qui t'approchait. Mais personne ne t'a approchée.

Sauf lui.

Sa vie solitaire n'avait pas seulement fait l'objet de la curiosité de voisins indiscrets. Tout était noté dans un dossier, faisait l'objet de rapports réguliers.

Elle retint ses larmes.

Elle se sentait profondément humiliée, elle avait mal à la tête, et elle s'inquiétait pour son frère.

— Qui s'est occupé d'enquêter sur mes connaissances ? Je suppose qu'ils ont dû aussi enquêter sur toi, logiquement ?

— Personne n'est au courant de ce qui s'est passé entre nous. Et c'est mieux comme ça.

Il se leva, tel un félin qui se déplie lentement, et se dirigea vers la porte d'entrée.

— Je sais que c'est dur à entendre, Tara. S'il n'y avait pas cette menace sur ton frère, il n'y aurait aucune raison pour que tu sois mise au courant de tout ça.

— Ah bon ? Aucune raison pour que je sache pourquoi un homme surveille mes faits et gestes, mes allées et venues, et note tout bien soigneusement dans un petit carnet ?

— Dis-toi plutôt qu'un ange gardien veille sur toi.

Elle eut un rire bref, plein d'amertume.

— Un joli mot pour parler d'une situation intolérable. Qu'est-ce que ça te ferait, à toi, si tu apprenais que tu étais observé vingt-quatre heures sur vingt-quatre ?

— Je n'aimerais pas, c'est vrai, reconnut Alex avec une grimace. Mais la question n'est pas là, je dois veiller sur toi, c'est comme ça et pas autrement. Essayons plutôt de nous organiser. Voyons, ton magasin est ouvert tous les jours sauf le dimanche, c'est bien ça ?

— Oui, grommela-t-elle. Et je n'ai toujours pas donné mon accord.

— Je n'ai pas besoin de beaucoup de place ici, continua-t-il sans l'écouter. Je peux dormir par terre s'il le faut.

Elle se tordit les mains.

— Si tu attendais que je t'invite dans mon lit, tu peux oublier, dit-elle d'un ton cinglant.

— Je suis ton garde du corps, je ne suis pas supposé dormir dans ton lit.

— Très bien, nous sommes d'accord sur ce point, dit-elle en rougissant des pieds à la tête, en tirant encore sur sa chemise.

Mais pourquoi était-elle aussi troublée ? se demanda-t-elle, furieuse contre elle-même.

Elle prit son bol d'un geste vif et partit dans la cuisine.

— La situation n'est pas aussi terrible que tu le penses, dit Axel en la suivant.

Non. La situation était pire que *lui* ne pouvait l'imaginer.

Elle versa le reste du thé froid dans l'évier et rinça le bol. Elle avait envie d'un café ou de quelque chose de plus fort.

Elle se retourna et s'appuya contre le comptoir.

— Combien de personnes savent que tu n'es pas vraiment éleveur de chevaux ?

— Mais *je suis* éleveur de chevaux !

— D'accord. Alors, combien de personnes sont au courant de tes autres activités ? Tes activités secrètes ?

Elle détestait les secrets, même si les hasards de la vie faisaient qu'elle portait en ce moment un très lourd secret.

— Très peu. C'est préférable, évidemment.

— Pourquoi ?

— Parce qu'au cours de ses différentes missions Hollins-Winword s'est fait de nombreux ennemis.

Elle arracha un fil qui pendait de sa manche.

— Donc, ça t'arrange *toi* de faire croire que tu sors avec une femme plus âgée que toi.

Une fossette se creusa sur le menton d'Axel.

— Tu as à peine deux ans de plus que moi, chérie. Ça ne fait pas une grande différence.

— Je préférerais que tu m'appelles Tara.

« Chérie », c'était réservé à l'homme qui partagerait un jour sa vie. Qui lui proposerait un avenir.

Axel esquissa un sourire, et elle eut l'impression désagréable qu'il lisait dans ses pensées.

Elle se détourna pour ouvrir le réfrigérateur.

L'heure du dîner était largement passée, elle aurait dû avoir faim. Mais rien ne lui faisait envie, car la nausée la reprenait.

— Donc, je suppose que ton comportement au bal, ce soir, était destiné à faire croire à toute la ville que nous sortons ensemble, dit-elle comme si elle s'adressait à la bouteille de lait.

— Ce qui n'est pas faux, d'un certain point de vue, dit-il en posant sa main sur son cou.

Elle sursauta et ferma violemment la porte du réfrigérateur en se retournant.

— Bien sûr que c'est faux ! cria-t-elle.

A part un certain week-end passé ensemble dans une chambre d'hôtel, évidemment.

— Ton attitude ne va faire qu'alimenter un peu plus les ragots. D'autant plus que, comme tu l'as dit, je ne vois jamais personne. Et toi, tu débarques, et je changerais ma vie du tout au tout ? Qui va croire ça ?

— Ils me connaissent, dit Axel avec un petit sourire en coin.

— Tu es un tombeur, c'est ça ?

— Non, ils me connaissent, c'est tout. Ils savent que, quand je veux quelque chose, je ne tourne pas autour du pot. Je fais ce qu'il faut pour l'obtenir.

Il s'arrêta, et un silence lourd de sous-entendus les enveloppa.

— Tu es bien placée pour le savoir, conclut-il.

Elle chassa vite les images érotiques qui tentaient de sortir de la boîte où elle les avait enfermées à double tour depuis qu'elle s'était réveillée seule dans la chambre d'hôtel.

— Je préfère ne pas parler de ça.

Les yeux d'Axel brillaient intensément, plus dorés que jamais.

— Tu ne peux pas nier ce qui s'est passé, chérie.

Elle ne le savait que trop.

— Ce week-end était une erreur. Il est évident que cela ne se reproduira pas.

— Entièrement d'accord avec toi, approuva-t-il. Tant que je serai ton garde du corps.

Comment prendre ça ?

Tout ce qu'elle savait, c'était qu'elle avait des frissons partout et que ça n'avait rien à voir avec le souci qu'elle se faisait pour son frère.

Coincée entre le comptoir de la cuisine et Axel, elle avait l'impression de ne plus pouvoir respirer.

Elle passa devant lui et s'éloigna pour ne plus sentir son odeur qui l'attirait comme un aimant.

— Bien. J'accepte. Mais uniquement pour mon frère.

- 5 -

— C'est parfait, dit Axel avec un hochement de tête.

Il avait remporté une bataille.

Mais il savait que la guerre n'était pas finie. Tara était bien décidée à continuer la résistance.

La laissant dans la cuisine, il alla chercher ses affaires dans sa voiture.

Il déposa son sac dans le salon, près du canapé. Puis, sous le regard hostile de Tara, il examina chaque pièce de la maison, sortit et fit le tour du jardin.

Les porches des maisons voisines éclairaient faiblement les allées enneigées, quelques véhicules étaient garés dans la rue déserte, et un chien aboyait au loin.

Il était chez lui, à Weaver. Il s'y sentait bien. Il avait toujours plaisir à y revenir, qu'il parte quelques jours ou plusieurs mois. Ici, tout lui était familier.

Satisfait de voir que tout était normal, il rentra à l'intérieur.

— Je ne comprends pas pourquoi tu laisses ton pick-up dehors, à la vue de tout le monde, lui fit remarquer la jeune femme tandis qu'il refermait la porte.

— C'est exprès : je *veux* que tout le monde le voie, je t'ai expliqué pourquoi. Il faudrait rajouter des verrous à tes portes, ajouta-t-il.

En examinant les lieux, il avait remarqué que la porte de la cuisine, derrière la maison, donnait sur une partie du jardin qui n'était pas clôturée. Pas très rassurant, même s'il savait par expérience qu'une barrière n'arrêtait pas une personne déterminée.

Sans faire de commentaire, Tara sortit du salon.

Un petit hall desservait les chambres. L'une des deux pièces était effectivement aménagée en chambre, l'autre lui servait d'atelier. Elle y avait installé deux grandes surfaces de travail ainsi que des étagères où étaient soigneusement empilées des boîtes de rangement.

Quand elle revint, il était en train de regarder les magazines posés sur la table basse.

— Ils parlent tous de bijoux, dit-il en les étalant devant lui comme un jeu de cartes géant.

— Il faut bien que je trouve des idées pour varier l'offre.

— C'est toi qui fabriques les bijoux que tu vends ?

— La plupart. Ça te surprend ? Je croyais que, dans ta fameuse agence, vous connaissiez tout de ma vie, ironisa-t-elle.

— Je suis juste surpris que tu ne m'en aies pas parlé à Braden.

Le visage de Tara se ferma. Elle se tourna vers la fenêtre et ouvrit les volets pour examiner ses plantations.

— Il vaut mieux laisser les volets fermés, observa-t-il.

La main de la jeune femme resta suspendue quelques secondes, puis elle la laissa retomber.

Il soupira en voyant ses traits tirés et son expression contrariée.

— Excuse-moi.

— Ce n'est rien, tu fais ton boulot, dit-elle sans le regarder en arrangeant la pile de magazines qu'il avait dérangée.

Ses cheveux soyeux tombaient sur son visage et venaient par instants caresser la peau délicate de son cou.

Il sentit son cœur se serrer.

Cette peau si rose et si douce, il l'avait embrassée...

Toutes les nuits, dans ses rêves, il revivait cette expérience inoubliable.

Il s'éclaircit la gorge et détourna les yeux, tombant sur ses chevilles nues.

— Nous n'avons rien mangé au bal, tout à l'heure. Tu n'as pas faim ?

— Non, dit Tara sans le regarder. Mais je peux te préparer quelque chose si tu veux.

Il avait faim, oui, mais pas seulement de nourriture.

— Tu n'as pas à me préparer mes repas.

— D'accord. Et, si possible, n'utilise pas trop d'eau chaude le matin.

Le souvenir de leurs deux corps sous la douche lui revint à l'esprit dans un éclair, mais il le repoussa de toutes ses forces.

Il la suivit dans la cuisine.

Elle avait déjà sorti une casserole du placard et fouillait dans le réfrigérateur. Elle sortit une bouteille de verre épais et la posa sur le comptoir.

— Les pâtes sont dans le buffet, en haut à gauche.

Il ouvrit le meuble. A l'intérieur, tout était parfaitement ordonné, jusqu'aux étagères les plus inaccessibles.

Il prit la boîte de spaghettis.

— Je croyais que tu exagérais quand tu me disais que tu rangeais tes C.D. et tes D.V.D. par ordre alphabétique, se moqua-t-il, admiratif malgré tout.

— J'aime que tout soit bien net, dit-elle.

Il s'était moqué d'elle quand elle refaisait le lit à l'hôtel, chaque fois qu'ils avaient fait l'amour.

— Qu'est-ce que je peux faire d'autre ?

Il préférait avoir les mains occupées pour ne pas penser à autre chose.

— Eplucher les légumes ? Les couper ? Mettre la table ?

Elle le regarda en coin et lui tendit les courgettes qu'elle venait de sortir du bac à légumes.

— Tiens. Tu sais faire ?

— J'ai une mère, figure-toi, dit-il, un peu vexé. Elle m'a appris à faire la cuisine. Je coupe en rondelles ou en dés ?

Elle lui lança un regard soupçonneux.

— En rondelles.

Il prit un couteau sur un joli présentoir qui aurait plu à sa mère.

— Tu as une planche ?

Tara attrapa une planche de bois en forme de grosse pomme et la déposa à côté de l'évier. Elle ajouta quelques légumes supplémentaires.

— Lave-les, avant.

— A vos ordres, dit-il, amusé de la voir là, surveillant chacun de ses gestes, comme si elle voulait vérifier qu'il savait bien laver les légumes. Tu veux que je les épluche ?

— Non, tu peux les couper directement.

Tara ne le quittait pas des yeux.

Il ne se laissa pas troubler et réussit à débiter finement les légumes sans se couper les doigts.

Il leva les yeux vers elle.

— Tu vois, je suis un champion.

Elle rougit un peu.

— C'est la première fois que je vois un homme faire la cuisine, dit-elle, visiblement surprise. A part un cuisinier professionnel ou dans une émission de télévision.

— Ah bon ? Ni ton frère ni ton père ?

Ils avaient très peu parlé de leurs familles respectives

pendant ces deux jours qu'ils avaient passés enfermés avec juste des pizzas, un gâteau au chocolat et une boîte de préservatifs.

Elle releva le menton.

— Mon père estimait que la cuisine était le domaine des femmes. Sloan a suivi. La seule chose que je l'ai vu faire dans une cuisine, c'est ouvrir un paquet de frites surgelées et les mettre dans le micro-ondes.

Il prit un poivron rouge, le coupa en deux et retira les pépins.

— Tu as rencontré ma mère. Tu vois qu'elle n'est pas du genre à nous élever sans nous apprendre à nous débrouiller dans une cuisine. De toute façon, avec elle, on n'avait pas le droit de rester inoccupé.

Il sourit en évoquant ces souvenirs.

— J'ai probablement passé plus de temps dans la cuisine avec ma mère que ma sœur Leandra, qui ne savait pas faire bouillir de l'eau jusqu'au jour où elle est partie en Europe pour travailler sur la production d'une émission de cuisine.

Tara s'était rapprochée et appuyée sur le comptoir.

— Tu es proche de ta sœur ?

Il nota l'expression passionnée qui anima un instant le visage de Tara. Mais se garda bien de le lui dire, certain qu'elle n'apprécierait pas.

— Oui, si on veut, dit-il dans un haussement d'épaules. Dans la famille, on est tous proches les uns des autres : frères, sœurs, cousins…

En tout cas ils l'étaient, plus jeunes.

— Et toi ? On dit toujours que les jumeaux ont des rapports particuliers entre eux.

Tara leva vers lui ses longs cils noirs et planta ses yeux dans les siens.

— Je ne sais pas, je n'ai qu'un frère. Je ne peux pas comparer.

Puis elle prit la grosse casserole qu'elle avait préparée et la remplit d'eau.

Ensuite, elle ne manifesta plus d'intérêt pour la grande et chaleureuse famille des Clay, pourtant si différente de la sienne. Ni pendant qu'ils terminaient de préparer le repas, ni quand ils s'assirent autour de la petite table en fer forgé à côté de la porte-fenêtre, ni quand ils débarrassèrent.

Il sentit qu'elle était aussi surprise de le voir les mains plongées dans la vaisselle que lorsqu'il avait coupé les légumes avec une relative adresse. Mais elle ne fit pas de commentaires.

Il était déjà tard quand ils finirent. Tara éteignit la lumière de la cuisine et lui indiqua le salon.

— La deuxième chambre est mon atelier. Il faudra te contenter du canapé, ajouta-t-elle sèchement en le lui indiquant d'un geste, comme s'il ne pouvait pas se rendre compte de lui-même.

— J'ai connu pire, commenta-t-il.

Un pli apparut sur le front de la jeune femme tandis qu'elle croisait les bras et s'éloignait de quelques pas, mettant clairement une distance entre eux.

— Tu fais souvent ce genre de mission ?

— Ouh là, attends. Il faut que je compte.

— Si souvent ? Et ça se passe toujours bien ?

— Pas toujours, reconnut-il, espérant qu'il n'aurait pas à rentrer dans les détails.

— Et, en général, combien de temps dure…, commença-t-elle en accompagnant sa question d'un geste ample de la main.

Sa longue chemise remonta un peu, découvrant ses jambes.

— Une affaire ? reprit-il en remontant le regard jusqu'à son visage. La plus longue a duré six mois.

Tara pâlit.

— Mais je ne pense pas que ce soit le cas cette fois-ci, ajouta-t-il vivement pour la rassurer.

Elle sembla à peine soulagée. Et elle ne l'aurait pas été plus s'il lui avait dit le fond de sa pensée.

Car, s'ils n'arrêtaient pas rapidement la ou les personnes qui traquaient Sloan, celui-ci serait éliminé avant six mois.

— Je vais faire un dernier tour autour de la maison. Ferme la porte derrière moi.

— Pourquoi faire ?

— Pour vérifier si tout est normal.

Il attrapa sa veste et sortit.

— Ferme derrière moi ! cria-t-il.

Après quelques secondes, il entendit le petit *clic* du verrou.

Il fit le tour de la maison, un halo de vapeur sortant de sa bouche dans l'air froid de la nuit.

Les seules traces de pas dans la neige étaient les siennes, faites un peu plus tôt dans la soirée, et on voyait nettement ses arrêts devant chaque porte et chaque fenêtre.

Une voiture avançait lentement dans la rue. Il reconnut la chevelure blonde de Deirdre Crowder quand elle passa sous un réverbère.

Elle le vit aussi et lui fit signe.

— Tu es parti comme un voleur tout à l'heure, lança-t-elle en ouvrant la glace de sa portière. Tout va bien ?

Personne ne se chargerait mieux que Deirdre de colporter dans toute la ville la rumeur d'une liaison entre la jolie propriétaire de Charme classique et lui.

Il marcha vers elle.

— Ça va, dit-il en se penchant. Tara et moi, on avait envie d'être un peu seuls.

Le sourire de Deirdre se figea.

— Je ne savais pas que tu étais si proche de Tara.

Il n'avait pas envie de blesser les sentiments de Deirdre, mais il n'y avait jamais rien eu de concret entre eux. Juste un petit jeu de séduction sans conséquence.

Il jeta un œil vers la maison de Tara et vit un rai de lumière passer entre les volets du salon.

Malgré ses recommandations, Tara avait ouvert les volets et regardait dehors.

— Nous apprenons à nous connaître petit à petit, dit-il en se retournant vers Deirdre, avec le fameux sourire charmeur auquel personne ne pouvait résister.

— Je vois, dit celle-ci en rentrant sa tête. Je ferais bien de me dépêcher maintenant, il est tard. Bonne nuit à tous les deux.

— Merci, dit-il en se relevant. Sois prudente, hein ?

— Ne t'inquiète pas, je suis toujours prudente, dit-elle avec une désinvolture qui démentait ses propos.

Il la regarda s'éloigner lentement puis tourner dans une ruelle quatre maisons plus loin.

Il revint sur ses pas.

Tara lui ouvrit la porte.

— Qu'est-ce que tu as dit à Deirdre ?

Il tourna le verrou.

— Il n'y a rien à dire. Elle a vu ma voiture garée devant ta maison à cette heure, et elle a tiré ses conclusions toute seule.

Tara le regarda, incrédule.

— Pourquoi ne lui as-tu pas dit la vérité ? Vous êtes… Vous êtes amis, non ?

— C'est juste la collègue de ma cousine, rectifia-t-il en

retirant sa veste, qu'il jeta sur l'accoudoir du canapé, faute d'endroit plus approprié.

— Pour une simple relation, vous avez l'air très complices !

— Deirdre est quelqu'un de très démonstratif.

— C'est un de tes anciens flirts, j'en suis sûre.

Voilà que Tara montrait des signes de jalousie !

Loin de s'en réjouir, il se rembrunit.

Cela n'arrangeait pas ses affaires. En fait, cela risquait fort de détourner son attention de la vraie raison de sa présence ici.

— Flirt ou amie, quelle importance ? Ce qui compte aujourd'hui, c'est que tout le monde croie que nous sommes ensemble, dit-il en faisant un geste de va-et-vient entre Tara et lui.

Elle eut une moue boudeuse.

— Tu mentirais même à ta famille ?

— Oui, si c'est nécessaire pour assurer ta sécurité.

Il détourna le regard et s'assit dans le canapé recouvert d'un tissu soyeux aux couleurs vives.

Il était un peu court pour ses grandes jambes mais semblait moelleux et confortable.

C'était une bonne chose, car il n'avait pas vraiment envie de se retrouver sur le parquet ou sur un de ces petits tapis de corde disposés çà et là sous les meubles. Il n'avait pas exagéré en disant qu'il était prêt à dormir n'importe où, mais ce canapé était le bienvenu.

Le lit à baldaquin de Tara, cela aurait été encore mieux, évidemment…

Il repoussa cette idée et commença à enlever ses bottes.

— Qu'est-ce qui va faire le plus jaser les gens, à ton avis ?

demanda-t-il. Qu'on sorte ensemble ou que tu aies besoin d'un garde du corps ?

— Personne à Weaver n'a besoin d'un garde du corps.

Il laissa tomber une botte sur le sol.

— Exactement. Donc, évitons de leur souffler cette idée.

— Mais tout de même, mentir comme ça à ta famille ! dit Tara en secouant la tête en signe de désapprobation. Pourront-ils te pardonner quand ils découvriront la vérité ?

Oui, ils comprendraient. Car tous connaissaient ses activités secrètes. En entrant à l'agence, il n'avait fait que suivre les traces de son père, et s'il y une chose que l'on respectait dans la famille, c'étaient les traditions et la transmission des valeurs.

En revanche, un autre mensonge serait probablement impardonnable à leurs yeux : celui qui concernait Ryan. Là, il ne s'agissait plus de travail mais de famille.

Il fit tomber la deuxième botte.

— Ils comprendront, affirma-t-il.

— Très bien, dit Tara, la voix presque trop calme. Il ne faut pas blesser ses proches. Je vais te chercher une couverture et un oreiller.

Vu l'hostilité qu'elle lui avait montrée jusqu'à présent, il pouvait s'estimer heureux de la proposition. Si elle faisait un effort pour être aimable, cela rendrait son séjour nettement plus agréable.

Un repas. Un lit. Que demander de plus ?

Elle revint en marchant silencieusement avec un oreiller, un drap parfaitement repassé et une vieille couverture. Lorsqu'elle se pencha pour déposer le tout sur la table basse, sa chemise s'entrouvrit, et il aperçut la naissance de ses seins.

Il aurait bien aimé en voir un peu plus.

— La couverture est un peu usagée, dit-elle, mais elle est très chaude.

— J'ai l'habitude, dit-il, ému malgré lui. C'est le genre de couvertures qu'on a chez nous, à la ferme. Tricotées par des arrière-grands-mères ou je ne sais qui.

Si Tara remarqua que sa voix était soudain plus grave, elle ne le manifesta pas.

— J'ai acheté celle-là à une vente privée il y a quelques années, expliqua-t-elle sans sourire. Elle a certainement été faite par une grand-mère, elle aussi. Tu as besoin d'autre chose ?

Oui, il aurait aimé ne plus lire dans ses yeux le reproche permanent de l'avoir laissée tomber à Braden…

Il bâilla longuement et s'allongea.

— C'est parfait, merci, dit-il. Ecoute, je ne suis pas ton invité, tu n'as pas à t'occuper de moi. Va te coucher, maintenant.

Il avait sommeil lui aussi, car il ne s'était pas encore remis du décalage horaire avec Bangkok, où il s'était rendu pour essayer de convaincre Ryan de revenir. En vain.

Tara hocha la tête.

— Très bien. Bonne nuit, alors.

Il sentait qu'elle était gênée mais faisait tout son possible pour le cacher.

— Bonne nuit, Tara.

Elle sembla hésiter quelques secondes encore puis fila d'un seul coup vers sa chambre. Il entendit sa porte se refermer bruyamment.

Il se passa les mains dans les cheveux puis se frotta les yeux, épuisé par le manque de sommeil.

Il aurait pu dormir d'un trait pendant une semaine. Même avec l'image suggestive de Tara se glissant dans son lit de l'autre côté du mur. Mais, au lieu d'installer son lit, il se releva, fit de la place sur la table et sortit son ordinateur portable de son sac à dos.

Il l'alluma, ouvrit le site ultrasécurisé de Hollins-Winword et saisit son rapport journalier, tout en repensant à la réaction de Tara quand elle avait appris que toute sa vie était consignée dans un dossier.

Il allait refermer l'ordinateur, quand il se ravisa.

Même s'il y avait peu de chances pour que le message qu'il attendait soit là, il ouvrit son courrier électronique et vérifia ses e-mails.

Des offres pour améliorer ses performances sexuelles, des demandes d'aide d'une quelconque princesse lointaine tombée dans la pauvreté, des spams en veux-tu en voilà.

Mais pas de message de Ryan.

Il éteignit l'ordinateur et s'allongea.

Pour lui, ramener son cousin vivant à Weaver était une question d'honneur.

Mais, en attendant, il ne pouvait rien dire. A personne.

- 6 -

Tara avait peur de ne pas pouvoir dormir en sachant qu'Axel était dans sa maison, mais elle avait sombré à la seconde où elle avait posé la tête sur l'oreiller, et elle ne se réveilla que le lendemain matin, alors que les premiers rayons du soleil commençaient à entrer dans la chambre.

Elle enfila son peignoir et, n'entendant aucun bruit dans le salon, se faufila dans la salle de bains, referma la porte et ouvrit avec précaution l'armoire à glace pour prendre sa brosse à dents.

Sur l'étagère du dessus, bien en vue, se dressait le flacon de vitamines prénatales.

Elle le prit d'un geste vif et le fourra dans la poche de son peignoir. Puis elle se brossa les dents sans se regarder dans la glace, de peur de lire la culpabilité sur son visage.

Ensuite, elle tourna le robinet de la douche et, comme d'habitude, attendit une éternité que l'eau chaude arrive.

Elle était très gênée d'avoir Axel Clay sous son toit.

Ils n'étaient plus intimes et ne le seraient plus jamais. Pourtant, le souvenir de leur week-end était encore vivace dans son esprit, comme si ça s'était passé la veille.

Elle se déshabilla et grimpa dans la baignoire à pieds. Elle s'aspergea le visage avec la douche pour essayer de s'éclaircir les idées.

Echec total.

Elle émergea quelques minutes plus tard, propre mais

toujours aussi anxieuse. Elle passa un peigne dans ses cheveux, remit son peignoir et sortit sans bruit dans le hall.

— Bonjour.

Elle sursauta en entendant la voix d'Axel.

— Oh, je croyais que tu dormais encore, dit-elle.

Il était assis à la petite table de la cuisine, d'où il voyait en enfilade le hall et la porte de la salle de bains.

— Ça fait un moment que je suis réveillé. Tiens, je t'ai pris ton journal. Il a neigé cette nuit.

Elle regarda la fenêtre derrière lui, mais les volets étaient fermés.

Alex souleva son bol, posé sur la table à côté d'un ordinateur et du journal du dimanche.

— Tu n'as plus de café ?

Il semblait incroyablement bien réveillé, pour quelqu'un qui avait dormi sur un canapé d'où ses pieds devaient dépasser d'au moins cinquante centimètres ! Les seules traces visibles de la nuit étaient les taches sombres qui apparaissaient sur ses joues rugueuses et sa chemise à l'aspect un peu négligé.

— Je t'ai dit que je n'en bois plus, dit-elle sèchement, plus troublée par le torse musclé que laissait entrevoir la chemise que par la pénurie de café.

Elle n'en avait plus chez elle pour ne pas être tentée, car son obstétricien le lui avait déconseillé. Mais bien sûr elle ne pouvait pas lui dire ça.

Garder un secret était une chose douloureuse et difficile pour elle. Toute son enfance, elle avait dû mentir ou se taire sur les activités de son père.

— Alors, pourquoi gardes-tu cette cafetière ?

— C'est un cadeau de Sloan.

C'était la vérité, il la lui avait offerte quand ils avaient acheté leur petite maison à Chicago.

— Si tu veux du café, reprit-elle, il faudra aller en acheter, ça ne me dérange pas.

Elle serait capable de résister, après tout.

Son regard fut attiré de nouveau par le duvet doré qui recouvrait la poitrine de son encombrant visiteur.

Un duvet légèrement plus sombre que les boucles de cheveux décoiffés qui retombaient sur son front…

Incapable de cacher plus longtemps son trouble, elle se détourna et partit dans sa chambre.

Comme le flacon de vitamines tintait dans sa poche, elle le plaqua contre elle et referma vite sa porte.

Elle retira aussitôt son peignoir et enfila un jean — qu'elle ne pouvait plus fermer à la taille — et une tunique ample qui dissimulait ses rondeurs.

Elle serait bien restée plus longtemps dans sa chambre, mais elle se sentit lâche.

Elle devrait tout de même avoir le courage d'affronter Axel Clay. Que risquait-elle, après tout ? Elle n'avait qu'à ignorer son cœur qui battait trop fort, ses nerfs à fleur de peau, et tout irait bien.

Elle n'aurait jamais dû tomber dans les bras de cet homme, dont elle connaissait pourtant la réputation de séducteur. Il l'avait abandonnée au matin, sans un mot, et n'était revenu dans sa vie que pour des raisons professionnelles, apportant avec lui un lot de dangers et de secrets dont elle voulait à tout prix préserver son bébé.

Grandir dans un tel univers, ce n'était pas une vie pour un enfant.

Elle sortit de sa chambre, gagna le salon et se dirigea droit vers la fenêtre. Elle ouvrit grand les volets sans tenir compte des recommandations d'Axel.

La neige avait tout recouvert pendant la nuit.

Elle alla chercher un bonnet en laine pour couvrir ses cheveux mouillés.

— Tu vois, dit Axel depuis la cuisine, je respecte les traditions dominicales : je m'apprêtais à cirer mes bottes.

— Eh bien, moi, je fais une entorse aux habitudes. Je ne vais pas à l'église aujourd'hui.

— Tu y vas tous les dimanches, normalement, dit-il en levant les sourcils.

Avait-il lu l'information dans son dossier ou se souvenait-il de ce qu'elle lui avait dit pendant qu'ils partageaient une pizza, allongés sur le lit dans leur chambre d'hôtel ?

— Je n'y vais pas aujourd'hui, répéta-t-elle.

— Pourquoi ?

— Parce que tu vas vouloir venir avec moi, dit-elle en enfilant sa parka. Et je ne veux pas écouter le sermon assise à côté de toi en faisant semblant d'être ta petite amie.

Elle remonta la fermeture Eclair.

— Parfait, commenta Axel. Comme ça, après tout le cinéma qu'on a fait au bal, les gens vont s'imaginer qu'on reste ici pour faire des choses bien plus amusantes. En plus, c'est la Saint-Valentin aujourd'hui…

Une bouffée de chaleur monta en elle.

— C'est bon, je vais me préparer pour l'église, dit-elle en rouvrant son vêtement.

Elle retourna dans sa chambre en claquant la porte et posa un instant sa main sur son cœur qui battait la chamade. Puis elle se changea, enfilant un pantalon sombre et une veste large assortie, se passa un coup de sèche-cheveux rapide, se maquilla légèrement et revint dans la cuisine.

— Bien, dit-elle en voyant qu'Axel n'avait pas bougé. On y va ?

— J'arrive.

Il referma son ordinateur. Quand il se leva, les pans de sa chemise s'ouvrirent un peu plus sur sa poitrine musclée.

— J'en ai pour cinq minutes, ajouta-t-il.

Il passa devant elle pour aller à la salle de bains et, peu après, elle entendit le bruit de la douche.

Aussitôt, sa mémoire se réveilla, et des souvenirs brûlants se rappelèrent à elle.

Elle les repoussa avec décision, avala un verre de lait et se plongea dans la lecture du journal.

Quand Axel sortit de la salle de bains, ses cheveux mouillés étaient plaqués sur sa tête, dégageant les traits anguleux de son visage. Une serviette pendait autour de son cou et des gouttelettes d'eau tombaient sur ses épaules et ruisselaient le long de son dos, jusqu'à la taille de son jean.

Il se pencha pour fouiller dans son sac resté à côté du canapé.

Il prit une chemise et la porta à son nez pour la respirer.

Il fit une grimace et la refourra dans le sac.

— Nous irons au ranch Double-C tout à l'heure pour le repas du dimanche. Comme on ne sait jamais qui sera présent, il y a toujours à manger pour un régiment. Si tu dois faire quelque chose avant, dis-le-moi.

Il sortit un gros pull en laine écrue et le secoua.

— Nous aurons un peu de temps après l'église.

— Le repas du dimanche ? dit-elle d'une voix lasse. Je n'y tiens pas particulièrement. Vas-y si tu veux. Moi, je reste ici.

Axel se releva et jeta la serviette sur le canapé, inconscient, semblait-il, de l'effet qu'il pouvait produire sur elle torse nu.

Il était bâti comme un dieu grec.

— Je crois que tu n'as pas encore compris ce que signifie

« vingt-quatre heures sur vingt-quatre », dit-il en enfilant un T-shirt blanc, puis le pull par-dessus.

— Pourquoi tiens-tu à m'amener dans ta famille alors que je suis censée être menacée ?

— Parce qu'il n'y a pas d'endroit plus sûr que ma famille. Et, comme je dois y aller, tu es obligée de me suivre.

— Je ne suis pas obligée de faire quoi que ce soit, protesta-t-elle.

Axel soupira.

— Peut-être, mais tu es quelqu'un d'intelligent, et tu vas faire ce que je te dis. Si tu ne l'étais pas, tu m'aurais renvoyé depuis longtemps.

— Mais je n'ai pas envie d'aller à ce repas !

— Pourquoi ? Tu ne m'as pas dit, quand on était à Braden, que tu rêvais de repas de famille traditionnels ?

— Je ne veux pas parler de ce qu'il s'est passé à Braden !

— D'accord, poursuivit Axel. Mais je ne vois pas ce qui te met dans cet état.

— Je vais continuer à vivre et à travailler dans cette ville, figure-toi. Je ne tiens pas à avoir une mauvaise image auprès de ta famille quand toute cette affaire sera finie.

— Je n'ai pas l'intention de m'asseoir devant le poulet rôti et d'annoncer que je suis fou amoureux de toi. C'est juste l'occasion de voir ma famille, et c'est ouvert à tout le monde, pas seulement aux fiancées officielles. Alors, détends-toi.

Il pencha la tête, ses yeux brun-doré semblant vouloir percer le fond de sa pensée.

— Tu le disais toi-même, tu n'as pas l'intention de rester toute ta vie à Weaver. Alors, pourquoi es-tu aussi préoccupée par ce que peuvent penser les gens ?

Elle était préoccupée parce que les gens dont parlait

Axel, la famille Clay, étaient trop gentils avec elle. Elle était préoccupée parce que ces gens étaient aussi la famille de son bébé.

Tout à coup, la sensation de nausée monta dans sa gorge, comme au début de sa grossesse.

— C'est bon, tu as gagné, dit-elle, à bout de forces. Tu peux aller préparer la voiture.

Il fronça les sourcils.

— Qu'y a-t-il encore ?

Elle voulait qu'il sorte de la maison car elle avait mal au cœur, et elle avait peur qu'il s'en rende compte.

— Rien. J'ai juste un peu faim. Je vais prendre un morceau de pain, dit-elle en allant dans la cuisine, sans attendre sa réponse.

A son grand soulagement, elle entendit la porte d'entrée s'ouvrir et se refermer.

Elle s'appuya contre l'évier et ferma les yeux, attendant que le malaise passe.

Ces deux dernières semaines, les nausées matinales s'étaient calmées. Elle était toujours un peu barbouillée en se levant, mais ça passait vite. Rien de comparable avec les premiers jours, où elle était carrément obligée de se recoucher.

Mais, aujourd'hui, cela semblait vouloir recommencer.

Elle se précipita à la salle de bains et claqua la porte derrière elle, soulagée qu'Axel soit dehors et ne puisse pas l'entendre.

Quand il revint à l'intérieur, elle se sentait nettement mieux et avait remis son manteau. Mais elle n'avait pas plus envie d'aller dans la famille d'Axel.

La voiture les attendait dans l'allée.

Elle remarqua la façon dont Axel l'accompagna jusqu'à la portière déjà ouverte, se plaçant toujours entre elle et la rue.

Elle resta silencieuse jusqu'à ce qu'ils arrivent devant la petite église de Weaver.

Elle connaissait presque tout le monde parmi les fidèles qui entraient par les portes grandes ouvertes malgré le froid.

— A quelle heure devons-nous être là-bas ? demanda-t-elle, de guerre lasse.

— Vers 14 heures, dit-il sur un ton neutre.

Il se gara non loin de la sortie, dans un endroit où ils ne risquaient pas d'être coincés.

Elle ne put s'empêcher de sourire. Son père faisait toujours la même chose.

Quand elle ouvrit la portière et descendit, Axel lui emboîta le pas et, quand ils rejoignirent la file, il la prit par la main et répondit poliment aux divers saluts et aux regards curieux.

Elle avait envie de le frapper.

A l'intérieur, ils s'installèrent au fond, car l'église était déjà pleine à craquer. Elle aperçut plusieurs membres de la famille Clay assis quelques rangs devant eux. Axel lui lâcha enfin la main pour prendre un livre de cantiques. Comme le banc se remplissait de plus en plus, il se colla contre elle, et elle sentit bientôt la chaleur de son corps contre le sien malgré l'épaisseur des vêtements.

Perturbée, elle entendait la voix du révérend au loin dans une espèce de brouillard sans bien comprendre ce qu'il racontait. Bientôt, elle s'aperçut qu'on entonnait le dernier hymne.

Les bancs se vidèrent lentement, et les fidèles se dirigèrent vers une table où on servait du café, dont l'arôme délicieux se diffusait dans toute l'église.

La famille d'Axel ne mit pas beaucoup de temps à les repérer, et elle se rendit à l'évidence : cette fois, elle ne leur échapperait pas.

Jefferson, le père d'Axel, fut le premier à les rejoindre.

— Axel, ça faisait si longtemps, l'entendit-elle murmurer à son fils en le serrant dans ses bras.

Puis il se recula pour mieux le regarder.

En les voyant ensemble, on se rendait compte à quel point leur ressemblance était frappante. La seule différence était les yeux, d'un bleu perçant chez le père, dont les épais cheveux châtains parsemés de quelques fils argentés étaient rassemblés en une queue-de-cheval.

Si elle voulait savoir à quoi ressemblerait Axel plus tard, elle avait la réponse sous les yeux.

— Tara, ça fait plaisir de vous voir, dit-il en plantant sur elle son regard franc.

— Moi aussi, je suis ravie, répondit-elle avec un sourire qu'elle voulait amical, alors qu'elle tremblait de la tête aux pieds.

Elle n'avait pas peur de lui, ni des autres membres de la famille qui remplissaient à eux seuls toute une allée de l'église. Non. C'était autre chose qui la paralysait.

Son secret.

— Rebonjour, mon fils ! s'exclama Emily, en se faufilant entre son mari et Axel.

Elle prit le visage de son fils entre ses mains et lui plaqua un baiser sonore sur la joue.

— On peut dire que tu te fais désirer ! Maintenant que je te tiens, je ne vais plus te lâcher.

Debout tout près d'Axel, Tara surprit une expression inhabituelle sur le visage de l'intéressé.

Une expression de douleur.

Touchée, et oubliant un instant ses propres préoccupations, elle leva la main pour la poser sur son bras. Elle s'arrêta au dernier moment.

Heureusement, parmi tous ceux qui se pressaient autour d'Axel pour le saluer, personne ne remarqua son geste.

Si elle avait une quelconque envie de profiter de la confusion pour s'éloigner, il la rappela à l'ordre en l'attrapant fermement par la main.

Elle resta donc là, à sourire jusqu'à en avoir des crampes, refusant le café et les petits gâteaux qu'on lui offrait et répondant sagement que, oui, ils seraient là pour le repas.

Finalement, Emily et Jefferson s'éloignèrent, et la tension retomba un peu.

Elle fut tellement soulagée quand Axel la poussa vers la sortie et la fit entrer dans la voiture qu'elle ne remarqua qu'après coup qu'il semblait encore plus impatient qu'elle de partir.

— Tu es pressé ?

— Il vaut mieux ne pas rester trop longtemps dehors, expliqua-t-il, tu es plus exposée.

Elle ravala sa salive.

Ah oui, la menace. Elle avait oublié.

Elle fit mine de regarder par la fenêtre, car ses yeux la picotaient.

— J'aimerais passer à la boutique pour faire deux ou trois choses, dit-elle. Je n'ai pas eu le temps de tout ranger hier soir.

— Et tu détestes le désordre, je sais.

— Oui, je ne suis pas comme toi. Je ne supporterais pas d'avoir un sac aussi mal rangé que le tien.

Axel eut un sourire amusé.

— C'est vrai, dernièrement, je n'ai pas eu le temps de beaucoup m'occuper de mon linge. Et puis, je n'ai jamais su repasser mes caleçons comme à l'armée, avec le pli.

Elle se souvint tout à coup du joli caleçon gris perle qu'il portait sous son jean, le fameux soir à Braden — et qu'il n'avait pas remis une seule fois de tout le week-end.

Elle rougit malgré elle.

— J'ai un lave-linge et un séchoir à la maison, tu peux t'en servir. Mais je ne veux pas mélanger mon linge avec le tien. Tu feras tes lessives de ton côté.

— Ça te dérange d'imaginer nos dessous ensemble ? dit-il avec un petit sourire en coin.

Elle ne répondit pas et croisa les bras.

S'il croyait la séduire comme ça, il se trompait ! Elle entendait maintenir la distance entre eux, quoi qu'il arrive.

— Ce qui me dérange, c'est qu'un homme croie que la cuisine, le linge et tout le reste, c'est le travail des femmes.

Ils arrivèrent devant la boutique.

— Ne me fais pas la leçon. Je suis sûr que ton père n'a jamais passé l'aspirateur ou fait une lessive de sa vie, dit Axel. Tu ne me connais pas assez pour affirmer de telles choses. Bon, c'est vrai, je préfère porter mes affaires au pressing, c'est plus pratique. Et comme ça j'ai un pli à mes caleçons.

Elle sourit malgré ses efforts pour rester sérieuse.

— Si tu fais un pli militaire à tout ce que tu portes, je veux bien me couper une main.

— Attention à ce que tu dis, observa Axel.

Il se gara si près de la porte arrière du magasin qu'elle pouvait à peine sortir de la voiture. Il coupa le moteur et dans le silence qui suivit, sa voix sembla tout à coup plus grave.

— Se couper une main, ça ne te rappelle rien ? insinua-t-il.

Oui, elle se rappelait. Son insistance pour trouver un gâteau au chocolat à 11 heures du soir.

Elle glissa la clé dans la serrure et tenta d'ouvrir la porte, mais ses mains tremblaient trop. La voyant mal partie, Axel lui prit les clés des mains, un sourire tranquille au coin des lèvres, et elle le laissa faire.

Elle entra à l'intérieur de la boutique, sentant sa présence magnétique derrière elle.

C'était comme si un courant électrique la parcourait. Elle n'avait pas ressenti ça depuis qu'ils avaient quitté ensemble le Suds-n-Grill pour aller chercher ce fameux gâteau.

Et aujourd'hui le courant était encore plus intense.

- 7 -

Alors qu'ils remontaient l'allée menant au ranch des Clay après avoir franchi l'imposant portail en fer forgé, Tara était nerveuse, et Axel anormalement silencieux.

La « grande maison », comme l'appelait Axel, se dressait devant eux.

Grande, elle l'était assurément. Et à l'intérieur tout était à l'avenant : les meubles, plus imposants les uns que les autres, mais aussi les hommes.

Le père d'Axel fut le premier à les apercevoir.

— Nous nous demandions si vous alliez venir ! s'exclama-t-il.

Ceux qui n'étaient pas à l'église le matin s'avancèrent vers Axel, et cette fois Tara réussit à se mettre sur le côté. Mais elle se retrouva face à Leandra, la jeune sœur d'Axel.

— C'est intimidant de rencontrer toute la famille réunie, non ? lui dit gentiment celle-ci.

Son fils Lucas n'était pas dans ses bras, mais Tara l'aperçut un peu plus loin, en train de grimper sur un vieux rocking-chair. Tout le portrait de son père.

Son enfant à elle ressemblerait-il à Axel ?

Autour d'elle, une myriade d'enfants magnifiques et éclatants de santé couraient dans tous les sens : les gènes de la famille étaient bons, elle n'avait pas de souci à se faire.

— C'est vrai, vous êtes nombreux, acquiesça-t-elle, essayant de concentrer son attention sur la jeune femme.

Leandra ne semblait pas remarquer que ses pensées étaient ailleurs.

— Je laisse passer la foule avant de tenter ma chance pour approcher mon cher frère, dit-elle avec un clin d'œil.

Ses yeux rieurs étaient presque de la même couleur que ceux d'Axel.

— Dire qu'il m'a reproché, à une époque, de m'être éloignée de Weaver ! Je vais pouvoir lui rendre la pareille. Il fait chaud ici, ou c'est moi ? poursuivit-elle en remontant les manches de son gros pull à torsades.

— C'est toi, répondit Evan, son mari, en la prenant tendrement par la taille. Tu as toujours chaud quand tu es…

Leandra lui pinça le bras.

— Chut !

Il tourna vers elle ses yeux vifs et étonnés — les mêmes que ceux du petit Lucas.

— Plus tard, dit-elle, l'air sévère.

Il haussa les épaules et se tourna vers Tara.

De toutes les personnes présentes ici, c'était probablement Evan qu'elle connaissait le mieux, car il était comme elle membre de la chambre de commerce. En plus de son activité de vétérinaire et de l'élevage de chevaux qu'il possédait avec Axel, Leandra et lui étaient les fondateurs de *Fresh Horizons*, un programme thérapeutique destiné aux enfants autistes à travers tout le pays.

— Tu sais combien la manifestation d'hier a rapporté finalement ? demanda-t-il.

A l'annonce du chiffre, Tara fut étonnée.

— Tant que ça ?

— Pas mal, hein ? intervint Courtney Clay qui s'était approchée. C'est grâce à mon stand de baisers, bien sûr. J'en ai encore des crampes à la mâchoire !

Ses yeux dorés brillaient de plaisir.

— Au lieu de leur arracher leur argent, tu aurais mieux fait de leur arracher un rendez-vous, ironisa Erik Clay, le fils aîné de Hope et Tristan, qui avait hérité des yeux violets de sa mère. Si tu continues comme ça, tu vas finir vieille fille.

— Et toi, ça remonte à quand, ton dernier rendez-vous avec une fille ? lui renvoya-t-elle, moqueuse.

Tout le monde rit. Même Axel, dont l'humeur morose pendant le trajet semblait se dissiper peu à peu. Il embrassa sa sœur et serra la main de son beau-frère.

Le rire de Leandra était particulièrement contagieux, et Tara ne peut s'empêcher de sourire.

Elle n'avait pas connu de telles réunions de famille chez elle — chaleureuses, pleines d'humour. Impossible de ne pas se laisser gagner par la bonne humeur générale.

— On ne t'a pas vue à l'église ce matin, dit Axel à sa sœur.

— J'ai bien fait, apparemment, répondit Leandra en levant les sourcils. Il paraît que c'était bondé, surtout avec Tara et toi pratiquement dans les bras l'un de l'autre.

Tara rougit et baissa les yeux.

Axel ne releva pas et regarda sa sœur d'un air inquisiteur.

— Tu n'aurais pas un peu grossi ?

— Je te remercie pour ton tact, répondit-elle avec une grimace.

Axel sourit, visiblement satisfait d'avoir eu son petit effet.

— Où est Hannah ? Je ne l'ai pas vue.

Hannah était la fille adoptive de Leandra et Evan. On la disait autiste, mais Tara l'avait vue souvent au magasin avec sa mère et n'avait rien remarqué de particulier dans son comportement. Mais c'était elle qui était à l'origine de la fondation de ses parents, et désormais elle illustrait à merveille le succès de leur action.

— Elle est chez les parents d'Evan pour la journée, dit Leandra. Tu verras, elle a énormément changé. Tu la reconnaîtras à peine.

— J'ai hâte de voir ça, dit Axel en se tournant vers Courtney. Salut, ma belle. Alors, on va devoir donner ton nom à la nouvelle aile de l'école ? D'après ce qu'on m'a dit, ton stand a fait un tabac…

Une expression fugitive de tristesse avait traversé son visage, mais Tara avait sans doute été la seule à le remarquer.

Courtney rit et serra son cousin dans ses bras.

— Ça fait plaisir de te voir ici, dit-elle, les yeux brillants de larmes. J'espérais…

Sa voix se brisa, elle secoua tristement la tête.

— Enfin, c'est bien que tu sois là. Egoïstement, j'espérais que tu resterais plus longtemps cette fois. Et toi, dit-elle en s'adressant à Erik, tu devrais suivre l'exemple d'Axel. Lui, au moins, il sait s'y prendre avec les filles.

Il y eut soudain un silence dans la grande salle, et Tara eut l'impression que tous les regards se tournaient vers elle.

Elle ouvrit la bouche pour protester, mais aucun son ne sortit.

Axel passa son bras autour de ses épaules, d'un geste aussi possessif que celui d'Evan avec sa femme.

— Bien sûr qu'il sait, dit soudain une voix éraillée. Il tient de son grand-père !

Tara avait déjà rencontré Squire Clay en plusieurs occasions. Le vieil homme avait encore fière allure pour son âge. Il ne sortait jamais sans sa canne — un morceau de bois tout tordu — mais s'appuyait à peine dessus.

Il traversa la salle, se planta devant son petit-fils et l'examina attentivement de ses yeux bleu acier.

— Au moins, il ne perd pas de temps, comme certains ici que je ne nommerai pas.

Ce disant, il lança un regard appuyé à Jefferson, puis à ses autres fils Matthew, Daniel et Tristan.

Seul Sawyer, le père de Courtney, était absent, bien que Tara l'ait aperçu à l'église le matin.

Puis Squire la regarda et lui lança un clin d'œil espiègle.

— Si je n'avais pas déjà à mes côtés la plus merveilleuse des femmes, je vous enlèverais sans hésiter, ma mignonne.

— Je voudrais bien voir ça ! gronda Gloria, sa femme, d'un ton faussement fâché. Quoique… d'un côté ça me ferait des vacances…

Squire lui lança un regard de défi.

— Tu vas me faire regretter de t'avoir fait un compliment !

Gloria ne prêta pas attention à la remarque et tendit sa joue à Axel. Puis elle adressa un sourire de bienvenue à Tara.

— Méfiez-vous des hommes de la famille, lui dit-elle, ils ne résistent pas à la vue d'une jolie fille.

Tara rougit une nouvelle fois.

C'était exactement ce qu'elle craignait. Ce qu'elle voulait éviter.

— C'est peut-être de Tara qu'il faut se méfier, intervint Axel.

— Je t'interdis de taquiner Tara, dit Emily en se glissant entre eux. Elle est adorable. Venez avec moi dans la cuisine, Tara, nous serons à l'abri de tous ces médisants.

Et elle la prit par le bras.

Paniquée, Tara lança à Axel un regard désespéré, mais celui-ci était déjà en conversation avec ses oncles. Elle ne pouvait faire autrement que de suivre Emily.

Elle se sentait écrasée par la culpabilité.

Dans l'échelle des mensonges, lequel se situait le plus haut ? Lequel était le pire ? Celui d'Axel qui, au nom de cette nébuleuse mission, faisait croire à sa famille qu'ils avaient une liaison ? Ou sa propre incapacité à avouer à Axel les conséquences irréversibles de leur week-end à Braden ?

Impossible de répondre. Tout s'effondrait autour d'elle.

— Regardez qui Axel nous a amenée, annonça Emily en entrant dans la spacieuse cuisine, au centre de laquelle trônait une magnifique table en chêne.

— Eh bien, on est gâtés, s'exclama Jaimie Clay, tout en déposant une énorme marmite bouillante à côté de l'évier.

Elle chassa une mèche de cheveux grisonnante venue se coller sur sa joue.

— Je voulais passer à votre stand hier, pour voir vos nouveaux colliers, mais je suis arrivée trop tard. Vous étiez déjà partie.

— J'ai une nouvelle collection, confirma Tara. Passez à la boutique la semaine prochaine, je vous ferai les prix du stand.

— Personnellement, je trouve que vos prix sont trop bas par rapport au travail que cela représente, objecta Jaimie. Mais je ne vais pas refuser votre offre. Je passerai avec Maggie. Elle est chez Angeline et Brody, aujourd'hui. En fait, je crois qu'elle voulait surtout voir Early. C'est son petit-fils, il a deux ans maintenant, précisa-t-elle à l'attention d'Emily.

Celle-ci tira une chaise et s'assit.

— Je comprends Maggie. J'adore m'occuper de Lucas. Même si ce petit monstre est parfois épuisant.

Leandra entra dans la cuisine, portant dans ses bras le petit monstre en question.

— C'est bientôt prêt ? Lucas est affamé, il ne tient plus en place !

— Tiens, prends ça, dit Jaimie en tendant un biscuit au garçonnet.

Lucas mordit dedans avec avidité.

Leandra prit une chaise à côté de sa mère et se laissa tomber en poussant un soupir.

— Tu es toute rouge, observa Emily en prenant Lucas sur ses genoux. Tu as chaud ?

— Je n'aurais pas dû mettre un pull à col roulé.

— On est en février, et il y a trente centimètres de neige dehors, fit remarquer Jaimie. Comment peux-tu avoir trop chaud ?

Leandra ouvrit la bouche pour parler mais resta muette. Ses joues rosirent encore un peu quand son regard croisa celui de Tara qui, elle l'avait compris, avait deviné avant sa mère et sa tante.

Emily se dressa soudain, au grand dam de Lucas qui se mit à pleurnicher.

— Tu es *enceinte ?*

Leandra fit une grimace.

— Je savais que nous ne pourrions pas garder longtemps le secret.

— Alors, c'est vrai ?! s'écria Emily en asseyant Lucas sur une chaise haute.

Elle prit le visage de sa fille entre ses mains.

— Comme si tu pouvais me cacher longtemps une telle chose. Ma chérie, c'est mon petit-fils que tu portes ! Tu crois que je ne m'en serais pas aperçue ?

Jaimie se précipita à son tour pour embrasser Leandra.

Tara attrapa la marmite que celle-ci avait abandonnée et versa les pommes de terre dans la passoire qui attendait dans l'évier.

— Attendez, lui dit Jaimie, je m'en occupe.

— Laissez, ça ne me gêne pas.

Elle préférait être occupée. Toutes ces effusions autour de Leandra et du futur bébé la mettaient horriblement mal à l'aise.

Emily ne serait sans doute pas aussi euphorique si elle apprenait sa grossesse à elle. Axel et elle n'étaient pas mariés. Ni même proches. Ils ne s'aimaient pas. Ils avaient juste passé un week-end très sensuel ensemble.

— Qu'est-ce que c'est que cette agitation ? demanda Gloria, qui arrivait avec Hope, Courtney et Sarah Scalise sur les talons.

La cuisine se remplissait à mesure que la nouvelle se répandait dans la maison.

Se tenant à l'écart, Tara commença à écraser les pommes de terre avec une fourchette. Cela lui fit mal lorsqu'elle entendit Axel clamer à son tour sa joie.

Le mari de Jaimie, Matthew, passa la tête dans la porte.

— Ça sent le brûlé !

Jaimie saisit un gant de cuisine, se précipita vers le four et en sortit un énorme plat fumant.

Ce fut le signal : tout le monde s'activa pour mettre le couvert et porter les plats sur l'immense table de la salle à manger. Axel et Erik furent chargés d'apporter des chaises supplémentaires, et des chaises hautes pour les enfants furent disséminées autour de la table, entre les parents et les grands-parents. Et soudain, en une sorte de miracle, tout le monde se retrouva assis.

Dans le silence qui suivit, Squire prononça une rapide bénédiction qui émut Tara jusqu'aux larmes.

Mais, dès qu'il eut prononcé le mot « amen », tout le monde se lâcha en même temps. On se passa les plats, les conversations reprirent et les rires fusèrent de toutes parts.

C'était un spectacle incroyable, et Tara n'en perdait pas une miette.

Ce n'était pas l'enfer. Cela avait plutôt le goût du paradis.

— Ça va?

La voix grave d'Axel était tout près. Elle sentait son souffle sur son cou.

Elle sursauta et regarda son assiette qui s'était remplie à ras bord sans qu'elle s'en soit aperçue, comme par magie.

— Ça va. Mais je ne vais jamais pouvoir manger tout ça, dit-elle avec un faible sourire.

Axel souleva un coin de sa bouche. Un tic partagé par tous les hommes de la famille, apparemment.

— Bien sûr que si.

Il attrapa le petit pain posé en équilibre sur son assiette et y étala un peu de beurre.

— Et, si tu ne peux pas, ce ne sera pas perdu, dit-il en désignant du menton les plats qui se vidaient à vitesse grand V au milieu de la table. Je m'en chargerai.

— Tu as toujours été un gros glouton ! lui cria Leandra depuis l'autre bout de la table. Je ne sais pas comment tu fais pour rester aussi mince.

Axel lui lança sa serviette roulée en boule, mais elle l'esquiva en riant.

— Pas de ça à table, mes enfants, intervint Gloria, tout en continuant à discuter avec Courtney, assise à côté d'elle.

Tara avait saisi quelques bribes de la conversation, qui tournait autour du métier d'infirmière — duquel Gloria s'était retirée quelques années plus tôt.

— Je ne m'inquiète pas pour mon poids, répondit Axel à sa sœur, qui lui renvoya sa serviette malgré l'avertissement de Gloria. C'est plutôt Tara qui devrait s'inquiéter, vu ce qu'il y a dans son assiette !

— Axel, tu exagères, gronda Sarah en secouant la tête.

Il leva les mains comme pour se rendre.

— Je plaisantais ! dit-il en lançant un regard à Tara. Tu avais compris n'est-ce pas ? Ta ligne est parfaite et…

Il s'arrêta en voyant ses joues enflammées.

— Okay, je ne dis plus rien, je m'occupe de mon assiette.

— Ce sera mieux, en effet, commenta son père un peu sèchement.

Tout le monde rit.

Oubliant momentanément son malaise, Tara se joignit à la bonne humeur générale.

Et puis, elle n'était pas peu fière, au fond d'elle, qu'Axel trouve sa ligne à son goût.

Le reste du repas se passa sans incident. Comme il l'avait promis, Axel piocha dans son assiette pour l'aider à finir. Un geste qui lui parut terriblement intime.

Quand Jaimie se leva pour desservir, elle l'imita aussitôt.

— Vous devriez rester assise, vous êtes invitée, lui dit Jaimie. Mais plus il y aura de mains, mieux ce sera. Et plus vite on pourra apporter le dessert.

— Voilà qui est bien parlé, dit Squire en se frottant ses mains noueuses d'un air gourmand.

Tara esquissa un sourire devant la mine réjouie du vieil homme. Elle rassembla les assiettes sales qu'on lui tendait au fur et à mesure qu'elle passait d'un convive à l'autre. Elle ne put s'empêcher de les compter.

Vingt-deux. Et il manquait du monde…

— Chéri, dit Emily à Axel, aide Tara, ces assiettes sont trop lourdes.

— Je m'en sors très bien, protesta Tara.

Mais Axel se leva et lui prit la pile des mains.

— Il ne faut *jamais* discuter avec ma mère, tu l'apprendras.

— Il a raison, ajouta Jefferson. Avec Emily, personne n'a jamais le dernier mot.

— Oh, toi ! protesta Emily alors que Tara attrapait des plats vides au milieu de la table et sortait rapidement de la pièce. Leandra, tu ne nous as pas dit pour quand était le bébé ?

— Début juillet, répondit Leandra.

En entendant sa réponse, Tara faillit se retourner de surprise.

Elle aussi devait accoucher à cette époque, et, si elle avait porté un pull aussi ajusté que Leandra, tout le monde aurait vu son ventre.

Elle faillit se cogner dans Axel qui revenait de la cuisine.

— Tu veux que je prenne ça ?

Elle le regarda sans comprendre, si absorbée par ses pensées qu'elle faillit tout lui déballer d'un seul coup.

Ne serait-ce pas là le point d'orgue de ce bouillonnant repas familial ?

— Non ! dit-elle un peu trop vivement. Merci, ça ira.

Elle crut voir une lueur sombre passer dans le regard d'Axel.

Elle se reprit et passa devant lui pour entrer dans la cuisine, où Jaimie était en train de disposer des tartes dorées sur des plats.

— Merci, dit celle-ci. Mais je vous interdis de faire la vaisselle.

Zut. C'était justement ce qu'elle avait envie de faire. Tout sauf retourner dans la salle à manger et s'asseoir à la table familiale.

C'en était trop pour elle. Ils étaient tous trop gentils, trop parfaits. Elle se sentait tellement loin de tout ça.

— Mais je…

— N'insistez pas, la coupa Jaimie, tout en divisant habilement les pâtisseries. J'ai mis des années à obtenir ça, mais, chez nous, ce sont les hommes qui font la vaisselle et qui rangent.

Tara resta muette, imaginant le vieux Squire, un tablier sur les hanches, en train de laver les piles d'assiettes.

— En revanche, vous pouvez aller prendre les commandes pour les tartes : chocolat, pommes ou noix de pékan.

Elle n'avait pas le choix. Elle retourna dans la salle à manger.

Lucas jouait avec la queue-de-cheval de son grand-père. Megan et Eli Scalise se chamaillaient tandis que Max, leur père, essuyait les mains de Ben, le petit dernier.

Elle s'éclaircit la gorge, espérant attirer l'attention.

En vain.

Elle réessaya, un peu plus fort.

— Excusez-moi.

Là, une douzaine de paires d'yeux se tournèrent vers elle, et elle sentit une fois de plus le rouge lui monter aux joues.

Elle nota mentalement toutes les réponses, jusqu'à ce qu'arrive le tour d'Axel.

— Chocolat, prononça-t-il, d'une voix qui ressemblait à une caresse.

Avant que son trouble ne soit trop visible, elle tourna les talons et courut se réfugier dans la cuisine.

Mais, même là, elle ne pouvait se défaire de la sensation si douce et si forte à la fois produite par les paroles d'Axel.

Il lui faisait toujours autant d'effet, elle ne pouvait pas le nier.

- 8 -

Le lendemain matin, Tara était debout dans la cuisine devant un bol de thé tandis qu'Axel était assis à la table, un journal dans la main, son ordinateur dans l'autre.

Elle n'arrivait toujours pas à oublier la fièvre qu'avait éveillée en elle un simple mot prononcé par Axel.

— A quelle heure vas-tu au magasin ? demanda-t-il.

— J'aime bien y être à 8 heures, dit-elle en retirant le sachet de thé.

Elle prit son temps pour l'égoutter, essayant de ne pas lever les yeux sur l'homme assis devant elle dans sa cuisine, si attirant dans son vieux pull gris, son jean et ses pieds nus.

Pourquoi était-elle aussi troublée par ses pieds ?

Cela lui coûtait un effort énorme de se concentrer sur son thé.

— J'ai besoin d'avoir un peu de temps devant moi avant l'ouverture, à 9 heures.

Surtout ces derniers temps, où cette heure de battement lui servait plus à se remettre de ses nausées qu'à véritablement préparer son magasin.

Ce matin pourtant, elle n'était pas embêtée par ses malaises, mais plutôt par un désir lancinant, que la nuit n'avait pas calmé et qu'elle essayait de toutes ses forces de repousser.

Axel referma le journal.

— Je vais prendre une douche, et nous pourrons y aller dès que tu seras prête.

Elle marmonna quelque chose d'inaudible en guise de réponse. Les yeux baissés, elle suivit ses pieds nus, longs et racés, qui s'éloignaient sur le carrelage.

Comment allait-elle supporter de passer une nouvelle journée en tête à tête avec Axel Clay ?

Dans le silence de la maison, elle l'entendit farfouiller dans son sac, traverser le hall et refermer la porte de la salle de bains derrière lui.

Elle prit une longue respiration et repoussa son bol.

Non, elle n'avait vraiment pas envie d'un thé.

Il lui fallait un café. Un café fort et bien chaud.

Et du sexe.

Et elle ne savait que trop bien que, sur ce point, Axel saurait la combler.

Dans tout ce qu'elle avait lu sur les femmes enceintes, nulle part on ne disait que le bouleversement hormonal augmentait le désir sexuel… Mais elle refusait de croire que la cause de son état était la présence d'Axel à ses côtés. Elle préférait penser que c'était dû à sa grossesse.

Elle vida son bol dans l'évier et rangea la cuisine.

Elle avait toujours été très ordonnée. Mais, si elle continuait à noyer ses frustrations dans le ménage, sa maison ressemblerait bientôt à un musée.

Contrariée, elle sortit de la cuisine, et ses yeux tombèrent sur le tas de vêtements négligemment éparpillés à côté du sac à dos.

Il restait un peu de désordre dans la maison.

Elle ignora le fouillis d'Axel et arrangea la pile de magazines sur la table basse, et son imagination s'emballa en entendant couler l'eau de la douche.

Elle referma vivement sa porte pour ne pas être tentée d'aller le rejoindre sous la douche.

Elle était déjà habillée pour aller travailler, avec une blouse de soie bleue légèrement évasée et un pantalon moulant noir — fermé par un élastique ajustable à la taille.

Elle tourna en rond, arrangea les objets sur sa coiffeuse : le petit miroir serti de perles qui avait appartenu à sa mère, la photo de la famille McCray, prise lorsqu'elle et Sloan avaient cinq ans…

C'était la seule photo de famille qu'elle exposait. Peut-être parce qu'ils avaient l'air heureux dessus. Trop jeunes encore pour comprendre la double vie de leur père. Toutes les autres étaient rangées dans une boîte qu'elle n'ouvrait jamais.

Elle n'arrivait pas à se souvenir où ils vivaient à cette époque. Elle ne reconnaissait pas les meubles autour d'eux, ni la cheminée où brûlait un feu. Mais sa mère avait l'air heureuse et insouciante, et son père était beau. Chacun tenait tendrement un enfant sur les genoux.

Mais elle savait combien ce bonheur avait été éphémère.

Sortant de sa rêverie, elle se rendit compte que la douche s'était arrêtée.

La plupart du temps, elle ne faisait même pas attention à cette photo. Etait-ce la présence d'Axel qui la perturbait à ce point ?

Elle sursauta en entendant frapper à sa porte et, quand elle ouvrit, une bouffée de chaleur l'envahit.

Axel portait un jean propre et un pull noir ras du cou qui le rendait encore plus attirant.

— Tu es prête ?

Si l'on pouvait dire.

— Oui, prononça-t-elle lentement. Tu vas mettre des chaussures ?

Il remua ses orteils et sourit.

— A ton avis ? se moqua-t-il.

Et il fit demi-tour vers le salon.

Elle posa la main sur son cœur qui battait très vite. Encore tremblante, elle enfila son manteau et s'avança jusqu'à la porte d'entrée.

Axel l'arrêta.

— Laisse-moi passer en premier, ordonna-t-il en finissant de lacer ses chaussures. Je n'ai pas eu le temps de faire le tour de la maison ce matin. Attends que je te fasse signe pour sortir.

Elle réprima un haut-le-cœur.

Evidemment. Elle ne devait pas perdre de vue la raison première de sa présence sous son toit.

— Et s'il y a un problème ?

Elle n'arrivait pas à admettre que quelqu'un veuille lui faire du mal. Et elle n'aimait pas l'idée qu'Axel se mette entre elle et cette personne si quelque chose devait arriver.

— Tu restes à l'intérieur, tu fermes tous les verrous et tu appelles l'agence avec ton portable.

— Et comment ? Je n'ai pas le numéro. Et je doute que cette agence qui tient à rester si discrète soit dans les pages jaunes de l'annuaire.

— Je t'ai programmé le numéro sur ton portable.

Elle resta sans voix.

Son portable ne quittait jamais son sac à main, sauf quand elle le rechargeait, ce qu'elle faisait toujours dans la chambre, la nuit.

— Quand as-tu fait ça ?

— Hier, dit Axel en attrapant sa veste en cuir posée sur le canapé. Ne t'inquiète pas, je n'ai pas lu ton carnet à secrets.

— Très drôle, fit-elle avec une grimace.

Il savait très bien qu'il n'y avait rien de tel dans son sac. Heureusement que, quelques jours auparavant, elle avait rangé son édition de poche de *Neuf mois* dans le tiroir de sa table de nuit !

Elle prit son portable et ouvrit son répertoire. Le numéro de l'agence apparut en premier. Elle le lut avec surprise.

— Mais c'est un numéro local !

— Mmm, grommela Axel en remontant le col de sa veste.

— Attends !

— Qu'y a-t-il ?

Elle se sentait idiote.

— Et toi ? Tu… Tu n'as pas une arme ou quelque chose ? bredouilla-t-elle.

Il sourit et se posa la main sur la poitrine.

— Tu t'inquiètes pour moi ?

— Je ne devrais pas ? Je ne voudrais pas qu'il t'arrive quelque chose à cause de moi.

— Allons, oublie tout ça. Fais comme moi, prends les choses du bon côté.

Et il sortit.

Elle se précipita sur la porte, son téléphone portable à la main.

Dehors, tout était parfaitement calme. Aucun bruit, à l'exception d'un Klaxon de voiture qui retentit deux fois.

Elle essaya de reprendre son calme et ouvrit la porte, puis referma les nouveaux verrous qu'Axel avait installés la veille en rentrant du ranch.

Comme la veille, il l'attendait dans la voiture, la porte du passager ouverte.

Elle releva le menton pour se donner du courage et ne pas courir comme une malade jusqu'à la voiture.

Cela faisait cinq ans qu'elle vivait et travaillait à Weaver, elle refusait de céder à la paranoïa de Sloan !

Elle descendit lentement la petite allée et prit son temps pour monter dans le pick-up.

Quelques minutes plus tard, ils arrivaient devant la boutique.

Axel se gara comme la première fois, très près de la porte de derrière.

A l'intérieur, elle accrocha sa veste au portemanteau ancien en fer forgé, alluma une bougie parfumée et brancha la bouilloire. Pendant ce temps, Axel inspectait l'extérieur.

Elle ouvrit le coffre-fort, prit le tiroir-caisse et le glissa dans la caisse enregistreuse ancienne posée sur le bar en acajou qui servait de comptoir.

Axel entra et s'allongea sur le grand canapé de cuir qui faisait face au bar.

— Tu devrais mettre ce canapé dans ton salon, dit-il en croisant les mains derrière la tête et en posant les pieds sur l'accoudoir opposé. Il est bien plus confortable que l'autre.

— Il est trop grand, il ne tiendrait pas, répondit-elle.

Axel était parfaitement à l'aise, étendu de tout son long.

En fait, il y aurait même eu de la place pour deux…

Elle tapa sur le tiroir-caisse pour le refermer, et toute la machine tinta.

— Il ferme mal, donna-t-elle comme excuse à Axel, pour répondre à son regard interrogateur.

— Il vaut combien, ce canapé ?

— Pourquoi ? Tu veux l'acheter ? demanda-t-elle en passant un chiffon à poussière sur le bar. Tu veux le mettre où ? Dans mon salon ?

— Pourquoi pas ? Je vis avec toi, non ?

— Tu es provisoirement installé chez moi, corrigea-t-elle. Nuance.

— C'est vrai.

Il s'arrêta une demi-seconde.

— Pas de sexe entre nous.

Elle secoua le chiffon et passa de l'autre côté du bar.

— C'est toi qui l'as voulu ainsi.

— J'ai dit que ce ne serait pas opportun vu les circonstances, reprit-il. Mais je n'ai rien contre...

Elle sentit la chaleur monter en elle et ne trouva aucune réponse convenable.

Après un silence, Axel reprit.

— Alors, combien, ce canapé ?

Elle lui annonça une somme exorbitante.

— O.K., vendu.

Elle se tourna vers lui après un moment, surprise.

— Et où comptes-tu caser ce meuble de deux mètres de long ?

Il se leva et s'approcha du comptoir. Il n'était qu'à trente centimètres d'elle.

— Chez moi.

Chez lui. Il lui en avait parlé pendant leur week-end. Une « cabane » qu'il avait fait construire avant de quitter la région, à mi-chemin entre la ferme de ses parents et le ranch Double-C. Plusieurs mois avaient passé, mais elle se rappelait avec une précision incroyable chacun des mots qu'il avait prononcés.

— Je n'ai pas beaucoup de meubles là-bas, je te l'avais dit. Alors, tu me le vends ou non ?

Il avait déjà sorti sa carte bancaire.

Elle avait mauvaise conscience, car le prix qu'elle lui avait donné était largement surévalué.

— C'est beaucoup trop cher pour ton budget.

— Si tu voyais ma feuille d'impôts, tu ne te préoccuperais pas de ça.

— Mais pourquoi veux-tu me l'acheter ?

— Parce qu'il me plaît. Et parce que je te promets qu'un jour toi et moi nous ferons l'amour dessus, ajouta-t-il en posant le regard sur ses lèvres.

Elle prit sa carte en tremblant.

— Dans tes rêves.

— Nous verrons, dit-il.

Elle introduisit la carte dans la machine, qui refusa de la lire une première fois. Rougissante, elle recommença l'opération et essaya de détourner la conversation.

— Comment vas-tu le transporter ? Ils ont dû s'y mettre à trois pour le livrer ici.

— Je trouverai une solution, ne t'inquiète pas.

Elle détacha le reçu et lui tendit avec un stylo.

— Tu as une pièce d'identité ?

Axel la regarda, incrédule.

— Eh bien ! Tu n'es pas de très bonne humeur, le matin, dit-il en signant le reçu.

— Tu n'auras pas à souffrir longtemps, fit-elle remarquer en replaçant le stylo dans un joli petit pot en grès. Nous allons très vite reprendre chacun notre vie.

Il s'appuya sur le comptoir et se pencha vers elle.

— Pour l'instant, ma vie est ici, murmura-t-il.

Ses épaules paraissaient encore plus larges, ses lèvres étaient tout près des siennes.

Elle recula d'un bond et fit mine de ranger ses reçus dans son registre.

— Pas pour longtemps, dit-elle faiblement.

Sur ces mots, elle fila dans la réserve.

Il lui restait une bonne demi-douzaine de cartons à déballer. Mais, avant, il fallait qu'elle fasse quelques rangements dans la boutique.

Finalement, ça l'arrangeait de se débarrasser de cet énorme

canapé qui l'encombrait plus qu'autre chose. Elle pourrait le remplacer par plusieurs petits meubles et aurait plus de place pour les portants de vêtements.

— Qu'est-ce qui t'a donné l'idée d'ouvrir un magasin de mode à Weaver ? dit la voix d'Axel, juste derrière elle.

— Qu'est-ce que je pouvais faire d'autre ? dit-elle en le regardant en coin, tandis qu'elle ouvrait un carton avec un cutter. Le magazine pour lequel j'écrivais était à Chicago.

— Quel magazine ?

— Tu n'as pas ça dans mon dossier ?

Quand elle lui donna le nom, il souleva les sourcils, étonné.

— Ma mère le lit.

— Comme beaucoup de monde. C'est pour cette raison que j'espérais bien y rester, car j'avais des perspectives d'évolution. Cela a duré deux ans. Mais tout s'est arrêté, et je me suis retrouvée ici.

— Tu ne peux pas écrire tes articles à distance ? Ce n'est pas un problème avec internet.

— Plutôt difficile, quand on est chargé de dénicher les dernières tendances de Chicago !

Elle retira le papier à bulles qui protégeait les deux petites tables de jardin en fer forgé. Elle sortit la première avec précaution.

Axel s'approcha pour l'aider et leurs mains se frôlèrent.

— Laisse, dit-elle.

Il ne l'écouta pas et sortit la deuxième table du carton.

— Ce n'est pas une honte d'accepter de l'aide, tu sais.

Elle aplatit le carton.

— Peut-être, mais quand on est seul il faut apprendre à se débrouiller et savoir tout faire.

Elle prit le carton et se dirigea vers la porte, mais s'arrêta net, se rappelant soudain les consignes de sécurité.

— Tu vois, tu commences à apprendre, dit-il en lui prenant le carton, qu'il alla jeter dans les grandes poubelles de l'allée.

— Tu n'as pas répondu à ma question, reprit-il en revenant. Pourquoi un magasin ? Et pourquoi un magasin comme celui-ci ? Il y en avait déjà plusieurs à Weaver.

— Justement, c'était un défi. J'aurais pu me planter complètement.

— Exact. Dis donc, l'odeur de cette bougie me met l'eau à la bouche. On dirait que ça sent le café.

— Tu peux en faire si tu veux, dit-elle en lui indiquant la petite cafetière électrique sur le coin du bureau. Il y a un paquet dans le tiroir du haut, j'en ai toujours pour les clients.

Elle ouvrit le second tiroir de son bureau, où étaient rangées quelques boîtes de gâteaux.

— Je mets aussi quelques gourmandises sur un plateau, près de la caisse.

— Tu es aux petits soins pour tes clients, je vois.

— C'est vrai. C'est normal, non ? dit-elle en se lavant les mains dans le petit lavabo situé dans un coin de la pièce.

Puis elle prit un plateau en cristal, le recouvrit d'un napperon en dentelle et disposa les petits gâteaux dessus.

— Mais pourquoi un magasin ? insista Axel.

Elle poussa un soupir.

Décidément, quand il avait une idée en tête…

— Ma mère avait toujours rêvé d'avoir un magasin.

Mais avec le style de vie qu'ils menaient, les déménagements à répétition, ce n'était pas possible. Parfois, ils ne restaient que quelques mois dans un même endroit.

Axel prit un petit gâteau et le glissa entre ses dents blanches.

— Délicieux. Tu as perdu tes parents assez jeune.

Ce n'était pas une question, mais elle répondit tout de même.

— J'avais vingt ans.

Elle remit un gâteau sur le plateau et alla le poser à côté de la caisse.

La grosse pendule sur le mur indiquait 8 h 45. Il restait un quart d'heure avant l'ouverture, mais elle retourna l'écriteau accroché à la porte du côté « ouvert » et débloqua la serrure.

— Et maintenant ? demanda Axel tout près d'elle quand elle se retourna.

— Et maintenant nous attendons les clients.

C'était toujours un moment difficile. Parfois elle restait des heures entières sans voir personne et ne réalisait qu'une ou deux ventes dans la journée.

Heureusement, aujourd'hui, elle n'avait pas à se soucier de son chiffre d'affaires. La vente du canapé représentait plus d'une semaine de travail.

Elle se tint près de la porte et regarda la pièce en essayant d'imaginer comment elle pourrait l'agencer une fois que le canapé serait parti.

— Je suppose que ce n'est pas possible d'enlever le canapé maintenant ? hasarda-t-elle.

— Tu veux te débarrasser de moi ? ironisa Axel en secouant la tête. Oublie, le canapé peut attendre.

Elle s'y attendait. De toute façon, ils ne pouvaient pas le transporter seuls. Et puis, il faudrait bien qu'elle s'habitue à travailler avec Axel dans les pattes.

Elle entra dans la vieille cabine téléphonique et retira la nuisette en lin et dentelle qui était exposée pour la remplacer par un bustier en satin bleu.

Axel reprit sa place dans le canapé.

— Je continue de croire que ce meuble serait beaucoup mieux chez toi.

— Si tu ne te plais pas chez moi, tu sais ce que tu as à faire…

Elle commit l'erreur de le regarder à travers la vitre de la cabine et fut piégée par l'intensité de son regard.

« Toi et moi, nous allons faire l'amour sur ce canapé. »

— Partir, conclut-elle, la voix étranglée.

— C'est impossible, et tu le sais.

— Cela ne t'a pas gêné de partir, la première fois.

Les mots étaient sortis tout seuls, sans prévenir.

La mâchoire d'Axel se contracta.

— Je n'ai pas pu faire autrement. Il s'est passé quelque chose.

Elle essaya maladroitement d'accrocher le bustier qu'elle tenait à la main.

— Le boulot ?

Il hésita un instant.

— Oui.

Son sang se glaça.

Elle était certaine qu'il mentait.

- 9 -

Ce ne fut qu'en fin de matinée que Tara se détendit enfin, s'occupant çà et là dans son magasin entre deux clients. Axel, qui observait la jeune femme de loin, vit son dos et ses épaules de décontracter peu à peu.

— Je n'en reviens pas du nombre de clients que j'ai eus ce matin, dit-elle tandis que le dernier acheteur ressortait dans le froid avec plusieurs gros sacs.

Ils étaient maintenant seuls dans la boutique. Tara était assise sur chaise haute derrière le comptoir et passait en revue ses ventes de la matinée.

— Je te porte chance, reconnais-le, dit-il.

— Les gens viennent plutôt par curiosité, répondit-elle avec un pâle sourire. Ils se demandent ce que tu fais ici.

— Ce n'est pas difficile à comprendre.

Elle fit une grimace, agrafa les bordereaux et les rangea sous le comptoir, puis elle étira ses bras derrière elle.

Comme le mouvement plaquait son chemisier contre sa poitrine, il détourna le regard.

Il avait passé la matinée à ouvrir des cartons et à transporter des objets plus ou moins lourds là où elle lui demandait. Il avait suspendu de minuscules pièces de lingerie sur des cintres fantaisie, plié et déplié des nappes et des jetés de lit. Il avait épousseté des étagères, déplacé à travers le magasin des plantes en tissu plus vraies que nature jusqu'à ce que Tara soit satisfaite de l'effet produit.

Des petits travaux ordinaires, qui ne pouvaient pas expliquer l'état d'excitation dans lequel il se trouvait.

Non, l'explication était ailleurs, dans la personne de Tara.

Il avait respiré son parfum si féminin chaque fois qu'il était passé près d'elle, avait observé la grâce de ses mouvements, avait écouté son rire cristallin quand elle parlait avec les clients, s'était senti jaloux que ce rire ne soit pas pour lui…

Il avait une envie folle d'elle.

Il s'approcha de la vitrine et vit Mason, son collègue, assis dans la cabine d'un pick-up hors d'âge garé de l'autre côté de la rue.

Il lui fit un signe discret de la main.

Cela n'échappa pas à Mason, toujours en alerte, qui descendit de voiture et traversa la rue à grandes enjambées. Quelques secondes plus tard, la porte tinta et il entra, soulevant son vieux chapeau de cow-boy.

Tara se dirigea vers lui avec un sourire, mais Axel l'arrêta.

— Je te présente Mason Hyde, dit-il. C'est lui qui me remplacera quand je m'absenterai.

Tara pâlit en regardant l'homme.

— Bonjour, madame, dit Mason en tendant son énorme main. Ravi de vous rencontrer.

— De même, dit-elle en lui serrant la main. Puis, se tournant vers Axel : il y a un problème ?

Il secoua la tête, et Mason confirma que tout allait bien.

Il alla prendre les derniers gâteaux qui restaient, une bien maigre pitance pour calmer la faim qui le taraudait.

— Je voulais que tu rencontres Mason afin que tu ne t'inquiètes pas si tu le vois traîner dans le voisinage.

— Je change souvent de voiture pour éviter qu'on me repère, ajouta Mason.

— Donc, vous êtes toujours dans les parages, à me surveiller ? demanda Tara d'une voix faible.

— Oui. Et, si Axel doit s'absenter, je le remplacerai auprès de vous.

Tara fit aller son regard de l'un à l'autre.

— Cela veut dire que tu ne seras pas avec moi vingt-quatre heures sur vingt-quatre ? dit-elle la voix pleine d'espoir.

Axel ressentit un certain dépit devant ce manque évident d'enthousiasme.

— Non, reconnut-il. Mais je m'installe tout de même chez toi.

Oh…

Elle était vraiment décourageante. Mais il se raisonna. Il avait pour mission de la protéger, pas de flirter avec elle.

— J'ai une affaire à régler cet après-midi, dit-il. Ne te réjouis pas trop vite, je serai de retour avant la fermeture du magasin.

— Une affaire ? répéta-t-elle en fronçant les sourcils. Monsieur Hyde, allez-vous entrer dans la boutique ou — elle fit un geste vague vers la rue — ou rester quelque part par là ?

— Appelez-moi Mason, madame. Je serai dehors, mais ne vous inquiétez pas, je ne serai jamais loin.

— Ferme bien la porte de derrière, recommanda Axel.

— Je sais, je sais, dit la jeune femme, quelque peu exaspérée. Tu me l'as déjà dit je ne sais combien de fois. Et, de toute façon, je la ferme toujours quand je suis ici.

Elle prit l'assiette de gâteaux alors qu'il allait se servir et la tendit à Mason.

— Vous voulez des gâteaux ?

Le visage anguleux de Mason s'illumina.

— Merci, dit-il. Avec plaisir.

Et il en attrapa une poignée — ce qui, vu la taille de ses mains, revenait à prendre l'assiette entière —, puis il se dirigea vers la sortie.

— Si tout va bien, vous ne me verrez plus, dit-il en sortant.

Tara vida les miettes du plateau dans la petite poubelle derrière le comptoir.

— Si tu t'ennuies, Axel, inutile de te chercher des excuses. Je comprends très bien.

Il avait besoin de s'échapper, c'était vrai, mais pas parce qu'il s'ennuyait.

— J'ai vraiment quelque chose à faire, dit-il.

— Alors, vas-y, dit-elle en lui montrant la porte.

A ce moment, celle-ci s'ouvrit, et Courtney entra.

— Je me doutais que je te trouverais ici, dit-elle à Axel en lui tapotant la joue. Tu devrais laisser Tara respirer un peu, histoire de te faire désirer. Si tu es tout le temps avec elle, elle va finir par se lasser.

Il connaissait bien sa cousine et savait qu'elle ne lui laisserait pas de répit. Elle adorait taquiner les autres et, quand elle avait trouvé un point faible, elle ne se privait pas.

— Justement, il était sur le point de partir, dit Tara. N'est-ce pas, Axel ?

Décidément, elle n'avait qu'une idée en tête, se débarrasser de lui ! Et cela lui faisait mal.

Il la prit par les épaules et vit ses yeux s'agrandir d'étonnement tandis qu'il se penchait vers elle et plantait sa bouche sur la sienne.

Quelques secondes à peine. Pas aussi longtemps qu'il ne l'aurait voulu. Pas assez profondément. Mais quelques secondes d'extase.

Il releva la tête et sourit devant le visage mi-effrayé mi-furieux de Tara.

— Je ne serai pas long, beauté.

Et, avec un clin d'œil à sa cousine, il sortit d'un pas nonchalant de la boutique.

— « Beauté », répéta Courtney. Je trouve ça ridicule et vulg…

Il referma la porte, coupant court à l'indignation de sa chère cousine.

Mason avait ouvert le capot de son pick-up et faisait mine de réparer son moteur. Axel s'éloigna et traversa la rue un peu plus loin.

Cinq minutes plus tard, il arrivait en vue du bureau du shérif, devant lequel était garé le 4x4 de Max.

A peine eut-il franchi le seuil que la jeune femme installée à l'accueil lui indiqua le bureau de Max.

Il entra et referma la porte.

Max était renversé sur sa chaise, un pied posé sur le coin de son bureau.

— En plein boulot, je vois, se moqua Axel.

— Il faut bien, répondit Max avec un sourire. Dis-moi, tu as l'intention de payer la prune que tu as eue l'autre jour sur le parking de l'école ?

Axel s'assit sur l'un des sièges qui faisaient face au bureau.

— Peut-être. Tu laisses entrer les gens dans ton bureau comme ça, maintenant ? Sans leur demander leur identité ?

Max retira sa jambe du bureau et se redressa.

— Julia n'est à Weaver que depuis un an, mais elle connaît déjà plus de monde que moi. Je lui fais confiance.

Il regarda sa montre.

— A quelle heure avais-tu rendez-vous avec Tristan ?

— Il y a dix minutes. Je croyais être en retard.

La porte s'ouvrit avant qu'il ait terminé sa phrase, laissant passer son oncle.

— Tu l'étais, confirma celui-ci en prenant la deuxième chaise. Merci de nous prêter ton bureau, Max.

— Pas de problème, dit ce dernier en se levant. Mais je sais que vous tenez à votre intimité dans votre métier. Je vais manger un morceau chez Ruby.

— Je pensais que nous n'aurions jamais un aussi bon shérif que Sawyer, dit Tristan quand ils furent seuls. Mais je me trompais. Max est parfait.

— Pourquoi as-tu voulu qu'on se retrouve ici, et pas à CeeVid ?

— Je ne suis pas tout à fait sûr de la sécurité là-bas, dit Tristan, l'air soucieux.

Axel se redressa sur sa chaise.

— C'est ta société, pourtant. Tu es chez toi.

Personne n'était meilleur que son oncle sur le créneau de la sécurité, qu'il s'agisse de Hollins-Winword ou de la société de jeux vidéo qu'il avait montée pour s'amuser quand il était jeune — plus jeune que lui maintenant.

— Justement, tu imagines ma fureur. Mais je vais régler ça rapidement. En attendant, j'aimerais savoir où tu en es avec Tara.

Les antennes d'Axel se mirent en alerte.

— Tout se déroule comme prévu. Tu as mes rapports. Pourquoi ?

— Sloan s'inquiète.

— Mmm. Mais c'est lui qui refuse tout contact avec elle depuis toutes ces années. C'est facile de s'inquiéter, dans ces conditions.

Cela le mettait en colère. Sloan était la seule famille de Tara. Il ne comprenait pas son attitude.

Pour lui, la famille était là pour s'entraider en toutes circonstances. Pas pour se faire souffrir les uns les autres.

Comme le faisait Sloan. Ou Ryan.

Ou lui-même, en gardant le silence sur Ryan.

Son oncle ne broncha pas, mais il savait qu'il avait éveillé son attention, et il regretta d'avoir parlé.

Si Tristan apprenait ce qu'il s'était passé entre Tara et lui, il lui retirerait la mission dans la seconde qui suivait.

— Tu as essayé de les mettre en contact par téléphone, non ? observa celui-ci. Mais Sloan n'a pas l'air de vouloir changer d'attitude.

— Et Tara n'est pas comme Maria. Elle n'essaye pas de me contourner en permanence.

Maria Delgado avait payé le prix fort pour son manque de discipline, et Sloan en tenait Axel pour responsable.

— Alors, dis à Sloan de s'occuper de ses propres affaires et pas de celles de Tara, poursuivit-il. Il y a un problème ? Quelqu'un a fait le lien avec elle ?

— En tout cas, personne n'a fait le lien avec les Deuces, dit Tristan. Mais bon, ça ne veut rien dire.

Il posa sur lui son regard perçant.

— Comment ça se passe *réellement* avec elle, Axel ? Vous avez l'air très proches, tous les deux…

Axel éluda la question, préférant rester sur le plan professionnel.

— Elle n'est pas bien protégée chez elle. Sa maison est une vraie passoire. Et puis, son emploi du temps est très prévisible, elle est facilement repérable.

— L'éloignement aurait été préférable, admit Tristan.

— Mais elle refuse de quitter sa maison. Ou de confier sa boutique à quelqu'un d'autre pendant quelque temps. Elle est persuadée qu'il ne peut rien lui arriver.

Tristan se leva et lui donna une tape dans le dos.

— Espérons qu'elle ait raison. Quoi qu'il en soit, continue à être prudent : sécurise tes rapports sur internet et ne te montre pas à CeeVid. Si tu sens que c'est trop dangereux chez elle, tu l'emmènes ailleurs, sans t'occuper de Sloan. Chez tes parents, ou dans la grande maison. Ou même chez toi. Ce sera toujours mieux.

— Le procès commence cette semaine à Chicago. Sloan y sera ?

— J'ignore où il est et ce qu'il compte faire, marmonna Tristan. Même à moi, il ne dit rien. Mais il va falloir qu'il arrête de se cacher comme ça. Il va être obligé de se montrer pour témoigner, de toute façon.

Il ouvrit la porte.

— Je crois que je vais aller chez Ruby, moi aussi. Tu viens ?

Axel secoua la tête en suivant.

— Non, je dois retourner au magasin de Tara.

Son oncle ne savait pas que ses motivations allaient bien au-delà de simples considérations professionnelles.

Ils se saluèrent dans la rue, et chacun partit de son côté.

Le ciel s'était assombri et les nuages avançaient à toute allure, poussés par le vent.

Il remonta le col de sa veste et se faufila entre les voitures, pas trop nombreuses à cette heure, en direction du magasin.

A l'intérieur, il faisait chaud et ça sentait bon la menthe et le café.

Tara leva les yeux en entendant la porte, puis retourna à son client, un homme au crâne dégarni qui cherchait un cadeau pour sa femme dans le coin lingerie.

— Et celle-là, Tom ? Qu'en pensez-vous ? dit-elle en décrochant une chemise de nuit de soie. Votre femme la regarde avec envie chaque fois qu'elle vient au magasin. Je suis sûre que ça lui plairait.

Axel saisit un magazine qu'il feuilleta, adossé au comptoir.

C'était le journal pour lequel Tara avait travaillé.

Ce n'étaient pas les articles de déco ou les belles photos qui l'intéressaient. Ni les joues rougissantes de Tom Griffin qui touchait timidement de ses grosses mains le linge délicat que lui présentait Tara.

— Je ne sais pas, disait celui-ci, hésitant. Janie aime bien le coton. Je ne l'ai jamais vue porter autre chose depuis que nous sommes mariés.

— C'est votre quinzième anniversaire de mariage, dit Tara d'un ton encourageant. Elle sera sûrement ravie d'être bousculée dans ses habitudes. Surtout par vous.

Tom jeta un œil vers Axel, qui fit semblant de ne pas le voir.

— Ce n'est pas le prix qui me gêne, dit l'homme à voix basse. Mais c'est très sexy, vous ne trouvez pas ? Que vont penser les enfants en voyant leur mère préparer le petit déjeuner dans cette tenue ?

— Avec le peignoir assorti, c'est parfaitement décent, affirma Tara. Mais ne pensez pas au petit déjeuner. Pensez que vous offrez un cadeau à votre femme. Croyez-moi, Tom, Janie va adorer, et elle sera ravie de porter ça pour vous.

A ces mots, Tom devint aussi rouge qu'une tomate.

Axel tourna une page, dissimulant son amusement.

— Bien, je la prends, dit Tom en sortant son portefeuille. Mais je suis sûr qu'elle va la rapporter à la seconde où elle va l'ouvrir.

— Je suis prête à prendre le pari, dit Tara en se glissant derrière le comptoir. Mais, si elle apprécie, j'espère vous revoir pour son anniversaire. Il y a un bustier qui lui plaît bien. Le bleu qui est dans la cabine, là.

La pièce de satin et de dentelle était accrochée de telle manière qu'on avait l'impression qu'une femme invisible s'apprêtait à téléphoner.

Tom regarda l'endroit indiqué et prit un air horrifié. Il tendit un paquet de billets à Tara, qui emballa la chemise dans du papier de soie, puis dans une jolie boîte en carton argenté.

— Je vous fais un paquet cadeau ? proposa-t-elle.

— Non, je vais lui donner comme ça.

Tara hésita un instant, sans se départir de son sourire.

— Très bien.

Et elle glissa la boîte dans un sac.

Axel croisa le regard de Tom.

— A votre place, je l'emballerais, intervint-il.

Combien de fois avait-il vu les femmes de sa famille s'extasier devant les merveilleux paquets cadeaux ornés de cascades de rubans multicolores !

— Vous croyez ? fit Tom, gêné. Va pour le paquet cadeau alors, dit-il à Tara.

— Comme vous voulez. J'en ai pour quelques instants.

Elle ressortit la boîte du sac et l'emporta dans son arrière-boutique.

— Vous avez fait le bon choix, dit Axel tout bas.

Tom fit la grimace.

— Janie va me prendre pour un fou de lui apporter un truc pareil, murmura-t-il.

A l'évidence, il ne souhaitait pas que Tara l'entende.

— Au contraire, elle sera peut-être flattée que vous pensiez qu'elle peut porter de la lingerie sexy.

— Vous croyez ?

— Qu'est-ce que j'en sais, moi ? C'est vous qui êtes marié avec elle depuis quinze ans.

— Elle est toujours sexy, même en coton, affirma Tom, piqué au vif.

Il se tut en voyant revenir Tara avec un joli paquet.

— Qu'est-ce que vous en pensez ?

— C'est très joli. Merci, Tara.

Tara glissa le paquet dans le sac. Elle y ajouta quelques menus échantillons emballés dans du papier blanc.

— Offrez-lui après un repas aux chandelles. Et sans les enfants.

— Euh… Pourquoi pas, dit Tom, décontenancé.

Quand Tara lui tendit son sac et son manteau, il les attrapa et sortit du magasin comme s'il avait le diable à ses trousses.

Dès que la porte fut refermée, Tara ne put se retenir de rire. Une lueur joyeuse dansait dans ses yeux.

— Tom ne sait pas ce qui l'attend, dit-elle une fois qu'elle eut retrouvé son calme. Ça fait plusieurs semaines que Janie vient au magasin et qu'elle tourne autour de cette chemise. Elle n'osait pas l'acheter parce qu'elle avait peur que Tom ne se moque d'elle. Des trucs comme ça, j'en vois souvent, tu sais.

Axel se mit à rire à son tour.

— Je repense à ce que tu disais à propos de ton intégration dans la ville. Tu prétends ne pas connaître les gens de Weaver, ne pas être impliquée.

— Et alors ?

— En réalité, tu n'es pas qu'une simple commerçante. C'est sans aucun doute grâce à toi que les couples mariés de Weaver évitent de tomber dans la routine, dit Axel en indiquant le coin lingerie du menton.

— Je ne sais pas. Je vends pas mal de lingerie, c'est vrai. Ta mère par exemple…

Il leva la main pour l'arrêter.

— Non, par pitié ! Ne me dis pas ce que ma mère porte ou si mon père lui achète de la lingerie. Je ne veux pas le savoir.

Tara éclata de rire.

— Bon, je ne dirai rien.

Trop tard, elle en avait trop dit. L'image était là.

Il la regarda se diriger vers l'arrière-boutique, le pas léger.

C'était la première fois qu'il l'entendait rire depuis leurs retrouvailles.

Il se jura de faire en sorte de transformer ce moment de bonheur en éternité.

- 10 -

C'était la quatrième nuit qu'Axel dormait chez Tara.

Elle était assise dans son lit, les yeux fixés sur un titre en petits caractères, tout en bas de la page des nouvelles nationales.

« Début du procès des leaders de Deuce's Cross. »

Elle le relisait pour la dixième fois au moins depuis qu'Axel lui avait apporté le journal. Comme si, quelque part entre les lignes de l'article, elle allait trouver des nouvelles de Sloan.

Evidemment, on ne parlait pas de son frère. C'était juste un résumé rappelant brièvement les faits et annonçant enfin le début de ce procès depuis longtemps attendu.

Sloan était-il déjà sur place ? Allait-il bien ? Axel allait-il enfin la laisser tranquille ? Pourrait-elle retourner vivre à Chicago ?

Mais en avait-elle envie ?

Toutes ces questions tournaient sans relâche dans sa tête.

Quand Axel lui avait remis le journal, elle lui avait fait comprendre fermement qu'elle ne voulait pas en discuter avec lui.

Son estomac grondait, et ce n'était pas la tisane de camomille qu'elle était en train de boire qui allait calmer sa faim. Mais elle avait eu mal au cœur toute la soirée, et rien n'avait réussi à calmer ses nausées. Ni les biscuits, ni les céréales, ni la tisane.

Il était presque minuit, elle aurait dû dormir depuis longtemps.

Elle repoussa le journal, éteignit la lampe, tapota son oreiller pour le regonfler et s'allongea sur le côté pour essayer de s'endormir.

La position allongée n'était pas plus efficace.

Elle se redressa, s'appuya contre la tête de lit et posa les mains sur son ventre.

— Allez, bébé, murmura-t-elle, laisse un peu de répit à ta maman.

Peine perdue.

Elle avait trop de soucis, trop de choses en tête pour trouver la paix : Sloan, le bébé, Axel…

D'un coup, elle repoussa les couvertures et se leva.

Puisqu'elle ne pouvait pas dormir, autant faire quelque chose d'utile.

Elle ouvrit doucement sa porte et jeta un coup d'œil dans le hall.

Tout était silencieux.

Elle se glissa dans l'autre chambre, ferma la porte et alluma la lampe de bureau au-dessus d'une des tables de travail.

Au moins, là, elle n'avait pas Axel sur le dos.

Depuis qu'il était arrivé, il ne l'avait pas laissée plus d'une heure seule. La nouvelle de leur prétendue liaison avait dû se répandre dans toute la ville, car son magasin ne désemplissait pas. Comme si les gens voulaient vérifier qu'Axel Clay vivait peut-être dans le péché, mais qu'il époussetait les étagères et tenait correctement le registre du magasin.

Or, sa présence était une épreuve pour elle. Et pas seulement parce qu'elle ne voulait pas lui dire qu'elle était enceinte.

Elle prit une poignée de perles et des pierres et, sans plan préconçu, commença à les disposer sur un petit plateau de feutre pour obtenir diverses formes.

Le travail minutieux d'agencement de ces petits objets, le fait de les enfiler, de les réenfiler, finit par lui faire passer ses nausées. Son estomac se calma, la migraine passa. Elle était tellement concentrée qu'elle ne pensait plus à autre chose.

Le temps passa sans qu'elle s'en aperçoive, et elle termina en ajustant un fermoir sur un bracelet. Elle le déposa à côté du collier et des boucles d'oreilles, formant ainsi une parure complète. Satisfaite, elle se dit qu'elle l'emporterait le lendemain — ou plutôt ce matin — au magasin pour la mettre en vente.

Elle se leva, déroula ses longues manches qu'elle avait retroussées pour travailler et quitta la pièce aussi silencieusement qu'elle était entrée.

Mais, alors qu'elle regagnait sa chambre sur la pointe des pieds, elle entendit un petit bruit.

Elle s'arrêta net.

Rien ne semblait bouger dans la maison plongée dans l'obscurité.

Elle tendit l'oreille, sur ses gardes.

Elle l'entendit de nouveau. Plus clair. Alors, elle reconnut le son : les volets qui coulissaient doucement.

Elle sentit sa gorge se dessécher.

Etait-ce Axel ? Ou quelqu'un d'autre ?

Elle avança sans bruit et risqua un œil dans le salon.

L'ordinateur d'Axel était ouvert sur la table basse, émettant une faible lueur bleutée. Elle regarda le canapé : personne.

Au lieu de ça, elle vit sa haute silhouette se découper devant la fenêtre.

— Ne bouge pas.

Sa voix, presque imperceptible, la fit sursauter.

Comment avait-il pu l'entendre ?

Elle appuya la main sur le coin du mur, qui lui parut glacé.

— Qu'y a-t-il ?

— Une voiture inconnue dans la rue.

Ses genoux se mirent à trembler.

— Comment…

Mais elle n'osa pas terminer sa question. C'était son boulot de savoir ce genre de choses, il lui avait dit.

Elle s'adossa au mur et se laissa glisser jusqu'à se retrouver assise par terre.

Elle aurait voulu qu'il s'éloigne de la fenêtre. Elle aurait voulu courir dans son lit et se cacher sous les couvertures, faire comme si tout cela n'existait pas.

Mais elle ne bougea pas, roulée en boule, la tête contre ses genoux repliés recouverts par la longue chemise. Elle attendit, comme elle l'avait fait si souvent, petite.

Elle essayait de chasser de son esprit ces souvenirs mais n'y parvenait pas.

Puis Axel prononça son nom. Ce n'était plus la voix blanche et inexpressive de tout à l'heure, elle était chaude et rassurante.

— C'est bon, Tara, tu peux retourner te coucher. C'était chez Cynthia, en face. Ce doit être son nouveau petit ami. Fausse alerte.

Elle releva la tête et s'aperçut qu'il était devant elle.

— La voie est libre, murmura-t-elle. C'était ce que mon père disait. « La voie est libre. »

Axel eut une brève hésitation.

— Quand disait-il cela ?

— Quand il pensait que le danger était écarté, après une alerte.

Et que, avec son frère et sa mère, ils étaient en proie à la panique. Jamais ils ne s'étaient habitués à ces situations.

— Et, ensuite, on devait partir, déménager. Ma mère prenait les photos de famille et la théière de sa mère. Sloan et moi, on ne pouvait prendre que ce qui rentrait dans nos sacs à dos. Lui, il prenait ses habits préférés.

Axel lui prit les mains.

— Et toi ?

Elle plissa le front.

— Mes cahiers et mes livres, même si je changeais chaque fois d'école. Des petits mots d'amis que j'avais réussi à me faire et que je ne revoyais jamais. Ma mère essayait de caser mes habits dans sa valise, et mon père…

Sa voix se mit à trembler.

— Mon père prenait le porte-documents.

— Le porte-documents ?

— Il était noir, très lourd. Toujours fermé. Je crois qu'il ne l'ouvrait jamais. Ma mère m'a dit un jour qu'il contenait des papiers importants pour nous. Des certificats de naissance, des bulletins scolaires…

Elle redoutait de voir apparaître cet objet, car il signifiait de nouveaux bouleversements.

Elle redressa la tête et regarda Axel.

Il faisait toujours noir autour d'eux, mais ses yeux s'étaient habitués à l'obscurité et elle distinguait l'expression soucieuse de son visage et la peau nue de ses épaules.

— Sloan m'a dit un jour qu'il avait vu l'intérieur du porte-documents et qu'il n'y avait que de l'argent.

— Combien de fois avez-vous dû déménager ?

Elle haussa les épaules.

— Je ne sais pas. Une trentaine de fois, peut-être. La seule chose que je veux maintenant, c'est m'installer quelque part et m'enraciner. Mais je suppose que tout ça figure dans mon dossier, ajouta-t-elle en soupirant.

— Avant que tu n'arrives à Weaver, je ne savais rien sur toi. Ni sur ton frère.

Il l'aida à se mettre debout.

— Maintenant, retourne dans ton lit.

Elle le suivit docilement, se sentant un peu ridicule.

— Tu ne savais pas, pour mon père ?

— Non.

Dans la chambre, il prit le peignoir qui gisait sur le lit et le déposa sur une chaise.

Il ne prêta pas attention au bruit du tube de vitamines qui n'avait pas quitté la poche du vêtement.

— Mon père était un agent de la C.I.A., reprit-elle avec un air de défi.

Aujourd'hui encore, elle avait du mal à prononcer ce mot.

— Pour tout le monde, il était représentant de commerce. Mais il ne vendait rien. Il achetait des secrets, partout dans le monde. Ça ne te choque pas ?

— Non, dit Axel en repoussant les draps.

Elle se glissa sans broncher dans le lit.

Il la borda comme un bébé — c'était ce qu'elle était en cet instant — puis il s'assit au bord du lit.

Il était en jean, torse nu. A travers les couvertures, leurs hanches se touchaient. Et elle ne se sentit plus du tout une enfant.

— Ça ne me choque pas, mais j'imagine combien ton enfance a dû être difficile.

Elle ne voulait pas de sa compassion. Elle avait mauvaise conscience.

— Ce n'est pas une vie pour un enfant, dit-elle.

— Sans doute.

Elle aurait voulu le repousser très loin, et en même temps elle mourait d'envie qu'il la rejoigne sous les draps.

— Maintenant, il y a le procès, dit-elle d'une voix sombre.

Axel replia un coin de l'édredon.

— Tu veux en parler maintenant ?

— Non... Tu sais combien de temps il va durer ?

Elle ne quittait pas des yeux sa main sur l'édredon, tout près de ses seins.

— On prévoit onze semaines.

Dieu du ciel ! Presque trois mois !

Elle pourrait encore dissimuler sa grossesse pendant un mois tout au plus. Certainement pas trois. Et pourrait-elle contenir encore longtemps les pulsions de son corps à côté d'Axel ?

Son contact à travers plusieurs couches de tissu la brûlait comme du feu.

— Je ne pourrai pas vivre encore trois mois comme ça, gémit-elle.

— Pourquoi ne fermerais-tu pas la boutique demain ?

Elle le regarda sans comprendre.

— Pour faire quoi ? Le magasin, c'est tout ce que j'ai. Je ne peux pas le fermer comme ça, sur un simple caprice.

— Il n'y a pas que le magasin. Je suis là, moi.

Ses mots lui firent comme un coup au cœur.

— Tu es là pour ton travail, c'est tout.

Il ne nia pas.

— Ton travail à toi, c'est ton magasin. Tu en fais ce que tu veux.

Dans ses souvenirs récents, la dernière fois qu'elle avait fermé, c'était lors de son week-end à Braden. Aujourd'hui encore, elle s'en mordait les doigts. Son corps, son cœur, sa vie... Tout avait changé après.

— Si tu avais la possibilité, pour une journée, de faire ce que tu voulais, d'aller où bon te semble, que choisirais-tu ?

— Je ne sais pas.

— Allez, réfléchis, fais marcher ton imagination, insista-t-il, d'une voix qui lui sembla plus grave tout à coup.

— J'irais chiner, finit-elle par dire. Je trouve toujours des trucs pour la boutique dans les brocantes ou chez les antiquaires.

— Tu parles encore de boulot.

— J'aimerais aller faire un tour à la boutique de perles de Cheyenne, alors. Enfin, je ne sais pas.

— C'est toujours le boulot. Allez, Tara.

Faire l'amour.

Les mots avaient failli lui échapper.

Sa main retomba, effleurant accidentellement le bras musclé d'Axel.

Ou peut-être pas accidentellement après tout.

— Que veux-tu me faire dire ? Et puis, je te rappelle que faire des bijoux, c'est un plaisir pour moi, pas du travail.

— O.K. Alors, nous partirons tôt demain matin.

— Mais…, commença-t-elle.

Elle s'arrêta. Il avait raison après tout : qu'y avait-il de mal à fermer une journée ?

— Tu sais, reprit-elle, quand je suis lâchée dans ce magasin, je peux y rester des heures entières.

— C'est gentil de me prévenir. Mais nous avons tout notre temps.

Elle laissa tomber sa tête sur l'oreiller sans le quitter des yeux.

— Pourquoi es-tu aussi gentil avec moi ?

— Et toi, pourquoi es-tu aussi méfiante ? Cela ne peut te faire que du bien de sortir de ta routine. Tu vis des moments difficiles.

Elle faillit s'étouffer en entendant ces mots.

S'il savait !

— Mason Hyde va nous suivre jusque-là-bas ?

— Oui.

La réponse était nette et franche. Au moins, il n'essayait pas de lui cacher quoi que ce soit.

— Alors, à demain matin. Tout ira bien, Tara, je te promets.

Et Axel se leva du lit, dressant son long corps musclé au-dessus d'elle, ce qui augmenta encore son trouble.

Aucun son ne sortit de sa bouche. Elle hocha la tête.

Il sortit de la chambre, refermant doucement la porte derrière lui.

Il avait dû sentir son émotion. Ou peut-être pas, et ça n'avait pas d'importance.

Elle resta les yeux grands ouverts dans le noir pendant un long moment, avec l'envie folle de le rappeler.

Mais elle résista, serra son oreiller contre elle et s'endormit enfin.

— A quoi servent ces trucs ? demanda Axel en désignant des petites baguettes de métal.

Tara jeta un coup d'œil rapide aux trucs en question avant de revenir sur les perles qu'elle était en train d'examiner.

— C'est pour fabriquer les boucles d'oreilles, dit-elle.

Cela faisait deux heures qu'ils étaient dans le magasin, et elle voyait bien qu'Axel s'ennuyait à mourir. Mais tant pis pour lui, elle l'avait prévenu.

Elle, en revanche, elle était comme un poisson dans l'eau, à fouiller dans les bocaux de perles, choisissant de nouveaux matériaux pour ses bijoux, imaginant de nouveaux modèles.

Il y avait des chaises près de l'entrée du magasin, mais

Axel les dédaignait. Il restait près d'elle, juste de l'autre côté des longues tables où étaient disposés des centaines de bocaux transparents regorgeant d'objets de toutes sortes, comme des plumes, des petites pierres de toutes les couleurs découpées à l'ancienne, des médaillons, des colifichets plus contemporains…

Certes, la journée était une escapade, cependant Axel ne relâchait pas une seconde sa surveillance.

Mais, bizarrement, cela la gênait moins à présent. Il n'était pas collé à elle, repoussant d'un regard ceux qui s'approcheraient trop près d'elle. Non, il était juste là…

— Stevie, arrête de courir partout ! cria une voix de femme.

Elle eut juste le temps de mettre à l'abri le plateau qu'elle portait avant qu'un petit bolide aux cheveux noirs ne déboule de nulle part.

— Excusez-moi.

La jeune femme, enceinte jusqu'aux yeux et essoufflée, essayait vainement de récupérer son petit garçon qui se faufilait comme une anguille entre les tables.

— Je n'aurais pas dû l'amener ici, dit-elle, gênée.

— Viens ici, toi, dit Axel en attrapant l'enfant par le bras alors qu'il passait devant lui. Il y a le feu ?

Le petit garçon le regarda, intéressé.

— Le feu ? Où ça ?

— Non, Stevie, il n'y a pas de feu, dit sa mère en le prenant par la main.

Et elle s'éloigna, le pas lourd, en le grondant.

Axel sourit en les regardant.

— Mignon, ce gosse.

Tara ouvrit la bouche pour dire quelque chose mais s'arrêta à temps.

— Oui, dit-elle dans un souffle.

Et, avant de faire la monumentale erreur de lui parler du bébé là, au milieu du magasin, elle s'agenouilla pour ramasser quelques perles qui étaient tombées du plateau.

— Tiens, dit Alex en lui tendant un médaillon qui avait roulé sous une table voisine.

Elle prit le petit objet et se releva en essuyant ses mains sur son pantalon.

Elle ne pouvait pas le regarder.

— J'ai fini, dit-elle.

Il se redressa à son tour.

— Bien. Allons manger un morceau.

— Mais nous avons déjeuné il y a à peine deux heures, objecta-t-elle, surprise.

Ils s'étaient arrêtés dans un café en arrivant à Cheyenne.

— Et alors ?

Elle ne répondit rien et sortit son porte-monnaie pendant que le vendeur était en train d'enregistrer ses achats. Quand celui-ci eut fini, Axel prit le sac et tendit son manteau à Tara. Puis ils sortirent et rejoignirent le pick-up, Axel la tenant par la taille.

Ils s'arrêtèrent devant le premier marchand de glaces et entrèrent.

— On dirait un enfant dans un magasin de bonbons, fit-elle remarquer, amusée, en voyant Axel regarder avec gourmandise tous les parfums présentés, hésitant devant tant de choix.

— Il y a vingt-quatre parfums, dit-il. Si tu prends vanille, je te laisse sur le bord de la route.

— Je n'allais pas demander la vanille, mentit-elle.

Il rit doucement et lui effleura le nez.

— Ton nez s'allonge…

Elle rougit.

— Je ne veux pas de glace, de toute façon, protesta-t-elle.

— Tu préfères un gâteau au chocolat ? dit-il en se penchant à son oreille.

Sa bouche s'assécha.

Elle commençait à s'habituer à Axel protecteur. Mais Axel coquin, Axel séducteur, c'en était trop pour elle.

— Euh, excusez-moi, monsieur, mais nous ne vendons pas de gâteaux au chocolat, dit le jeune vendeur, confus. La liste des parfums est ici.

Et, avec sa cuillère à glace, il indiqua le panneau derrière lui.

Axel lança un regard interrogatif à Tara.

— Qu'en penses-tu ?

Elle prit l'air le plus sévère qu'elle put.

— Il *n'y a pas* de gâteau au chocolat.

— N'empêche, j'en aurais bien mangé, grommela Alex.

Et il adressa un sourire au garçon qui attendait toujours.

— Deux cônes vanille, s'il vous plaît.

- 11 -

— Quel âge avait le petit Stevie, à ton avis ?

Les glaces étaient avalées, ils étaient sur le chemin du retour.

Tara jeta un œil dans le rétroviseur latéral et vit le vieux pick-up de Mason qui les suivait de loin.

— Je ne sais pas. Quatre ou cinq ans, peut-être. Pourquoi ?

— Comme ça.

Il monta un peu le chauffage.

— Tu as assez chaud ?

— Oui.

Elle avait largement assez chaud. Elle s'était régalée avec la glace, mais sa faim n'était pas vraiment apaisée. Elle avait envie de… De gâteau au chocolat.

— Tu as déjà pensé à avoir des enfants ? demanda soudain Axel.

Elle ferma les yeux.

— J'ai trente ans, fut tout ce qu'elle put répondre.

— L'horloge biologique tourne, dit-il en tapotant son volant.

— C'est sûr, dit-elle, le cœur battant. Et toi ?

— Un jour, sans doute, dit-il, concentré sur la voiture qu'il était en train de doubler. Je suis issu d'une famille nombreuse, comme tu le sais.

— Oui.

Il y avait cinq voitures entre eux et Mason.

— Comment… Comment es-tu devenu garde du corps ?

— Notre agence ne s'occupe pas uniquement de sécurité individuelle.

Elle n'était pas très curieuse sur le sujet, mais elle insista.

— Et qu'est-ce que vous faites d'autre ?

— Des missions d'ordre plus général. C'est même l'activité principale de l'agence. Mais je ne sais pas si je suis vraiment fait pour ce métier.

— Pourquoi ?

Alex secoua la tête comme s'il ne voulait pas répondre et resta silencieux pendant un long moment.

— Dernièrement, j'ai échoué sur la plus importante mission qui m'a été confiée, dit-il enfin.

Elle se tourna légèrement vers lui.

— Qu'est-ce que c'était ? Oh, excuse-moi, je suppose que tu ne peux pas en parler, dit-elle en se rembrunissant.

C'était l'éternelle réponse de son père quand elle lui posait des questions sur son travail.

— Si, je peux, dit-il d'une voix rauque.

Elle regarda son profil. Il semblait accablé, et elle regretta d'avoir amené la conversation sur ce sujet.

— Je suis sûre que tu as fait ce que tu as pu.

— Tu crois ça ? dit-il en lui lançant un regard incrédule.

Elle se sentit mal soudain, sans vraiment savoir pourquoi.

— Oui. Je crois que tu prends tes responsabilités professionnelles très au sérieux.

Il regardait fixement la route et avait cessé de taper sur le volant.

— Et mes responsabilités personnelles ?

— Je… Je ne sais pas, murmura-t-elle, surprise par la question. Je ne te connais pas assez.

— C'est vrai, nous n'avons pas du tout fait connaissance pendant ce week-end, dit-il avec dépit.

Elle se raidit sur son siège, blessée par la remarque.

— Tu ne m'as toujours pas dit pourquoi tu fais ce boulot, reprit-elle en se triturant les mains. Tu vis dans une petite ville paumée que personne ne connaît, et tu te retrouves chez Hollins-Winword. Comment as-tu fait ?

Son propre père avait été recruté après avoir obtenu son diplôme à la prestigieuse université de Yale.

— Les relations familiales, grommela Axel.

Elle avait du mal à le croire. Les membres de la famille Clay étaient principalement des propriétaires terriens, avec quelques avocats et hommes d'affaires parmi leurs rangs. Elle voyait mal le lien avec le milieu des agents secrets.

— Ah, dit-elle simplement.

Il se contenta d'un haussement d'épaules et ne dit plus rien.

Elle se mit à tripoter le bord de son pull.

— Et tu n'as jamais eu envie d'arrêter ? De te consacrer entièrement à l'élevage de chevaux ? demanda-t-elle prudemment.

Axel resta silencieux, puis il lui retourna la question.

— Et toi, envisages-tu de reprendre ton métier de journaliste ?

— Quand le procès de Sloan sera terminé ? Je ne sais pas encore.

— Ça te manque ?

— Oui.

— Qu'est-cc qui te plaisait dans ce job ?

Elle réfléchit un instant.

— La créativité, sans aucun doute.

— Pourtant, tu peux exercer ta créativité avec tes bijoux.

— Ce n'est pas pareil.

— Comment ça ?

Pouvait-on comparer les deux activités ? Eprouvait-elle autant de plaisir à créer un nouveau collier qu'à écrire un article ?

Elle n'avait pas de réponse. A son tour d'esquiver et de changer la conversation.

— Ils ne parlaient pas du procès dans le journal, ce matin, observa-t-elle.

— Non, dit Alex en réajustant son rétroviseur.

Elle jeta un œil sur le tableau de bord puis sur le rétroviseur à sa droite.

Mason s'était rapproché. Seulement trois voitures les séparaient.

— Tu es pressé de rentrer à Weaver ?

— Non.

— Pourquoi roules-tu si vite, alors ? Tu as dépassé la limite autorisée.

— Parce que je voudrais semer la voiture qui nous suit depuis une trentaine de kilomètres.

— C'est le pick-up de Mason, je l'ai vu.

— Non, il a une Corvette aujourd'hui.

Elle se raidit et se retourna pour regarder par la vitre arrière.

— Je n'ai pas vu de Corvette.

Seulement le pick-up en piteux état qu'elle avait pris pour celui de Mason.

— Mason connaît son boulot, il sait se faire discret. Retourne-toi.

Elle obéit. Son cœur battait très fort.

— On va se faire arrêter par la police.

— Peut-être.

Il accéléra encore pour doubler un camion. Sans quitter la route des yeux, il sortit son portable de sa poche, pianota sur le clavier et le colla à son oreille.

— Mason, tu as le numéro du pick-up ?

Il écouta la réponse.

— Essaye encore.

Il coupa et posa le téléphone à sa droite, entre leurs sièges.

— Ça va aller, Tara.

— Bien sûr, acquiesça-t-elle en remettant ses cheveux derrière ses oreilles.

Ses mains tremblaient. Elle les posa sur son ventre, prit une profonde respiration puis expira longuement.

« Tout va bien. Parfaitement bien. »

Quand le téléphone d'Axel bipa, elle sursauta.

— Oui ?

— Merci, Mason, dit Axel avant de raccrocher. Le pick-up vient de tourner, ajouta-t-il en la regardant.

Presque instantanément, l'aiguille du compteur quitta la zone rouge.

Elle souffla et se laissa aller sur l'appui-tête.

Elle se sentait très faible. Les battements de son cœur ralentirent peu à peu, mais elle était encore sous le choc. Comme chaque fois que son père avait une alerte.

— Personne ne sait que je suis la sœur de Sloan McCray, Axel. Ça n'intéresse personne.

— Si, moi.

— Ce n'est pas ce que je voulais dire, dit-elle en serrant les lèvres.

— Je sais. Peut-être que nous sommes tous paranos. Mais je préfère ne prendre aucun risque avec toi.

Elle eut un pincement au cœur.

— Parce que Sloan t'a engagé pour me protéger, souffla-t-elle.

— C'est *une* des raisons.

— Il y en a d'autres ?

Alex se tourna vers elle. Son regard d'or la fixa quelques dixièmes de seconde.

— Tu le sais très bien.

Elle ravala sa salive.

— Il ne faut pas te sentir obligé de dire ça parce que... Parce qu'on a couché une fois ensemble.

— Si je peux me permettre, ce n'était pas juste une fois.

Elle se sentit rougir, et une vague de chaleur l'envahit jusqu'à ses orteils recroquevillés dans ses bottes.

— Un week-end, marmonna-t-elle en baissant la tête.

— Le plus beau de ma vie, murmura Axel.

— C'est pour ça que tu as pris le large pendant que je dormais.

— J'ai essayé de te réveiller, mais tu dormais comme un sonneur.

— J'avais trop bu.

Il sourit.

— Tu avais seulement bu le premier soir. Non, on avait trop fait l'amour, tu étais épuisée.

— N'importe quoi, dit-elle en regardant par la fenêtre, gênée.

Axel lui prit la main. Elle voulut la retirer, mais il la serra plus fort.

— Depuis, toutes les nuits je pense à toi. A nous. Toutes les nuits, tu entends ?

Sa voix était sourde.

— Comment ça « nous » ? protesta-t-elle. Ce mot ne

signifie rien. Ce week-end était un pur hasard, un truc qui nous est tombé dessus comme ça. Et puis, il y a le chèque que tu touches pour me surveiller. Ça, c'est autre chose.

— Et si je n'encaissais pas ce chèque ?

— Ne me raconte pas d'histoire. C'est ton boulot, les hommes comme toi ne prennent pas le risque de mettre en jeu leur carrière pour un simple week-end amoureux.

— Les hommes comme moi. Qu'entends-tu par là ?

— Comme toi ! s'écria-t-elle plus fort qu'elle ne l'aurait voulu. Comme Sloan, comme mon père. Votre travail passe avant tout. Vous avez une double vie, et ça vous convient parfaitement. Mais pour…

Elle ne put continuer.

— Pour l'entourage, c'est très dur, termina Axel.

Elle hocha la tête. Une douleur aiguë lui transperçait le crâne, juste derrière les yeux.

— Oui. Tous les autres — la famille, les amis, les enfants — en payent le prix fort.

Axel resta silencieux un long moment.

— Je suis désolé, fut tout ce qu'il trouva à répondre.

— Moi aussi, dit-elle, les yeux fixés sur le paysage enneigé qui défilait devant elle.

— Mais tu sais, reprit-il après un moment, les familles d'agents secrets n'ont pas toutes la vie que tu as eue.

— Tu n'en sais rien, dit-elle en secouant la tête.

— Si, je sais. Mes relations familiales, tu te souviens ?

Elle rit, incrédule.

— Je vois. Tu as un lointain cousin qui t'a présenté à quelqu'un, qui à son tour t'a présenté, et cetera.

Soudain, Alex tourna à droite et prit une petite route.

— Qu'est-ce que tu fais ? dit-elle en s'accrochant à la poignée tandis qu'il pilait sur le côté de la route.

Sur leur gauche, elle vit la Corvette noire de Mason passer à toute vitesse sans s'arrêter.

Axel se tourna vers elle sans se soucier de son collègue.

— C'est mon propre oncle qui m'a introduit dans le métier, Tara. Et il n'y a pas que lui qui est concerné dans la famille.

Elle posa la main sur son ventre.

— Que veux-tu dire ?

— Je veux te dire que je sais de quoi je parle. Ma famille est tout aussi concernée que la tienne par le métier d'agent secret.

— Ton père est éleveur de chevaux, Alex. Tout le monde le sait dans la région.

— Oui, mais il ne l'a pas toujours été. Hollins-Winword n'a pas de véritable siège avec des plaques commémoratives et ce genre de truc, parce que sinon mon père y figurerait en bonne place. Il a mené de nombreuses opérations en son temps, mais il a été assez intelligent pour se retirer au bon moment.

Elle essayait de comprendre. Jefferson Clay était-il bien l'homme qu'elle connaissait ?

— Et quand a-t-il arrêté ?

— Quand il s'est marié.

— Alors tu ne peux pas savoir. Tu n'as pas connu cette période de sa vie. Tu as des racines, toi, pas comme Sloan et moi.

— Tu ne me comprends pas bien, Tara. Mon père n'était pas le seul dans l'affaire. Tous ses frères ont été agents secrets. Et ils ont tous élevé des familles. Ils ne déménageaient pas tous les six mois. Ils ne mettaient pas toute leur vie dans un porte-documents noir. Tout le monde n'a pas vécu la même expérience que toi.

Elle ne voulait pas le croire. Tout cela la mettait de plus en plus mal à l'aise.

Et puis, il y avait son secret. Combien de temps allait-elle pouvoir le garder ?

— Ça n'a pas d'importance de toute façon, dit-elle en détournant son regard vers la fenêtre plutôt que d'affronter celui d'Axel. J'avais ma vie à Chicago. Quand le procès sera terminé…

Elle se mordit la lèvre.

— Tu retourneras là-bas ? Dans une maison que tu n'as plus ? Pour un travail que tu n'as plus ?

Axel disait la vérité.

Une vérité qui faisait très mal.

Elle réajusta la ceinture de sécurité qui passait sur son ventre, à l'endroit où une toute petite vie poussait en elle.

— D'accord, donne-moi une raison de rester à Weaver. Une seule.

Axel soupira et remit le contact.

— Bonne question, dit-il comme s'il se parlait à lui-même.

Et ils se turent pendant le reste du trajet.

Les jours qui suivirent, Axel ne proposa plus à Tara de fermer son magasin, mais il trouvait plein de choses à faire après la journée de travail, avant de rentrer à la maison. S'arrêter à la clinique de son beau-frère pour discuter de l'acquisition d'un nouveau cheval, faire le tour de la ville en voiture pour voir les changements qui avaient eu lieu pendant son absence…

Après une journée de travail au magasin, elle-même n'aspirait qu'à une chose : rentrer chez elle. Mais Axel semblait vouloir éviter les tête-à-tête, et elle comprit vite qu'il était inutile de le contrarier.

Le matin, après sa douche, elle trouvait un bol de thé qui l'attendait sur la table de la cuisine, et elle déjeunait pendant qu'Axel utilisait à son tour la salle de bains. A la boutique, il s'occupait en déballant la marchandise, en rangeant. Et parfois même, quand elle s'absentait quelques minutes, il prenait en main les clients. Ce fut même lui qui, un samedi en fin de journée, vendit le fameux bustier bleu à Tom Griffin, encouragé par le succès de la chemise de nuit.

Elle n'eut qu'à rajouter un peu de papier de soie pour agrémenter le paquet, et Tom sortit du magasin en sautillant comme un jeune cabri.

Elle le regarda s'éloigner avec amusement avant de retourner l'écriteau du côté « fermé ».

Quand son regard se posa sur Axel, elle vit qu'il était aussi amusé qu'elle, mais le silence relatif qui régnait entre eux depuis quelques jours reprit ses droits, et elle se détourna pour arranger la couverture ancienne suspendue à côté de la vitrine.

— Il faudrait passer à l'épicerie, il n'y a plus de lait.

— D'accord, on s'y arrêtera sur le chemin du retour, dit Axel. On dirait un vieux couple, tu ne trouves pas ?

Elle laissa la couverture, dont les plis étaient parfaitement en place.

— Sauf que tu n'es pas vieux.

— Toi non plus.

Ils n'étaient pas non plus un couple, mais inutile de le préciser.

Elle passa derrière le comptoir, ouvrit le tiroir de la caisse enregistreuse et rassembla la recette de la journée. Elle déposa l'argent et les chèques dans le coffre pendant qu'Axel éteignait les lumières.

Depuis qu'il était là, elle n'avait plus besoin de rester

après la fermeture pour ranger le magasin, car Axel avait déjà tout fait pendant la journée.

Cela ménageait des soirées plus longues, qu'il fallait bien occuper. Le point positif, c'est qu'elle avait eu le temps de remplacer presque tous les bijoux qu'elle avait vendus à la Saint-Valentin.

Elle referma le coffre avec le code, éteignit les lumières de l'arrière-boutique et attendit l'habituel coup de Klaxon d'Axel lui signifiant que la voie était libre, puis elle sortit par-derrière et monta dans la voiture.

Axel était au téléphone.

— A bientôt, dit-il en raccrochant. Ma mère, ajouta-t-il. Elle nous invite à dîner.

— On ne devait pas y aller demain, pour le repas du dimanche ?

— Si, mais ce soir, c'est juste pour nous.

Elle ravala ses protestations, sachant que cela ne servirait à rien.

— J'ai quand même besoin de lait.

— Je sais. Tu auras ton calcium.

Elle attacha sa ceinture sans rien dire, comme d'habitude depuis qu'Axel était là.

Quand elle le vit prendre la direction opposée de chez elle, elle comprit qu'il avait l'intention d'aller directement chez ses parents.

— On ne passe pas à la maison ? risqua-t-elle. J'aimerais bien me changer.

— Tu es très bien comme ça, dit-il en la balayant d'un regard qui la fit rougir.

Elle baissa les yeux sur la robe ivoire un peu large qu'elle portait.

C'était une des seules qui lui allaient encore. Bientôt, elle allait devoir renouveler entièrement sa garde-robe. Acheter des vêtements adaptés.

Elle se mordilla les lèvres, songeuse, tandis qu'ils traversaient la ville. Comme elle en avait pris l'habitude désormais, elle vérifia dans le rétroviseur si Mason les suivait dans l'un de ses innombrables véhicules.

L'homme était d'une discrétion à toute épreuve. Si Axel ne le lui avait pas présenté au magasin et si elle ne l'avait pas vu les doubler en revenant de Cheyenne, elle aurait pu croire qu'il n'existait pas.

Un des « anges gardiens » fantômes dont parlait Axel.

— Ta sœur et son mari viennent aussi ?

— Non. Ils sont à Braden pour la soirée.

Elle ne voulait plus entendre parler de Braden.

— Je suppose que tes parents connaissent tes activités.

— Oui.

— Alors, pourquoi leur faire croire à une liaison entre nous, dans ce cas ?

— Je les laisse tirer leurs propres conclusions.

— Je ne te comprends pas. Je ne vois pas l'intérêt de mentir.

— Tu veux vraiment savoir pourquoi je n'ai pas besoin de leur expliquer quoi que ce soit ? Parce qu'ils lisent en moi comme ils l'ont toujours fait. Ils savent que je…

Il s'arrêta un instant et respira profondément.

— Ils savent que tu n'es pas juste une mission pour moi.

Elle entrouvrit la bouche.

— Ils savent que tu comptes pour moi, Tara. Alors tu vois, peu importe que je leur parle ou non de cette mission. Et je peux t'assurer que, de tous les secrets que je dois garder, celui-là est bien le cadet de mes soucis !

Il lui adressa un regard brûlant.

— Tu es satisfaite, maintenant ?

Elle referma la bouche.

Le reste du trajet se fit en silence.

- 12 -

— Merci pour ce délicieux repas, dit Tara à Emily, quelques heures plus tard.

— Chérie, vous revenez quand vous voulez, répondit la mère d'Axel avec un large sourire. Ça me permet au moins de voir mon fils de temps en temps.

Elle s'étira pour embrasser le fils en question sur la joue.

— Vous serez là demain, n'est-ce pas ? Nous fêterons les vingt et un ans de Justin.

— Déjà vingt et un ans, dit Axel avec une grimace.

— C'est ce qu'on dit à chaque anniversaire, déclara Emily en lançant un sourire espiègle à Tara. Tu verras, quand tu auras des enfants.

— C'est ça, répondit Axel.

Il se tourna vers son père qui bavardait avec Rebecca et Sawyer, arrivés juste au moment où eux-mêmes s'étaient levés pour partir.

Elle eut à peine le temps de saluer tout le monde qu'il la poussait déjà vers la voiture.

— Pourquoi étais-tu si pressé de partir ? demanda-t-elle.

Axel lui ouvrit la portière.

— Je ne suis pas pressé de rentrer à Weaver, dit-il en rentrant le bord de son manteau qui dépassait. J'aimerais passer à la cabane. Ce ne sera pas long.

Elle rêvait de connaître cette cabane dont il lui avait parlé à Braden, mais elle feignit l'indifférence.

Les dernières lumières du ranch disparurent derrière eux.

Axel lui avait dit que ce n'était pas loin de chez ses parents, mais le trajet lui parut long. Enfin, ils quittèrent la route et empruntèrent un chemin boueux.

— Tu es sûr du chemin ? demanda-t-elle, légèrement inquiète.

La nuit était noire, seule la neige émettait une pâle lueur dans la lumière des phares.

— J'ai grandi par ici. Je connais le coin comme ma poche.

Il prit un dernier virage et s'arrêta.

— Attention, lui dit-il en l'aidant à descendre, la neige est profonde.

Ses bottes s'enfoncèrent d'une bonne dizaine de centimètres tandis qu'ils avançaient lentement vers la masse sombre qui se dressait devant eux.

Ils grimpèrent les quelques marches du porche et, malgré l'obscurité, elle eut un flash : un vieux rocking-chair, un bouquet de fleurs des champs et une carafe de limonade bien fraîche posée sur la table.

Elle cligna des yeux, mais l'image persista.

— Entre, dit Axel en ouvrant la porte.

Elle le suivit à l'intérieur.

Il tourna plusieurs interrupteurs, et un flot de lumière éclaira la pièce, plus grande qu'on ne pouvait s'y attendre en arrivant de l'extérieur.

Les images d'une chaude journée d'été sur la terrasse n'étaient rien en comparaison du plaisir qu'elle éprouva en regardant autour d'elle.

Une énorme cheminée en pierre lui faisait face. Les murs

de rondins grossièrement taillés étaient troués de hautes fenêtres. Le sol était en pin naturel, l'intérieur des murs recouvert d'une peinture blanc cassé. Il n'y avait aucune décoration. Et, pour tout mobilier, une grande table de billard, des cartons et le canapé qu'Axel lui avait acheté.

— Qu'en penses-tu ?

Elle adorait. Tout.

— Le canapé est bien ici, dit-elle.

Le lendemain de son achat, plusieurs cousins d'Axel étaient venus charger l'encombrant meuble dans un camion portant le logo du ranch Double-C. Ici, il était parfaitement en valeur face à la cheminée.

Elle n'avait pas besoin de beaucoup se forcer pour s'imaginer assise dedans confortablement avec Axel, devant un feu crépitant.

« Un jour, toi et moi nous ferons l'amour sur ce canapé. »

Les mots résonnaient obstinément dans sa tête.

— Oui, dit Axel, les mains sur les hanches, l'air satisfait. Je suis content. Mais le reste de la cabane est un peu vide, les murs sont trop nus.

Elle fit la moue.

« Cabane » était un mot trop modeste pour décrire un aussi joli chalet.

— Tu aimerais la décorer comment ? demanda-t-elle en avançant vers la table de billard.

Celle-ci était imposante, avec son bois luisant et sombre et ses pieds massifs. Une lampe pendait au-dessus du tapis vert, mais la lumière artificielle devait peu servir, car la table était située à côté de trois larges portes-fenêtres orientées plein sud.

— Pourquoi ? Tu veux me vendre autre chose ? plaisanta Axel.

Elle ne put s'empêcher de sourire.

— Je suis commerçante, ne l'oublie pas.

— J'ai besoin d'une tête de lit, grande taille.

— Je verrai si je te trouve ça, dit-elle en détournant le regard.

Près d'une des fenêtres, elle aperçut un carton ouvert. Elle s'agenouilla et prit au hasard un des cadres qui y étaient entassés pêle-mêle.

Axel, en uniforme et casquette de collège, encadré de ses parents rayonnants, la regardait avec un sourire facétieux.

Elle remit la photo en place, en prit une autre et, poursuivant son exploration, parcourut l'histoire de la famille Clay en images.

— Voilà de quoi habiller un peu tes murs, toi qui les trouves trop nus. Tiens, ces deux-là, par exemple, ce sont les mêmes cadres. Ils feraient bien côte à côte.

— Moui. il faudrait que quelqu'un qui a un œil pour ça s'en occupe.

Elle lui adressa un regard sceptique.

— Ne me dis pas que personne ne t'a proposé de l'aide dans ta famille. Ta mère ou ta sœur, ou tes cousines…

— Tu plaisantes ? C'est moi qui ne veux pas qu'elles viennent. Je ne veux pas être envahi.

— Mais elles ont très bon goût.

— C'est *leur* goût.

— Si c'est moi qui le fais, ça ne te gêne pas ?

— Non, j'aime bien tes goûts à toi.

Le compliment lui alla droit au cœur, et au regard d'Axel elle vit qu'il était conscient de l'effet qu'il avait produit.

Le cœur battant, elle se redressa, prit le carton et le posa sur la table de billard. Puis elle sortit les cadres un à un et les étala sur le tissu vert.

Bientôt, elle sentit son souffle à côté d'elle.

Il posa ses mains sur le bord de la table.

— Qu'est-ce que tu fais ?

— J'essaie de voir comment on pourrait les disposer sur un mur.

Elle essayait de parler normalement, mais elle avait du mal.

— Qui est-ce, là, en uniforme de marin ?

Elle montrait un homme au milieu d'un groupe dans lequel se trouvait également Axel. Tous levaient leur chope de bière comme pour fêter un événement heureux.

— Ryan, mon cousin. Le fils aîné de Rebecca et Sawyer.

Elle reposa le cadre.

Elle n'avait jamais rencontré Ryan Clay, mais avait entendu parler de sa disparition, qui avait eu un retentissement considérable dans la ville. En effet, Ryan, soldat en service, était le fils de Sawyer, shérif à la retraite et le médecin le plus réputé de la ville. Le jour de la cérémonie rendue en son honneur, Weaver était une ville morte. Mais le jeune homme insouciant qu'elle voyait là, au milieu de copains, ne ressemblait pas au soldat à l'expression sérieuse dont la photo avait été publiée dans le journal.

— Vous étiez proches ? demanda-t-elle.

— Oui, dit Axel d'une voix grave. Il avait quelques années de plus que moi, mais nous étions très amis.

Sa mâchoire se serra, et une ombre passa dans ses yeux.

Sans réfléchir, elle posa sa main sur la sienne.

— Je suis désolée. Tu as dû être très affecté.

Elle qui priait chaque jour pour que son frère soit vivant, elle comprenait ce qu'il pouvait ressentir. Car, même si Sloan n'était pas mort, elle avait l'impression de l'avoir perdu définitivement.

Il retourna sa main et lui serra les doigts.

— Je préfère ne pas en parler, dit-il.

Elle avala sa salive.

— Tu as un marteau et des clous quelque part ?

Il resta un moment les yeux dans le vague avant de répondre.

— Je vais te chercher ça.

Quand il lâcha sa main, elle serra le poing en regardant les photos. Mais elle ne les voyait pas vraiment.

Il revint trop vite. Elle n'avait pas eu le temps de surmonter l'émotion qui la submergeait.

— Les clous, dit-il en posant une petite boîte devant elle. Et un marteau. Je suis à ta disposition, montre-moi où tu veux accrocher tout ça.

Elle hésita un moment puis prit le plus grand cadre — la photo des parents d'Axel le jour de leur mariage — et se dirigea vers le mur à côté de la porte d'entrée. Elle maintint la photo au milieu pour évaluer l'effet.

— Ici, indiqua-t-elle.

— C'est un peu bas, non ?

— Je croyais que tu me laissais faire ?

Axel eut un petit rictus mais s'exécuta et planta le clou à l'endroit indiqué.

— Tu aurais un crayon et un niveau ?

— Je n'ai pas été scout, mais, tu vois, je suis prévoyant, dit-il en sortant les outils de sa poche arrière.

Elle les prit et se retourna pour marquer les emplacements.

« Prévoyant. »

Il avait été prévoyant à Braden, mais elle se retrouvait quand même enceinte.

Malgré les préservatifs qu'ils avaient pris soin d'acheter cette nuit-là, un accident était arrivé. La preuve que quatre-vingt-dix-neuf pour cent de réussite, cela ne veut pas dire cent pour cent.

— Des crochets, ce serait mieux que des clous, dit-elle. Mais je ne pense pas que tu aies ça aussi.

— Non, mais nous en apporterons la prochaine fois que nous viendrons.

La prochaine fois ? Il y aurait donc une prochaine fois ?

Elle aurait dû s'en réjouir, mais quelque chose lui disait qu'elle se mettait en danger.

Elle devait tout faire pour maintenir une distance entre elle et Axel Clay. Car, une fois qu'il aurait terminé sa mission, ils ne se verraient plus.

Quand il affirmait qu'on pouvait avoir une vie de famille normale avec le genre de travail qu'il faisait, elle ne le croyait pas. Elle en avait vécu l'amère expérience.

Elle finit de marquer les emplacements, Axel planta les clous, puis elle accrocha les photos.

— C'est bien, dit-il tandis qu'elle se reculait pour apprécier.

— Pas tout à fait, attends…

Elle intervertit deux cadres.

— Je ne savais pas que nous allions jouer aux « photos musicales », plaisanta Axel.

— Tu m'as dit que tu n'étais pas pressé de rentrer à Weaver. Mais j'ai fini de toute façon, dit-elle, reposant le carton vide à côté des autres. Qu'est-ce qu'on fait, maintenant ?

Il posa sa main sur son dos et remonta jusqu'à la nuque.

— Je pense qu'il est temps d'arrêter de faire semblant.

Elle s'immobilisa et ferma les yeux. Ses doigts agrippèrent le bord de la table.

Il lui caressait doucement le cou.

Elle tremblait, sa respiration s'accélérait. Elle prononça son nom dans un souffle.

— Axel… Je voudrais… Enfin, je ne veux pas…

— Chut.

Il lui effleura l'oreille de ses lèvres.

— Je vais te montrer ce que je veux, moi.

Son bras passa autour de sa taille, et sa main chaude se posa sur son ventre.

Elle sentit sa chaleur traverser son épais pull en laine, sa jupe, irradier tout son corps.

Elle haleta, folle de désir et de peur.

Que faisait-elle ?

Elle ne devait pas le laisser faire. Elle ne devait pas faire l'amour avec lui.

— J'en ai envie depuis des jours.

Cette voix grave, caressante, irrésistible…

— Depuis des semaines, des mois, Tara. J'ai essayé de résister, mais c'est impossible.

— Axel…

— Laisse-moi te toucher.

Ses mots la brûlaient, comme sa main qui descendait lentement.

— Te goûter, te sentir…

Il lui mordilla doucement le lobe de l'oreille.

— Encore une fois.

Quand sa main effleura le haut de sa cuisse à travers sa jupe, elle se mordit la lèvre très fort.

— Axel !

— Je veux t'entendre prononcer mon nom quand je rentre en toi, je veux entendre ce petit hoquet quand je me retire, murmura-t-il tandis que sa main furetait à travers le tissu de sa jupe.

De la lave coulait dans ses veines. Elle aurait voulu arrêter sa main, mais elle ne pouvait pas.

— C'est pour ça que tu m'as amenée ici ?

— Tu seras fâchée si je dis oui ?

Elle trembla.

— Je ne sais pas…

— Je voulais te voir ici, chez moi.

Son cœur se serra.

— Nous ne devrions pas faire ça, dit-elle faiblement.

Mais c'était plus une prière qu'un ordre.

— C'est vrai, nous ne devrions pas. Mais il est trop tard, ce que nous devrions faire ou ne pas faire ne compte plus.

Sa main poursuivait son exploration entre ses jambes, de plus en plus intime. Son autre main s'était arrêtée sous son sein et ses doigts trouvèrent vite la pointe dure à travers l'épaisseur du pull.

— Tu veux que j'arrête ?

Voulait-elle arrêter cette folie ? Ou voulait-elle se laisser entraîner sans plus penser à rien ?

Les caresses reprirent, plus intenses, et toute volonté de résistance l'abandonna.

Ses jambes se dérobaient sous elle. Sa tête tomba mollement contre la poitrine d'Axel.

— Non, ne t'arrête pas.

Il poussa un profond soupir, la tourna vers lui et plaqua sa bouche sur la sienne.

Leurs langues se mêlèrent, et tout chavira.

Il sentait le café, il avait le goût du plaisir, du bonheur.

Elle sentit le rebord dur de la table dans son dos tandis qu'il la soulevait et la déposait dessus. Il souleva lentement sa jupe, la remonta sur ses genoux, ses cuisses, et s'avança entre ses jambes.

Elle glissa ses bras autour de ses épaules comme pour

s'accrocher dans la tempête. Puis elle sentit les mains d'Alex sur ses hanches, ses doigts accrocher l'élastique de sa culotte pour la faire descendre. Elle se souleva pour lui faciliter la tâche.

Quand il arriva aux genoux, elle se rendit compte qu'elle n'avait pas enlevé ses bottes.

— Mes bottes…

Mais Axel régla le problème en tirant d'un coup sec. La culotte se déchira, et il la jeta par terre.

Elle haleta tandis que ses doigts remontaient, doux et précis.

Là.

Elle eut un hoquet et planta ses doigts dans les épaules d'Axel. Puis elle remonta dans ses cheveux.

— Axel, souffla-t-elle.

— Oui, c'est ça que je voulais entendre.

Sa voix était rauque, fiévreuse. Ses doigts palpaient, cherchaient, la tourmentaient. Sa bouche brûlait la sienne.

— Dis-moi que tu le veux, toi aussi.

— Oui, je le veux autant que toi, murmura-t-elle.

Puis les mots devinrent inutiles, et elle perdit tout contrôle. Les seuls sons qui sortirent alors de sa bouche furent des soupirs et des gémissements. Elle s'accrochait à lui tandis qu'il l'amenait au bord du précipice. Languissante, elle le regarda défaire son pantalon et la plaquer violemment contre lui.

Elle cria en le sentant plonger en elle, inondée par le plaisir.

Puis, sans se séparer d'elle, le souffle court, il la porta jusqu'au canapé.

— La prochaine fois, nous prendrons plus de temps, dit-il en s'allongeant sur elle.

La prochaine fois n'existait pas pour elle. Car elle ne

pouvait imaginer que la vague de jouissance qui irradiait chaque parcelle de son corps pourrait s'arrêter un jour.

Leurs habits s'emmêlaient, les gênaient, mais peu importait. Plus rien ne comptait que lui.

Et au moment où le plaisir atteignait son paroxysme, devenait presque insupportable, elle sentit le corps d'Axel se tendre. Il s'arc-bouta, saisit le cuir du canapé au-dessus de sa tête et murmura son prénom.

Elle eut l'impression d'exploser à l'intérieur, et elle le serra très fort tandis qu'il retombait lourdement sur elle.

Il lui fallut quelques instants pour revenir à la réalité.

Enfin, Alex se souleva et se glissa hors d'elle.

— Il est bien, ce canapé, l'entendit-elle murmurer.

Elle sourit.

Elle aurait voulu le garder contre elle pour l'éternité.

— Tara, murmura Axel en lui passant la main dans les cheveux. Tara…

— Il y a quelqu'un ? cria une voix masculine tandis que la porte d'entrée s'ouvrait et qu'un bruit de bottes résonnait sur le parquet.

- 13 -

Tara sursauta et se redressa d'un seul coup. Elle faillit se prendre les pieds dans sa jupe et courut se réfugier dans la cuisine.

Heureusement, il y avait un petit cabinet de toilette juste à côté.

Elle s'y enferma et s'adossa à la porte, écoutant le martèlement de son cœur qui tambourinait, couvrant presque le bruit des voix venant de l'autre pièce.

Tremblant de tous ses membres, elle s'aspergea le visage et prit la petite serviette-éponge suspendue à côté du lavabo pour se tamponner le front et les joues.

Pourvu que les visiteurs repartent vite !

Mais à peine eut-elle formulé ce vœu qu'elle entendit les voix plus distinctement, et les pas se rapprochèrent.

Les voix étaient celles de deux des jeunes cousins d'Axel : Casey et Erik. Ils étaient dans la cuisine, maintenant.

Elle retint son souffle jusqu'à ce que les voix diminuent de nouveau, en se regardant dans le miroir.

Voilà qui lui apprendrait à faire ce genre de bêtise ! Surtout avec le secret qu'elle cachait.

Elle se redressa et finit de se rafraîchir, mais tout à coup elle se rappela qu'elle avait laissé sa culotte dans le salon.

Où était-elle ? Sur la table ? Par terre ?

Elle respira profondément et ouvrit la porte. Sa longue

jupe battait sur ses cuisses nues tandis qu'elle traversait la cuisine désertée.

Pourvu, pourvu que personne ne s'avise qu'elle n'avait rien en dessous !

— Ils sont venus faire un billard, lui dit Axel quand elle réapparut, les yeux fixés sur le sol, cherchant en vain à apercevoir le petit bout de dentelle déchirée.

— On ne pensait pas que tu serais là, dit Erik, comme tu es tout le temps chez Tara en ce moment.

Il tendit une bouteille à Tara.

— Vous en voulez ?

— Non merci, dit-elle en se forçant à sourire.

Elle avait repéré sa culotte.

Juste derrière le pied d'Axel.

— Je leur disais que nous étions sur le point de repartir en ville, dit Axel.

Sa voix était parfaitement maîtrisée.

— D'accord.

Elle aurait voulu paraître calme, mais c'était impossible. Elle avait l'impression d'être une adolescente prise en faute — sauf qu'elle n'avait jamais fait de faute quand elle était jeune.

— Super, dit Erik en prenant une queue de billard sur le râtelier qui attendait d'être accroché au mur. On peut rester, alors.

— On a autre chose à faire que de roucouler, nous, ajouta Casey en riant.

Tara recula pour leur laisser la place, un sourire figé sur les lèvres.

— Arrêtez de jouer les durs, les gars, dit Axel. On est samedi soir, et vous êtes tous les deux à vous regarder dans le blanc des yeux. Franchement, c'est un peu triste, non ?

— Pff, c'est ce que tu crois ! ricana Casey.

— Axel a raison, dit Erik en avalant une rasade. C'est pour ça qu'on boit.

Axel se pencha et prit une bouteille dans le sac posé par terre.

Si Tara ne s'était pas sentie aussi honteuse, elle aurait admiré la dextérité avec laquelle, tout en prenant à boire, il avait fait disparaître sa culotte déchirée dans la poche de son jean derrière les pans de sa chemise ouverte. Ses cousins n'y avaient vu que du feu.

— Ouais. De la bière sans alcool. Les gars, si vous vous morfondez parce que vous ne trouvez pas de filles, au moins, buvez de la vraie bière.

— J'aime bien la bière sans alcool, objecta Erik.

Casey prit une queue à son tour et la posa sur le tapis.

— Et moi, j'aime bien jouer au billard sans être obligé de payer comme chez Colby's.

— On ne paie pas, chez Colby's.

— Maintenant si, grogna Casey. Ça fait plusieurs mois que tu n'es pas venu, Axel. Ça a changé de propriétaire. De toute façon, comme tu n'es jamais là…, conclut-il en haussant les épaules.

— Je croyais que vos parents avaient tous des billards chez eux, intervint Tara, qui se souvenait en avoir entendu parler pendant le repas au ranch.

— Exact, dit Axel avec une étincelle dans les yeux. Mais ils ne veulent pas jouer avec eux parce qu'ils n'ont pas envie de se faire battre.

— C'est vrai, reconnut Casey avec une grimace.

— Mon père et ses frères sont tous imbattables au billard, commenta Axel.

— Et au poker, ajouta son cousin.

— Et à la bouteille, poursuivit Erik en prenant une gorgée. Et pas des trucs de mauviettes.

Tara secoua la tête, incrédule.

Elle avait du mal à imaginer ces hommes respectables en buveurs et joueurs invétérés. Tout comme elle ne les imaginait pas à la tête d'une agence secrète. Les Clay étaient les gens les plus honnêtes, les plus droits, les plus comme il faut qu'elle ait jamais rencontrés.

— Oh ! dit-elle, se sentant stupide.

Elle était là, plantée au milieu du salon, à se triturer les mains. Les courants d'air se faufilaient sous sa jupe, lui rappelant s'il était nécessaire que sa culotte était dans la poche d'Axel.

— On devrait peut-être y aller, suggéra-t-elle.

Axel glissa le bras autour de ses épaules.

— Bonne idée, ma chérie, dit-il en la poussant vers la porte. N'oubliez pas d'éteindre les lumières en partant !

— Comme d'hab'.

Les boules de billard s'entrechoquaient déjà sur le tapis. Erik et Casey ne faisaient plus attention à eux.

Axel attrapa leurs manteaux et présenta le sien à Tara. Elle l'enfila à la hâte.

L'air de la nuit claqua sur ses joues en feu. Elle frissonna et marcha jusqu'à la voiture. A l'intérieur, elle boucla sa ceinture, regardant résolument droit devant elle.

Quand Axel se fut installé au volant, elle sentit son regard peser sur elle.

Puis il démarra et passa la première.

— On a eu chaud, dit-il. Il s'en est fallu de quelques minutes.

Elle se crispa et serra les jambes. Très fort.

— Ça ne change rien. De toute façon, cela ne se reproduira plus. Tu ne viendras pas dans mon lit à la maison.

— Certains hommes pourraient prendre ces paroles

comme un défi, remarqua Axel. Mais je ne suis pas de ceux-là.

— Tant mieux, parce que nous allons tourner *définitivement* la page, répliqua-t-elle en regardant dehors.

Quelle menteuse elle faisait ! Son corps tendu comme un arc ne désirait qu'une chose : recommencer.

— Nous avons perdu la tête, voilà tout.

— Je ne crois pas, dit Axel d'une voix sensuelle, pleine de sous-entendus. Pour ma part, je savais très bien ce que je faisais.

Puis il se tut.

Ils roulaient depuis une bonne demi-heure et Axel pouvait encore sentir les reproches muets de Tara à son côté.

Ils avaient dépassé la maison de ses parents, dont il avait aperçu les lumières, et ils arrivaient maintenant sur la nationale.

— Ne t'attends pas à des excuses, dit-il, brisant le silence.

Il ne manquerait plus que ça. Qu'il ait fait une erreur en franchissant cette ligne en mission, il voulait bien en convenir, mais Tara était entièrement consentante et en avait envie autant que lui. Et il en avait encore envie.

— Je ne t'ai rien demandé, dit-elle froidement.

— Très bien.

Il se retenait à grand-peine de se pencher vers elle pour l'embrasser.

Ils arrivaient sur la dernière grande courbe avant Weaver, quand son téléphone vibra.

Il décrocha.

— Ouais.

C'était Max Scalise, il avait sa voix officielle de shérif.

Axel se figea en entendant la teneur de l'information.

— Je fais au plus vite, dit-il en reposant le téléphone.

Tara s'alarma.

— Que se passe-t-il ?

— Un incendie.

Il hésita un instant.

— Chez toi.

— Quoi ? !

Mais il n'avait pas besoin de répéter, elle avait très bien compris.

Elle secoua la tête, refusant de se rendre à l'évidence.

— Non, non, ce n'est pas possible ! Je n'ai utilisé aucun appareil électrique ce matin. Je n'ai pas pu les laisser allumés.

Soudain, elle se rendit compte qu'il avait ralenti et s'apprêtait à faire un demi-tour.

— Pourquoi fais-tu demi-tour ?

— Je te ramène chez moi.

— Non ! Je veux aller à Weaver ! s'écria-t-elle en lui attrapant le bras.

La voiture fit une embardée.

— Ce n'est pas prudent, dit-il en redressant la trajectoire.

Il ne voulait pas prendre de risque avant de connaître la véritable cause de l'incendie.

— Mais c'est *ma* maison ! cria la jeune femme en enfonçant ses ongles dans le bras d'Axel. Je t'en supplie, Axel !

Il fit l'erreur de la regarder.

Les larmes noyaient ses yeux. Son visage était bouleversé.

Il marmonna un juron et freina brusquement.

La voiture dérapa et s'immobilisa.

— L'incendie a tout ravagé, avoua-t-il. D'après Max, on ne pourra rien récupérer.

Ni le matériel pour fabriquer les bijoux, ni les magazines si bien rangés, ni les vêtements, ni les livres, ni la photo sur la commode…

— Axel, s'il te plaît !

Quel piètre agent il faisait, à ne pouvoir résister aux supplications de cette femme.

Se maudissant lui-même, il se pencha pour ouvrir la boîte à gants et sortit son revolver.

Tara resta silencieuse pendant qu'il enlevait sa veste, enfilait son holster, puis remettait sa veste.

— Tu as une arme, dit-elle d'une voix à peine audible.

— Oui, et je déteste la prendre. C'est pour ça que j'aurais préféré te mettre à l'abri.

Et il démarra dans un crissement de pneus, direction Weaver.

Elle retrouva enfin la parole quand elle aperçut devant eux les lumières de la ville.

— Merci, dit-elle.

— Attends avant de me remercier.

Il redoutait sa réaction au moment où le spectacle de désolation apparaîtrait devant leurs yeux.

Ils sentirent l'odeur de la fumée plusieurs rues avant d'arriver. Il y avait des camions de pompiers partout. Les gyrophares jetaient une lumière aveuglante sur toutes les fenêtres du quartier. D'énormes lances à incendie serpentaient sur la chaussée, le long du trottoir et sur la pelouse enneigée, portées par des hommes casqués et lourdement équipés. Des nuages de fumée noire et âcre s'échappaient des restes de la maison de Tara.

— Mon Dieu, murmura-t-elle tandis qu'il ralentissait en arrivant sur les lieux. Il ne reste plus rien…

Il crut qu'elle allait tourner de l'œil.

Il s'arrêta près de la barricade dressée par les hommes

du shérif. Quand Tara posa la main sur la poignée de la portière, il la retint.

— Il vaut mieux rester dans la voiture.

— Je veux aller voir !

S'il n'avait pas eu peur d'être repoussé, il l'aurait prise dans ses bras.

— Je sais, Tara. Mais c'est trop dangereux. Je n'aurais même pas dû t'amener si près.

— Et moi, je n'aurais jamais dû partir avec toi ! cria-t-elle. Si j'avais été là…

— Tu aurais peut-être été coincée à l'intérieur, coupa-t-il. Tara, je sais que c'est dur, mais *réfléchis !*

Elle s'étrangla.

— Pourquoi est-ce que je ne peux jamais rien garder ? Partout où je vais, tout est détruit ! J'aimerais tant, juste une fois dans ma vie, pouvoir me poser…

— Là, Tara, là…, dit-il en lui caressant les cheveux. Tout va s'arranger, tu verras.

Elle eut un rire grinçant.

— Et comment ? s'écria-t-elle en montrant les ruines fumantes de sa maison. Je n'ai plus rien !

Il ne pouvait pas dire le contraire. Il ne restait qu'un tas de cendres et de débris noircis que les pompiers continuaient d'arroser avec leurs lances.

— Est-ce qu'ils sont obligés de s'acharner comme ça, d'effacer toutes les traces de mon existence ?

Il ne put s'empêcher de la serrer contre lui et posa les lèvres sur son front.

— Il faut s'assurer que le feu est bien éteint et qu'il ne risque pas de s'étendre aux maisons voisines, dit-il calmement.

Tara fit une grimace et le repoussa.

Il remit le contact et enclencha la marche arrière, mais

s'arrêta en voyant Deirdre Crowder qui lui faisait des grands signes. Elle courut vers eux, sa robe battant contre ses jambes, ses cheveux voletant autour de son visage.

Il baissa sa vitre quand elle arriva à sa hauteur.

La fumée entra dans l'habitacle.

— Deirdre…

— Dieu soit loué, vous êtes vivants ! dit-elle en posant sa tête sur la portière pendant quelques instants. Les pompiers m'ont dit qu'il n'y avait personne à l'intérieur, mais j'ai eu très peur.

Elle secoua la tête, puis remonta son écharpe sur son nez pour faire écran à la fumée. Ses yeux se posèrent sur Tara.

— Tara, si je peux faire quelque chose pour toi… Je ne peux pas croire ce qui vient d'arriver. C'est terrible. Cynthia fait le tour des voisins pour rassembler tout ce dont tu pourras avoir besoin pendant au moins quelques jours. J'ai une chambre libre si tu ne sais pas où aller. Mais je pense que ce ne sera pas nécessaire…

— Merci, Deirdre, répondit-il à la place de Tara, qui restait muette, comme hébétée.

La jeune femme lui posa la main sur le bras. Ses yeux rougis par la fumée allaient de l'un à l'autre, l'air interrogateur.

— On apporte tous ces trucs chez tes parents ?

— Oui. Merci.

Deirdre serra encore une fois son bras puis s'éloigna du pick-up. Elle rejoignit un peu plus loin la foule de curieux, à la fois choqués et fascinés par le spectacle des pompiers s'activant autour des décombres de la maison.

Il remonta sa vitre et se fraya un chemin à travers la rue encombrée.

— Où allons-nous ? demanda Tara.

— On retourne chez moi.

Elle ne protesta pas.

Il aurait presque préféré la voir en colère, plutôt que dans cet état d'apathie.

— Tes cousins sont encore là, dit-elle enfin, lorsqu'ils arrivèrent devant le chalet.

Effectivement, la voiture de Casey n'avait pas bougé.

— Ils ne vont pas rester longtemps.

Il descendit et fit le tour de la voiture pour lui ouvrir, mais elle était déjà sortie.

Il la prit par le bras, et ils se dirigèrent vers la maison.

En voyant Tara, ses deux jeunes cousins posèrent leurs queues de billard.

Il leur fit un signe de la main.

— Je reviens dans une minute.

Il emmena Tara dans sa chambre et l'allongea sur le lit. Voyant qu'elle ne bougeait pas, il se pencha vers elle et l'aida à enlever son manteau.

— Je n'ai jamais eu l'intention de rester dans cette maison, dit-elle lentement. Alors, pourquoi ça me fait si mal ?

Il s'accroupit et lui enleva ses bottes.

— Peut-être parce que tu as vécu là plus longtemps que nulle part ailleurs.

Elle ne dit rien et se renversa sur les oreillers.

Il remonta la couverture sur elle, le cœur brisé de la voir si malheureuse.

— Tu veux que je reste avec toi ?

Elle tourna la tête de l'autre côté.

— Non.

Il soupira et leva la main pour dégager les cheveux collés sur son visage tout chiffonné, mais il arrêta son geste.

S'il avait fait correctement son travail, s'il ne s'était pas laissé distraire, peut-être aurait-il pu empêcher cet incendie.

Il aurait pu attraper le salaud qui l'avait allumé, et toute cette affaire serait terminée.

— Repose-toi, dit-il en sortant de la chambre sur la pointe des pieds.

Il laissa la porte entrouverte, retourna dans le salon et, la mine soucieuse, fit signe à ses cousins de le suivre dans la cuisine.

— Je suis au courant, dit Erik, son portable à la main. Papa vient d'appeler, il cherchait à te joindre.

— J'ai laissé mon portable dans la voiture.

— On peut faire quelque chose ? demanda Casey.

Axel hocha la tête.

— Dis seulement à ton père de garder son arme sous la main, dit-il très sérieusement.

Si l'on traçait un triangle entre la ferme, le ranch Double-C et la maison de Daniel et Maggie, les parents de Casey, le chalet se trouvait pile au milieu.

— L'affaire est sérieuse, donc, dit Erik qui essayait visiblement d'encaisser le choc.

Le fils de Tristan avait été très tenté à un moment de travailler à Hollins-Winword pour suivre les traces de son père. Mais il avait renoncé.

— Ouais, l'heure est grave.

Casey hocha la tête.

Lui aussi avait résisté aux sirènes de l'agence familiale. Il préférait la littérature… Toutefois son père lui avait appris à se servir d'une arme, et c'était un excellent tireur.

— Tu veux qu'on reste ici pour faire le guet ?

Il se gratta le menton.

Son père pouvait s'occuper de la ferme et Matthew du ranch.

— Non, allez monter la garde chez Daniel. Ne laissez

passer personne. Et, surtout, pas un mot de cette histoire à quiconque d'étranger à la famille.

C'était une recommandation superflue, mais il préférait ne rien laisser au hasard.

Les deux jeunes gens approuvèrent et sortirent immédiatement.

Il retourna vers la chambre et regarda par l'entrebâillement de la porte.

Tara était tournée de l'autre côté, il ne pouvait pas voir son visage. Il ne pouvait voir si elle pleurait, mais il aurait préféré ça à un silence buté.

Il retourna à la voiture pour récupérer son portable. Délaissant les messages, il appela son père.

— On sait, dit Jefferson immédiatement. Où êtes-vous ? Vous allez bien ?

— On est à la cabane. Moi, ça va. Mais Tara est en état de choc.

— D'après Max, la maison s'est enflammée comme une torche. On connaît la cause de l'incendie ?

— Non, il faut attendre les résultats de l'enquête des pompiers.

Mais pour lui il n'y avait pas de doute, l'incendie était criminel.

— Vous pouvez venir maintenant ? demanda-t-il.

— Oui, on arrive avec ta mère.

— D'accord.

Emily était la personne idéale pour gérer ce genre de situation.

— Tu as du monde autour de toi ? reprit-il.

Il y eut un court silence, et il imagina son père en train d'analyser la situation et de trouver rapidement une solution efficace, comme il le faisait toujours.

— Suffisamment, dit Jefferson. Et même plus qu'il ne faut, Axel.

Axel raccrocha, revint dans le salon et alluma un feu dans la cheminée.

Il remit les bières d'Erik dans le réfrigérateur et les queues de billard à leur place, puis il écouta les messages furieux de Tristan.

Mais il ne pouvait détacher sa pensée de la jeune femme qui était dans son lit. Il aurait voulu qu'elle y soit pour une autre raison que le dramatique accident qui venait de se produire.

- 14 -

— Vous êtes réveillée ?

Tara ouvrit les yeux et vit Emily, la mère d'Axel, assise sur un rocking-chair à côté du lit.

Une petite lampe posée sur une pile de cartons répandait une lumière douce dans la pièce. Le fauteuil d'Emily était exactement comme ceux qu'elle avait imaginés pour la véranda devant la maison.

— Vous voulez boire quelque chose ? demanda doucement Emily. De l'eau ? Un alcool fort ?

Tara sentit ses yeux se remplir de larmes.

Emily posa sur l'accoudoir du fauteuil le livre qu'elle était en train de lire et s'approcha du lit. Elle lui arrangea les cheveux autour du visage.

— Courage, lui dit-elle. L'important, c'est que personne n'ait été blessé.

Oui, bien sûr, mais elle avait tout perdu. Tout ce qu'elle possédait était parti en flammes.

Elle avala sa salive mais s'étrangla et se mit à tousser.

— Je vais vous chercher de l'eau, dit Emily. J'en ai pour une seconde.

Tara laissa retomber sa tête sur l'oreiller.

Ça sentait la fumée. Non, c'était *elle* qui était imprégnée de cette odeur qui piquait la gorge.

Elle mit son bras devant son visage et essaya de tout oublier.

Le murmure étouffé de la voix d'Emily qui parlait à quelqu'un dans la pièce à côté, la faible lueur de la lampe trouant à peine l'obscurité de la chambre, le fait de se trouver dans le lit d'Axel…

Le dernier endroit où elle aurait voulu se retrouver.

C'était en tout cas ce qu'elle se répétait. Mais elle se mentait à elle-même, et elle le savait.

Elle sentit un léger frottement dans son ventre. Elle posa les mains dessus et se figea, tous les sens en alerte.

Encore un mouvement, léger comme le battement d'ailes d'un papillon.

Son bébé avait bougé !

— Tenez, Tara, dit Emily en entrant, un verre d'eau à la main.

Tara se redressa un peu dans le lit et prit le verre.

L'eau fraîche fit du bien à sa gorge irritée.

Emily reprit le verre vide et le posa sur le carton à côté de la lampe. Puis elle se réinstalla dans le rocking-chair avec son livre.

— Je vais rester encore un peu à côté de vous, d'accord ?

— Ça fait longtemps que vous êtes ici ?

— Axel nous a appelés dès que vous êtes arrivés. Il est à peu près 2 heures du matin maintenant.

Tara ouvrit grand les yeux.

— Vous êtes restée tout ce temps assise ici ?

— Bien sûr. Axel ne voulait pas que vous soyez seule à votre réveil.

La gentillesse de cette femme était presque insupportable.

— Mais… Où est-il ?

— Il est à Weaver avec son père. Ne vous inquiétez pas, ajouta Emily, Mason Hyde a pris la relève.

— Vous connaissez Mason ? dit Tara, étonnée.

— Je sais beaucoup de choses. Axel nous a dit, pour votre frère.

Le bébé bougea encore.

— Je suis désolée, dit Tara en rougissant. Je suis désolée de vous avoir menti.

Emily fronça les sourcils, interloquée.

— Menti ?

Tara cilla.

En fait, Axel n'était pas exactement le portrait de son père. Il avait le regard, les expressions de sa mère.

— Oui, continua-t-elle. A propos de notre liaison.

La mère d'Axel eut un sourire vaguement amusé.

— Mais vous *avez* une liaison, non ?

— Euh, non. C'est juste parce qu'il est chargé de ma protection pendant le procès.

Emily reposa son livre et vint s'asseoir sur le lit.

— Jefferson et moi, nous n'étions pas ravis quand Axel nous a annoncé qu'il allait travailler pour l'agence. Mais cette soif de justice, cette volonté de faire ce qui est bien, il ne les a pas seulement acquises en grandissant dans notre famille. Je pense que c'était dans ses gènes dès le début.

Elle eut un petit rire.

— Mais jamais, poursuivit-elle en lui prenant les mains, jamais il n'a mélangé travail et vie de famille. Jamais il n'a amené l'objet de son travail à un repas du dimanche. Ni aucune femme, d'ailleurs.

Elle lui pressa doucement les mains.

— Mon fils tient beaucoup à vous Tara. Je le sais depuis le jour où il a tant insisté pour me faire visiter votre magasin. Nous tenons tous à vous.

Tara ouvrit de grands yeux.

Elle avait du mal à croire qu'elle ait attiré l'attention

d'Axel avant leur week-end à Braden. Et elle était de plus en plus mal à l'aise avec cette femme si prévenante qui était la grand-mère de son enfant.

— Emily…, commença-t-elle.

Sa voix se brisa. Les mots refoulés depuis tant d'années ne purent sortir.

— … Je n'ai jamais rencontré de personnes comme vous. Comme votre famille.

Ce fut tout ce qu'elle put dire.

Emily sourit de nouveau.

— Nous sommes juste une famille comme les autres, avec des défauts, des disputes. Mais nous sommes très solidaires, et, quand il le faut, nous faisons corps face à l'adversité.

— Ma famille n'était pas comme ça.

— Vous n'avez que votre frère ?

Tara détourna le regard. Avait-elle encore un frère ?

— Nos parents sont morts dans un accident de voiture il y a dix ans.

Un accident de la route banal — si l'on pouvait employer ce terme —, sans rapport avec les activités de son père. Juste un jeune homme ivre qui conduisait une voiture volée.

— C'est comme ça que j'ai perdu mes parents, moi aussi, murmura Emily. Mais j'étais plus jeune, encore une enfant. Squire, le père de Jefferson, était un parent par alliance, quelque chose comme ça. Je suis venue vivre avec eux.

— Vous avez été élevée avec…

— Avec Jefferson ? Il était un peu plus âgé que moi, mais oui, nous avons grandi ensemble. Mais nous parlerons de ça une autre fois. Pour l'instant, vous devriez dormir.

Elle remonta la couverture et la borda, comme si elle était une enfant. Puis elle reprit sa place dans le fauteuil.

— Je vais rester encore un peu pour être sûre que vous dormez. La lumière ne vous gêne pas ?

— Non, ça va, dit Tara, la voix encore enrouée par la fumée. Merci pour tout, Emily.

— Merci pour quoi ? dit Emily en levant les yeux, surprise.

— Ma mère ne s'asseyait jamais à côté de moi quand j'étais au lit le soir. Mon père n'autorisait pas ce genre de démonstrations.

— Oh, chérie ! dit-elle en se penchant. On a tous besoin d'être chouchouté dans la vie, même quand on est adulte. Vous disiez que votre frère vous avait oubliée, mais c'est lui qui a demandé à ce qu'on vous protège. Il vous aime, même s'il est loin. Et je le comprends !

Tara secoua la tête.

— J'ai vécu trop longtemps avec la paranoïa de Sloan. Je suis sûre que l'incendie n'a rien à voir avec lui.

— Peut-être. Axel aura sans doute plus d'éléments demain. Si vous essayiez de dormir, maintenant ?

— Et vous ? Vous allez vous reposer ?

— Disons que je m'entraîne pour la naissance de mon prochain petit-enfant, plaisanta l'excellente femme.

Tara sourit faiblement et ferma les yeux.

Quand elle se réveilla, la lumière rentrait à flots par la grande fenêtre dépourvue de rideaux en face du lit.

Par cette fenêtre, on ne voyait qu'une étendue de neige scintillant sous le soleil et quelques rochers qui affleuraient au loin.

Elle regarda autour d'elle.

Le fauteuil était vide, la lampe éteinte. Le verre sur le carton avait été rempli.

Elle le but d'un trait.

La porte était entrouverte, et elle entendait des gens parler à voix basse. Elle reconnut la voix d'Axel.

Elle s'étira et repoussa les couvertures.

Elle n'avait aucune idée de l'heure qu'il était. Les seuls meubles de la pièce étaient le lit et le fauteuil. Et une pile de cartons. Pas de pendule ou de réveil.

Il y avait deux autres portes, fermées celles-là. Elle en ouvrit une et tomba sur un placard rempli de vêtements.

Ses doigts s'attardèrent sur une chemise bleu nuit.

Si elle n'avait pas toujours sur elle l'odeur entêtante de la fumée, elle aurait pressé son visage sur le tissu.

Elle referma le placard, ouvrit l'autre porte et découvrit avec satisfaction une salle de bains.

Un grand miroir encadré de bois occupait toute la hauteur d'un mur. Il lui renvoya son image hagarde. Une brosse à dents solitaire et une serviette accrochée à côté de la douche étaient les seuls objets de la pièce.

Un peu honteuse de fouiller, elle ouvrit les placards un à un, mais ils étaient tous vides. Pas de serviettes de rechange. Elle ne trouva qu'un tube de dentifrice et un rasoir jetable.

Elle se déshabilla, et se rappela, gênée, qu'elle n'avait toujours pas de culotte. Elle entra dans la douche, tourna les robinets, et l'eau chaude arriva presque instantanément.

Elle essaya de ne pas penser à sa vieille baignoire à pieds et à son eau chaude qui mettait une éternité à arriver, sinon elle allait se remettre à pleurer.

Elle utilisa la bouteille de shampooing et la savonnette posées sur une encoche du carrelage, et le bruit doux et régulier de l'eau qui coulait sur son corps l'apaisa un peu.

Elle se lava les cheveux deux fois, se savonna partout, se frotta le visage, se brossa les dents avec vigueur. Puis elle prit le rasoir et le passa sur ses jambes.

Elle aurait pu rester des heures sous cette douche bienfaisante, loin, très loin de la réalité. Mais elle finit par fermer l'eau et sortir.

Ses habits gisaient sur le sol, sales et imprégnés de l'odeur de fumée.

Elle allait bien trouver quelque chose à se mettre dans le placard d'Axel.

Elle s'enroula dans la serviette, la noua au-dessus de sa poitrine, enjamba les vêtements et ouvrit la porte.

Mais elle s'arrêta net.

Axel était là, assis sur le lit, un grand sac en plastique posé à côté de lui.

Instinctivement, elle porta les mains sur le nœud de la serviette.

— Je… J'ai pris une douche, balbutia-t-elle en rougissant. Ça ne te dérange pas ?

— J'ai utilisé ta salle de bains pendant une semaine, lui rappela-t-il. Pourquoi ça me gênerait ?

— Je… Tu as l'air fatigué.

Elle ne l'avait jamais vu si sombre, si épuisé. Il lui parut plus vieux. Son T-shirt était recouvert de traînées noires, et son jean et ses bottes étaient maculés de boue séchée. Ses beaux cheveux dorés étaient sales et hirsutes.

— Tu n'as pas dormi de la nuit, je parie ?

— Si, quelques heures. Ce matin, on est allés fouiller les débris.

Axel lui tendit un petit sac, qu'elle saisit avec appréhension.

A l'intérieur, il y avait le miroir de sa mère, fendu.

— On l'a un peu nettoyé, précisa-t-il.

Elle ravala les sanglots qui montaient dans sa gorge.

— Qui était avec toi ?

— Mes cousins et mon père.

Elle serra le miroir dans ses mains.

— Tu aurais dû me réveiller.

— Non, tu étais mieux à dormir qu'à crapahuter dans les ruines de ta maison.

Sa gorge se serra de nouveau. Elle regarda encore dans le sac et vit un petit album de photos fermé par un cadenas. Elle passa le doigt sur la couverture de cuir gondolée et noircie.

— Je l'ai trouvé dans une malle en métal, dit Axel.

— Oui, elle était dans le placard de l'entrée.

Elle ouvrit précautionneusement l'album.

Les pages craquèrent, mais, par miracle, elles ne s'étaient pas consumées.

Elle caressa doucement une photo en noir et blanc de sa mère en costume de communiante. Puis elle referma l'album et le serra contre son cœur.

— Je te remercie, murmura-t-elle, la voix pleine de larmes.

— Je n'y suis pour rien. Si j'avais été…

Il laissa sa phrase en suspens et poussa un profond soupir.

— Tu n'y es pour rien, ce n'est pas ta faute. Ce n'est pas un incendie criminel, dit-il abruptement. C'est un accident : un court-circuit à la cave.

— « Un court-circuit », répéta-t-elle comme une automate.

Axel serra les poings.

— Je voulais te sortir de ta routine, te distraire après ta journée au magasin. Si je ne t'avais pas emmenée chez mes parents, nous aurions été sur place, et nous aurions peut-être pu arrêter le feu à temps.

— Ce n'est pas certain. Et puis, c'est inutile de revenir en arrière. Mais tu aurais pu me dire que c'était pour briser ma routine, dit-elle sur un ton de reproche.

— Je n'avais pas prévu que nous ferions l'amour. Ça ne

faisait pas partie de ma mission ! Enfin… Tiens, c'est pour toi, dit-il en lui désignant le gros sac à côté de lui. Ma mère a apporté ça pour toi, hier après-midi.

— Hier ? C'était avant l'incendie, alors ? dit-elle en plissant le front.

Axel secoua la tête.

— Tu as dormi toute la journée, hier. On est lundi aujourd'hui. Il est presque midi.

— Mais…

Il leva la main.

— Et ne me parle pas de ta boutique !

Elle ne dit rien. Pour une fois, son magasin était le cadet de ses soucis.

— C'est la première fois de ma vie que je dors une journée entière.

— Tu en avais besoin. J'ai tout de même demandé à Rebecca de passer pour voir si tout allait bien.

Rebecca Clay, la tante d'Axel, était chef de service à l'hôpital de Weaver.

— Que…

Tara s'éclaircit la gorge, alarmée.

— Qu'est-ce qu'elle a dit ?

— Que tu étais épuisée, sous le choc. Qu'il fallait te laisser dormir. Sarah va passer tout à l'heure pour t'apporter tout ce que Deirdre et les voisins ont rassemblé pour toi.

Il désigna le sac.

— En attendant, tu as des vêtements et des chaussures. Et quelques affaires de toilette. Si tu as besoin d'autre chose, on peut aller te le chercher.

Son nez la piquait, ses yeux lui brûlaient.

Elle posa l'album qu'elle avait toujours dans la main, ouvrit le sac et en sortit un chemisier soigneusement plié et repassé qu'il lui sembla reconnaître.

— Ta mère me l'avait acheté il y a quelques mois.

— Elle est un peu plus grande que toi, mais elle a pensé que ça t'irait quand même. Les bottes et les chaussures de tennis viennent de Leandra.

Tara déballa lentement les affaires. Elle reconnut quelques articles qui venaient de sa boutique. Il y avait aussi des chaussettes et du linge de corps en coton.

— Mais c'est tout neuf !

— C'est Leandra. Elle dit que c'est moins joli que ce que tu vends, mais que ça devrait faire l'affaire pour quelques jours. Elle t'a mis d'autres trucs aussi dans le petit sac.

Les « autres trucs », c'étaient des affaires de toilette et même une boîte de tampons.

— Pourquoi est-ce que tout le monde fait ça pour moi ?

— Pourquoi pas ? C'est normal.

— Je ne le mérite pas, dit-elle en posant la boîte de tampons sur le haut de la pile.

Mais elle glissa et tomba par terre.

— C'est ça ! dit Axel durement. Tu ne mérites pas non plus d'avoir ta maison brûlée alors que j'étais censé la surveiller.

— Ce n'est pas ce que je voulais dire. Je parlais de tout ça, dit-elle en désignant d'un geste circulaire les affaires éparpillées sur le lit. Tout le monde a été très généreux. Et moi, je…

Sa gorge se serra. Elle le regarda.

Elle savait qu'elle ne pourrait pas garder plus longtemps ce secret qui lui faisait si mal.

— Axel, je suis désolée. Tellement désolée.

— De quoi ?

— J'aurais dû t'en parler plus tôt. J'aurais dû chercher à

te contacter quand tu es parti. Ou te le dire quand on s'est revus à la Saint-Valentin. Je…

Les mots, les pensées se bousculaient dans sa tête comme si, trop longtemps contenus, ils ne pouvaient pas attendre une seconde de plus pour exploser au grand jour.

Axel s'approcha et la prit dans ses bras.

— Calme-toi. Tu aurais dû me dire quoi ?

— Je…

Malgré ses encouragements, elle ne pouvait pas prononcer le mot.

— Allez, Tara, dis-moi ce qui te préoccupe tant. On trouvera bien un moyen d'arranger ton problème.

Elle eut un rire nerveux.

— Comment pourrions-nous arranger ça ? dit-elle en prenant sa main et en la posant sur son ventre.

Sur son enfant.

Axel resta sans bouger pendant un moment qui lui parut une éternité. Puis il tira d'un coup sur le drap de bain, révélant sa nudité.

— Tu es enceinte !

Les mots tombèrent comme des pierres dans le silence de la pièce.

Quand il reposa la main sur son ventre, le contact de ses doigts la brûla.

— Mais comment… ?

— Comme tout le monde, dit-elle, tentant un peu d'humour, malgré la colère et l'incompréhension qui se lisaient sur le visage d'Axel.

Elle ramassa la serviette et l'enroula de nouveau autour d'elle.

— Et les préservatifs ?

— A l'évidence, il y en a un qui s'est percé.

Axel se passa la main sur le visage, comme pour effacer un mauvais rêve, et se mit à faire les cent pas devant elle.

— Ça fait une semaine qu'on est ensemble pratiquement jour et nuit. Quand avais-tu l'intention de me le dire ?

Elle baissa la tête. Son silence coupable en disait plus long que des mots.

Axel poussa un juron.

— Tu n'avais même pas l'intention de m'en parler, c'est ça ? cria-t-il en l'attrapant violemment par les épaules. Oui ou non ?

— Je… Je pensais que c'était mieux.

— Mieux pour qui ? Pour toi ? Pour moi ?

— Pour le bébé. Je ne voulais pas qu'il ait la même enfance que moi, dit-elle, honteuse de cette excuse pitoyable.

Les muscles de la mâchoire d'Alex se contractèrent. Il était furieux.

— C'est ça, oui ! Tu ne connaissais pas mon activité professionnelle, à l'époque. Pourquoi n'as-tu rien dit ? Il s'est passé quatre mois entre le week-end à Braden et le moment où on s'est revus, il y a neuf jours !

Elle fit une grimace signifiant son impuissance.

Elle n'avait aucune réponse à lui donner. Aucune raison pour justifier son silence.

— Je ne savais pas où tu étais, tenta-t-elle. Tu n'étais pas à Weaver. Et, de ton côté, tu n'as pas cherché une seule fois à me joindre. J'ai pensé que tu ne tenais pas à me revoir après ce week-end. Et quand tu t'es enfin manifesté à la fête de la Saint-Valentin, c'était parce que Sloan te l'avait demandé !

— Tu connaissais mes parents. Et le reste de ma famille. Tu n'as pas pensé à leur demander où tu pouvais me joindre ?

Elle secoua la tête. Les larmes lui brouillaient la vue.

— Je t'ai dit que j'étais désolée. Que veux-tu de plus ?

Axel la lâcha enfin.

— Il doit être trop tard pour aller à la mairie aujourd'hui. Sinon, nous irons demain.

— A la mairie ? Pourquoi faire ?

— Pour publier les bans du mariage, dit-il en s'avançant vers la porte, tout en lui lançant un regard brûlant.

— « Le mariage » ? répéta-t-elle, frappée de stupeur. Pourquoi veux-tu qu'on se marie ?

— Parce que je ne te laisserai pas mettre mon enfant au monde sans t'avoir épousée, déclara-t-il. Habille-toi, nous avons plein de choses à faire.

Et il sortit en refermant la porte, dans un silence plus éloquent que s'il l'avait claquée.

- 15 -

Après avoir encaissé le choc et s'être habillée à la hâte, Tara se retrouvait dans la voiture, direction Weaver.

Mais ce n'était pas à la mairie que l'emmenait Axel.

Il se gara devant l'hôpital. D'une main de fer, il l'entraîna dans les couloirs, marchant si vite qu'elle avait peine à le suivre.

— J'ai déjà un obstétricien, protesta-t-elle.

— Je veux que Rebecca t'examine.

— Elle m'a vue la nuit dernière, tu me l'as dit tout à l'heure.

— Elle ne t'a pas *examinée.*

Il s'arrêta au milieu du couloir sans se soucier des infirmières qui discutaient juste à côté ni de Mason Hyde, toujours sur leurs talons bien qu'essayant d'être discret.

— Pourquoi l'aurait-elle fait, d'ailleurs ? Comment aurait-elle pu deviner ce « détail », puisque tu t'obstinais à le cacher à tout le monde ?

— Ne me fais pas une scène ici, dit-elle en essayant de dégager sa main de la sienne.

— J'ai quelques raisons pour ça, dit-il en reprenant son pas de course.

Ils arrivèrent devant un bureau.

Axel frappa d'un cou sec à la porte, puis la poussa à l'intérieur.

Rebecca était assise à son bureau.

— Qu'est-ce que…

— Tara est enceinte, annonça Axel sans préambule.

Si la tante d'Axel fut surprise par la nouvelle, elle n'en montra rien.

— De combien de semaines ? demanda-t-elle en refermant le dossier qu'elle était en train de consulter.

— Quatre mois, répondit Axel.

— Presque dix-huit semaines, précisa Tara, excédée. Et j'ai déjà vu un obstétricien à Braden.

— Je ne le connais pas, intervint Axel. Et tu ne l'as pas vu cette semaine.

— Axel, si tu t'asseyais ? suggéra Rebecca d'une voix posée.

Elle referma un tiroir, se leva et indiqua une porte à Tara.

— Venez, dit-elle, nous allons voir ça.

Dès qu'elles furent seules dans la petite pièce, Tara se tourna vers le médecin.

— Je n'ai pas besoin d'être examinée, dit-elle sur un ton d'excuse. Je vais bien, le bébé aussi. Il bouge.

— Je n'en doute pas, dit Rebecca, tout en l'aidant à enlever son manteau. Mais je pense qu'Axel a besoin d'être rassuré.

Elle lui fit signe de s'allonger sur la table et lui prit tout de suite sa tension.

— Et puis, vous avez eu un choc. Nous sommes tous désolés pour votre maison.

Tara laissa échapper un soupir.

Etrangement, elle ne pensait plus à sa maison. D'autres soucis la préoccupaient maintenant, bien plus graves.

— Merci. J'ai encore du mal à me rendre compte.

— Je comprends, murmura Rebecca en retirant le brassard. Dites-moi, qui est votre obstétricien ?

Tara lui donna le nom, et son interlocutrice hocha la tête.

— C'est un bon choix. Mais Braden est un peu loin pour l'accouchement. Y avez-vous pensé ? dit-elle avec bienveillance, tout en restant professionnelle.

— J'ai encore du temps.

— Vous êtes presque à moitié terme, ce sera vite là. Mais c'est à vous et vous seule de décider.

— Axel ne semble pas de cet avis.

— L'enfant est de lui, je suppose.

Elle se mordit la lèvre et tripota nerveusement le bord du T-shirt qu'on lui avait prêté — trop grand. Comme le jean, qu'elle avait dû rouler pour qu'il ne traîne pas par terre.

— Oui, souffla-t-elle.

— Bien.

Rebecca lui tapota le genou et s'assit sur le tabouret roulant à côté d'elle.

— Ce que nous disons ici restera entre nous, quoi qu'en pense Axel. Mais je peux vous dire, et je parle par expérience, que les hommes de la famille Clay prennent leurs responsabilités familiales très au sérieux. Axel n'appréciera certainement pas d'être écarté des décisions concernant votre enfant.

— J'ai remarqué.

— Mmm. Des vertiges ? Des nausées ? Autre chose ?

Tara secoua la tête.

— Je me sens bien, vraiment. Ah oui, j'ai perdu mes vitamines prénatales dans l'incendie.

— Ce n'est pas un problème. Je vous refais une ordonnance, vous pourrez les prendre ici, à l'hôpital, dit Rebecca en lui tendant le papier.

— Merci.

— Vous avez des inquiétudes ? Des questions ?

Tara secoua la tête.

Oui, des tas, mais aucune sur sa grossesse.

— Très bien. Alors, allons affronter Axel maintenant, dit Rebecca avec un clin d'œil.

Elles le retrouvèrent en train de faire les cent pas dans le bureau. Il avait enlevé sa veste, et l'on voyait son arme, qu'il avait prise en quittant le chalet. Bien qu'il ait été établi que l'incendie était d'origine accidentelle, il était visiblement décidé à ne rien laisser au hasard.

— Alors ?

— Tout va bien, annonça Rebecca en plaquant un baiser sonore sur la joue de son neveu, indifférente à la vue de son arme. Toutes mes félicitations !

Axel esquissa un sourire qui ressemblait plus à une grimace.

— Merci. Tara va bien ?

— Tout est parfait. Il ne reste plus qu'à attendre cinq mois. Maintenant, je dois vous chasser. J'ai du travail.

Axel enfila sa veste de cuir qui le faisait paraître encore plus large d'épaules et attrapa Tara par la main, comme s'il avait peur qu'elle s'échappe.

— Ne me fais pas courir comme tout à l'heure, Axel, le prévint-elle. Tu peux me lâcher, je ne partirai pas.

Mais il n'en fit rien et maintint son étreinte. Il l'entraîna ainsi au pas de charge jusqu'à la pharmacie, puis ils récupérèrent le pick-up garé sur un emplacement interdit. Ils s'arrêtèrent ensuite à la mairie — toujours mal garés — où Axel la souleva presque en grimpant les marches quatre à quatre.

Il réussit à entrer dans le bâtiment sans qu'on repère son arme.

Finalement, devant le bureau des mariages, elle réussit à l'arrêter.

— Axel, arrête ! Ce n'est pas bien de faire ça.

— Pour mettre un bébé au monde, il faut être marié, dit-il, inflexible.

Il fallait surtout s'aimer, pensa-t-elle.

— Non, je ne veux pas, déclara-t-elle. Je me suis déjà mariée une fois, là aussi pour de mauvaises raisons. Et ça n'a duré qu'un mois.

— Vous aviez tous les deux dix-huit ans, vous étiez des gamins. A cet âge-là, on ne sait pas ce qu'on veut. On ne connaît rien de la vie. Aujourd'hui c'est différent.

Il la poussa dans le bureau et lâcha enfin sa main.

Il se pencha sur le comptoir.

— Il y a quelqu'un ?

— On arrive, dit une voix. Si c'est pour un formulaire, ils sont dans la corbeille sur le bureau.

Axel prit une feuille et commença à la remplir.

— Quel est ton deuxième prénom ?

— Je suis étonnée que tu ne le connaisses pas, rétorqua-t-elle, agressive malgré elle.

Le visage d'Axel resta impassible.

— Beth, lâcha-t-elle.

Il remplit la case.

— Date de naissance ?

Il se tordit les lèvres.

— 26 octobre, répondit-il pour lui-même.

Evidemment. Il ne pouvait pas avoir oublié ce détail !

Elle s'approcha et regarda par-dessus son épaule.

— C'est inutile de remplir ça, Axel, chuchota-t-elle. Nous n'allons pas nous marier.

Sans l'écouter, il griffonna sa signature au bas de la page, remplie en un temps record. Puis il lui tendit le stylo.

— Signe.

— Tu ne m'aimes pas.

Mais elle l'aimait, hélas. Depuis cet instant magique où il lui avait dit de faire un vœu avant de souffler ses bougies.

— Signe, répéta Alex.

Elle prit le stylo et s'exécuta.

La tête lui tournait. Que faisait-elle ?

— Parfait.

Un petit homme ratatiné avec environ trois cheveux soigneusement étalés sur son crâne chauve s'approcha et s'installa derrière le bureau en se frottant les mains.

— Oh, bonjour, Axel. J'allais fermer, vous êtes arrivés à temps. Je suis désolé pour votre maison, dit-il en se tournant vers Tara. Vraiment désolé.

— Merci.

L'homme prit le formulaire et vérifia qu'il était correctement rempli. Puis il le compléta sur une vieille machine à écrire, termina par un coup de tampon officiel et glissa la feuille dans une enveloppe.

— Voilà, dit-il en la tendant à Axel. Tous mes vœux de bonheur.

Il souriait, semblant ignorer la tension pourtant palpable entre eux.

— Merci, George, dit Axel en se levant.

Et il poussa Tara vers la sortie.

Un nouveau P.-V. les attendait sur le parking. Axel l'arracha et le fourra dans la boîte à gants, où il alla rejoindre ses semblables.

— Tu collectionnes les amendes ? demanda Tara.

— Oui. Je finirai peut-être en prison.

Il sortit du parking sur les chapeaux de roue.

Elle dut s'accrocher au tableau de bord pour éviter d'être ballottée dans tous les sens.

— C'est comme ça que tu vas régler les choses ? s'écria-t-elle. Tu veux qu'on ait un accident ?

Il ralentit un peu.

— Ecoute, je t'ai amenée à Weaver pour obtenir ceci, dit-il en lui montrant l'enveloppe. Et aussi pour que ma tante t'examine. Mais maintenant nous retournons chez moi. Parce que, même si l'incendie de ta maison était accidentel, nous ne devons pas oublier la menace qui pèse sur Sloan — et sur toi par conséquent !

Elle serra les dents et regarda par la fenêtre.

Ils passèrent à toute vitesse devant son magasin.

Elle faillit demander à Alex de passer devant sa maison mais renonça. Il aurait sans doute refusé, et elle n'était pas sûre d'être capable de supporter ce spectacle.

Elle préféra aborder un autre sujet brûlant.

— C'est idiot de nous marier à cause du bébé, Axel. Regarde les choses en face.

— Il y a pire comme raison pour se marier.

— Mais tu ne m'aimes pas !

— Toi non plus.

Elle regarda ailleurs.

Ils s'engagèrent sur la nationale.

— C'est trop tard, de toute façon, reprit Axel. Tout ce qu'il te reste à faire, c'est de choisir ta robe. Car, le temps qu'on arrive à la cabane, la nouvelle de notre mariage aura fait le tour de la ville.

— Mais pourquoi y tiens-tu tant que ça ?

— Parce que tu ne pourras bientôt plus cacher que tu es enceinte.

Elle croisa les bras.

— Tu n'es même pas sûr que l'enfant est de toi, le nargua-t-elle.

Axel lui lança un regard perçant.

— Tu m'as dit que tu n'avais couché avec personne depuis

ton mariage. Et je suis bien placé pour savoir qu'il n'y aucun homme dans ta vie. Cet enfant est le mien.

— Je crois que je te déteste.

— Peut-être. Mais, si j'arrête la voiture là et que je commence à t'embrasser, nous savons tous les deux ce qu'il se passera.

— Tu es bien sûr de toi !

Il plongea la main dans sa poche et en sortit un petit bout de tissu rose.

— Et ça, ça ne te dit pas quelque chose ?

Elle voulut lui arracher sa culotte, mais il éloigna sa main.

— Je me demande pourquoi tu gardes ça.

— C'est un très bon souvenir, dit-il, l'air sinistre, en remettant la culotte dans sa poche.

Elle contint sa colère jusqu'à leur arrivée au chalet.

Là, elle compta six véhicules garés devant la bâtisse !

Elle descendit dans la neige piétinée.

Avant de franchir le seuil, Axel la prit par les épaules et l'attira contre lui.

— Allons, fais un sourire, lui murmura-t-il à l'oreille.

Elle se raidit à son contact. Elle avait peur qu'on les regarde par la fenêtre.

— Je n'ai pas le cœur à ça.

— Alors, fais un effort. Car aucune des personnes présentes dans la maison ne mérite que tu lui fasses la tête.

Il n'aurait pas pu trouver de meilleur argument pour la ramener à la raison.

A l'exception d'Axel, toute la famille Clay avait été adorable avec elle. Et son bébé — leur bébé — appartenait un peu à cette tribu si accueillante et chaleureuse. Quelles que soient les relations entre elle et Axel, c'était une réalité qu'elle ne pouvait nier.

Elle arrêta de se débattre.

— Tu as raison. Je vais faire un effort pour eux.

Axel la maintenait toujours fermement par le bras. Il desserra son étreinte.

Elle eut presque froid quand il s'écarta pour la laisser entrer.

A l'intérieur, ils furent accueillis par des cris de joie.

Il y avait les parents d'Axel, sa sœur, et même quelques oncles et tantes. Tout le monde était très ému. On félicita Axel en lui donnant de grandes tapes dans le dos. On serra Tara dans les bras. Les bouchons de champagne sautèrent en l'honneur des futurs mariés et, tout au long de l'après-midi, ce fut un défilé incessant d'amis, de cousins, de voisins apportant boissons, gâteaux, chaises et tables pliantes.

Les femmes papotaient et les hommes jouaient au billard. Comme d'habitude, les plus vieux donnèrent une bonne leçon aux plus jeunes. Puis Leandra et Sarah voulurent se mêler à la partie. Grâce aux conseils de Squire, le grand-père, elles firent une prestation honorable. Les garçons protestèrent, les accusant de tricherie…

Le tableau était idyllique.

Mais ce n'était qu'une façade, se disait Tara. Axel n'était revenu à elle que pour son travail. Il allait l'épouser pour le bébé, mais il ne l'aimait pas.

Emily s'arrêta à côté d'elle, le petit Lucas dans les bras.

— Vous jouez au billard, Tara ? Au poker ?

— Ni l'un ni l'autre, hélas.

Emily sourit.

— Eh bien, si jamais ça vous dit d'apprendre, touchez-en deux mots à Squire. Il adore conseiller les outsiders. Vous avez pensé à votre robe de mariée ? demanda-t-elle en caressant le dos du petit garçon qui s'endormait.

Le sang de Tara se glaça.

— Euh… Non.

Les mots « robe de mariée » agirent comme un aimant sur toute la gent féminine présente dans la pièce. Les femmes s'agglutinèrent en un instant autour d'elles.

— Vous avez déjà une date ?

— Et les fleurs ?

— La musique ?

— Les invités ?

Les questions qui fusaient de toutes parts donnaient le tournis à Tara. Elle aurait voulu se boucher les oreilles et fuir très loin.

— Je ne sais pas, fut la seule réponse qu'elle put donner.

— Ce sera samedi en huit, annonça Axel en se faufilant jusqu'à elle et en la prenant par la taille. Maintenant que nous sommes décidés, inutile d'attendre.

Emily eut l'air effrayé.

— C'est un peu court pour tout organiser, Axel. Ça ne fait que douze jours !

— Je connais les femmes de la famille, répondit-il en lui envoyant un clin d'œil. Vous êtes des organisatrices hors pair, ça ne devrait pas vous poser de problème.

— Arrête de me flatter. Et si l'église n'était pas libre ?

— Alors nous nous marierons ailleurs. Ça m'est égal, je peux me marier sur un terrain de foot, s'il le faut.

Tara était au comble du malaise.

Axel semblait prêt à tout, quitte à bâcler la cérémonie. Cette précipitation allait paraître louche aux yeux de la famille.

— Bien, nous nous débrouillerons puisqu'il le faut, soupira Emily. Jaimie, prends de quoi écrire.

Jaimie regarda autour d'elle et aperçut un sac en papier kraft qui avait servi à transporter des courses.

— Voilà qui fera l'affaire. Il me faudrait un stylo.

Maggie fouilla dans son sac et en tendit un à sa belle-sœur.

— Merci. Qui a le numéro du révérend Stone ? demanda Emily à la cantonade.

— Moi, dit Gloria en prenant son portable. J'ai aidé sa mère récemment pour l'accueil des S.D.F. Ah, voilà.

Elle énonça le numéro, et Jaimie le nota.

— Axel, appelle tout de suite, ordonna Emily. Il n'y a pas de temps à perdre.

Tara aurait voulu le retenir, le supplier de rester avec elle. Elle avait peur tout à coup d'être seule avec ces gens si bien intentionnés, en train de préparer un mariage qu'elle ne voulait pas.

Mais Emily passa le petit Lucas à son mari et la prit par le bras.

— Voyons, avez-vous une robe que vous aimeriez porter dans votre magasin ? Sinon, nous pourrions aller faire les boutiques à Gillette. Ou à Cheyenne.

— On pourrait prendre une de nos robes et la transformer, intervint Sarah. Ou même en faire une nouvelle. La mère de Max et la belle-mère de Leandra sont des super couturières. A elles deux, elles pourraient sûrement faire quelque chose de bien. Il y a un très beau magasin de tissus à Braden.

— Qu'en pensez-vous, Tara ?

Tous les yeux étaient fixés sur elle. Elle se sentait perdue.

— Je… Je ne sais plus très bien où j'en suis, dit-elle faiblement.

— Bien sûr, dit gentiment Emily. Les hommes sont un peu rustres parfois, ils ne se rendent pas compte. Mais ne vous en faites pas, si on s'y met tous ensemble, on y arrivera.

Quelques heures plus tard, effectivement, alors que le chalet se vidait peu à peu, les choses avaient bien avancé : l'église était réservée, le photographe aussi. La commande de fleurs était faite, le menu décidé.

La réception aurait lieu dans la nouvelle grange que Matthew venait de terminer au ranch Double-C.

— Il ne reste plus que les alliances et la robe de Tara, conclut Emily, dernière à rester avec son mari. Axel a déjà un costume, celui qu'il portait pour la cérémonie de Ryan l'année dernière. A moins qu'il ne veuille pas le remettre pour son mariage…

— Maman, dit Axel en la prenant affectueusement par les épaules et en la raccompagnant jusqu'à la porte où l'attendait Jefferson, je te promets que je ne viendrai pas en jean et baskets à mon mariage. Emmène-la avant qu'elle ne fasse une attaque, papa.

— Je sais, j'en fais trop, admit Emily en serrant son fils. Excusez-moi. Mais je suis si heureuse ! Vous faites un couple magnifique, tous les deux.

— Il y a une autre chose que vous devez savoir, dit Axel.

Tara ouvrit la bouche pour l'arrêter, mais c'était trop tard. Il avait déjà glissé son bras autour de sa taille, d'un geste fier et protecteur. Sa main se posa sur son ventre.

— Tara est enceinte.

Emily et Jefferson ouvrirent grand les yeux.

— C'est merveilleux ! s'exclama Emily en pressant la main sur son cœur.

Elle étreignit son fils encore une fois.

— Tu seras un excellent père. Et vous, dit-elle en prenant le visage de Tara entre ses mains, une merveilleuse maman. Et une belle-fille adorable.

Et elle vola littéralement jusqu'à la porte. Pendant ce temps, Jefferson serrait la main d'Axel en lui tapant dans le dos, puis il lança à Tara un long regard lui signifiant tout son respect.

En cet instant, il ressemblait tellement à Axel que cela lui fit mal.

— Ce ne sera officiel que dans douze jours, dit-il, mais bienvenue dans la famille.

La porte se referma sur eux, les laissant seuls.

Tara tremblait.

— Ne dis rien, dit Axel avant qu'elle ait pu ouvrir la bouche.

Elle ne tint pas compte de l'avertissement.

— Tu ne peux pas m'obliger à t'épouser, Axel. Même si j'ai eu la faiblesse de signer le formulaire.

— Non, je ne peux pas t'obliger. Mais nous allons nous marier quand même. Parce que cette famille — il pointa la porte d'entrée du doigt — va offrir à notre enfant ce que tu n'as pas pu avoir dans ton enfance et qui t'a tant manqué. Tu voulais des racines, de la stabilité ? Eh bien, ma famille te procurera tout ça. C'est mon enfant que tu portes et, que ça te plaise ou non, tu appartiens un peu à cette famille désormais. Alors, fais-toi à cette idée et accepte ce que nous t'offrons.

— Je ne peux pas faire ça, protesta-t-elle, tremblante.

— Bien sûr que si.

Puis Axel partit dans la chambre et revint quelques instants après avec un oreiller, qu'il jeta sur le canapé.

— Tu prends le lit, dit-il.

— Mais…

Elle n'y comprenait plus rien.

— Bon. Reste là, alors. Il y a deux possibilités : continuer à nous disputer ou faire l'amour. Qu'en penses-tu ? dit-il en retirant son T-shirt. On peut faire les deux, remarque.

Elle frissonna en promenant son regard sur son torse musclé, puis elle tourna les talons et partit vers la chambre.

- 16 -

Le claquement de la porte résonna dans tout le chalet.

Axel s'allongea, se passa la main dans les cheveux et regarda avec angoisse ses mains qui tremblaient.

Il se releva et se mit à marcher de long en large dans la pièce, qui portait encore les traces du passage de la horde familiale.

Comment Tara avait-elle pu se taire si longtemps ? C'était tout de même *son enfant* qu'elle portait !

Il s'arrêta devant les photos qu'ils avaient accrochées ensemble.

Ryan levait son verre en souriant.

Axel serra les dents et, avant qu'il ait compris ce qu'il faisait, son poing était parti.

Le verre vola en éclats.

Les autres cadres vacillèrent sur le mur. L'un d'eux se décrocha et tomba, se brisant au sol. Il y avait du verre partout.

— Qu'est-ce qu'il se passe ? demanda Tara d'une voix inquiète.

Bouleversé, incapable de comprendre ce qu'il lui était arrivé, il ne répondit pas.

Tara s'avança vers lui.

A la vue de la jeune femme en chaussettes s'approchant doucement, il reprit un peu ses esprits.

— Attention ! Tu vas te couper.

— C'est toi qui vas te faire mal, dit-elle en s'arrêtant. Je savais que ça ne tiendrait pas, avec des clous.

Ce n'étaient pas les clous. C'était lui qui avait passé sa rage sur ces pauvres photos qui ne lui avaient rien demandé.

— Retourne te coucher, Tara, dit-il avec lassitude. Je vais nettoyer.

— Tu as un balai ?

— Dans l'office, derrière la cuisine. Mais laisse…

Elle était déjà partie.

Il regarda les cadres encore au mur et redressa la photo de ses parents, juste au milieu.

Tara revint avec une pelle et un balai et commença à rassembler les débris.

— J'ai dit que je le faisais.

Elle l'ignora et continua à balayer méthodiquement le sol. Une fois les débris dans la pelle, elle rapporta le tout dans la cuisine.

Il regarda ses parents.

Toute sa vie, il avait essayé de se montrer digne de sa famille. D'être à la hauteur. De faire ce qui était bien. Et le voilà maintenant qui obligeait une femme à l'épouser contre sa volonté et qui faisait le plus horrible des mensonges à sa famille.

Il se retourna et vit Tara qui revenait, cette fois avec un torchon dans la main.

Elle s'approcha de lui en évitant de le regarder, lui prit la main et tamponna délicatement les jointures de ses doigts.

— Tu saignes.

— Ryan est vivant, articula-t-il malgré lui.

C'était peut-être le choc. Ou son parfum. Ou tout simplement le poids du secret qui devenait insupportable.

Tara sursauta et leva lentement les yeux vers lui, l'air

dubitatif. Puis elle jeta un coup d'œil au cadre brisé qui, bizarrement, pendait toujours au bout de son clou.

— Ton cousin ?

— Oui, dit-il dans un souffle.

— Comment le sais-tu ?

— J'ai passé des mois à le chercher. Quand je t'ai quittée à Braden, j'avais une piste.

Ses explications étaient confuses. Tara n'y comprenait visiblement rien.

— Assieds-toi, dit-elle.

Il s'exécuta, et elle s'installa à ses côtés dans le grand canapé de cuir, maintenant toujours le torchon autour de sa main.

— Raconte-moi tout depuis le début.

Il n'y avait ni condamnation ni colère dans sa voix. Rien que ses grands yeux sombres dans lesquels il s'était perdu cette nuit-là dans un bar de Braden, quand elle lui avait innocemment avoué que c'était son anniversaire.

Il reprit les événements dans l'ordre à partir de la disparition de Ryan, probablement au cours d'une mission en mer. Puis ces longs mois d'attente pour sa famille, qui dut finalement se rendre à l'évidence et accepter le fait qu'il ne reviendrait plus.

— Nous avons tout essayé pour retrouver sa trace, dit-il. Utilisé les contacts de la famille, toutes nos connaissances. Sawyer, son père, a repris contact avec ses anciens camarades de la marine. Mon père, Tristan, tous, ils ont remué ciel et terre pour le retrouver.

— Tristan, répéta-t-elle. Ah bon ! Axel, combien de membres de ta famille sont impliqués dans Hollins-Winword ?

— Lui plus que n'importe qui. En tout cas, aujourd'hui.

Elle mit un peu de temps pour digérer l'information.

— Et comment as-tu fini par retrouver Ryan, alors que tous les autres ont échoué ?

— Oh, je ne suis pas meilleur qu'eux, dit-il avec fatalisme. Mais Ryan et moi, nous étions très proches. Je n'avais jamais pu croire à la version officielle selon laquelle il avait été tué en faisant son devoir, car j'avais une petite idée du genre de mission qu'il pouvait faire. Alors, pendant que ses parents organisaient une cérémonie pour lui rendre hommage, j'ai essayé de retrouver d'anciens amis à lui. Et, il y a quatre mois — il serra son poing toujours emmailloté dans le torchon —, j'ai eu un message sur mon portable.

— C'est pour ça que tu es parti sans me dire au revoir, dit doucement Tara, les yeux dans le vague.

— J'ai retrouvé sa trace à Bangkok. Il vivait — si on peut appeler ça vivre — sous un faux nom. J'ai passé quatre mois à essayer de le convaincre de rentrer. Il m'a supplié de ne pas dire à ses parents qu'il était vivant. Je ne sais pas ce qui l'a conduit à une telle déchéance, il n'a pas voulu me le dire. Mais il a dû vivre des choses très dures.

Il ne pouvait oublier la détresse dans les yeux de Ryan.

— J'ai eu de la chance de le trouver tout de suite. Je lui ai fait promettre de me contacter régulièrement par internet. Mais je peux perdre sa trace à tout moment.

— Tu crois que tu as eu tort de le laisser là-bas ?

Axel secoua la tête.

— J'en suis sûr. J'aurais dû le ramener avec moi.

— Oh, Axel ! dit Tara en prenant sa main blessée sur ses genoux, les yeux pleins de larmes. Tout n'est pas perdu. Tu vas finir par le convaincre, je connais ta persévérance. Mais tu ne peux pas obliger quelqu'un à agir contre sa volonté. Moi, je n'ai pas su convaincre Sloan.

— Ryan aime sa famille, et il sait qu'elle souffre. C'est

la seule chose qui pourrait le ramener à la raison. C'est la même chose pour Sloan.

La jeune femme secoua la tête, ses cheveux balayèrent son visage.

— Si Sloan m'aimait vraiment, il serait venu au rendez-vous au Suds-n-Grill. Il m'avait dit qu'on fêterait notre anniversaire ensemble. « Comme au bon vieux temps », ce sont ses paroles. Mais il m'a laissée.

Son visage était livide.

— Et c'est avec toi que j'ai fêté mon anniversaire.

— Il t'aime, insista Axel. Mais il avait appris entre-temps que c'était moi la personne avec qui Tristan voulait le mettre en contact. Alors, il nous a posé un lapin à tous les deux.

— Donc c'était aussi lui que tu attendais ce soir-là ! s'exclama Tara.

— Oui. Je devais faire l'intermédiaire entre Tristan et Sloan et lui remettre des informations. Cinq minutes, pas plus. Mais j'avais prédit à Tristan que ton frère ferait demi-tour à la seconde où il me verrait. C'est exactement ce qu'il s'est passé.

Elle était ébahie.

— Mais pourquoi ?

Il respira profondément.

Quelle importance, à présent ? Il n'avait plus de raison de lui cacher la vérité. Elle savait déjà pour Ryan, alors autant tout lui dire.

— Il y a deux ans, quand Sloan nous a rejoints à l'agence, il nous a présenté une femme, Maria Delgado. Elle était serveuse dans un des casinos appartenant aux Deuces. Ils sortaient ensemble, mais il faisait très attention à ce que cela ne se sache pas, car il avait peur que les Deuces ne s'en prennent à elle.

Tara repoussa sa main.

— Et que s'est-il passé ?

— Sloan a demandé à Tristan d'assurer sa protection, et Tristan m'a confié la mission. Maria a accepté du bout des lèvres que je la protège, elle en voulait à Sloan. Pendant un mois, j'ai réussi à la maintenir sous ma surveillance, mais elle a fini par m'échapper. Et elle a eu la mauvaise idée de retourner dans ce maudit casino pour reprendre son job. Je n'ai pas pu arriver à temps. On a retrouvé son corps quelques jours plus tard.

Axel serra la mâchoire.

— Ton frère m'en a tenu pour responsable. Il avait raison, d'ailleurs. Et Tristan m'a suspendu. Mais je m'en fichais, le cœur n'y était plus. J'étais prêt à démissionner le jour où je me suis rendu au Suds-n-Grill de Braden. Mais finalement…

— Tu as reçu ce message à propos de Ryan, termina Tara à sa place.

Elle laissa retomber sa main et regarda le plafond.

— Si seulement Sloan n'avait jamais croisé les Deuces, soupira-t-elle.

Elle leva les yeux vers Axel, si pâle que les petites taches de rousseur sur son nez semblaient plus sombres par contraste.

— Ta main saigne toujours, dit-elle en se penchant vers lui pour arranger le pansement de fortune.

Il regarda ses cheveux sombres qui brillaient dans la pénombre.

— Dans tout ça, quelque chose de bien est arrivé.

— Quoi donc ?

— On a passé ce week-end ensemble.

— Tu trouves que c'est une bonne chose ? dit-elle en baissant les yeux.

— Tu vas avoir un enfant de moi.

Les yeux de Tara se remplirent de larmes.

— Tu étais furieux quand tu l'as appris.

— Non, j'ai eu peur. Je ne devais plus seulement assurer ta sécurité, mais aussi celle du bébé. Et regarde le résultat !

— Tu ne peux pas protéger tout le monde, dit-elle en serrant son visage contre ses jambes. Oh, Axel ! Qu'allons-nous faire, maintenant ?

— Nous allons nous marier. Et élever notre enfant. Ensemble.

— Et si ça ne marche pas ? dit-elle sans le regarder.

Il ne put s'empêcher de caresser doucement ses cheveux.

— Ça marchera, si nous en avons la volonté.

— Tu crois ? dit-elle en cherchant son regard.

— Oui.

Il le fallait, ils n'avaient pas le choix.

— Je ne sais même pas par où commencer.

— Si, tu le sais.

Il la prit par les épaules et la serra contre lui.

— Commençons ici, comme l'autre fois, dit-il en l'embrassant sur la bouche.

Tara n'opposa aucune résistance. Ne le repoussa pas. Elle respira doucement, très doucement et posa ses doigts fins sur sa poitrine.

— Le mariage ne doit pas être basé uniquement sur le sexe, murmura-t-elle.

Il l'attira encore plus près en la regardant droit dans les yeux. Elle était presque sur ses genoux.

— Non, il y a aussi l'amour.

Elle ouvrit la bouche pour protester, mais aucun son ne sortit. Au lieu de ça, elle se laissa aller contre lui.

— Emmène-moi dans le lit, Axel.

Le désir monta en lui d'un seul coup. Urgent. Irrépressible.

Il la prit dans ses bras et la souleva.

Elle s'accrocha à son cou, la tête nichée contre sa poitrine, les jambes autour de sa taille.

Il la posa sur le grand lit et lui retira ses chaussettes, qu'il envoya valser sur le sol. Sa main glissa sous sa chemise pour défaire son jean, mais il s'aperçut qu'il était déjà déboutonné.

Alors, il souleva lentement la chemise.

Tara leva les bras, et il put contempler son ventre qui commençait à s'arrondir et le renflement de ses seins dressés dans le caraco de soie.

— Comment ai-je pu être aussi aveugle ? murmura-t-il.

Elle ne le quittait plus des yeux.

— Tu ne savais pas.

— J'aurais dû.

Il voulait la voir, la toucher, la goûter.

Il lui retira son caraco.

Ses petits seins pointèrent vers lui, nettement plus rebondis que cette fameuse nuit à Braden.

Tara rougit. Instinctivement, elle croisa les bras pour les dissimuler.

— Non, dit-il, ne te cache pas. Pas maintenant.

Elle retira ses bras, et il continua à la déshabiller. Tremblant légèrement, il descendit la fermeture Eclair de son jean, posa les mains sur son ventre juste en dessous du nombril.

— Quand as-tu su ?

— Juste avant Noël.

— Un joli cadeau…

— Je ne regrette pas, Axel, dit-elle en lui caressant les cheveux.

Il sentit comme une brûlure à l'intérieur.

— Tu es sûre ?

— Sûre, dit-elle en lui appuyant les mains contre son ventre. Tu sens, là ?

Ce qu'il sentait, c'était sa peau de velours. Et ça, aucun homme ne pouvait y résister.

— Il bouge.

Il se concentra tandis qu'elle guidait sa main.

Soudain, il sentit un léger mouvement sous sa paume.

— Incroyable !

— C'est merveilleux, non ? dit Tara avec un sourire radieux.

— Oui…

Elle était la féminité incarnée. Son désir pour elle se fit encore plus impérieux.

Il se pencha au-dessus d'elle et posa ses lèvres sur son cou. Il sentait ses veines palpiter. Comme le mouvement du bébé, mais plus entêtant, plus enivrant.

Il suivit le creux de sa gorge avec sa bouche, descendit jusqu'à la pointe de son sein, qui se durcit à son contact.

La respiration de Tara s'accéléra, ses doigts se crispèrent dans ses cheveux, elle se cambra.

Il lui enleva son jean avec impatience, essayant de contenir son envie de lui sauter dessus comme un sauvage. Il faillit perdre la bataille quand il sentit les mains fébriles de Tara descendre le long de sa poitrine, de son ventre, et faire sauter le bouton de sa braguette.

Ses lèvres s'entrouvrirent, et il vit briller l'émail de ses dents blanches. Ses doigts poursuivirent leur exploration, toujours plus loin…

C'en était trop pour lui.

— Attends ! dit-elle en lui échappant. On a oublié quelque chose.

Elle l'obligea à s'asseoir et se mit devant lui pour lui enlever ses bottes.

L'excitation d'Axel était à son comble. Même la façon dont Tara aligna soigneusement ses bottes à côté des siennes le mettait en émoi !

Il la prit par le poignet pour la ramener sur le lit, posa sa bouche sur la sienne et glissa la main le long de son dos, jusqu'à ses fesses, pour la plaquer contre lui.

Les cuisses de la jeune femme se tendirent et enserrèrent ses hanches, et, sans plus de préambule, elle le fit entrer en elle avec un gémissement.

Son sexe était humide et incroyablement chaud.

Un plaisir intense, presque surnaturel, le submergea. Dans un éclair de lucidité, il comprit qu'il ne pourrait plus jamais se passer d'elle.

Tara frémissait de tout son corps, ses yeux plus noirs que jamais. Elle renversa la tête dans une violente convulsion et cria son nom.

Bon sang ! Elle était la plus belle chose qu'il avait jamais vue.

Puis elle se redressa et colla ses seins contre le duvet de sa poitrine. Ses mains s'accrochèrent à ses épaules, et elle nicha la tête dans son cou.

— Désolée, murmura-t-elle. Je ne pouvais plus attendre.

Il sourit, la prit par les hanches et l'attira contre lui. En cet instant il était à elle, corps et âme.

Il serra les dents et reprit le contrôle de lui-même.

— Je ne voudrais pas te faire mal. Ou faire mal au bébé.

Tara leva la tête, lui prit doucement le menton et pressa ses lèvres contre les siennes.

— Tu ne nous feras pas mal.

Elle s'en remettait totalement à lui !

Il la renversa sur le dos.

Les paupières de la jeune femme se fermèrent tandis qu'il se glissait entre ses jambes et s'enfonçait profondément en elle. Ses mains s'agrippèrent à sa poitrine, à ses épaules, et de nouveau il entendit ce petit hoquet qui hantait ses rêves depuis quatre mois.

Alors, il lui prit les mains, leurs doigts s'accrochèrent fiévreusement, et il se laissa emporter par son instinct.

Leurs jambes s'entremêlaient, le corps de Tara se soulevait en rythme pour accompagner ses mouvements. Ses gémissements faisaient écho à ceux qu'il ne pouvait plus réprimer. Puis elle cria son nom, et tous deux atteignirent ensemble les sommets du plaisir, dans un éblouissement de tous leurs sens.

Un long moment passa avant que leurs corps ne s'apaisent. Leur rythme cardiaque ralentit peu à peu. Enfin, Tara ne fut plus qu'une petite boule chaude blottie contre lui.

Il remonta les couvertures sur elle, sortit doucement du lit et se rendit dans la cuisine.

Tristan lui avait remplacé l'ordinateur portable qui avait brûlé dans la maison de Tara. L'écran émettait une faible lueur dans l'obscurité.

Il ouvrit son courrier et tapa l'adresse du site où il communiquait avec Ryan.

Sans plus d'explication, il écrivit :

« Je me marie samedi. J'ai besoin d'un garçon d'honneur. »

Puis il referma l'ordinateur et retourna dans la chambre.

Auprès de Tara.

- 17 -

Debout devant le miroir de la petite salle arrière de l'église de Weaver, Tara arrangeait sa robe.

Après un voyage infructueux à Cheyenne avec Emily, Leandra et Sarah, elle avait fini par choisir dans sa propre boutique une robe vintage couleur ivoire dont la taille haute était adaptée à ses formes arrondies.

— Ça va ? demanda-t-elle.

— Tu es magnifique, lui assura Leandra, qui se tenait derrière elle.

Elle portait une robe droite gris perle qui seyait parfaitement à sa silhouette.

— Je suis d'accord, renchérit Sarah, qui avait remonté ses boucles blondes en un savant chignon au sommet de sa tête. Tu es parfaite.

D'autres cousines étaient présentes : Angeline, une brune pulpeuse mariée à Brody, un avocat à l'humour caustique, J.D., dresseuse de chevaux arrivée le matin même de Géorgie, et enfin Lucy, danseuse classique à New York.

D'innombrables cousins affluaient du monde entier. Le seul qui n'avait pas donné signe de vie était Ryan.

Axel n'avait pas reparlé de lui depuis qu'il avait lâché son secret. Ils n'avaient pas non plus parlé de Sloan. Ils avaient juste demandé à Tristan de le prévenir de leur part.

— La musique commence, dit Lucy. Nous devrions aller nous asseoir, l'église est déjà pleine.

— D'accord, dit Leandra en poussant dehors le petit groupe, sans oublier de prendre son bouquet de pivoines miraculeusement dégoté par le fleuriste en plein hiver.

Elle avait été très touchée quand Tara lui avait demandé d'être sa demoiselle d'honneur.

— Je t'attends dehors, lui dit-elle, très émue.

Tara se mordit la lèvre.

— Leandra…

— Oui ?

— Axel est bien là ?

Leandra sourit.

— Il est arrivé le premier, chérie.

— Je sais que c'est idiot, mais je m'inquiétais, avoua Tara, soulagée.

— Axel est un type bien, Tara. On peut toujours compter sur lui. Il ne laisse jamais tomber les gens qu'il aime.

Elle baissa les yeux.

— Je sais.

Sauf qu'Axel ne l'aimait pas. C'était le bébé qui comptait pour lui. Il voulait juste régulariser la situation. Accessoirement, il la voulait dans son lit : il pensait qu'on pouvait baser un mariage sur l'attirance sexuelle. Et elle, elle l'aimait trop pour pouvoir lutter.

Elle releva les yeux et se força à sourire.

Leandra souriait elle aussi, mais elle avait senti que quelque chose n'allait pas.

— Je sais que ça ne remplacera pas tes parents, mais tu fais partie de notre famille, désormais, dit-elle gentiment. Nous sommes tous là pour toi.

Tara ne savait plus si elle devait rire ou pleurer.

— Ne me fais pas pleurer, mon maquillage va couler !

— Tiens, prends un mouchoir.

Heureusement, une boîte de mouchoirs en papier avait été prévue dans ce lieu chargé d'émotions.

Leandra en prit un aussi et se moucha bruyamment.

— Tu vois, je pleure moi aussi, dit-elle en la serrant dans ses bras. Allons, dans vingt minutes tout sera fini, et tu seras la nouvelle Mme Clay.

Elle lui lança un dernier clin d'œil et sortit de la pièce.

Tara prit un autre mouchoir et se tamponna les joues.

Dehors, le ciel était d'un bleu intense et le sol d'un blanc immaculé. Elle vit un homme brun qui courait vers l'église.

Un retardataire, sans doute.

Derrière la porte, elle entendait les premières notes de l'orgue.

Le révérend Stone était déjà passé pour s'assurer qu'elle était prête. Emily était venue lui donner un délicat mouchoir en dentelle qu'elle portait le jour de son mariage avec le père d'Axel.

Elle prit une longue respiration.

Axel ne l'aimait peut-être pas, mais elle, elle l'aimait.

Elle prit son bouquet de pivoines et s'avança vers la porte.

Mais celle-ci ne s'ouvrit pas.

Elle tourna la poignée dans tous les sens. La porte résistait toujours. Elle posa son bouquet et fit un nouvel essai. La poignée lui resta dans la main.

— Oh non ! gémit-elle.

Elle essaya de replacer la poignée et recommença à secouer la porte.

L'orgue jouait maintenant plus fort. L'organiste avait fini le prélude et entamait les premiers accords de la *Marche nuptiale*.

Abandonnant la poignée, elle se mit à tambouriner de toutes ses forces contre la porte.

Leandra allait sûrement l'entendre, et ce petit incident serait aussitôt oublié…

Mais un petit craquement attira son attention près de la fenêtre, de l'autre côté de la pièce, et la panique s'empara d'elle.

Des flammes léchaient le bas des lourds rideaux qui ornaient la fenêtre. Et, le temps qu'elle comprenne qu'elle ne rêvait pas, les rideaux s'embrasèrent jusqu'au plafond.

Suffoquant, elle se retourna et frappa contre la porte en criant.

— Au secours ! Axel ! Leandra !

Elle frappa encore. Une chaleur étouffante avait gagné toute la pièce. Elle pressa son front contre la porte.

— Axel ! hurla-t-elle.

Elle regarda autour d'elle pour voir si la pièce avait une autre issue. Mais il n'y avait que la fenêtre, en proie aux flammes.

Et si elle essayait de briser la vitre ? Elle saisit la petite table en osier.

Mais elle était trop légère pour briser le verre. Et elle craignait que l'entrée d'air frais n'alimente encore plus le feu.

Les rideaux s'étaient transformés en torches. La fumée avait envahi toute la pièce, l'air était irrespirable.

Elle tomba à genoux, respirant de plus en plus mal, et frappa des deux poings contre la porte.

— Tara !

En entendant la voix d'Axel, elle éclata en sanglots. La porte vibrait contre sa joue.

— Je ne peux pas ouvrir la porte ! cria-t-elle entre deux hoquets.

— Elle est bloquée, dit Axel. Recule.

— La pièce est en feu, Axel.

— Je sais. Mais écarte-toi de la porte si tu peux, et je vais te sortir de là. Les pompiers vont arriver.

Elle recula et se recroquevilla à côté du petit canapé.

Au bout de quelques secondes, la porte s'ébranla sur ses gonds sous l'effet d'une énorme pression.

Elle entendait des cris de l'autre côté de la porte, puis un morceau de bois fut projeté à travers la pièce. Suivi par un autre.

Morceau par morceau, la porte volait en éclats.

Ses yeux la piquaient, mais elle reconnut l'objet qui avait servi à forcer le passage. Un extincteur.

Puis elle vit le visage d'Axel, le regard fou d'inquiétude.

— Tu peux te glisser par là ?

Elle fit oui de la tête et attrapa la main qu'il lui tendait. Elle se mit sur le côté et se faufila à travers les pointes acérées du bois. Sa robe s'accrocha au passage et se déchira tandis qu'il la tirait de l'autre côté.

— Merci mon Dieu, dit-il en la serrant contre lui.

Elle s'accrocha à lui.

— Encore le feu, Axel. Comment…

— Nous avons fait évacuer l'église, cria Evan du bout du couloir.

— Viens, dit Axel en la soutenant. Il faut sortir d'ici.

Ils passèrent devant Evan et arrivèrent dans le sanctuaire vide. Axel referma toutes les portes derrière eux.

— Nous avons quelques minutes avant que le feu n'arrive ici. Tristan est en train de vérifier les abords de l'église. Le pyromane est peut-être encore dans les parages.

Trop abattue pour désobéir, elle se laissa tomber sur un banc à côté de lui, remarquant au passage le ruban fixé à son extrémité.

— Comment avez-vous su qu'il y avait le feu dans l'annexe ?

— C'est Mason qui a donné l'alerte. Il a pris en chasse un individu qu'il avait vu rôder dans le coin. Je savais que l'incendie de ta maison n'était pas accidentel, maugréa-t-il entre ses dents.

Il tira sur le nœud de sa cravate.

— Il faut qu'on sorte d'ici, dit-il à Evan.

— Ça c'est sûr, dit une voix grave qui venait d'un coin près de la porte de l'église.

Tara se redressa d'un bond.

— *Sloan ?*

Son frère semblait avoir pris dix ans. Ses cheveux, autrefois aussi bruns que les siens, étaient parsemés de fils argentés.

Elle pressa ses mains contre son cœur.

— C'est vraiment toi ?

— Oui, c'est moi, Tara.

Il sortit de l'ombre et s'avança sans la regarder, les yeux fixés sur Axel.

— Je vois que tu es toujours aussi au point pour assurer la sécurité des gens.

Serrant autour d'elle sa robe déchirée, elle se précipita pour sortir du banc.

— Axel n'est pour rien dans tout ça ! cria-t-elle.

— On pourrait peut-être reporter la réunion de famille à plus tard, suggéra Evan. Il y a le feu, je vous rappelle.

Axel prit Tara par le bras et la poussa vers la porte.

— Où te cachais-tu pendant tout ce temps ? lança-t-il.

— J'étais sur la trace du salaud qui a mis le feu à la maison de Tara, répondit Sloan froidement. Pendant que toi tu étais sur ses traces à elle.

Tara s'arrêta net devant son frère et tendit un doigt accusateur.

— Tu n'as pas à juger Axel, Sloan. Si tout cela est arrivé, c'est à cause de toi !

Son frère accusa le coup.

— Tara, il faut que tu comprennes…

— Tara, appela Axel, Tristan nous attend dehors avec la voiture, à environ trois cents mètres. On va baisser la tête et courir le plus vite possible jusqu'à lui. Tu monteras à l'arrière. Compris ?

Désormais il n'y avait plus de doute : quelqu'un lui voulait du mal.

Elle rejoignit Axel et serra sa main de toutes ses forces.

Elle s'en remettait totalement à lui. Il ne laisserait personne toucher son enfant.

Malgré la peur qui la tenaillait, elle fit tout son possible pour se reprendre.

— Compris.

Axel ouvrit la porte.

Elle se courba pratiquement en deux et, tirée par Axel, courut aussi vite qu'elle put jusqu'à la voiture, où elle s'engouffra tête la première.

La portière se referma derrière elle, et elle vit avec horreur Axel repartir vers l'église.

— Où va-t-il ? demanda-t-elle à l'oncle d'Axel, tandis qu'il démarrait dans un crissement de pneus.

— Il va essayer de coincer le type qui a fait ça.

Elle se redressa pour le suivre des yeux.

— Baissez la tête, ordonna Tristan.

Elle obéit sans discuter et se mit en boule sur le siège.

— Max, dit Tristan qui parlait à la radio, tu as fait dégager la route ?

— Affirmatif.

— Tara, avez-vous vu ou entendu quelque chose avant que le feu ne se déclare ?

— Non, je n'ai vu que les invités arriver, dit-elle.

Elle se retenait à grand-peine de se relever pour regarder par la fenêtre.

— Où m'emmenez-vous ?

— Au ranch Double-C. Là-bas vous serez en sécurité.

— Pourquoi Axel ne vient-il pas avec moi ?

— Parce que pour l'instant il a autre chose à faire.

Elle pressa son visage contre le cuir de la banquette. Elle ne supporterait pas qu'il lui arrive quelque chose.

— Il disait qu'à Hollins-Winword vous étiez des sortes d'anges gardiens.

Tristan hocha la tête.

— C'est une manière de voir les choses, dit-il, amusé.

La radio craqua de nouveau.

— Coups de feu, annonça une voix mécanique. Un homme abattu.

Tara se dressa d'un bond. Ses doigts s'enfoncèrent dans le dossier du siège devant elle.

— Qui est-ce ?

Tristan tourna le bouton de la radio.

— Baissez-vous *tout de suite*, dit-il sans se retourner.

Elle obtempéra. Des larmes coulaient sur ses joues et sur le siège.

Qui avait été abattu ?

Elle n'avait toujours pas de réponse quand ils arrivèrent au ranch.

A la seconde où Tristan arrêta la voiture sur la vaste esplanade devant la maison, la porte s'ouvrit sur Gloria et Emily, qui se précipitèrent vers eux en ouvrant les bras.

— Ce n'est rien, tout va s'arranger, lui dirent-elles en

l'emmenant à l'intérieur, où quelqu'un posa un châle en laine sur ses épaules.

Si elle n'avait pas été dans un tel désarroi, elle aurait remarqué le nombre incroyable de personnes présentes.

— Je veux savoir qui a été tué, dit-elle avec vigueur.

Emily pâlit.

— Tué ?

Jefferson entra dans la pièce, un fusil sous le bras. Il glissa un bras rassurant autour de la taille de sa femme.

— Tristan va nous dire ça très vite.

Tara fixait l'arme que le père d'Axel portait avec tant d'aisance. Son estomac se retourna, et elle porta la main à sa bouche.

Elle lança un regard désespéré à Gloria, qui l'entraîna dans la salle de bains.

Elle s'enferma et s'effondra à genoux. Mais ce n'était pas la nausée qui l'accablait, c'était un flot de larmes. Elle ne pouvait plus s'arrêter de pleurer.

Elle attrapa une serviette sur un portant et s'enfouit le visage dedans.

Elle aurait dû parler à Axel avant. Elle avait eu mille occasions. Maintenant, le seul homme qu'elle avait vraiment aimé dans sa vie était peut-être mort. A cause d'elle !

— Allons, allons, dit doucement Emily en lui caressant la tête. Ça ne sert à rien de pleurer.

— Je l'aime, sanglota-t-elle. Pourquoi ne lui ai-je jamais dit ?

— Vous le lui direz, dit Emily. Mais essayez de vous calmer, pensez à votre bébé.

Tara releva la tête.

— Si j'avais quitté Weaver quand il est revenu vers moi, tout cela ne serait jamais arrivé.

Emily prit un coin de la serviette et lui essuya doucement le visage.

— Si vous étiez partie, je suis sûre qu'Axel vous aurait retrouvée. Venez, maintenant. Nous allons enlever cette robe toute déchirée, et vous allez vous allonger pour vous reposer un moment.

Tara ferma les yeux.

Elle ne voulait pas s'allonger ni se reposer. Elle voulait voir Axel. S'assurer qu'il allait bien.

Pourtant, elle se releva et suivit docilement Emily dans les escaliers.

Soudain, elle vit la porte d'entrée s'ouvrir, et son cœur s'arrêta de battre. Elle s'agrippa à la rampe et serra si fort que les jointures de ses doigts blanchirent.

Axel ! Il était là.

Une de ses manches était déchirée, les extrémités de sa cravate pendaient de sa poche, et sa chemise blanche était tachée de sang.

D'un pas lent et sûr, il s'avança vers elle.

Elle lâcha la rampe, s'approcha de lui et posa sa main tremblante sur les taches rouges.

— Ce n'est pas mon sang, dit-il doucement.

A cet instant, le poids énorme qui l'accablait disparut. Elle se jeta à son cou, et il referma ses bras sur elle.

Elle pressa son visage sur son cou.

Il n'y avait pas de sensation plus merveilleuse au monde.

— J'en serais morte, s'il t'était arrivé quelque chose.

— Je vais bien, assura-t-il en la serrant. Mason et Sloan ont attrapé le type. Ton frère était sur sa trace depuis l'incendie de ta maison. C'était le frère de Maria Delgado.

Il s'arrêta pour l'embrasser sur le front et reprit.

— Ils l'ont arrêté et emmené chez Max. Il n'arrête pas

de pleurer et dit qu'il voulait faire payer à Sloan la mort de sa sœur. Il n'a pas pu avoir les Deuces, mais il savait que, s'il arrivait quelque chose à Sloan, ils seraient les premiers accusés. Mais tout est fini maintenant, tu ne crains plus rien, dit-il en lui caressant le dos.

Elle ne pouvait plus se détacher de lui.

— Et Sloan ? Il va bien ?

— Il est blessé au bras, mais rien de grave.

— Blessé ! s'écria-t-elle en chancelant.

— Ne t'inquiète pas, ça ira.

A moitié rassurée, elle se sentit faiblir sur ses jambes.

— Et l'église ?

— Il y a des dégâts, mais les pompiers ont pu arrêter l'incendie avant qu'il ne touche le chœur. Elle sera réparée en quelques semaines et prête à accueillir un nouveau mariage, dit-il en se penchant vers elle.

Il lui prit les mains, les joignit dans les siennes et les caressa.

— Je veux que tu sortes de l'église à mon bras, Tara. Et toi aussi tu le veux, je le sais. Bébé ou pas bébé, famille ou pas famille.

Elle retint sa respiration.

— Je t'aime depuis la première fois que je t'ai vue, dit-il gravement. J'aurais dû te le dire, c'est vrai. Mais il y avait ton frère, la mission… J'ai eu tort. Je veux t'épouser. Et, s'il le faut, je suis prêt à renoncer à mon travail pour t'offrir la vie que tu désires.

— Oh, Axel !

Elle se sentait fondre à l'intérieur. Le regard d'Axel était si tendre, une telle émotion émanait de sa voix…

Elle posa un doigt sur ses lèvres.

— J'aime ta famille, murmura-t-elle. Mais, par-dessus tout, c'est toi que j'aime. Depuis notre week-end à Braden.

Elle s'arrêta un peu pour dominer le tremblement de sa voix.

— Depuis toujours, je me suis débrouillée seule. J'aurais pu continuer, même avec un enfant. Mais ce n'est pas ce que je veux. Je veux l'élever avec toi. Je sais que tu n'es pas comme mon père. Tu es différent, et c'est ça qui me plaît.

Elle prit la main d'Axel et la posa sur son ventre pour qu'il sente son enfant bouger.

— Et, tu sais, ce ne sont pas seulement des racines que je veux, mais un arbre entier. Un bel arbre qui étire ses racines, mais aussi qui s'élance vers le ciel, avec des branches, des bourgeons, des feuilles. C'est ça qui me portera dans la vie.

Les yeux d'Axel brillaient.

— Je planterai un verger entier, alors.

Elle éclata de rire et s'essuya les joues, puis elle prit sa main et l'embrassa là où il s'était blessé en brisant la photo de Ryan.

— En attendant que l'église soit réparée, nous pourrons nous marier à la mairie lundi matin, à l'ouverture. Je ne veux plus attendre ! dit-elle.

— La mairie ? s'éleva la voix de Squire dans le hall. Qu'est-ce que c'est que cette histoire ?

— Squire..., gronda Gloria.

Mais le vieil homme s'avança et planta rageusement sa canne devant Axel en le regardant droit dans les yeux.

— S'il y a une chose que l'on sait faire dans cette famille, ce sont bien les mariages. La grange est prête pour la réception, n'est-ce pas ?

— Oui, dit Emily.

Tara se retourna vers elle, surprise. Elle avait complètement oublié sa présence.

— Evidemment, il faut faire quelque chose pour la robe…

Elle suspendit sa phrase et posa un doigt sur sa bouche, l'air mystérieux.

— Et rappeler le révérend Stone, ajouta Jefferson en apparaissant à son tour. Il a l'habitude : dans cette famille, les mariages se passent rarement comme ils étaient prévus.

— Et ton frère sera là, dit Axel en prenant Tara dans ses bras. Mais il sera peut-être réticent à me donner ta main…

Elle regarda autour d'elle tandis que la discussion reprenait, vive et enjouée, comme si rien ne s'était passé.

Toutes les armes avaient disparu comme par enchantement.

Elle mit les mains autour du cou de l'homme de sa vie. Elle avait l'impression que son cœur allait éclater de tant de bonheur.

— Il n'a rien à dire, je suis déjà à toi. Depuis le jour où tu m'as dit de faire un vœu devant mon gâteau d'anniversaire. Tu t'en souviens ?

— Et qu'avais-tu fait comme vœu ?

— Rester avec toi, dit-elle simplement. Toute la vie.

— C'est un bon choix, dit Axel, d'une voix mi-émue mi-moqueuse.

Et il l'embrassa.

Épilogue

En fin de journée, la plupart des problèmes étaient résolus.

On avait envoyé quelqu'un récupérer l'autorisation de mariage dans le bureau du pasteur, heureusement épargné par les flammes. Max et Tristan avaient dû convaincre les pompiers d'accéder au bâtiment, qui menaçait de s'effondrer.

Puis il avait fallu convaincre les médecins des urgences de laisser sortir Sloan, dont la plaie au bras avait été recousue. On avait quand même dû faire intervenir Rebecca.

Et, bien sûr, Axel avait dû raconter une bonne dizaine de fois ce qui était arrivé à l'église et comment il était intervenu pour arrêter le coupable.

Tara, elle, avait passé ce temps entourée des femmes de la famille qui s'affairaient dans tous les sens. Elle flottait dans une espèce de brouillard. La seule chose qui comptait pour elle, c'était Axel.

Une fois tous les détails réglés, restait celui de sa robe à enfiler.

Elle attendait dans sa chambre que Leandra vienne l'aider, quand on frappa à la porte.

Mais la personne qui entra dans la pièce n'était pas la sœur d'Axel.

— Je suppose qu'on ne peut pas aller ailleurs pour parler ? murmura Sloan.

Elle secoua la tête.

— Non.

— Tant pis. Il faut que je te parle maintenant. Sinon, j'ai peur qu'on n'ait pas d'autre occasion.

Il portait une veste noire qui cachait son bandage au bras, empruntée sans doute à un membre de la famille Clay.

— Ne m'en veux pas pour ce que j'ai fait, Tara, dit-il en s'asseyant sur le lit. C'était mon devoir de te protéger. J'ai déjà perdu Maria, je ne voulais pas te perdre.

— Je sais, je suis désolée pour toi. Axel m'a parlé d'elle. Il regrette tant ce qui est arrivé !

— C'était plus facile pour moi de rejeter la responsabilité sur lui, avoua Sloan avec une grimace. J'avais parlé de toi à Maria. Elle a dû tout raconter à son frère. Je ne voulais pas te gâcher la vie, Tara.

Les yeux de Tara se remplirent de larmes.

— Tu n'as rien gâché, Sloan. J'ai trouvé ici ce que je cherchais depuis toujours.

— Tu veux dire un endroit pour vivre, où tu te sentes chez toi ?

— Et un homme qui m'aime et que je vais épouser, précisa-t-elle, très émue. Je me suis toujours demandé pourquoi maman était restée avec papa. Je crois que je commence à comprendre. Quant à toi, j'aimerais bien que tu restes un peu avec nous, ajouta-t-elle en rajustant le col de sa veste.

— Je dois retourner à Chicago pour la fin du procès. Mais, après, je ne sais pas, dit son frère avec un sourire qui rappelait le Sloan d'autrefois. Je vais sans doute revenir pour être là quand mon neveu ou ma nièce viendra au monde. En attendant, tu vas faire une mariée superbe.

— Si j'arrive à m'habiller !

La robe qu'Emily, Maggie et Jaimie avaient réussi à

reprendre en un temps record était posée sur le lit. C'était Gloria qui avait retrouvé dans une malle cette robe de dentelle, qui avait appartenu à la première femme de Squire, Sarah. Celle-ci lui avait donné cinq fils avant de disparaître tragiquement.

Sloan restait les bras ballants, l'air gauche, sans savoir quoi faire.

Tara le prit dans ses bras et le serra contre elle.

— Je t'attendrai dans le salon, dit-il, visiblement très ému, avant de sortir.

Leandra n'arrivait toujours pas.

Tara poussa un long soupir et s'approcha de la porte-fenêtre qui donnait sur l'arrière de la maison.

Dehors, il faisait noir, mais l'on distinguait un peu plus loin la grange éclairée, prête pour la réception.

Mais, avant, il fallait que le mariage soit célébré. Et, pour célébrer le mariage, il fallait une mariée. Et, si possible, pas en peignoir !

Peut-être pourrait-elle enfiler cette robe toute seule ?

Mais au moment où elle allait quitter la fenêtre, son œil fut attiré par un mouvement dehors.

Un homme s'éloignait de la maison.

Elle se colla à la vitre pour mieux voir.

Etait-ce par simple curiosité ou parce qu'elle avait l'impression de l'avoir déjà vu ?

A un moment, il se retourna, et elle vit son visage dans un rai de lumière qui venait de la grande maison.

Elle resta bouche bée, comme assommée, tandis que l'homme disparaissait de nouveau dans l'obscurité.

Ce n'était pas seulement le visage de cet homme qui lui était familier.

Elle secoua la poignée de la porte-fenêtre qui avait du mal à s'ouvrir et s'avança sur la terrasse.

— Ryan !

La silhouette hésita un instant puis reprit sa course.

Elle resserra le peignoir et sortit dans la neige. Elle faillit perdre ses pantoufles mais continua.

— *Attendez !*

Ryan Clay s'arrêta enfin et se retourna vers elle.

— Vous êtes folle de sortir comme ça, dit-il, les yeux fixés sur son peignoir et ses pantoufles.

— Je vous ai vu près de l'église tout à l'heure, dit-elle, le souffle court. J'ai cru que vous étiez un invité. Je suis Tara.

— Je sais qui vous êtes. Je suis surpris qu'Axel ait mis cinq ans pour se décider à vous épouser.

Elle marqua un arrêt.

— Pourquoi vous cachez-vous ?

Le visage de Ryan se ferma.

— Je n'aurais pas dû venir.

— Comment ça ? Imaginez la joie de votre famille de vous revoir ! Ils vous attendent tous.

— Qu'en savez-vous ? Vous ne me connaissez même pas.

Il lui tourna le dos et repartit.

Elle tremblait.

— Je connais Axel, dit-elle en le suivant. Il n'a jamais renoncé à vous retrouver. Il ne vous a jamais oublié. Et il a été obligé de mentir à toute sa famille à cause de vous.

Mais l'homme avait repris sa course, et ses paroles se perdaient dans l'air froid, avec les petits flocons qui voltigeaient çà et là.

Etait-ce bien Ryan qu'elle avait vu ? Ou un fantôme ? Ou le fruit de son imagination ?

Elle s'arrêta, les mains crispées sur son peignoir, habitée malgré tout par l'espoir.

— Tara ?

Elle se retourna.

Leandra était debout sur la terrasse, l'air complètement affolée.

Elle la rejoignit sur la terrasse.

— Ça va ? demanda celle-ci en balayant les flocons sur ses épaules. Qu'est-ce que tu faisais ?

— Je ne sais pas, dit Tara avec un sourire énigmatique, en la précédant à l'intérieur. Je faisais un vœu sous les étoiles, je crois.

— L'espace d'une seconde, j'ai cru que tu t'enfuyais.

Le cœur de Tara bondit dans sa poitrine.

— Jamais je ne ferai ça !

Leandra la regarda attentivement.

— Bien. Si on la mettait, cette robe ? Sinon, on n'aura jamais le temps de faire la réception.

En quelques minutes, le peignoir fut remplacé par la robe de mariée et les pantoufles par d'élégants escarpins — peu adaptés au sol recouvert de neige, mais qu'importe !

Tara se sentait belle, telle Cendrillon partant au bal.

Leandra s'agita autour d'elle pour arranger les derniers détails de la toilette, puis elle lui donna son nouveau bouquet, les pivoines ayant brûlé dans l'église.

— C'est de la sauge sauvage, dit-elle. Ça sent bon.

Tara respira le bouquet.

Les herbes étaient odorantes. Et puis, elle savait qu'elles symbolisaient la santé — ce qui tombait très bien, finalement.

Leandra lui tendit la cape en cachemire ivoire offerte par la tante Maggie.

— Je vais voir si tout est prêt, dit-elle. Et accélérer le mouvement s'il faut.

Tara jeta la cape sur ses épaules et la suivit dans le salon, où Sloan l'attendait.

— Tu es magnifique, dit-il en lui prenant le bras. Mais il faut venir dans le Wyoming pour voir un mariage en plein air au mois de mars ! Tu sais qu'il neige, n'est-ce pas ?

— Ça ne me gêne pas, affirma-t-elle tandis qu'ils sortaient sous la véranda.

Elle poussa un soupir d'aise à la vue du spectacle délicieux qui s'offrait à elle.

Des centaines de petits lampions blancs étaient suspendus dans les arbres et scintillaient sous le ballet virevoltant des flocons. Toute la famille était réunie.

Sa famille, désormais.

Tandis qu'elle traversait l'allée au bras de son frère, la plainte d'un violon s'éleva.

Elle scruta l'assemblée et vit Casey avec son instrument.

Le révérend Stone l'attendait au centre de cette église imaginaire, Leandra et Evan à ses côtés.

Puis Tara aperçut le seul qui comptait pour elle en cet instant : Axel.

Il avait troqué le costume gris qu'il portait l'après-midi à l'église pour un blazer foncé et une chemise à col Mao. Ce n'était pas traditionnel, mais il était si beau dans cette tenue…

Sloan la guida lentement jusqu'à lui. Quand elle s'arrêta devant lui, il lui prit la main, et sa chaleur l'envahit. Si son cœur n'avait pas déjà été à lui, il le lui aurait volé en cette seconde.

Le révérend Stone s'éclaircit la voix.

— Qui donne la main de cette femme à cet homme ?

Sloan fit un pas en avant.

— Il semble bien que ce soit moi, dit-il.

Quelques petits rires saluèrent ce trait d'humour.

Sloan hésita un instant puis posa un baiser sur la joue de Tara et se recula.

Le prêtre avait l'air radieux.

— Le mariage est un engagement sérieux, commença-t-il. On n'y entre pas à la légère sans y avoir réfléchi, mais avec révérence…

— Et impatience, murmura Axel à l'oreille de Tara.

Elle dissimula son sourire derrière son bouquet.

Lorsque vint le moment de prêter serment, leurs voix se firent claires et fermes. Puis le prêtre fit signe au marié d'embrasser la mariée.

Des cris de joie s'élevèrent dans la nuit. Tous les membres de la joyeuse troupe s'agglutinèrent ensuite autour des nouveaux mariés pour les féliciter et les serrer affectueusement dans leurs bras.

— Vous ne croyez pas qu'il serait temps de se mettre à l'abri ? grogna Squire. Je suis vieux, ce n'est pas bon pour moi, ce froid.

— Tu es surtout très impatient d'aller manger le gâteau qui nous attend depuis tout à l'heure dans la grange, se moqua Jefferson, tenant sa femme par la taille.

— Fils indigne ! maugréa Squire en tremblotant sur sa canne. Je me demande de qui tu tiens…

— De vous, sans doute, dit Tara étourdiment.

Elle se mordit la lèvre en entendant le silence qui se fit autour d'elle, tandis que le vieil homme s'approchait, le regard pétillant de malice.

— Vous devez avoir raison, dit le grand-père après un petit temps de réflexion. Cette robe appartenait à la grand-mère d'Axel, vous savez ?

Elle baissa les yeux sur les entrelacs de dentelle un peu jaunis par le temps.

Elle savait. Justement, cela donnait une valeur encore plus symbolique à son union avec Axel.

— Cela ne vous gêne pas, j'espère ?

Gloria leur avait assuré qu'il ne dirait rien.

Squire fronça les sourcils.

— Elle vous va très bien. Sarah aurait été contente de vous voir ainsi. La seule chose qui me gêne, c'est d'attendre pour manger ce satané gâteau. Alors, allons-y ! lança-t-il en faisant un moulinet avec sa canne.

Le signal du départ était donné, et le cortège se mit en branle. Certains préférèrent prendre leur voiture pour couvrir la courte distance. Les autres traversèrent le champ à pied malgré la neige et le froid.

Axel souleva Tara dans ses bras.

— Tu vas te geler les pieds, avec ces chaussures, murmura-t-il.

Elle était au septième ciel. Elle enroula ses bras autour de son cou. Elle flottait, légère comme une plume, dans une bulle de bonheur.

— Ce sera un miracle, tu sais, si tu arrives à me porter — ou plutôt à *nous* porter jusqu'à la grange.

Axel posa sur elle un regard si plein d'amour qu'elle n'aurait pas assez d'une vie pour le consumer.

— Le miracle, c'est toi et le bébé.

Et il posa sur ses lèvres un long, très long baiser.

Puis il releva la tête et suivit le cortège à travers le champ enneigé.

Elle renversa la tête, clignant des yeux sous les flocons qui caressaient son visage.

Elle avait enfin trouvé sa place, dans les bras de l'homme qu'elle aimait.

Elle posa les yeux sur lui pour savourer encore son image, et aperçut un homme derrière eux.

Sorti de l'ombre, il s'avançait lentement.

Elle sourit et pressa sa joue contre la poitrine d'Axel.

— Mon amour, murmura-t-elle, je crois qu'il y a encore de la place pour un autre miracle, ce soir…

ANNE OLIVER

Le bal du désir

*éditions*Harlequin

Titre original : HOT BOSS, WICKED NIGHTS

Traduction française de FRANÇOISE HENRY

83/85 boulevard Vincent-Auriol 75646 PARIS CEDEX 13.
Service Lectrices — Tél. : 01 45 82 47 47
www.harlequin.fr

- 1 -

Un préservatif ? Kate fixa d'un air horrifié le sachet de mousseline qu'une vestale éméchée — la future mariée, soit dit en passant — venait de lui glisser dans la main.

Tout en s'efforçant d'ignorer les sourires narquois des invitées, elle ne put empêcher sa main libre de se crisper sur la jupe diaphane de son déguisement de danseuse du ventre. Les allusions salaces propres aux soirées d'enterrement de vie de jeune fille n'étaient pas le genre de la très sage Kate Fielding, et elle se demandait comment passer le restant de la soirée avec un préservatif — même déguisé en sachet de lavande — lui brûlant les doigts.

Elle se sentit devenir écarlate, et rendit grâce au voile qui dissimulait son visage.

— Vas-y, Kate ! s'exclama Sheri-Lee. On ne vit qu'une fois !

Comme Kate demeurait muette, Sheri-Lee lui prit le sachet des doigts et le glissa sous la ceinture incrustée de perles de sa jupe.

— Prends du bon temps en attendant de rencontrer l'homme de ta vie !

Un chœur de rires s'éleva de l'assistance, comme si l'idée que Kate puisse avoir un comportement de femme libérée était ridicule, et elle en fut un peu froissée.

— Merci… je vais y réfléchir.

Un rire étranglé lui échappa, et elle regarda avec envie la

porte. Fuir. Il fallait fuir cette salle avant que quelqu'un ne fasse une nouvelle allusion au vide de son existence.

— Excusez-moi. J'ai juste besoin…

De respirer.

Son costume tinta quand elle plongea entre Cléopâtre et une amazone, et frôla la version années 60 d'une espionne russe.

En atteignant le bar, elle poussa un soupir de soulagement. L'ambiance y était moins bruyante, et des lumières tamisées nimbaient d'intimité ce pittoresque pub de Paddington, banlieue chic de Sydney. Tout en se dirigeant vers le mur où étaient exposées les photographies du pub à ses débuts, elle but une gorgée de champagne à la flûte qu'elle tenait à la main depuis plus d'une heure. Les photographies n'étaient qu'un prétexte ; en réalité, elle pensait à son ex-fiancé.

Les soirées d'enterrement de vie de jeune fille exhalaient toutes le même parfum d'amertume. A l'heure qu'il était, elle aurait dû être mariée, et mère de famille. Sa sœur Rosa, de bien des années sa cadette, allait la battre. Merci Nick.

Elle secoua la tête. Pas question de penser à Nick, ni à sa trahison, après trois années de fiançailles ! Trois précieuses années qu'elle aurait pu consacrer à la maternité. Par ailleurs, le bonheur de Rosa la comblait de joie.

Alors, quelle importance que Kate ait eu trente ans le mois passé et que, à en croire son père, elle s'enfonce inexorablement dans un célibat à vie ? Car, depuis la défection de Nick, Kate ne s'était jamais aventurée hors de la voie étroite qu'elle s'était tracée. C'était un choix, se rappela-t-elle, et un excellent choix. Malgré tout, le contact du sachet de mousseline contre sa hanche éveillait en elle une sensation brûlante, primitive…

Sheri-Lee avait rencontré l'homme de sa vie. Elle allait se marier, quitter son emploi. Pourquoi donc le mariage signifiait-il la plupart du temps que les femmes abandonnent leur métier, et, par conséquent, qu'elles renoncent à leur indépendance ?

Pour un peu, Kate aurait plaint Sheri-Lee. L'amour semblait toujours impliquer un sacrifice, enfin, un sacrifice féminin. Sauf que Sheri-Lee irradiait le bonheur, et brûlait d'envie de devenir femme au foyer.

Quatre ans plus tôt, Kate elle-même avait bien failli tomber dans le piège. Enfin, tomber volontairement, persuadée qu'elle était que Nick l'aimait. Avec le recul, elle comprenait que, du côté de ce dernier, il ne s'était pas du tout agi d'amour.

Alors… quel choix lui restait-il ? Celui de vivre une vie de célibataire libérée ?

Comme si elle avait du temps à consacrer aux hommes ! Et puis, elle n'avait jamais été attirée par l'amour libre. Néanmoins, pour être honnête, il fallait avouer que, de temps à autre, son ego aurait bien eu besoin d'un peu de stimulant…

Soudain, sa nuque la picota, et un frisson passa le long de son dos. Quelqu'un l'observait ; elle le sentait. Et il y avait tout à parier qu'il s'agissait d'un homme. Intriguée, elle jeta un coup d'œil par-dessus son épaule et frémit en découvrant un adonis d'un bon mètre quatre-vingt-dix, en pantalon des surplus de l'armée, T-shirt noir, brodequins usagés, qui fixait sur elle un regard noisette très clair, contrastant avec son bronzage, ses cheveux bruns et la barbe naissante qui lui mangeait le bas du visage.

Le cœur de Kate se mit à battre plus vite, ses paumes devinrent soudain humides. A vrai dire, si en jouant les femmes libérées elle obtenait que cet homme flatte un peu son ego, elle n'y verrait aucun inconvénient.

Elle se retourna lentement, sa flûte de champagne oubliée à la main et, bien à l'abri derrière son déguisement, lui rendit hardiment son regard. Où donc ce type avait-il gagné ce corps d'athlète ? Avec son torse magnifiquement musclé dessiné par le T-shirt, les bras aux puissants biceps qui en émergeaient, on aurait dit un aventurier sortant d'un film d'action.

Kate baissa les yeux et constata que les jambes semblaient tenir les promesses du torse, mais que, par son ampleur, le pantalon laissait subsister une part de mystère. Relevant la tête, elle s'aperçut que l'inconnu fixait son nombril nu. Devant la franche approbation qu'elle lut dans le regard qui se promenait de son ventre à ses jambes, en passant par les plis transparents de sa jupe, elle sentit un flot de chaleur l'envahir, et elle chercha l'air dans une pièce brusquement surchauffée.

De sa vie, elle n'avait réagi si fort à l'intérêt d'un homme. Elle se sentait sans force, dépassée par les événements, consentante à tout. Il ne paraissait pas seulement dangereux, il l'était, assurément, parce qu'elle fondait de désir à ses pieds.

Et ces pieds, dans leurs grosses chaussures usagées, s'approchaient d'elle.

Elle se redressa de toute la hauteur de son mètre soixante-trois pendant que les paroles de Sheri-Lee résonnaient à ses oreilles. « Vas-y, Kate ! Prends du bon temps en attendant de rencontrer l'homme de ta vie. »

Le temps qu'il arrive à son niveau, elle avait repris ses esprits. Enfin, presque. Car elle perdit de nouveau contenance en discernant, au fil de sa progression, les paillettes vertes parsemant les iris dorés, et les petites rides du coin des yeux qui suggéraient le grand air, ou la fatigue, ou les deux à la fois.

— Souhaitez-vous quelque chose ? demanda-t-il d'une voix grave qui collait parfaitement au personnage.

Souhaitait-elle quelque chose ? La libido négligée de Kate poussa un soupir à fendre l'âme. Ma foi… oui. Tout ce qu'il voudrait. Où il voudrait.

Devant son mutisme, il se sentit tenu de préciser en désignant de la tête son verre à moitié vide :

— J'ai l'impression que vous arrivez au bout de vos munitions.

Oh… il la draguait. Et c'était la vie réelle, pas un rêve éveillé. La feinte assurance de Kate s'effondra brusquement, et ses doigts se crispèrent sur son verre.

— Ah ! oui. Mais, pour le moment, je n'ai besoin de rien. Merci…

Du coin de l'œil, elle vit deux des participantes à la fête qui les observaient avec intérêt. Supposant qu'elles guettaient le moment où elle prendrait la fuite, elle se força à rester immobile.

Le regard de l'inconnu tomba sur sa bouche, enfin, sur l'endroit où se serait trouvée sa bouche si elle n'avait pas porté de voile, et ses sourcils se froncèrent. Devinant qu'il songeait à mettre son visage à nu, elle tenta de faire diversion.

— On dirait que vous venez de survoler la moitié de la planète, dit-elle d'un ton de reproche.

Ton qui lui valut un lumineux sourire qui, à son tour, provoqua chez elle une accélération de son rythme cardiaque.

— J'arrive de Los Angeles…, répliqua l'inconnu.

Les muscles de ses bras se gonflèrent tandis qu'il consultait sa montre.

— J'ai débarqué il y a deux heures.

C'était donc la raison de son air négligé.

— Voyage d'affaires ou d'agrément ? s'enquit-elle.

— Les deux.

Il se pencha vers elle.

— Je suppose que vous participez à la soirée costumée ?

Elle haussa les épaules en souriant d'un air désabusé.

— Soirée d'enterrement de vie de jeune fille.

Il approcha sa tête de la sienne.

— Pas la vôtre, j'espère ?

— Non !

Le cœur de Kate battait très fort. A travers le voile, elle percevait l'odeur diffuse d'un after-shave dont le raffinement contrastait avec l'apparence un peu débraillée de son propriétaire.

— C'est la meilleure nouvelle de la journée, déclara-t-il.

Et une main rude se posa sur celle de Kate, crispée sur sa flûte de champagne. Il lui sembla que de l'électricité jaillissait du point de contact et remontait le long de son bras. Elle chercha son regard, et demeura prisonnière de son charme magnétique. Les doigts de l'inconnu étaient fermes sur les siens quand il leva la flûte, son souffle chaud sur sa main comme il l'approchait de ses lèvres. Un léger mouvement de sa part, et elle sentirait la rugosité de sa barbe naissante contre sa peau.

Venant de derrière elle, elle entendit des petits bruits trahissant une hilarité contenue. Ses amies trouvaient la situation amusante ? Eh bien, elle allait leur montrer — ainsi qu'à elle-même — qu'elle était encore capable de s'amuser.

Si, ce soir, elle oubliait Kate Fielding, avec un peu de chance, elle connaîtrait le plaisir tout simple de se sentir désirée dont elle s'était privée. Oh ! quel rêve. Ce soir, elle pouvait endosser n'importe quel personnage…

Pour lui.

*
* *

Damon Gillepsie se réjouit soudain d'être arrivé à Sydney avec quelques jours d'avance. Sa première intention avait été de boire un verre au bar et, ensuite, de se reposer en prévision des affaires qu'il aurait prochainement à traiter. Mais le hasard avait voulu qu'il tombe au beau milieu d'une fête costumée.

Et qu'il l'ait vue.

Elle semblait... non pas esseulée, mais seule. Complètement seule. Comme lui. C'était peut-être cette ressemblance qui avait éveillé chez lui un sentiment plus complexe que le simple désir. Quant à définir lequel, il en aurait été bien incapable.

Repoussant l'idée, légèrement perturbante, il pressa leurs doigts joints sur le bord de la flûte, et oublia décalage horaire et manque de sommeil pour se concentrer sur les sensations qu'il éprouvait. Contact des doigts crispés sous les siens, fragrance d'un subtil parfum oriental.

Ses affaires attendraient.

Le voile qui dissimulait presque entièrement le visage de l'inconnue excitait son imagination. Cependant, si ses traits demeuraient un mystère, son corps se laissait deviner sans pudeur.

Le soutien-gorge, garni de clochettes et de perles, exposait une chair féminine, tendre et généreuse, qui se soulevait au rythme de sa respiration. La jupe, composée de foulards safran et or, découvrait une taille mince, un ventre plat, à la peau dorée, et une paire de jambes parfaites. Ce qui l'intriguait le plus, c'était le rubis qui scintillait dans son nombril. Comment diable l'y maintenait-elle ? Par un tour de passe-passe magique de ses muscles pelviens ?

Il ressentit la même montée d'adrénaline qu'il expérimentait avant de sauter en parachute. Il y avait si longtemps qu'il n'avait approché de femme. Ses affaires et sa passion pour les sports extrêmes, qui le poussait à parcourir la planète, l'avaient trop occupé dernièrement pour qu'il recherche une compagnie féminine.

Mais il avait l'intention de remédier à cette lacune, dès le soir même.

Il porta le verre à ses lèvres, entraînant les doigts de l'inconnue dans son geste, et guetta sa réaction. Lourdement soulignés de mascara et de crayon bleu marine, ses yeux paraissaient immenses et, dans leurs profondeurs, tremblait un trouble authentique. Des yeux espagnols, pensa-t-il, et, des tréfonds de sa mémoire, surgit une autre paire d'yeux noirs. Tout en chassant l'image, il avala une gorgée de champagne, et grimaça de dégoût.

— Le champagne se boit frappé ! s'exclama-t-il d'un air outré.

Il posa la flûte sur le plateau d'un serveur qui passait et, s'emparant d'une pleine, la lui tendit. Dans le mouvement, leurs doigts se frôlèrent.

— Merci, dit-elle.

Il prit sa main libre.

— Venez, petite bohémienne, cherchons un endroit plus tranquille.

Ils traversèrent la foule pour gagner un coin plus paisible. Il s'attendait à ce qu'elle écarte son voile pour boire une gorgée de champagne, mais elle se contenta de glisser la flûte par dessous, et son visage garda son excitant mystère.

Un soupir de frustration s'échappa des lèvres de Damon.

— Comment vous appelez-vous ? s'enquit-il.

— Shakira.

Sa voix légèrement voilée et provocante alluma un sourd désir dans ses veines.

— Eh bien, Shakira…

Il glissa une main sous le voile et tenta de lui incliner la tête pour la voir mieux. En tressaillant, elle posa une main sur son bras.

— Non !

Les yeux noirs étincelaient, mais il l'apaisa d'un sourire.

— D'accord, Shakira. Nous jouerons selon vos règles.

Tout ce qu'elle voudrait du moment qu'ils jouent.

Elle le lâcha, et le laissa suivre du pouce le dessin de sa lèvre pleine. Mais, soudain, une idée frappa Damon.

— A moins que vous ne vous cachiez pour tromper sans risque un petit ami jaloux ?

Il sentit sa mâchoire se crisper sous ses doigts.

— Je ne trompe personne ! se récria-t-elle.

Et sa réaction lui plut beaucoup.

— Moi non plus, dit-il.

Il la poussa, de manière à les dissimuler derrière le feuillage d'un gros philodendron en pot, et se pencha pour mieux la humer. Elle sentait la frangipane et l'été, et l'exotique parfum excita sa libido.

Se pouvait-il qu'une femme aussi attirante soit libre ? Cependant, suivant ses principes, il repoussa la question pour savourer l'instant présent.

Il fourragea du nez dans son cou, et, encouragé par sa réaction, mordilla la chair parfumée du dessous de l'oreille. Les clochettes de sa jupe tintèrent contre son pantalon, le soutien-gorge incrusté de perles frotta le devant de sa chemise. Ses souples formes féminines paraissaient douces et sensuelles contre son corps durci.

Il glissa un doigt sous l'élastique de la jupe et le fit courir sur son ventre ferme et plat. Elle frissonna à son contact, ce qui accrut encore son trouble.

Les yeux de la belle inconnue reflétaient le même besoin

impérieux que celui qui l'agitait. Il était si excité que, s'il n'y prenait garde, il ne répondrait plus de rien. Il voulait ce ventre contre le sien, nu. Il la voulait ondulant et frémissant autour de lui tandis qu'il lui ferait l'amour. Et il le voulait tout de suite.

Au prix d'un gros effort, il réussit à reculer, et la prit par la main.

— Sortons, dit-il.

Kate crut percevoir un grand silence dans son dos tandis que la salle retenait son souffle, mais elle se laissa entraîner hors du bar sans se retourner. Dans ses chaussures à semelles compensées, elle dut faire un effort pour rester à la hauteur des longues enjambées de son compagnon.

Tandis qu'ils grimpaient une volée de marches, l'idée de ce qu'elle s'apprêtait à faire fit circuler plus vite son sang dans ses veines. De sa vie, elle n'avait été ainsi séduite au premier regard, et, oui, Sheri-Lee, on ne vit qu'une fois.

Il s'arrêta devant une porte et sortit une clé de sa poche. La porte à peine ouverte, il poussa Kate à l'intérieur, et mit un coup de pied dans la porte pour la refermer, ce qui les plongea dans une semi-obscurité. Elle entendit le bruit de la clé qui tournait dans la serrure.

— Où es-tu ? murmura-t-il.

Lorsque sa vision s'adapta à la pénombre, elle distingua les contours de ses larges épaules.

— Là, dit-elle en posant les mains sur son torse.

Rectification : Shakira posa les mains sur le torse de l'inconnu, parce que jamais Kate Fielding ne se serait permis un geste aussi audacieux. Elle frotta ses paumes sur sa chemise pour apprécier la solidité de sa musculature et se pencha pour inhaler son parfum. Depuis bien longtemps, elle n'avait été si proche d'un homme.

Il tendit la main vers son voile, et, jugeant qu'il faisait assez sombre pour protéger son anonymat, elle le laissa détacher l'agrafe et écarter le fin tissu.

Il demeura quelques instants silencieux tout en suivant des doigts les contours de son visage, de son nez, de ses sourcils, de ses lèvres.

— Tu es belle, déclara-t-il enfin.

Et, lui maintenant les mains prisonnières, il la serra très fort contre lui.

— Même dans la pénombre, poursuivit-il, je vois que tu es une femme irrésistible.

Son admiration ravit Kate. Et la dureté de son membre tendu contre son ventre ainsi que les battements de son cœur tambourinant sous ses doigts attestaient sa sincérité.

Il agrippa de ses fortes mains les épaules de Kate tout en s'emparant de ses lèvres. Elle laissa échapper une sourde plainte, auquel l'inconnu fit écho d'un grondement. Sa bouche était ferme et très, très habile.

Sans qu'il ait besoin de l'y inviter, elle écarta ses lèvres. Il envahit alors sa bouche, y plongeant sa langue, l'en retirant, mimant déjà les délices qui les attendaient. Il sentait bon le café mélangé à la menthe. Quand il releva la tête, elle le ramena à elle. Elle n'était pas prête à le laisser aller.

Mais il n'avait pas l'intention de s'éloigner d'elle non plus. Ses mains se déplacèrent de ses bras à son ventre nu, puis à ses seins. Comme il refermait ses paumes sur son soutien-gorge, un concert de tintements se produisit, et il poussa une exclamation d'impatience. Si Kate n'avait été si hors d'haleine, elle aurait sans doute ri de l'étrangeté de la situation.

Rien ne semblait vouloir arrêter l'homme. Il empoigna ses seins, dont il caressa les contours, cherchant les mamelons durcis qu'il frotta à travers le tissu, puis pinça entre le pouce et l'index.

Kate ressentit une brûlante vague de plaisir l'envahir. Et comme la sensation se propageait à son sexe, étouffant un râle de volupté, elle se pencha en avant pour lui faciliter l'accès à ses seins. Ce dont il profita sans délai. Baissant les yeux, elle demeura interdite devant le contraste qu'offraient ses mains brunes sur sa peau laiteuse.

Elle releva la tête, entraperçut une sauvage lueur dans ses yeux juste avant qu'il ne reprenne ses lèvres et la pousse en arrière tout en l'embrassant jusqu'à ce qu'elle heurte le mur. Il plaqua immédiatement son dur corps masculin sur le sien.

— Oh ! cria-t-elle.

Il relâcha légèrement la pression.

— Ça va ?

— O-oui.

Elle ne reconnut pas sa voix, étranglée de désir.

Elle gémit de soulagement et d'impatience, quand il se pressa de nouveau contre elle, écrasant ses hanches sur les siennes, son sexe en érection, lourd et brûlant, dans le creux de ses jambes.

Il la prit par la taille, et, la soulevant tel un fétu de paille, l'épingla au mur, l'y maintint. Ses chaussures glissèrent et tombèrent mollement au sol.

— Mets tes jambes autour de ma taille, ordonna-t-il.

De ses doigts un peu rêches, qui lui dispensaient leur chaleur, il écarta les dérisoires pans de sa jupe, puis le fin tissu de son slip.

Elle entendit le glissement de sa fermeture Eclair quand il se libéra, sentit la dure forme de son sexe entre ses cuisses. Il marqua une pause, mâchoires crispées, les yeux rivés aux siens, son souffle incendiant sa joue.

— Tu es sûre ? demanda-t-il.

Elle se sentait prisonnière, impuissante, piégée.

Et plus vivante, plus libre, plus prête à saisir sa chance que jamais.

— Oui.

— Un instant. Je cherche une protection, dit-il en fouillant sa poche.

Les doigts gauches de Kate localisèrent le sachet de mousseline accroché à sa ceinture.

— Il se trouve que j'ai…

Elle en sortit la pochette, et l'agita avec un sourire triomphant.

— Ingénieux, murmura-t-il.

Sous l'intensité de son regard, elle comprit qu'il se demandait combien de préservatifs dissimulait encore sa ceinture. Mais son hésitation ne dura qu'une fraction de seconde. Rapidement, il le lui prit des mains et le mit en place.

Elle faillit lui expliquer qu'elle n'avait pas pour habitude de porter un stock de préservatifs sur elle, mais se tut en songeant qu'une fille comme Shakira agirait exactement ainsi. Elle n'avait pas à fournir d'explications ; c'était une aventure sans lendemain.

Il s'introduisit en elle, impérieux, énorme, et elle eut la sensation d'être tout entière investie. Pourtant, avec un petit cri de satisfaction, elle imprima un mouvement vers le bas à son corps pour être mieux possédée.

Il se propulsa en elle, une fois, deux fois, avec une puissance qui la laissa sans souffle. Elle enfonça ses doigts dans ses épaules. Les ornements de son costume tintaient sous les chocs répétés. Son soutien-gorge brodé de perles lui semblait rêche dans son dos, tandis que les mouvements rythmiques s'accéléraient.

Elle était aveugle et sourde à tout ce qui n'était pas lui,

ses yeux, sa silhouette, dans la pénombre, l'âpreté de son souffle alors qu'il se projetait en elle, le bruit de leurs peaux claquant l'une contre l'autre.

Elle vint au moment où elle sentit ses soubresauts au plus profond d'elle-même et poussa un cri déchirant.

Il continua de la tenir jusqu'à ce que leurs respirations s'apaisent. Alors, elle détacha ses jambes de sa taille, et il la laissa glisser à terre, molle, mal assurée, sans forces.

Il prit un sein dans sa paume.

— Où es-tu…

La sonnerie de son portable l'interrompit.

— Je dois répondre, murmura-t-il à contrecœur.

Il sortit le téléphone de sa poche et le porta d'une main à son oreille tout en continuant de lui caresser le sein de l'autre.

— Oui ? fit-il.

Elle vit son regard se perdre au loin, sa mâchoire reprendre la dureté du marbre.

— Qu'est-ce que c'est alors ? s'exclama-t-il.

Il la lâcha, son regard un instant caressant en se posant sur elle.

— Attends-moi, je reviens, lui dit-il.

Pendant qu'il se dirigeait vers la salle de bains, Kate entendit dire :

— D'accord, prends contact avec Dark Vertigo.

Une pause.

— Oublie. Je le ferai moi-même.

Un rai de lumière se découpa dans la pénombre, et la porte se referma derrière lui.

En un instant, tout bascula. Sa raison soudain revenue, Kate se demanda ce qu'elle faisait là. Prenant appui contre le mur, elle rajusta son voile, puis alluma la lumière pour retrouver ses chaussures. Elle sentait son pouls battre furieusement dans sa gorge, sur les mamelons de ses seins, entre ses cuisses.

Que s'était-il passé ?

Elle venait de faire l'amour librement, voilà ce qui s'était passé. Et il était trop tard pour le regretter. Tout de même ! Etait-il possible qu'elle ait eu une relation sexuelle avec un homme rencontré une demi-heure plus tôt, et dont elle ignorait jusqu'au nom ?

Elle ferma les yeux. Elle ne le reverrait jamais. Autant donc rejeter la responsabilité de cette histoire sur Shakira et y réfléchir plus tard. Pour le moment, il fallait fuir, au plus vite.

Un peu plus tard, après avoir récupéré son sac, elle sortit dans l'air frais de la nuit.

Tout en se hâtant de regagner sa voiture, elle envoya un texto à Sheri-Lee pour s'excuser d'être partie à cause d'un événement imprévu. Un événement imprévu… En trente années d'existence, elle n'avait jamais agi de façon aussi irresponsable. D'habitude, elle prenait le temps de faire la connaissance d'un homme avant de coucher avec lui, car elle tenait à avoir des relations basées sur la franchise et le respect mutuel.

Et, pourtant, un regard à cet homme avait suffi à la métamorphoser en une autre femme. Une étrange sensation l'envahit.

Elle avait le sentiment d'avoir donné à l'inconnu non seulement son corps, mais aussi son âme.

- 2 -

En découvrant la disparition de son enchanteresse, Damon poussa un juron. A vrai dire, il n'avait nullement eu l'intention d'entreprendre la conquête d'une femme le soir de son arrivée à Sydney. D'ordinaire, les aventures d'un soir ne l'intéressaient pas. Mais, dans ce cas précis, il avait suffi d'un regard pour qu'il succombe aux charmes de l'envoûtante créature.

L'idée de partir à sa recherche lui effleura l'esprit, mais il la repoussa aussitôt. D'abord, il doutait qu'elle se soit attardée dans les parages. Ensuite, il n'envisageait pas d'enfreindre de sitôt sa règle d'or : ne jamais faire passer les femmes avant le travail. De toute façon, son inconnue avait eu ce qu'elle désirait puisqu'elle était partie. Dommage, se dit-il en haussant les épaules, mais ce n'était pas comme si cette rencontre avait pu les mener quelque part.

Il sortit une bière du réfrigérateur et la décapsula. La canette à la main, il se dirigea vers la fenêtre, examina, de l'autre côté de la rue, l'agence de voyages qu'il venait d'hériter de son oncle, avec sa façade défraîchie et ses affiches surannées, et hocha la tête. C'était pour inspecter les lieux qu'il était arrivé en avance, mais un simple regard sur une séduisante inconnue aux yeux noirs chargés de mélancolie avait suffi à le subjuguer.

L'image de Bonita jaillit dans son esprit. Bonita, avec ses yeux de jais hérités d'un père espagnol, sa beauté égyptienne léguée par sa mère. Quoi d'étonnant qu'il ait été attiré, ce soir, par cette femme qui lui ressemblait un peu ?

Il but une gorgée de bière, mais grimaça à cause du goût amer pris par la boisson. C'était après avoir vu la femme qu'il aimait mourir à vingt-quatre ans qu'il avait décidé de ne plus s'attacher à qui que ce soit.

D'un geste brusque, il posa sa bière et gagna la salle de bains. Une douche lui ferait le plus grand bien. Elle détendrait ses muscles fatigués par le long voyage, et le débarrasserait du parfum entêtant de sa conquête d'un soir.

Il resterait à Sydney le temps de régler les affaires de son oncle, le dernier être qu'il jugeait faire partie de sa famille, et puis, adieu l'Australie !

A cause d'un rhume à l'exceptionnelle virulence qui l'avait terrassée le dimanche, Kate allait arriver en retard au travail. Pas terrible si l'on considérait que le neveu de Brice, débarquant de Dieu seul savait où, devait se présenter le lendemain pour examiner l'affaire. Et ces voitures qui n'avançaient pas !

Elle avait passé tout son dimanche à dormir. Ou, plutôt, à essayer. Car le souvenir de sa rencontre avec le bel inconnu l'avait empêchée de prendre le repos nécessaire.

Kate Fielding avait eu une aventure d'un soir.

Une aventure brûlante, passionnée… et trop tôt terminée. A cette idée, elle frissonna, et dut enfoncer la pédale de freins pour s'arrêter à temps à un feu rouge qu'elle n'avait pas remarqué. Ce qui lui valut un coup de Klaxon rageur du conducteur de la voiture suivante.

Après s'être bruyamment mouchée, elle agrippa plus fermement le volant. Décidément, penser à son amant d'un soir ne valait rien pour sa santé. Quelle importance qu'il ait fait passer ses affaires avant elle ? Il s'agissait probablement d'un sosie de Nick, un prédateur toujours prêt à bondir sur la première proie qui se présentait. De toute façon, elle ne le reverrait pas. Elle avait pris beaucoup de plaisir au passage, et c'était tout ce qui comptait. C'était bien ainsi qu'agissaient les femmes libérées, n'est-ce pas ?

Restait seulement à convaincre son corps qui n'aurait pas demandé mieux que de poursuivre l'aventure.

A force de volonté, elle réussit à écarter les images de la nuit de son esprit. Il était temps de se concentrer sur un problème beaucoup plus immédiat. Le lendemain, elle devait rencontrer un homme qu'elle détestait de réputation, et il n'était pas question qu'il la prenne en faute sur quelque chapitre que ce soit.

La mort brutale de son employeur, survenue trois semaines plus tôt, à l'âge de quarante-trois ans, plaçait l'agence de voyages devant un avenir incertain. Kate avait travaillé sept longues années pour obtenir le poste de directrice. Mais, à présent, il lui faudrait de nouveau faire ses preuves, devant quelqu'un qui ignorait probablement tout de l'industrie du tourisme. En tout cas, qui ignorait tout de Aussie Essential.

Elle se gara en trombe, jeta un coup d'œil à l'horloge du tableau de bord tout en coupant le contact, et grimaça. Après s'être de nouveau mouchée, elle s'empara de son sac et, dans le petit vent piquant d'automne, traversa en courant le parking.

Dix minutes de retard. Elle n'était jamais en retard. Etre en retard représentait à ses yeux un manque de professionnalisme, et de respect des autres. En entrant, elle examina rapidement son reflet dans la porte vitrée, tira sur sa veste bleu marine, rajusta un col déjà en place et lissa ses longs cheveux bruns attachés sur sa nuque.

— Bonjour, Deborah !

Elle sourit à la plus récente recrue de l'équipe, assise derrière son bureau, et jeta un regard étonné autour d'elle.

— Où sont-ils tous ?

— Euh… bonjour, Kate. Eh bien…

Du regard, Deborah indiqua la porte de la salle de réunion.

Avec le sentiment d'une catastrophe imminente, Kate jeta son sac sur une chaise.

— Ne me dis pas qu'il est déjà là ?

— Il prétend qu'il a essayé de prendre contact avec toi…

— Oh ! non… J'étais tellement malade hier que j'avais coupé mes téléphones, et tellement en retard ce matin que je n'ai pas pris le temps de consulter mes messages !

Les sinus de Kate choisirent ce moment pour se mettre à picoter, et elle contint de justesse un éternuement dans un mouchoir. Les médicaments pris le matin n'étaient pas parvenus à dissiper son mal de tête, et ses jambes ressemblaient à du coton.

— Il ne devait arriver que demain ! protesta-t-elle en se tamponnant le nez.

— Je sais, répondit Deborah avec un haussement d'épaules, mais qu'y faire ? Il a appelé tout le monde pour organiser une réunion du personnel dès ce matin. Et ils sont tous là. Moi, j'assure la permanence.

Kate jeta son mouchoir à la poubelle et en prit une pleine poignée dans le tiroir de son bureau.

— Pardon ? Il a convoqué une réunion du personnel ?

Lui, le neveu que Brice n'avait mentionné qu'une fois ou deux, en passant, l'aventurier, le globe-trotter qui n'avait pas daigné se déplacer pour assister à l'enterrement de son oncle, mais qui n'oubliait pas d'être présent pour rafler son héritage !

Deborah hocha la tête.

— Il semble avoir la situation en main.

Et de quel droit aurait-il eu la situation en main ? En l'absence de Brice, c'était Kate qui dirigeait Aussie Essential Travel, et il lui avait promis le poste de directrice à part entière pour le mois suivant. Evidemment, maintenant, tout était sans doute remis en question. Alors qu'elle avait mené l'affaire d'une main de maître durant les trois semaines écoulées. Qu'est-ce que ce neveu, qui, à sa connaissance, n'avait jamais mis les pieds ici, pouvait bien connaître à l'industrie du tourisme ?

— Ça va, Kate ?

Kate se força à sourire.

— Oui, oui… Bon, je ferais mieux de les rejoindre.

Elle devait rester calme, se montrer professionnelle, pleine d'assurance. Ne lui laisser aucun doute sur ses capacités à diriger l'agence.

Après avoir pris un bloc et un stylo sur son bureau, elle poussa la porte de la salle de réunion, et se glissa discrètement à l'intérieur. Un homme en costume sombre, qui parlait, au bout de la table, d'une voix grave, aux accents agréables, quoique pleins d'autorité, monopolisait l'attention de tous.

Elle se raidit, sur la défensive.

Elle voyait son visage de profil, mais elle n'était pas plus tôt entrée qu'il cessa de parler et se tourna vers elle. Et elle reçut de plein fouet l'impact d'un regard noisette doré.

Oh ! non. Ce n'était pas possible ! Son amant d'un soir… et le neveu de Brice… ne feraient qu'un ? Un étau lui serra la poitrine. Sûrement, il s'agissait d'un cauchemar.

A moins qu'elle ne s'imagine voir partout son inconnu parce qu'il hantait ses pensées ? L'homme impeccablement rasé, revêtu d'un costume dont la coupe parfaite soulignait la largeur des épaules, ne pouvait pas être le baroudeur qui lui avait brutalement fait l'amour contre un mur ?

Sous le feu croisé des regards des participants, elle se sentit rougir.

Elle prit une profonde inspiration, adressa un signe de tête à la ronde. Oubliant toute affectation d'autorité, elle n'aspirait plus qu'à se glisser sur la chaise la plus proche et reprendre ses esprits.

Sauf que, par un malencontreux hasard, l'unique chaise disponible se trouvait juste à la droite de celle de Damon Gillepsie. Et, pour tout arranger, il attendit en silence qu'elle se soit installée, attirant sur elle l'attention générale.

— Désolée pour l'interruption, bredouilla-t-elle.

L'instant d'après, elle s'en voulut de s'être excusée devant un homme qu'elle méprisait.

— Bonjour, mademoiselle…

Elle se laissa tomber sur sa chaise, posa bloc et stylo sur la table, tandis que lui parvenaient des effluves d'un after-shave raffiné.

Et familier.

Au prix d'un gros effort, elle trouva le courage de croiser un regard qu'elle ne connaissait déjà que trop.

— Kate Fielding, dit-elle d'une voix glaciale.

— Ah ! Kate.

Il hocha la tête tout en l'observant, sans doute quelques fractions de seconde, mais qui lui parurent une éternité.

— Damon Gillespie. Je n'ai pas réussi à vous joindre hier. Un samedi soir mouvementé, peut-être ?

L'aurait-il reconnue malgré le voile qu'elle portait ? Par chance, il n'attendit pas de réponse et enchaîna. Kate voulut prendre des notes, plus pour se donner une contenance que par conscience professionnelle, mais dut y renoncer à cause du tremblement de ses mains.

Après avoir tiré sur ses manchettes immaculées, Damon Gillepsie posa ses mains sur la table. Des mains aux doigts longs et forts, aux ongles coupés court. En dépit de ses efforts, Kate n'arrivait pas à en détourner le regard. Le souvenir de ces doigts habiles, explorant son corps, en découvrant les points sensibles, la hantait.

Son pouls battait sourdement à ses oreilles. Pourquoi son corps la trahissait-il ainsi ? Il n'avait pas le droit de se liquéfier en pleine réunion de travail ! Pire, il n'avait pas le droit de réagir à un homme qu'elle détestait !

En entendant soudain prononcer son nom, elle tressaillit, et laissa tomber son stylo qui heurta bruyamment le sol. Relevant la tête, à l'expression de Damon Gillepsie, elle comprit qu'il attendait une réponse.

— Euh… je vous prie de m'excuser. Je n'ai pas entendu…

Damon n'en douta pas instant. Franchement, quelles étaient les probabilités pour que votre maîtresse d'un soir se présente le lendemain à une réunion de travail ? Depuis qu'elle l'avait reconnu, elle était dans un état de nervosité extrême, et la température de la pièce avait chuté de plusieurs degrés.

Attitude à l'opposé de celle qu'elle avait eue lors de leur première rencontre. Elle était alors tout à fait détendue, et plus que consentante. La pauvrette devait s'imaginer qu'il ne la reconnaissait pas, à cause de son déguisement. C'était compter sans le petit grain de beauté, sous l'œil gauche, et le fait que son voile était plus transparent qu'il n'y paraissait.

Il ramassa le stylo, notant au passage l'élégance des jambes émergeant de chaussures peu flatteuses, et le posa sur son bloc. Elle croisa son regard, tout en marmonnant un vague remerciement.

— On m'a dit que c'était vous que je devais remercier pour vous être occupée des formalités de l'enterrement. Comme vous le savez désormais, Brice et moi n'avions pas d'autre famille.

Kate hocha la tête, et son regard s'emplit de ce qui ressemblait beaucoup à de la compassion. Mais, comme si elle regrettait cette faiblesse passagère, très vite, elle détourna la tête et jeta quelques mots sur son bloc. Cependant, ses doigts étaient si crispés qu'il craignit un instant que le stylo se brise.

— J'ai tous les détails chez moi, expliqua-t-elle froidement. Ainsi que le livre d'or.

Elle mettait évidemment l'accent, en soulignant ces derniers mots, sur son absence à l'enterrement. Il aurait pu lui expliquer que la nouvelle de la mort de Brice lui était parvenue trop tard, mais jugea inutile de se donner cette peine.

— Merci, Kate. Je prendrai contact avec vous à ce sujet.

Le regard obstinément détourné, elle ne répondit pas à son sourire.

— Merci à vous tous, reprit-il d'un ton chaleureux. Ce sera tout pour le moment. Pour ce qui est de l'avenir d'Aussie Essential, ne vous inquiétez pas. Ensemble, nous vaincrons !

Les employés quittèrent la table dans un brouhaha de conversation. Kate se levait à son tour quand elle sentit une main se poser sur la sienne.

— Encore un instant, Kate.

Il laissa sa main s'attarder, se délectant, malgré leur crispation, du contact de ses doigts sous les siens. Elle lui en voulait de sa présence. Il rectifia. Non, il y avait autre chose.

Prenant appui contre le dossier de son siège, il la dévisagea pendant que la salle se vidait. Elle lui rendit son regard avec un froideur en total contraste avec le flamboyant désir qui y brillait trente-six heures plus tôt. Cette Kate à l'allure guindée, avec ses cheveux bruns soigneusement retenus sur sa nuque, ses seins magnifiques emprisonnés dans un tailleur très sage, n'avait plus rien de l'enchanteresse orientale. Même le prénom, tout simple, évoquait une image entièrement différente de celle de la sensuelle, étourdissante, Shakira.

Kate Fielding mènerait-elle une double vie ? se prit-il à rêver en la regardant lutter contre ses émotions.

— Brice et vous étiez amis, je crois ? dit-il.

— Oui.

Elle regarda sa main, prisonnière de la sienne, et la lui retira brusquement. Puis elle se redressa, et ses yeux étincelèrent.

— C'était un patron généreux et attentionné, dit-elle. Et un vrai gentleman.

Bref, si l'on en jugeait par son expression, tout le contraire de lui. Et pourtant, si réservée que paraisse cette jeune femme, elle avait adoré son comportement d'homme des bois.

Malgré lui, il esquissa un sourire.

— Pourquoi souriez-vous ? demanda-t-elle sèchement.

Sans lui laisser le temps de répondre, elle poursuivit avec aigreur :

— Laissez-moi deviner. Vous êtes satisfait de voir cette entreprise vous échoir, c'est ça ?

Elle était magnifique dans sa colère. Et aussi très loin du compte. Pourquoi se compliquerait-il la vie avec une affaire qui périclitait ? Les siennes lui suffisaient amplement.

— Il n'est pas mort depuis un mois ! N'avez-vous donc aucun respect ?

Son sourire s'effaça. Naturellement, elle ne comprendrait

pas son désir de ne pas regarder en arrière. Ce qui ne voulait pas dire qu'il ne portait pas le deuil de Brice, à sa façon. Ni qu'il doive se justifier devant elle.

— Il ne s'agit pas d'un manque de respect. La vie continue, Kate.

Elle cligna des yeux, éternua, et s'empara sans douceur d'un mouchoir.

— Visiblement, Brice ne signifiait pas grand-chose pour vous, dit-elle en s'essuyant le nez.

— Nous vivions ensemble quand j'étais petit. Il n'était mon aîné que de neuf ans ; c'était pour moi comme un frère. Ensuite, nous nous sommes éloignés. Je vis aux Etats-Unis à présent, mais nous gardions le contact par e-mail ou téléphone.

En général, songea-t-il avec un rien d'amertume, Brice l'appelait quand il avait besoin de fonds.

Mais, soudain, il se rendit compte que Kate ne semblait pas dans son assiette.

— Vous êtes malade, Kate, fit-il remarquer. Rentrez vous reposer. Nous nous verrons plus tard.

Elle le dévisagea comme s'il avait perdu la raison.

— Qui êtes-vous pour me conseiller de prendre un jour de congé ? Je n'ai pas pris un seul jour de congé en trois ans ! Etant la plus ancienne ici, je ne peux fuir mes responsabilités.

Il hocha la tête, forcé d'admirer son dévouement.

— Bon. Mais si vous changez d'avis, personne n'y trouvera à redire.

Elle se leva, prit ses mouchoirs, son bloc.

— Si, moi.

— Soyez donc un peu indulgente avec vous-même. J'occupe l'appartement de Brice. Si vous voulez me joindre…

D'autorité, il lui prit le bloc des mains et y nota son numéro de portable.

— Ce ne sera pas nécessaire, répliqua-t-elle d'un ton glacial. Je peux gérer toute situation qui se présentera.

— Je n'en doute pas. C'est juste au cas où.

Quand elle fut sortie, il consacra un certain temps à la consultation de ses messages, et passa deux appels avant de quitter l'immeuble. Assis au volant de la luxueuse BMW louée pour le temps de son séjour à Sydney, il contempla quelques instants la charmante rangée de petites maisons à terrasse de ce quartier aisé.

Dans quoi Brice l'avait-il entraîné ? se demanda-t-il en regardant les nuages qui obscurcissaient le ciel. Deux ans plus tôt, il avait déjà injecté une belle somme dans l'agence. Un prêt, avait dit Brice. Mais où était donc passé cet argent ?

La veille, il s'était rendu à l'agence afin d'examiner les comptes, et avait instantanément regretté son initiative. Seulement, la décision de fermer boutique n'était pas facile à prendre. Elle entraînait la mise au chômage de six employés, situation qui lui déplaisait profondément. Après tout, la remise sur pied d'entreprises au bord de la faillite n'était-elle pas sa spécialité ?

La grande question était de savoir s'il avait envie de dépenser son temps, son énergie, ainsi que son argent, à Sydney.

Il avait grandi ici, vécu avec sa grand-mère une bonne partie de son adolescence. A cinq ans, on lui avait expliqué qu'il n'aurait jamais dû naître, et il avait fait en sorte qu'il ne l'oublie jamais. Jusqu'à ce que sa grand-mère se fâche, et exige qu'il grandisse dans un environnement stable, avec elle et le jeune frère de son père, pendant que ses parents poursuivraient leurs vies tumultueuses à travers les Etats-Unis.

Ils avaient fini par cesser complètement de lui rendre visite. La dernière fois qu'il les avait vus, c'était à l'enterrement de sa grand-mère, dix ans plus tôt. Aujourd'hui, il ignorait où ils habitaient, et s'en trouvait fort bien.

En dépit de la chaleur régnant dans la voiture, un frisson le pénétra jusqu'à la moelle des os. « Si j'avais su, Brice, je serais venu plus tôt… » Mais le lien entre eux s'était distendu depuis des années. Damon menait une existence bien remplie. Quand il ne s'agissait pas de ses affaires, il cherchait l'endroit où se déroulerait son prochain *base jump*. Sauter d'immeubles, de ponts, de montagnes, au risque de sa vie, lui paraissait le seul moyen de la supporter.

Alors, franchement, il n'avait pas envie de tirer du gouffre une entreprise, par fidélité à un mort, pas plus que de se ronger de désir pour une femme qui semblait le mépriser.

Elle s'était montrée si réceptive, si enthousiaste, le samedi précédent. Une vraie bombe sexuelle. Lui en voulait-elle d'avoir répondu au téléphone plutôt que d'avoir engagé avec elle une conversation sur l'oreiller ?

Non, son hostilité provenait du fait qu'il avait usurpé son autorité. Il approuvait son attitude impersonnelle, car, si agréable qu'ait été leur entrevue du samedi, elle ne pèserait pas dans la balance. Il avait besoin du membre le plus expérimenté du personnel pour consolider Aussie Essential. D'une manière ou d'une autre, il devait s'assurer de l'aide de Kate.

Une offre de paix, loin de l'environnement connoté de l'agence, ferait peut-être l'affaire. Aimerait-elle la pizza, par hasard ?

Par la porte entrouverte de son bureau, Kate guettait les allées et venues du personnel. En voyant Damon Gillespie quitter l'agence, elle laissa échapper un soupir de soulagement. Quelle journée ! Ce n'aurait pu être pire. Elle ferma les yeux.

Si. Il aurait pu la reconnaître.

Le neveu de Brice !

Un potentiel futur employeur, à en juger par son empressement à prendre les commandes. Un homme qu'elle méprisait pour un tas de bonnes raisons, et qui s'apprêtait à la priver de son poste si mérité de directrice.

Mais, si elle le méprisait, pourquoi sa vue la troublait-elle autant ? Pourquoi n'arrivait-elle pas à l'oublier ? Il ne fallait pas confondre celui qui endossait la responsabilité de l'agence avec son amant de rêve du samedi soir. D'une manière ou d'une autre, elle devait parvenir à séparer vie privée et vie professionnelle qui, brusquement, s'étaient trouvées inextricablement emmêlées.

Elle frotta ses tempes douloureuses. Sous son affectation de nonchalance, Damon Gillespie était un petit malin. Combien de temps lui faudrait-il pour percer son secret à jour ?

- 3 -

Kate était sur le point de faire réchauffer au micro-ondes un restant de soupe au poulet, sans être sûre de réussir à en avaler une bouchée, quand le téléphone sonna.

— Kate…

Au son de la voix déjà trop familière, son cœur bondit. On aurait dit qu'il se trouvait dans la pièce, murmurant son prénom à son oreille. Elle sentait presque la chaleur de son haleine sur sa peau. Que voulait-il donc ? Ah, oui. Il avait parlé de prendre contact avec elle, à propos des gens qui avaient assisté à l'enterrement de Brice.

— Comment va votre rhume ?

— Mieux.

Grâce à quelques comprimés et deux heures de sommeil.

Elle jeta un coup d'œil au réveil.

— Il est 8 heures et demie passées, monsieur Gillespie, dit-elle d'un ton réprobateur. Ce ne sont pas des horaires de travail.

— Je sais. Je comptais vous appeler plus tôt. J'espère que vous avez faim.

Elle tressaillit. Il n'allait tout de même pas l'inviter à dîner ? Elle baissa les yeux sur son vieux pantalon de survêtement porté sous une chemise de nuit orange, trop grande, le tout complété par des pantoufles en peluche rose.

— Non. En fait, non, je n'ai pas faim. Je suppose que

vous appelez pour la liste, ajouta-t-elle précipitamment. Je vous l'apporte dem…

— Il faut manger Kate. Avez-vous déjeuné ?

— Non, je…

Elle fut interrompue — non, sauvée — par des coups donnés à sa porte, et elle faillit crier de soulagement.

— Je dois vous laisser, j'ai de la visite ! Je vous rappelle plus tard.

Quand il serait trop tard, et qu'elle pourrait mentir en disant qu'elle avait dîné. Si toutefois elle rappelait…

Elle reposa le téléphone et se hâta d'aller ouvrir.

— Oh…

Damon Gillepsie se découpait dans l'embrasure de sa porte, son portable à l'oreille, un carton à pizza et un sachet dans l'autre main. D'un geste, il referma son portable et le glissa dans sa poche sans la quitter des yeux.

— Bonsoir.

Elle vit son regard tomber sur ses pantoufles, et se recroquevilla d'embarras. En outre, elle ne portait pas de soutien-gorge, et les seins qu'il avait manipulés avec tant d'habileté semblaient se tendre vers lui.

— Je n'attendais personne, murmura-t-elle, confuse.

Le regard de Damon pétilla d'amusement.

— Vous avez pourtant atteint la porte en un temps record !

— C'est que… j'ai cru que c'était ma sœur.

Mais il lisait en elle comme dans un livre ouvert, c'était évident. Elle n'avait aucune envie de partager une pizza avec lui, ni de subir son examen, mais avait-elle le choix ?

— Entrez, dit-elle de mauvaise grâce. Sachez seulement que je ne pourrais pas avaler un morceau de pizza, même si ma vie en dépendait.

— Je parie que vous n'avez pas goûté celles de Dominic Amigo's Gourmet ?

Elle parut surprise.

— Je croyais que vous débarquiez en ville ?

— Sandy m'a recommandé cette pizzeria quand j'ai appelé cet après-midi. Je n'ai pas pu vous parler ; vous étiez avec un client.

— Je n'oublierai pas de la remercier, marmonna Kate en sortant des assiettes du placard.

Alors qu'elle essayait d'ignorer l'odeur appétissante de la pizza, son estomac gronda dans le silence.

— Pas faim, hein ? fit remarquer Damon.

En souriant, il posa la pizza sur la table et s'assit.

Elle n'avait pas revu ce sourire depuis le samedi soir, un sourire à vous faire fondre sur place, et à vous faire agir de façon inconsidérée.

Par exemple, à vous pousser dans les bras d'un parfait inconnu.

Son regard tomba sur le sachet.

— Que contient-il ?

— Du gingembre frais et de l'huile essentielle de menthe et de théier. Grand-mère ne jurait que par ces remèdes quand Brice et moi attrapions des rhumes. J'ai noté les instructions, elles sont à l'intérieur.

Il s'était soucié de sa santé au point de lui apporter un vieux remède familial ? Une sensation de chaleur l'envahit. Une sensation de… elle ne savait quoi. Et si elle l'avait mal jugé ?

— C'est… très gentil. Merci.

— Je vous en prie.

Elle sortit les remèdes de leur sachet ainsi que le petit mot d'explication rédigé d'une écriture ferme, dénotant un propriétaire sans complexe.

— Vous les utilisez toujours, n'est-ce pas ? demanda-t-elle.

— Je n'attrape jamais de rhume. Pour tout dire, je jouis d'une santé de fer.

N'en doutant pas un instant, elle préféra se détourner de la vue troublante de cette bonne santé, un peu trop virile à son goût, et examina le contenu du réfrigérateur.

— Vous avez mis deux assiettes, constata-t-il. Vous avez finalement décidé de vous joindre à moi ?

— Si la pizza est aux olives, je pourrais être tentée.

— Elle contient de la mozzarella, du poulet sauce cacahuète, du poivron, des champignons, de l'oignon, de la coriandre fraîche mais pas d'olives.

— Une pizza au poulet sauce cacahuète ? Je n'ai jamais entendu parler de ça ! Vous ne vous seriez pas plutôt arrêté chez Nonja Rasa Sayang, par hasard ?

— Vous verrez, vous adorerez.

Elle agita une canette.

— De l'eau pétillante. C'est tout ce que j'ai.

— Parfait.

Elle posa deux verres sur la table et les remplit.

— De quoi vouliez-vous me parler ? demanda-t-elle.

— Jamais de choses sérieuses en mangeant de la pizza, décréta-t-il en soulevant le couvercle du carton et en humant son contenu d'un air approbateur.

Il découpa la pizza, et en déposa une part sur une assiette qu'il poussa vers Kate.

— Et maintenant, mangez !

Elle obéit, et eut la surprise de découvrir qu'elle mourait de faim. Et de constater que le simple fait de manger améliorait considérablement son humeur.

— J'imagine que la mort de Brice vous a pris par surprise, dit-elle après quelques instants.

Elle crut voir passer un sentiment proche du chagrin dans les yeux de Damon et en demeura tout ébahie.

— Qui aurait pu croire qu'un homme de quarante-trois ans, sans problème particulier de santé, pouvait mourir aussi subitement ? ajouta-t-elle.

Il se resservit une part de pizza.

— C'est un tel choc de perdre le dernier membre de votre famille, avoua-t-il.

Elle n'arrivait même pas à imaginer ce cas de figure. Les siens comptaient tellement pour elle…

— Vos parents…

L'expression de Damon s'altéra. Les rides d'expression autour de sa bouche se creusèrent, l'éclat de ses yeux se ternit.

— J'ignore où ils se trouvent. Je ne les ai pas vus, ni n'ai entendu parler d'eux depuis des années. Et, comme je ne dispose d'aucun moyen de le joindre, mon père ignore la mort de son unique frère.

L'amertume de Damon toucha Kate. Elle avait été si persuadée de son indifférence, et de son âpreté au gain, qu'elle ne lui avait laissé aucune chance.

— Je…

D'un geste, Damon l'arrêta. Qu'est-ce qui lui prenait de dévoiler ses faiblesses devant Kate Fielding ? Cette vulnérabilité qu'il dissimulait si soigneusement aux yeux de tous ? Cela faisait longtemps qu'il avait évacué toute rancœur et toute velléité de se plaindre sur son sort, à force de travail et de plaisir.

— Cette pizza est délicieuse, dit-il. Qu'en pensez-vous ?

Un léger pli demeurait sur le front de Kate, comme si elle n'arrivait pas à croire qu'il écarte aussi facilement son chagrin.

— Faites-moi plaisir, reprit-il. Prenez une bouchée, mâchez lentement, et concentrez-vous.

N'importe quoi pour l'empêcher d'enquêter plus avant.

Elle n'hésita qu'un instant avant de porter une bouchée à ses lèvres. Il la regarda déguster sa pizza, les yeux clos, et sentit un afflux de chaleur dans son entrejambe. Et ce fut encore bien pire quand elle se lécha les lèvres.

— Délicieux, conclut-elle.

Ce soir, elle paraissait différente. Plus accessible que la froide femme d'affaires aperçue le matin. Et cependant, de façon perverse, quelque chose dans l'image de la jeune femme trop sage l'avait excité. Il s'était imaginé l'étendre sur la table de réunion, lui retirer sa veste, faire sauter les boutons de son si convenable chemisier, lui arracher son soutien-gorge… La chaleur se mua en feu de l'enfer.

Naturellement, il y avait eu Shakira, voilée et mystérieuse, mais terriblement sexy avec cette exhibition de peau douce et nue. Et cet intrigant rubis scintillant dans son nombril. Et il ne put s'empêcher de se demander s'il était incrusté sur sa peau.

Et à présent, avec sa tenue négligée, elle ne lui en paraissait pas moins aguichante. D'abord, elle avait laissé tomber ses cheveux qui couvraient son dos d'une nappe de soie noire et brillante, invitant à la caresse. Et, dans sa chemise de nuit, elle était prête à aller au lit.

Il tenta de repousser l'image d'une Kate blottie chaudement sous ses couvertures, dans cette chemise de nuit qui proclamait en lettres d'argent que les diamants étaient le meilleur ami de la femme.

— Est-ce votre devise ? s'enquit-il.

— Quoi ?

— Vous courez après l'argent des hommes ?

Elle fronça les sourcils, suivit son regard, et sourit.

— Ce n'est qu'une chemise de nuit, pour l'amour du ciel !

Mais soudain une expression de défi passa sur son visage.

— Si je trouve un homme qui en vaut la peine, reprit-elle, je vous le ferai savoir. Non, c'est idiot. Je n'aurai pas à me donner cette peine puisque vous ne serez probablement plus là pour m'entendre. Où vivez-vous déjà ?

— Là où mes affaires m'appellent.

Ou la poursuite de ses activités récréatives.

— Que faites-vous exactement dans la vie ? insista-t-elle.

Il haussa les épaules d'un air évasif.

— Je prends ce qui se présente.

Conscient et satisfait de sa désapprobation, il but une longue gorgée d'eau fraîche. Il ne restait jamais longtemps au même endroit, et détestait s'étendre sur son instabilité.

Il avait pour devise de réussir dans ce qu'il entreprenait, de s'amuser, et de rester libre comme l'air. Créer des liens, que ce soit avec les gens ou avec les lieux, ne l'intéressait pas. Ce qui rendait son travail basé sur l'Internet si séduisant.

Il reposa son verre et reprit sans un mot la dégustation de sa pizza.

— Et, malgré ça, vous voudriez prendre la direction d'une agence de voyages ? observa-t-elle d'un air pincé.

Comme il aurait aimé goûter cette bouche sévère ! Il la désirait tout entière, en pantalon de survêtement et chemise de nuit, ou bien sans. Et, à la tension qui crépitait entre eux, il pouvait affirmer que l'attirance était réciproque.

Malheureusement, elle ne l'appréciait pas, songea-t-il en rencontrant son regard hostile.

Elle semblait le genre de femme à aimer endosser les responsabilités. Concentrée sur sa carrière, ne vivant que pour son travail. Peut-être ne cherchait-elle également que des aventures passagères. Après tout, était-il si courant qu'une femme se promène avec un préservatif dans sa ceinture ?

— Vous aimez cuisiner ? demanda-t-il, désireux de dissiper l'humeur maussade de Kate.

— Cela dépend. Si j'ai des invités, j'aime essayer des recettes, mais je déteste l'ennui de faire la cuisine jour après jour.

— Avez vous essayé de cuisiner pour Brice ? demanda-t-il d'un ton ironique. Je n'ai jamais vu quelqu'un de plus timoré en matière culinaire. En dehors de ses sempiternels steaks et œufs quotidiens, rien ne l'attirait !

— Je sais, dit-elle avec un petit sourire.

Voyant qu'elle s'humanisait, il sourit à son tour.

— Est-ce que vous voyagez beaucoup pour votre travail ? demanda-t-il.

— Je me rends à l'étranger une fois l'an. Oh ! rien que des destinations classiques. Cette année, comme je m'en plaignais, Brice m'avait promis une expédition un peu plus aventureuse.

— Explorer les sentiers de randonnée au Népal, par exemple ?

— Seigneur ! non, s'exclama-t-elle en riant. La vie à la dure n'est pas ma tasse de thé. Je suis plutôt du genre hôtel cinq étoiles.

— Rechercher les night-clubs les plus en vue, dans ce cas.

— Je ne fréquente pas ce genre d'endroit, répliqua-t-elle en empilant leurs assiettes vides. Je préfère les soirées en famille. Enfin, la plupart du temps.

Ces derniers mots avaient été prononcés sur un ton qui laissait penser qu'il existait des soirées où la famille était le cadet de ses soucis.

— Vous vous autorisez donc parfois un peu de liberté ?

Les grands yeux si sombres que l'iris se confondait avec la pupille reflétèrent une sorte de mouvement de panique.

— Comme tout le monde, non ?

Sa voix était redevenue froide. Elle se leva brusquement, posa les assiettes dans l'évier, mit le carton à pizza à la poubelle, et essuya la table avec une éponge.

— Eh bien, le repas est terminé. Pouvons-nous commencer ?

Divers scénarios concernant la façon dont ils pourraient commencer embrumèrent l'esprit de Damon. D'abord, il aimerait soulever sa chemise de nuit et tirer au clair l'histoire du rubis. Ensuite, il glisserait les doigts dans ses cheveux, attirerait son visage à lui, et…

— Voici le livre d'or de l'enterrement.

Le geste de Kate, posant sans douceur le registre sur la table, rompit le cours de ses pensées.

— Vous dites que vous étiez amis, Brice et vous, Kate. Qu'est-ce que cela signifie exactement ? ne put-il s'empêcher de demander.

— Que nous nous entendions bien. Nous nous retrouvions le vendredi soir pour discuter du travail de la semaine dans une ambiance plus détendue.

Il hocha la tête, soulagé sans trop savoir pourquoi.

— Laissez-moi deviner. Même heure, même endroit ?

— Oui, dit-elle sans pouvoir retenir un sourire.

Il hocha la tête. Ce bon vieux Brice, si prévisible.

— Ça évite les pertes de temps, dit-elle en haussant les épaules.

Pendant qu'ils épluchaient la liste des personnes ayant assisté à l'enterrement, Kate sentait le regard de Damon posé sur elle. Etait-il possible qu'il l'ait reconnue ? Car elle imaginait difficilement, dans cette tenue, exciter la convoitise d'un homme.

— Voilà, dit-elle enfin, en rassemblant ses notes.

— Merci, Kate.

A travers la table il posa une main sur la sienne. Sous le choc, elle voulut retirer sa main, mais, plus rapide, il l'emprisonna, et caressa son poignet à l'endroit où battait son pouls.

— J'espère vous avoir été utile, dit-elle en se forçant à le regarder malgré sa nuque brûlante.

Il sourit sans lui lâcher la main, son regard rivé au sien. Et, l'espace d'un instant, elle s'imagina qu'il allait l'embrasser. Il la lâcha pourtant.

— Je ferais mieux de vous laisser dormir, dit-il. N'oubliez pas les huiles.

— Pas question. Merci encore !

Tout en hochant la tête, il se dirigea vers la porte.

— Je ne viendrai pas à l'agence demain matin. J'ai rendez-vous avec l'avocat de Brice.

— Je pense que nous arriverons à nous débrouiller sans vous, dit-elle sèchement.

Il lui sourit.

— Je n'en doute pas, Kate. Vous avez fait un excellent travail, et je vous en remercie encore.

— Brice avait l'intention de me nommer directrice le mois prochain, se sentit-elle obligée de dire.

— Il pensait abandonner son poste ?

— J'ignore ses intentions. Il voulait juste avoir un peu plus de temps pour lui.

Damon fronça les sourcils, mais n'ajouta rien.

— Bonne nuit, Kate.

Sur le seuil, il hésita. Seigneur ! Ça n'allait pas recommencer ? Instinctivement, Kate recula.

— Que vous arrive-t-il ? demanda-t-il.

— Rien.

Il la dévisagea, perplexe. Il n'y avait pas à dire, il se comportait en gentleman. Tout le contraire du mauvais garçon rencontré samedi soir, et elle avait bien du mal à concilier les deux personnages. On aurait dit qu'elle était la seule à penser au sexe.

— Bonsoir, dit-elle en rosissant.

Dès qu'il fut sorti, elle referma la porte et s'y adossa. Elle entendit une portière de voiture claquer, le ronronnement d'un moteur parfaitement réglé, et écouta le bruit décroître.

Alors seulement, elle lâcha le soupir qu'elle retenait. Il avait été charmant, ce soir, pas du tout la personne autoritaire du matin. Il lui avait apporté de la pizza, et les remèdes de sa grand-mère. Combien d'hommes penseraient à apporter à une quasi-inconnue quelque chose d'aussi personnel ?

Mais les hommes savaient compartimenter leurs vies, surtout en qui concernait le chapitre de la sexualité. Il lui suffisait de penser à son ex-fiancé pour se jurer de ne jamais plus faire confiance à un homme. Ni, d'ailleurs, à son propre jugement. Une erreur suffisait.

C'était tout de même un peu triste de penser que Damon passerait la nuit seul. Elle n'arrivait pas à concevoir qu'on n'ait pas de famille pour vous soutenir dans les moments difficiles. Même si son père se montrait autoritaire, et qu'il la traitait en enfant, elle lui pardonnait, parce qu'elle savait qu'il aurait fait n'importe quoi pour elle. Damon n'avait pas reçu d'amour de ses parents.

Bon, il ne fallait pas oublier que c'était avec son employeur qu'elle avait eu une aventure d'une nuit, ce qui la mettait dans une situation plus que délicate.

Dieu merci, il ne l'avait pas reconnue ; elle était donc tranquille pour le moment. Cependant, bizarrement, au lieu de la soulager, l'idée la décevait un peu.

Damon passa la matinée à essayer de mettre de l'ordre dans les papiers de Brice. A midi, assis devant son petit bureau tout encombré, il essayait encore de trouver la logique présidant au rangement de ses boîtes à chaussures. Du dessus de l'une d'elles, il sortit une facture d'électricité impayée, et la laissa tomber sur le bureau. Sans aucun doute, Brice menait son affaire avec la même insouciance qu'il gérait ses affaires domestiques.

Il massa sa nuque endolorie, passa une main sur son visage. Ses yeux le piquaient, sa mâchoire lui faisait mal à force de serrer les dents. Il avait mal dormi, voilà ce qu'il y avait. A cause d'une femme qui avait pris résidence dans sa tête.

La veille au soir, il avait eu toutes les peines du monde à se retenir de l'embrasser. Il avait fait l'amour à la plus délicieuse créature de la Terre, à la plus passionnée, aussi. Elle avait comblé tous ses fantasmes avec son voluptueux mystère, son rubis scintillant de façon si érotique à son nombril, son abandon total.

Mais cette créature n'était qu'une illusion. Shakira était un fantasme, le double de Kate Fielding. Fascinant. Qui aurait cru que la digne future directrice d'Aussie Essential aimait jouer ?

Restait à savoir si elle suivait les mêmes règles que lui.

- 4 -

Le mardi matin, Kate arriva tôt à l'agence, pour le cas où Damon aurait changé d'idée et s'y présenterait inopinément. Il devait comprendre qu'il avait affaire à une employée consciencieuse.

La veille, elle s'était offert le luxe d'un bain chaud et parfumé, grâce aux huiles de Damon. Et, soit parce qu'elle s'était imaginée le partager avec lui, soit parce qu'elle savait qu'il s'agissait d'une recette de sa grand-mère, elle avait retrouvé une forme éblouissante.

Ce qui ne voulait pas dire pour autant que son ressentiment à son égard ait disparu. Comme elle disait toujours, il ne fallait pas confondre travail et plaisir.

— Qu'en penses-tu ? fit la voix de Sandy, interrompant le cours de ses pensées.

Kate leva les yeux de son ordinateur, et vit l'expression rêveuse du visage de sa collègue.

— De quoi ? demanda-t-elle, bien qu'elle ait deviné.

— Du nouveau patron. Damon.

La façon dont Sandy prononça le prénom, ponctué par un voluptueux soupir, agaça au plus haut point Kate.

— Tant qu'il ne nous aura pas annoncé qu'il reprend l'affaire, dit Kate, continuant de tapoter les touches, ce n'est pas notre patron, Sandy. Il peut vendre.

— Mais il a déjà commencé à introduire des changements !

Kate releva brusquement la tête.

— Des changements ?

— Ne me dis pas que tu n'as pas remarqué la nouvelle machine à café, dans la salle à manger ?

Une machine à café ? Mais quand avait-elle été livrée ? Et avec quoi avait-elle été payée ? Il s'imaginait peut-être que l'argent tombait du ciel ?

— Je n'ai pas eu le temps de prendre de café, maugréa Kate. De toute façon, nous n'avons pas besoin de machine de ce genre !

Sandy fronça les sourcils.

— Qu'est-ce qui te prend ? Tu es si hargneuse envers lui. Tu as quelque chose contre les hommes séduisants ?

— Non. Ce sont les rustres que je n'apprécie pas !

Kate reporta distraitement son regard sur l'écran, mais, soudain, releva la tête.

— Tu ne m'as pas dit qu'il avait cherché à me joindre hier après-midi.

— Oh ! J'ai oublié. Navrée.

— Pourquoi lui as-tu dit que j'étais avec un client ? Il n'y avait pas de client. J'ai travaillé dans l'arrière-salle pour ne pas contaminer les autres avec mes microbes.

Sandy haussa nonchalamment les épaules.

— Eh bien, je me suis trompée. Je te prie encore une fois de m'excuser.

Elle se leva brusquement.

— Je sais ce qui va te détendre ! Je vais te préparer le meilleur café de ta vie, tu vas voir…

— Non ! aboya Kate.

Puis, se reprenant :

— Merci, Sandy. J'irai m'en préparer un tout à l'heure.

L'homme avait déjà provoqué un conflit alors qu'il n'était pas là depuis plus de quarante-huit heures…

Une machine à café ! Tout en reprenant son travail, elle secoua la tête d'un air incrédule. De toute évidence, il cherchait à mettre le personnel de son côté. Sandy lui était déjà tout acquise. Ils l'aimaient. Ils voulaient qu'il reste.

Et, après la machine à café, qu'est-ce que ce serait ? Un changement du nom de l'agence ? Avec sa mégalomanie, elle voyait déjà quelque chose comme : Damon's Travel s'étaler en lettres rouges sur la vitrine.

Les habitués fréquentaient l'agence parce qu'ils faisaient confiance à Aussie Essential, à son service personnalisé, à l'accueil souriant qu'ils y recevaient, à ses prix, les plus bas à la ronde. D'une manière ou d'une autre, Brice avait toujours réussi à couper l'herbe sous le pied de la concurrence. Pourquoi changer une formule qui marchait ?

Elle venait de parvenir enfin à réserver des places pour un groupe lorsque le téléphone sonna.

— Bonjour. Kate Fielding d'Aussie Essential Travel à l'appareil. Que puis-je pour vous ?

— Bonjour, Kate. Je suis heureux de constater que vous allez mieux.

Certain d'être reconnu, il ne s'était même pas présenté. Un instant, elle fut tentée de feindre de ne pas le reconnaître, mais il n'aurait pas été dupe.

— Que puis-je pour vous ? demanda-t-elle d'une voix légèrement tremblante.

Elle jeta un bref coup d'œil à Sandy, par chance, elle-même occupée au téléphone.

Il y eut une pause, comme s'il réfléchissait à son offre. Elle aurait juré que l'appareil crépitait de toutes les possibilités entrevues.

— J'aimerais utiliser votre connaissance du terrain, dit-il enfin. Pourriez-vous vous rendre disponible pour 3 heures ?

— C'est… en rapport avec le travail ?

— Bien sûr.

Au ton de sa voix, on aurait presque pu l'entendre demander : « Pour quoi d'autre voudriez-vous que ce soit ? »

Et, effectivement, pour quoi d'autre ? Elle savait qu'elle lui plaisait ; simplement, il ignorait qu'ils avaient déjà couché ensemble. Et que l'expérience ne se renouvellerait pas. Kate Fielding, employée, était intouchable.

— Je pense pouvoir m'arranger, dit-elle.

— Parfait. Je passerai vous prendre.

— Personne ne nous accompagne ?

— Non. Ça vous ennuie ?

Oui.

— Pas du tout.

Son corps soudain en ébullition, elle reposa le téléphone et, avec un soupir, s'affaissa contre le dossier de son siège. Pourvu seulement qu'il la libère à 5 heures et demie. Les heures supplémentaires étaient bien trop dangereuses.

En voyant Damon descendre d'une BMW argentée, garée devant l'agence, Kate éteignit son ordinateur et saisit son sac. Pour des raisons qu'elle ne tenait pas à élucider, elle préférait ne pas saluer Damon sous les regards indiscrets de ses collègues.

— S'il y a le moindre problème, Sandy, tu m'appelles sur mon portable, dit-elle en se dirigeant vers la porte.

— Sois aimable, lui glissa Sandy. Nous voulons tous le garder.

Un vent frais, chargé d'une odeur de pluie, accueillit Kate à sa sortie. Damon détailla avec insistance son tailleur pantalon noir accompagné d'un chemisier blanc, tenue qui s'accordait parfaitement à son pantalon et sa veste de cuir noirs ainsi qu'à sa chemise blanche. Avec un sourire, il lui ouvrit sa portière, et attendit qu'elle soit installée pour la refermer. Elle l'examina pendant qu'il faisait le tour de la voiture. Ils étaient parfaitement assortis, certes, mais seulement du point de vue vestimentaire. Une image d'eux partageant la même chambre et choisissant leurs vêtements ensemble réchauffa brutalement l'atmosphère de la voiture.

— Je croyais que vous vouliez faire appel à ma connaissance du terrain, dit-elle pendant qu'il démarrait.

— Exact. Nous marcherons un peu si le temps le permet. J'espère que vous portez des chaussures confortables.

— Vous savez bien que oui.

Il l'avait examinée assez longtemps pour s'être aperçu qu'elle portait de vilaines chaussures à talons plats, un problème congénital de hanche lui interdisant de porter des talons hauts sous peine de douleurs et de gêne.

— Vous conduisez une voiture de luxe, dit-elle pour changer de sujet.

— Je l'ai louée. Je vais avoir besoin de plus de temps que prévu avant de démêler les affaires de Brice.

Elle hocha la tête. Son emploi dépendait désormais des décisions de Damon. Quant à la promotion pour laquelle elle avait tant travaillé, il semblait qu'elle doive faire une croix dessus.

Une main effleura la sienne.

— Vous êtes bien tranquille. Ça va ?

La chaleur de ses doigts ravivant le souvenir de ses explorations sur d'autres parties de son corps, elle recula, lèvres pincées.

— Nous sommes censés travailler, je crois.

La tension, à l'intérieur du véhicule, grimpa d'un cran. Du coin de l'œil, elle le vit secouer la tête. Nul doute qu'après cette mission il la tienne pour une vierge effarouchée et dénuée d'humour. Ce qui était une excellente chose, se rappela-t-elle. D'un air buté, elle fixa le pare-brise.

Il se mit à pleuvoir, une de ces averses violentes et brèves qui contraignent les piétons à courir chercher un abri. Damon se gara près d'un terrain de jeux, proche d'une agence de voyages.

— Commençons par celle-ci, dit-il en lui tendant un bloc et un crayon. Je veux que vous notiez leurs offres spéciales, leurs tarifs, etc. Il faut que nous sachions comment opèrent les autres pour rester compétitif.

— Mais Brice a toujours été compétitif ! Et puis, pour obtenir ces renseignements, il suffit de consulter leurs sites web !

— Nous aurons une meilleure idée du profil de la clientèle, de la disposition des lieux, des établissements environnants.

— Vous n'avez pas besoin de moi pour ça, dit-elle d'un ton mécontent. Vous auriez très bien pu vous en charger !

Il sourit.

— Ce n'aurait pas été aussi amusant.

Elle tourna résolument la tête vers la vitre, s'efforçant d'ignorer la lueur malicieuse du regard de Damon, et les réactions de son propre corps. La pluie qui cinglait la vitre transformait le paysage en aquarelle.

— Nous serons accusés d'espionnage, dit-elle.

En espérant qu'il ne s'agisse que de ça. Car, le temps passant, il lui devenait de plus en plus difficile de ne pas se pencher vers lui et glisser ses mains sous sa veste de cuir pour éprouver la fermeté et la chaleur de sa peau…

— A quoi pensez-vous, Kate ?

— Je pense que je n'arrive même pas à lire l'enseigne d'ici.

— C'est là qu'interviennent les jumelles.

Il tendit la main vers la boîte à gants.

— Arrêtez cette comédie ! s'exclama Kate, furieuse de s'être laissé entraîner dans une farce aussi grotesque. Vous n'imaginez tout de même pas que je vais épier des concurrents à la jumelle ? Qu'est-ce que ça signifie ?

— J'avoue, dit-il, à présent sérieux. Je voulais vous parler. En tête à tête.

Elle se détourna, incapable de le regarder, et frotta le pare-brise d'une main furibonde. Un pâle soleil se frayant un chemin à travers la bruine rendait l'atmosphère vaporeuse.

— Je veux votre opinion sincère sur l'avenir d'Aussie Essential Travel. Et je ne tenais pas à ce que le reste de l'équipe entende notre conversation.

Oh… il n'avait donc pas l'intention de la séduire ? repoussant une stupide déception, elle ramena son esprit à la conversation.

— Tout semble fonctionner normalement, dit-elle lentement, sauf les livres de comptes que Brice insistait pour tenir. Après son décès, j'ai dû y mettre le nez, et n'y ai rien compris. Il faudrait un comptable pour remettre de l'ordre dans tout ça.

Damon se rembrunit.

— Je m'en occuperai dès que possible.

Hier, il n'avait eu que le temps de jeter un coup d'œil au bilan du mois précédent. Mais il ne correspondait pas aux relevés bancaires.

— Je serai franc avec vous, Kate, déclara-t-il. Aussie Essential nécessite beaucoup de travail pour être remis sur pied.

— Vous vous êtes penché sur les finances ?

— Cela vous surprend ?

— Franchement… oui.

— Vous n'avez pas une très haute opinion de moi.

Elle rougit.

— Je ne vous connais pas assez pour me former une opinion.

Il lui prit le menton pour l'obliger à le regarder.

— Sur quoi vous basez-vous, Kate ?

— Comme, de votre propre aveu, vous ne restez jamais longtemps au même endroit, j'ai pensé que vous vous contentiez de survoler les choses…

Quelque chose dans le regard de Kate le poussa à insister :

— Continuez.

— Et de prendre votre plaisir où vous le trouviez.

Ah… le plaisir ! Une image de Kate jaillit dans son esprit.

— Vous parlez de mes relations avec les femmes ? Je croyais que vous vouliez vous cantonner au domaine professionnel.

Elle détourna le regard.

— Je m'intéresse à tout ce qui peut avoir des répercussions sur le travail.

Elle parut faire un effort sur elle-même pour le regarder franchement dans les yeux.

— Quand vous vous lassez de quelque chose, vous laissez tomber, dit-elle. Je me trompe ?

— C'est l'avis de certains.

— Pourquoi est-ce que ce serait différent cette fois ?

— Parce que c'est l'affaire de mon oncle, la mienne, à présent. Vous n'appréciez pas ma présence, n'est-ce pas ?

Elle ne répondit pas, mais il n'avait pas besoin qu'elle lui confirme son antipathie. Et, pourtant, ils avaient fait l'amour avec une passion débridée. Le moment était peut-être venu de passer aux aveux et de lui révéler qu'il savait qui elle était.

Il glissa un doigt dans le col de sa chemise qui menaçait soudain de l'étrangler. L'atmosphère devenait irrespirable dans cette maudite voiture.

Il ouvrit sa portière.

— Marchons un peu.

— Mais il pleut !

Comme elle se mordait la lèvre, il détourna le regard de cette bouche tentatrice.

— C'est une petite pluie de rien du tout ! riposta-t-il. Que cela ne nous empêche pas de vivre !

Dans le terrain de jeux désert, les gouttes d'eau accrochées aux branches des arbres étincelaient comme autant de pierres précieuses dans le pâle soleil. De la main, Damon essuya une balançoire, et s'assit sur le siège de bois patiné, tout juste assez grand pour le recevoir. Il se mit doucement à se balancer.

Kate restait debout dans l'herbe, sa veste bien boutonnée, ses cheveux soigneusement attachés, une expression nettement désapprobatrice sur le visage. Elle semblait si peu à sa place qu'il ne put retenir un sourire.

— Venez, mademoiselle Fielding. Il y a deux balançoires.

Elle consulta sa montre.

— Nous perdons du temps.

— C'est perdre du temps que de s'amuser ?

— Vous aimez peut-être avoir un comportement puéril, moi pas !

— Parce que vous ne vous le permettez pas.

Elle baissa les yeux sur sa tenue, regarda la balançoire.

— Le siège est mouillé, dit-elle.

— Facile d'y remédier.

Il se leva, se débarrassa en un instant de sa veste et la

posa sur le siège de la balançoire. Comme Kate ne bougeait toujours pas, il vint la prendre par la main.

— Allons, soyez puérile pour une fois !

Il la sentit résister.

— Je sais que vous en avez envie, insista-t-il.

— Je n'ai pas fait de balançoire depuis l'âge de douze ans !

Elle se laissa finalement entraîner. Il s'assit près d'elle et accorda son rythme au sien. Durant quelques instants, ils se balancèrent en silence, des souvenirs d'enfance plein la tête, ravivés par le grincement de la balançoire, le souffle de l'air sur leurs visages, les cris d'enfants passant sur le trottoir en compagnie de leurs parents.

— Il ne faut pas vous faire de souci pour votre travail, dit-il.

— Facile à dire ! Votre revenu n'est pas en cause. Selon vous, l'agence traverse une mauvaise passe, et il ne s'agit pas que de moi. Nous sommes six à dépendre de ce travail.

— Je ferai mon possible pour vous conserver vos emplois, assura-t-il.

Mais pas question que le personnel sache qu'il devrait investir une jolie somme de son propre capital pour les maintenir à flot.

Elle hocha la tête.

— Tout ce que vous pouvez faire, c'est essayer. A ce propos, ajouta-t-elle en consultant sa montre, j'ai pas mal à faire avant de rentrer chez moi.

La lueur de plaisir qui avait brillé dans ses yeux s'était éteinte. Damon en fut tout attristé. Il avait aimé retrouver sur ses traits l'animation du samedi.

— Le patron ne voit pas d'inconvénient à ce que vous fassiez une pause.

Elle arrêta la balançoire et en descendit.

— Vous n'êtes pas mon patron. Vous n'avez pas annoncé que vous vous impliqueriez dans l'affaire à long terme, et notre conversation m'a donné des raisons de penser le contraire. Vous pouvez très bien nous aider un moment, et puis changer d'avis et disparaître.

— Vous m'en croyez capable ?

Elle haussa les épaules.

— Je vous connais si peu.

— Une bonne raison pour nous attarder ici.

Mais elle ne l'écoutait déjà plus. Il récupéra sa veste et suivit son dos raide qui se dirigeait vers la voiture.

En chemin, sur un coup de tête, il bifurqua vers Diamond Bay, au nord de Bondi, où un paysage de rochers et de vagues en furie donnait l'impression de se trouver soudain à mille lieues de Sydney et de son grouillement urbain.

— Où allons-nous ? demanda-t-elle avec un froncement de sourcils.

— Je veux vous montrer quelque chose.

Il se gara à un endroit d'où l'on apercevait les falaises et l'océan Pacifique s'engouffrant dans la passe. Malgré le temps gris et brumeux, le paysage conservait sa sauvage beauté. Il descendit de voiture, et respira avec bonheur la familière odeur saline. Le bruit des vagues heurtant les rochers faisait écho dans ses oreilles.

— C'était mon endroit favori quand j'étais enfant, dit-il quand elle le rejoignit.

— Vous viviez dans les parages ? demanda-t-elle en examinant les maisons alentour.

— Non.

Il serra les pans de sa veste autour de lui pour se protéger d'une brusque rafale de vent.

— Nous vivions dans une zone semi-industrielle de Sydney, où, nuit et jour, des trains ébranlaient les carreaux et faisaient vibrer le plancher. Nous venions ici pour nous évader de notre triste quotidien.

— A Brice et vous ?

— Non, il ne s'agissait pas de Brice.

Il plissa les paupières pour se prémunir de la morsure du vent, contrarié d'en avoir trop dit.

— Nous marchions des kilomètres en suivant le sommet de la falaise, poursuivit-il néanmoins. Parfois, nous nous glissions sous la rambarde de sécurité, et jouions à qui s'approcherait le plus près du bord.

— Non ! s'exclama-t-elle, incrédule. Quel âge aviez-vous ?

Il continuait d'observer l'océan, noyé de brume, et le vol tournoyant des mouettes. Il avait toujours envié leur liberté.

— Douze, je crois.

— Ainsi, je jouais à la balançoire pendant que vous risquiez votre vie.

— Oui.

La dernière fois qu'il était venu ici, c'était le lendemain du jour où Bonita avait succombé à la leucémie. Il avait scruté l'horizon, s'était demandé où elle se trouvait désormais, et, contemplant les rochers en dessous, avait furtivement envisagé l'impensable…

C'était ce jour-là qu'il avait fini par faire le vœu de vivre au jour le jour sans jamais regarder en arrière.

— La chute est longue, dit Kate, suivant son regard.

Il refoula sa mélancolie. Quelle erreur d'être venu visiter leur endroit préféré à Bonita et lui ! Et quelle erreur bien plus grande encore d'y avoir amené Kate. Pourtant, avec Kate à ses côtés, il se sentait en quelque sorte apaisé. C'était un peu comme si elle partageait sa tristesse.

Que savait-elle de la perte d'un être cher ? Il l'ignorait,

et ne voulait pas savoir. Parce que cela signifierait partager son chagrin et qu'il refusait de s'épancher.

Soudain, il se mit à pleuvoir pour de bon.

— Il est temps de rentrer, dit-il en lui prenant la main.

Il la serra un instant, et sentit la force vitale de Kate s'infiltrer en lui, chaude, réconfortante, pendant que la pluie fouettait leurs visages. Ses yeux brillaient d'émotion. S'il plongeait son regard dedans, il y verrait sans doute le reflet de son âme.

Il la lâcha très vite et s'écarta. Non ! Il risquait sa vie plusieurs fois par an pour le plaisir de sentir les fulgurantes décharges d'adrénaline, mais il n'était sûrement pas prêt à mettre son cœur dans la balance.

- 5 -

— Dînez avec moi, pria Damon, sur le chemin du retour.

Il avait téléphoné à Sandy pour lui demander de s'occuper de la fermeture de l'agence.

Kate nota sa mâchoire crispée, noircie par l'ombre si sexy de sa barbe naissante. Bon, le côté sexy, elle n'en avait pas vraiment besoin, mais il n'y avait pas la moindre note de romantisme dans sa voix, juste les notes paisibles d'un ami en quête de compagnie.

Malheureusement, aujourd'hui, on était mardi, et le mardi soir était consacré à ses parents. Là-haut, sur la falaise, elle l'avait oublié. Parce qu'elle y avait également revécu un épisode tragique, celui de la mort de son frère, brisé au flanc d'une montagne, dans un accident de deltaplane.

— Je dîne tous les mardis chez mes parents, dit-elle.

— Tous les mardis ? répéta-t-il, incrédule.

Il lui jeta un bref coup d'œil avant de reporter son attention sur la route.

— Pas de problème, reprit-il d'un ton enjoué. La famille avant tout. Je n'en mourrai pas.

Kate perçut néanmoins sa déception. Quelque chose leur était arrivé au sommet de la falaise, quelque chose qui dépassait l'attirance physique. Elle en était restée toute tremblante. Et, soudain, elle s'entendit dire :

— Je vais leur téléphoner pour me décommander.

— Ne faites pas cela.

Elle l'ignora et sortit son portable pour composer le numéro de ses parents. Comme elle était mise en relation avec le répondeur, elle laissa un message où elle prétextait avoir un travail à finir avec le neveu de Brice.

Damon avait tout entendu, bien sûr. Le mensonge, le fait qu'elle n'ait pas mentionné son prénom. Mais elle se sentait incapable de le prononcer sans rougir.

— Euh… je connais un restaurant…, commença-t-elle.

— Laissez-moi cuisiner.

Elle avait envisagé une invitation au restaurant, pas un repas en tête à tête. A l'idée, son pouls fit un bond.

— Vous cuisinez ? demanda-t-elle d'une voix néanmoins posée.

— Etant un fin gourmet, je m'y suis mis. Et je ne m'en sors pas mal. J'aimerais avoir votre avis à ce sujet.

— Si vous comptez cuisiner chez moi, je n'ai qu'un stock réduit de provisions, et…

— J'ai fait les courses ce matin. Nous dînerons chez Brice.

Il lui jeta un coup d'œil.

— Vous n'avez rien contre ?

— Non, non, naturellement.

Damon, qui s'était attendu à devoir batailler pour qu'elle accepte son invitation, se réjouit de la trouver si coopérative, même si elle n'était pas franchement enthousiaste.

L'odeur de son parfum exotique flottait jusqu'à lui, ressuscitant l'image de la créature de rêve qui l'avait envoûté. Qu'était donc devenue Shakira ? Il désirait tant la revoir, et reprendre leurs ébats là où ils avaient été interrompus.

Il aurait dû lui dire qu'il avait percé son secret. Il aurait dû savoir, à l'instant où il avait posé les yeux sur elle, à l'occasion de la réunion de travail, que leur histoire n'était pas finie. A présent, il avait le choix entre se taire, et tenter de conquérir la très sage Kate Fielding, ou tout avouer.

Ce soir.

A cette idée, son corps réagit violemment. Contrairement à Kate, Shakira serait bien empêchée de nier son attirance. Il n'y aurait pas de secrets entre eux, pas de barrières. Juste le souvenir des moments exceptionnels qu'ils avaient partagés. Et qu'il ne tenait qu'à eux de faire revivre. Cependant, plus que de se retrouver au lit avec elle, ce soir, il désirait sa compagnie. Et son instinct lui soufflait qu'elle désirait également la sienne. Et, s'agissant d'affaires, de sport, ou de femmes, il avait toujours suivi son instinct, et n'avait jamais eu à le regretter.

Une demi-heure plus tard, il avait débouché une bouteille de vin et préparé une salade verte. Kate s'était débarrassée de sa veste trempée pendant qu'il échangeait sa tenue contre un pantalon de toile et un T-shirt. Comme elle semblait désireuse d'apporter son aide, et qu'il ne pouvait lui suggérer l'occupation dont il rêvait pour ces mains qui ne tenaient pas en place, il lui confia des tartines à beurrer.

— J'espère que vous aimez le poisson, dit-il en sortant deux tranches de saumon du réfrigérateur.

Il les arrosa d'huile d'olive, ajouta du poivre, des câpres, du poivron haché et des herbes.

— J'aime ça, dit-elle.

Son portable sonna. Après s'être léché les doigts, elle le chercha au fond de son sac.

— Bonjour, Rosa. Ah…

Elle se détourna, et poursuivit sa conversation en se dirigeant vers la porte donnant sur le patio.

— Non, ce n'est pas une bonne idée, dit-elle en se glissant à l'extérieur. Je le connais à peine, ajouta-t-elle sans se rendre compte que Damon l'entendait par la fenêtre ouverte de la cuisine.

Il prépara une sauce de salade à base de jus de citron, et posa la poêle sur la plaque de cuisson.

— Non, disait Kate. Ce n'est pas le genre d'homme que tu ramènes chez toi pour présenter à papa, maman, tu comprends ? Même s'il fait illusion en costume cravate, quand il daigne en porter, derrière cette façade policée…

Une pause. Un soupir.

— Oui, oui, exactement. Dis donc, ne t'avise pas de le dire à maman…

Dire quoi à maman ? Il ne pouvait que supposer ce qui provoquait une réaction aussi vive chez Kate. Les deux sœurs aborderaient-elles des sujets… osés ? Kate se rappelait-elle la nuit de samedi ?

Les doigts de Damon se crispèrent sur la bouteille qu'il tenait à la main. Les images nées de leur supposée conversation allaient le mettre dans un état particulièrement inconfortable.

— De toute façon, ça ne sert à rien de discuter, poursuivit Kate. Il ne reste à Sydney que le temps de régler la succession de Brice, et décider ce qu'il va faire de l'agence, c'est-à-dire vendre, selon toute probabilité. Qui sait si j'aurai encore un emploi le mois prochain ? Bon, il faut que j'y aille. Ciao.

Quelques instants plus tard, Kate était de retour. Tête baissée, elle se remit à beurrer le pain avec la plus grande énergie.

Damon fit frire le poisson, et les riches arômes de poivron et d'herbes parfumèrent l'atmosphère. Pendant que le saumon cuisait, il remua la salade et la posa sur la table avec assiettes et couverts.

— Tout va bien ? demanda-t-il.

— C'était ma sœur, Rosa. Quand je ne suis pas là, elle exige que je lui rende des comptes.

— Vous auriez pu les inviter à partager notre repas.

— Vous plaisantez ! répliqua-t-elle en pouffant de rire. On voit que vous ne savez pas ce qu'est une réunion familiale !

Son portable se remit à sonner. Après s'être excusée, elle prit la communication.

— Bonjour, papa, l'entendit-il dire.

Il vit sa gaieté s'effacer, ses dents mordiller nerveusement sa lèvre.

— Oui, bien sûr… Mais oui, papa… Non, je…

Sans saisir les mots, il entendait le ton, autoritaire, inflexible, du père.

— Je pensais juste…

La voix de Kate traîna. Puis elle ajouta :

— Dis à maman que je m'excuse. Oui. Au revoir.

Quand elle raccrocha, il glissa les tranches de saumon dans les assiettes.

— Un problème ?

Elle parut faire un effort pour se ressaisir.

— Non, répondit-elle en empilant les tartines sur une assiette. Dites donc, ça paraît excellent !

Ils dînèrent à un bout de la petite table encombrée de papiers. Par la fenêtre ouverte leur parvenaient le brouhaha de la circulation, ainsi que celui des allées et venues des locataires de l'immeuble.

— Ainsi, vous avez une grande famille, dit Damon, en attaquant le contenu de son assiette.

— Ma mère est italienne, voyez-vous.

— Et votre père ?

— Sa mère et sa grand-mère paternelles sont originaires

d'Italie. Lui est australien de naissance et d'éducation, mais italien de cœur.

Comme le regard de Kate se perdait dans le vague, il eut l'intuition qu'elle songeait à son coup de téléphone.

— Et il peut parfois se montrer… tyrannique. Rosa et moi venons d'une famille à principes, et nous sommes entourées de parents à principes, également.

— Rosa vit chez vos parents ?

— Seulement parce qu'elle doit se marier d'ici peu. Elle est allée en vacances à l'étranger, et a rencontré ce Français, il y a quatre mois de ça… Philippe a abandonné son travail pour la rejoindre en Australie. C'est tellement romantique…

Le regard de Kate se fit rêveur, et légèrement humide, nota-t-il.

Il hocha la tête d'un air sceptique.

— Une amourette de vacances ? Je ne lui donne pas six mois.

— Sans connaître ni l'un ni l'autre, vous condamnez leur histoire ! s'exclama Kate d'un air indigné. Quel cynisme ! Je plains la fille qui vous épousera.

— Inutile. Il n'y en aura pas. J'aime ma vie. Encore un peu de vin ?

Sans attendre de réponse, il remplit leurs verres de chardonnay. Les conversations tournant sur le mariage et l'engagement le rendaient nerveux.

— A quoi ressemble votre vie ? demanda-t-elle.

— Elle est dénuée de complications.

— Vous êtes irresponsable, en somme.

Elle avala le contenu de son verre d'un trait, comme si elle était en colère, et le considéra par-dessus le bord de son verre.

Il haussa les épaules. Après tout, les premiers irresponsables, ç'avaient été ses parents. Et, l'espace d'un instant, il se demanda s'il n'aurait pas hérité de la même disposition d'esprit. Il aimait prendre des risques, au point de frôler parfois la mort. Etait-ce irresponsable ? Non, puisqu'il n'avait de comptes à rendre à personne.

Au fond, tant mieux qu'elle se fasse cette image de lui. Elle n'avait pas à savoir qu'il traitait des affaires partout dans le monde, possédait plusieurs appartements où il pouvait débarquer à l'improviste, était capable de tirer profit de n'importe quoi, à partir du moment où il se mettait en tête de le faire. Ce qu'il n'aurait pas pu réussir avec une femme et des enfants accrochés à ses basques.

A vrai dire, l'argent en lui-même l'intéressait peu. Au début, il avait investi par manière de défi le peu qu'il possédait dans une entreprise agonisante. Et il l'avait remise sur pied et revendue avec un confortable bénéfice. L'expérience lui ayant plu, il avait pris d'autres risques, toujours avec le même succès. Le souvenir de Bonita toujours présent dans sa mémoire, il vivait dans le présent. Car la vie n'offrait pas de deuxième chance, et tout pouvait être fini demain.

— Il y a cinq ans, Brice a voulu vous associer à l'affaire, et vous avez refusé, fit la voix de Kate.

Damon redescendit sur terre.

— Il connaissait mes raisons.

Cinq ans plus tôt, il s'était retrouvé avec une affaire particulièrement délicate sur les bras. Et il lui avait été impossible de se rendre en Australie.

Il avala une longue gorgée de vin.

— Je parie que vous êtes responsable, Kate, dit-il d'un ton malgré lui un peu moqueur. Vous trouvez normal de vous conformer à ce que les gens attendent de vous, de suivre le droit chemin, sans jamais vous en écarter pour poursuivre vos rêves.

Comme elle reposait son verre avec brusquerie, il comprit qu'il avait touché un point sensible.

— C'est ce que vous faites ? demanda-t-elle sèchement. Vous poursuivez vos rêves sans vous préoccuper du mal que vous faites ?

Erreur. Il fuyait ses cauchemars.

— C'est à peu près ça, répondit-il néanmoins.

Quelque chose dans le ton de Kate quand elle avait mentionné ses rêves lui donna envie d'insister.

— Qu'attendez-vous de la vie, Kate ?

— D'être la meilleure dans la carrière que j'ai choisie.

Il secoua la tête.

— On croirait entendre votre père parler. Que voulez-vous réellement, tout au fond de vous-même ?

Elle demeura quelques instants silencieuse, le menton appuyé sur sa main, le regard lointain.

— Parfois, je voudrais juste briser mon moule, être quelqu'un d'autre, même pour peu de temps.

Cela, il savait.

— Vous pourriez commencer par ça…

Glissant une main sur sa nuque, il défit la barrette qui maintenait ses cheveux. Telle une nappe de soie noir, ils se répandirent sur ses épaules. Il vit ses yeux s'assombrir tandis qu'il plongeait ses doigts dans leur épaisseur soyeuse, et il la sentit frémir.

— Je ne porte pas mes cheveux libres pendant le travail. C'est… ce n'est pas professionnel, dit-elle d'un ton guindé.

— Vous n'êtes pas au travail, fit-il remarquer.

Lentement, il ôta une de ses boucles d'oreilles, puis l'autre. Il massa doucement un lobe, entre le pouce et l'index, puis il la prit par la nuque, là où la peau était douce et soyeuse, comme ses cheveux, et il sentit son pouls battre follement au creux de son cou.

Son regard tombant sur ses lèvres pulpeuses, il ne put s'empêcher d'en dessiner l'ourlet du bout des doigts, comme il l'avait fait le premier soir.

Kate le fixa du regard sans esquisser le moindre geste. Elle n'avait aucune envie de l'interrompre. Aucun homme ne l'avait regardée comme Damon Gillespie la regardait. Et ses gestes étaient lents, pas du tout menaçants, presque hypnotiques.

— Vous ne vous aimez pas, Kate ?

Lorsqu'il la regardait de cette façon, elle avait l'impression d'être unique. Mais, naturellement, il avait dû donner cette impression à quantité de femmes. C'était un être passionné ; elle savait déjà avec quel emportement il faisait l'amour.

— Bien sûr que si. Seulement, quelquefois…

Elle devait se trouver en état de légère hypnose, parce qu'elle éprouvait le violent désir de le sentir de nouveau en elle, avec le même emportement. Et tout cela en sachant qui il était. Damon Gillepsie, l'amoureux du danger, l'amateur de femmes. Son employeur.

Et en sachant qui elle était. Kate Fielding, la sage employée qui n'avait jamais fait un pas de travers.

Sage peut-être, néanmoins imprudente. Mais elle ne voulait pas songer à cela maintenant. L'espace d'un instant, elle eut envie de s'anéantir dans la chaleur de son regard.

— Quelquefois, vous aimeriez être quelqu'un d'autre, murmura-t-il.

— Je…

Sous son regard pénétrant, elle se sentit incapable d'aligner deux mots.

Les doigts de Damon délaissèrent ses lèvres pour sa joue.

— Est-ce dans ces instants que Shakira entre en jeu ?

Elle tressaillit, revit des images de la provocante créature à demi nue, et la honte la submergea.

— Non ! Oui…

Il parlait de Shakira comme d'une personne possédant une existence propre. Son double, peut-être ? S'imaginait-il que Kate empruntait son identité pour coucher impunément avec qui bon lui semblait ? Etant donné la rapidité avec laquelle elle était tombée dans ses bras, difficile de lui en vouloir. Pourtant, elle n'avait jamais joué à ce petit jeu auparavant. Elle n'en connaissait même pas les règles.

— Non.

A cet instant, elle souhaita de toutes ses forces être en sécurité, seule, au fond de son lit. Ne surtout pas être obligée de soutenir le regard des yeux perspicaces qui la fouillait. Non, il ne la prenait pas pour une femme facile, décida-t-elle. Il voyait bien qu'il avait affaire à une novice ayant décidé de s'aventurer exceptionnellement du mauvais côté de la route.

Elle ne savait pas ce qui était le pire. Du fond d'elle-même, elle sentit monter le ressentiment. Il ne la connaissait pas ; il ignorait la vie étriquée qu'elle menait. Il ignorait qu'elle continuait à se conformer aux désirs de ses parents !

La colère était préférable à l'embarras.

— Vous saviez, dit-elle en se dérobant à la main qui lui caressait la joue. Vous avez toujours su.

— Vous n'espériez pas que j'oublierais ce petit grain de beauté, dit-il en effleurant le dessous de son œil.

Elle rougit.

— C'est moche de ne pas m'avoir dit que vous saviez.

Comme il avait dû rire derrière le dos de la très sage, très ennuyeuse, très consciencieuse Kate Fielding !

— Vous-même, vous saviez qui j'étais et n'en avez rien dit, répliqua-t-il avec un sourire complice. Nous sommes tous les deux coupables, non ?

Elle ne voulait surtout pas de sa connivence.

— Juste pour information, Shakira n'existait pas avant samedi soir, répliqua-t-elle, mécontente d'elle-même pour avoir joué cette piètre comédie, mécontente de Damon qui l'avait piégée.

Comme une sotte, elle avait joué un rôle pour lequel elle n'était pas taillée, et sans réfléchir aux conséquences de ses actes.

Détournant la tête, elle prit sa veste et son sac. Cependant, une main ferme lui agrippa le bras et la fit pivoter.

— Je sais, dit-il.

Elle était si inexpérimentée, si loin des territoires connus avec un homme comme Damon.

— Je ne crois pas…

Elle aperçut la lueur de défi dans le regard de Damon, juste avant qu'il n'écrase ses lèvres sur les siennes.

Ce fut un embrasement général. Jamais personne ne l'avait embrassée avec une telle passion. Et quelque chose de plus, de plus profond. Ses lèvres la brûlaient, et elle eut la sensation d'être touchée par la foudre quand il plaqua ses mains sur ses fesses, et l'attira contre son sexe en érection.

Elle ravala une plainte jaillie du plus profond d'elle-même. Il ne fallait pas qu'elle lui laisse deviner son désarroi. Pas maintenant. Pas avant qu'ils aient parlé.

Cramponnant son sac, elle tenta de fuir.

Alors, il leva la tête, et desserra son étreinte.

— Réfléchis-y, Kate.

— Je… Il faut que j'y aille. Laisse-moi… tranquille.

Il recula.

— Je vais te reconduire.

— Inutile. Je trouverai un taxi.

Elle se dirigea vers la porte, l'ouvrit. Le bruit de la circulation, accompagné d'un souffle d'air froid, l'enveloppa. Il la rejoignit, et marcha à sa hauteur, ses pieds nus claquant sur le pavé mouillé.

Elle localisa un taxi, courut vers lui en agitant la main. Le chauffeur ne s'était pas plus tôt arrêté qu'elle ouvrait la portière.

— Merci pour le dîner, dit-elle en se retournant vers Damon.

Il se tenait les mains dans les poches, dans une attitude décontractée que démentait la flamme de son regard.

— Je veux te revoir, dit-il.

Les battements du cœur de Kate s'accélérèrent. Cependant, très vite, elle se demanda si c'était Kate qu'il voulait revoir, ou bien s'il cherchait seulement une aventure facile, comme Nick.

Elle se glissa sur la banquette.

— Oh ! je n'en doute pas, dit-elle avec un rire amer.

Elle était son employée, après tout.

— En dehors des heures de travail, précisa-t-il en refermant sa portière.

Légèrement essoufflée, elle se laissa aller contre le dossier de la banquette. Ce baiser donnait matière à réfléchir, bien sûr. Si elle voulait, une relation pourrait se créer entre eux. Quand ils auraient parlé.

Mais, quoi qu'il doive arrive, ce serait temporaire, se rappela-t-elle. Elle s'était déjà brûlé les ailes, quand l'homme qu'elle croyait aimer, et qui, croyait-elle, l'aimait en retour, était parti avec une autre. Mais ce n'était pas de l'amour, juste une simple attirance. Comme avec Damon. Et elle savait déjà que cette relation ne déboucherait sur rien.

La question était de savoir si elle s'accorderait le plaisir de refaire l'amour avec lui avant qu'il ne quitte le pays pour aller où sa fantaisie l'emporterait.

- 6 -

6 heures du matin à l'horloge du bureau de Brice. Damon frotta ses yeux fatigués, et fit aller ses épaules afin d'en apaiser la tension. Deux heures et demie avant l'arrivée des employés, et il restait trop à faire pour rentrer chez lui se changer. S'il n'interrompait pas tout de suite la spirale descendante, Aussie Essential Travel irait à la catastrophe plus tôt que prévu.

Kate ne lui avait pas laissé d'autre choix que d'aller se coucher tout seul, et, après quelques heures à se tourner et à se retourner, il avait renoncé à chercher le sommeil et s'était rendu à l'agence. Et l'examen minutieux de la situation avait confirmé ce qu'il pressentait déjà : il n'était pas question de vendre l'affaire dans cet état.

Il ne lui restait plus qu'à transférer une partie de ses fonds américains sur son compte australien afin de les injecter dans l'entreprise. Mais, cette fois, pour réellement la sortir de l'ornière. Il eut un élan d'enthousiasme. Il n'aimait rien tant que relever les défis ; sauver de la faillite une affaire qui périclitait, pratiquer un *base jump* encore inconnu…

Ou séduire une femme irrésistiblement sexy.

Kate. Il avait failli l'avoir, la veille. Il ne se rappelait pas avoir autant désiré une femme. Son parfum semblait incrusté dans ses narines, l'empreinte de ses lèvres gravée pour toujours sur les siennes.

Elle s'était abandonnée dans ses bras, jusqu'au moment

où il avait mentionné Shakira. Il n'y avait pas de quoi en faire un drame ; pourtant, elle s'était raidie en une fraction de seconde.

Mais il en fallait plus à Damon pour se décourager. Kate Fielding n'avait qu'à bien se tenir, se dit-il en se remettant au travail. Il ne quitterait pas l'Australie avant d'avoir remis sur pied Aussie Essential, et Kate dans son lit.

Après une nuit agitée à cause de Damon qui s'était entêté à se glisser dans ses rêves, Kate se réveilla d'une humeur massacrante. Dire qu'il l'avait reconnue sous son déguisement et qu'il n'en avait rien dit ! Le fourbe ! Enfin, elle non plus n'avait rien dit.

Devant son bol de muesli, elle songea que ses parents auraient une attaque s'ils avaient connaissance de sa conduite. Alors que Rosa n'en faisait qu'à sa tête, la sage Katerina s'était toujours efforcée de leur plaire. Et qui était maintenant l'enfant chéri ? Pas Kate, en tout cas.

Ce n'était pourtant pas sa faute si Nick avait mis fin à leur relation. Bien sûr, sa mère ne partageait pas cet avis. Comme Nick Angelos, elle s'attendait à ce que Kate renonce à sa carrière et submerge son foyer d'une ribambelle de *bambini*. Elle avait vingt-six ans, n'est-ce pas ? Il était donc grand temps qu'elle lui donne des petits-enfants.

Ce que sa mère ignorait, c'était que, durant un voyage de prospection aux Maldives, auquel participaient Kate et Nick, ce dernier avait trouvé une employée d'Aussie Essential si à son goût qu'il avait préféré élire domicile dans sa chambre plutôt que dans la leur.

Kate se leva et se mit à arpenter la cuisine. Allons, elle laisserait à Rosa l'honneur de donner à sa mère son premier petit-enfant, et elle poursuivrait ses objectifs de carrière. Et, tout d'abord, cette promotion promise, il fallait absolument que Damon la lui accorde.

Ensuite, elle s'expliquerait avec lui au sujet de cette fameuse nuit. Il devait savoir qu'elle n'était pas femme à avoir des aventures sans lendemain.

Elle se laissa retomber sur sa chaise. Au fond, qu'importait l'opinion de Damon ? La veille, elle avait eu l'impression qu'il existait davantage entre eux qu'une simple attirance physique. Mais peut-être s'était-elle égarée, à cause d'une légère propension au romantisme ? Elle avait cru autrefois parvenir à mener de front relation sentimentale et carrière, mais la vie s'était chargée de lui démontrer le contraire. Il ne lui restait donc plus qu'à se jeter à corps perdu dans le travail.

Que ressentait Damon ? Elle avait lu tant de choses dans ses yeux, mais, encore une fois, n'avait-elle pas vu que ce qu'elle désirait voir ? Il l'avait embrassée avec une passion qui ne laissait aucun doute sur ses intentions. Il la désirait. Physiquement.

Et c'était très bien ainsi, se dit-elle. Elle agirait comme lui, sans mêler de sentiments à cette histoire. Il ne resterait pas longtemps en Australie. Tout ce qu'elle attendait de lui, c'était du plaisir. Et qu'il tienne la promesse de promotion de Brice.

Lorsqu'elle entra dans les locaux de l'agence, à 8 h 10, l'idée de voir Damon la fit frémir. Pour avoir repéré sa voiture sur le parking, elle savait qu'il était arrivé, et elle était contrariée d'avoir été encore une fois devancée.

Sandy, qui était également à son poste, bondit de son siège en la voyant entrer.

Tout en se débarrassant de son parapluie dans l'entrée, Kate se demanda ce qui lui valait un accueil aussi démonstratif. Oh ! il ne fallait sans doute pas chercher très loin. Damon avait dû la charmer par sa présence matinale. Cependant, devant l'expression ravie de Sandy, une vague nausée s'empara d'elle.

— Petite cachottière ! fit Sandy.

— Pardon ?

— Tu aurais pu me raconter ton idylle de bureau.

Kate rajusta sa veste tout en feignant l'ignorance.

— Je ne comprends pas.

— Allons ne fais pas l'innocente, rétorqua Sandy en se perchant sur le bord du bureau de Kate. Damon Gillepsie et toi ! Moi qui croyais que tu ne pouvais pas le souffrir !

Elle se pencha avec un sourire conspirateur.

— Raconte-moi tout.

Kate s'efforça de prendre l'air dégagé.

— Il n'y a rien à raconter. Nous sommes allés inspecter quelques agences, c'est tout.

Et puis, pour le cas où Damon l'aurait mentionné, elle ajouta :

— Et ensuite nous avons grignoté un morceau.

— Grignoté un morceau ? fit Sandy, avec un sourire entendu.

Au point que Kate se demanda si Damon n'aurait pas laissé la marque d'un baiser un peu trop appuyé dans son cou.

— Oui, répondit-elle, la gorge sèche.

— Es-tu sûre de ne pas oublier un tout petit détail ?

— Mais non ! De toute façon, même si ce que tu sous-entends était vrai, ce qui n'est pas le cas, ce ne serait pas une idylle de bureau puisqu'il... ne travaille... pas ici...

Elle avait traîné sur les derniers mots parce que, tout en parlant, elle découvrait sur son bureau une note de service signée Damon Gillepsie, l'informant qu'une réunion du personnel était prévue à 8 h 30.

Et, sur cette note, il y avait ses boucles d'oreilles accompagnées d'un petit mot rédigé sur du papier vert fluo, et qui disait :

« Tu les as oubliés hier soir. D. »

— Ce n'est pas ce que tu crois, dit-elle, le rouge aux joues.

Elle enfouit d'un geste rageur les bijoux compromettants dans sa poche et froissa le mot dans son poing.

— Pour qui se prend-il en décrétant une réunion du personnel ? poursuivit-elle, hors d'elle. Il n'est pas membre de l'équipe, que je sache ! De plus, il ne compte pas rester.

Les réunions du personnel, c'était sa partie, depuis des années.

— Où est Bill ? reprit-elle. Et Maureen qui n'arrive pas avant dix…

— Bonjour, Kate.

La voix de Damon, derrière son dos, la fit tressaillir, comme une enfant prise en faute.

— J'ai prévenu tout le monde, dit-il.

Elle ferma les yeux, le temps de se ressaisir, mais les rouvrit aussi vite en sentant les mains fermes de Damon sur ses épaules.

— Pas de panique, mademoiselle Fielding. Je contrôle la situation.

La contrariété submergea Kate. C'était bien ce qu'elle lui reprochait, justement.

Sur ces entrefaites, Bill et Maureen passèrent la porte, et les saluèrent avec entrain.

— Bonjour ! dit Damon. Si vous voulez vous servir une tasse de café, nous nous mettons au travail.

Bien que bouillant intérieurement, Kate réussit à faire bonne figure. Le temps de prendre son bloc et son stylo, elle avait recouvré son sang-froid. Enfin, en partie, car à la vue des larges épaules de Damon revêtues d'un T-shirt noir, qui emplissaient le couloir, elle eut un haut-le-corps.

Il comptait assister à une réunion du personnel en pantalon de toile et T-shirt ! Qu'était-il donc advenu de son élégant costume du lundi ? Il avait dû l'endosser par hasard, car il ne semblait posséder aucune notion des convenances vestimentaires.

Ou, alors, il s'en moquait.

Pinçant les lèvres, elle s'efforça d'ignorer le parfum de son after-shave qui flottait dans l'air, la brillance de ses cheveux lorsqu'il passa sous le néon, ou la vision de la peau halée de sa nuque.

Elle aurait voulu le prendre à part, et lui asséner un tas de vérités, à commencer par le fait qu'il n'était pas qualifié pour mener la réunion, qu'il ne devrait pas porter ce genre de pantalon, même s'il le remplissait à la perfection, que... Une brusque chaleur l'envahit quand elle se rappela la texture rêche du vêtement sous ses paumes, et contre l'intérieur sensible de ses cuisses...

Il était grand temps de redescendre sur terre.

Damon s'était installé en bout de table, une pile de documents près de lui. Il se tourna vers elle, et lui indiqua le siège à sa droite. Durant un court instant, elle vit briller dans son regard une lueur de passion.

— Votre aide pourrait m'être utile, dit-il, très professionnel, cependant.

Il n'avait même pas pris la peine de se raser, nota-t-elle, ce qui lui donnait un air de mauvais garçon.

Il désigna deux tasses fumantes posées près de la pile de papiers.

— Je vous ai rapporté un café ; j'ai pensé que vous en auriez besoin.

— Merci, mais le matin je préfère le thé.

Sans se départir de son sourire, il haussa presque imperceptiblement un sourcil, comme s'il songeait à quelque chose de beaucoup plus intime qu'ils pourraient partager le matin.

— J'essaierai de m'en souvenir, dit-il simplement.

Pour toute réponse, elle s'installa à sa droite. Si, dès le début, il s'était contenté de réclamer son aide au lieu de jouer les petits chefs, elle aurait été ravie de coopérer. Seulement, visiblement, Damon Gillepsie préférait faire cavalier seul. Le triste individu ne suggérait qu'elle pourrait lui être d'une quelconque utilité que pour l'amadouer !

Il s'assit, posa ses mains sur la table devant lui, puis son regard se posa sur chaque membre de l'équipe.

— Tout d'abord, je tiens à vous remercier de votre présence ce matin. Et puis, je dois vous faire part de mon infinie reconnaissance pour votre dévouement vis-à-vis de l'agence durant la période de flottement des quinze derniers jours. Encore une fois, merci !

Il marqua une pause avant de reprendre :

— Comme vous le savez tous maintenant, Brice m'a légué Aussie Essential. Et j'ai décidé de ne pas vendre, pour le moment, du moins.

Kate laissa la nouvelle la pénétrer. A présent, Damon était donc officiellement son employeur. Autrement dit, elle éprouvait une attirance physique pour son employeur.

— J'attends avec impatience de relever le défi, disait cet employeur, et j'espère que nous formerons une équipe soudée.

— Je suis ravie de vous avoir pour patron ! dit Sandy.

Et les autres de renchérir.

Kate refoula ses commentaires amers. Que connaissait-il à l'industrie du tourisme ou à la conduite des affaires ? Il ne suffisait pas de jouer au chef pour en avoir les talents.

Il dut lire dans ses pensées car il se tourna vers elle.

— J'ai une grande expérience en affaires. Je possède une maîtrise de gestion, et j'ai géré des entreprises florissantes ici, comme à l'étranger.

En la regardant digérer l'information, une lueur d'amusement brillait dans les yeux de Damon.

Elle se redressa sur sa chaise. Elle aurait voulu le frapper. Etait-ce intentionnellement qu'il lui avait donné l'impression d'être un dilettante ?

— Je vous prie de m'excuser, dit-elle sèchement, mais que connaissez-vous à l'industrie du tourisme ?

— J'ai quelques notions, répondit-il, l'œil toujours brillant. Et vous saurez sans doute combler mes lacunes.

— Je croyais que vous ne comptiez pas rester en Australie ?

— Je ne partirai pas avant de m'être assuré que l'affaire est saine, assura-t-il. Alors, j'engagerai un directeur.

La colère s'empara de Kate. Elle lui avait parlé des projets de Brice à son égard, mais l'idée de la placer à la tête de l'affaire ne paraissait même pas l'effleurer. Sans lui accorder un regard, il distribua à chacun un dossier où étaient exposées les baisses successives du chiffre d'affaires, la diminution significative de leur clientèle, et les perspectives de l'entreprise pour les six mois à venir.

Tout en contenant son ressentiment, elle écouta d'une oreille distraite la liste des améliorations qu'il comptait introduire et jeta quelques notes sur le papier.

— Nous changerons de nom et d'image, déclara-t-il, retenant cette fois son attention. A partir de maintenant, nous serons l'Ultimate Journey Travel Agency. Nous ne vendrons pas seulement une destination, mais aussi notre expérience. Autrement dit, pour pouvoir proposer aux vingt, trente-cinq ans des vacances actives, chacun devra se rendre sur le terrain au cours des six prochains mois. Tous autant que vous êtes, vous n'avez pas quarante ans, et je veux que vous quittiez votre confort pour vous lancer dans l'inconnu ! Que vous expérimentiez des activités qui donnent le frisson !

— J'ai de jeunes enfants, Damon, intervint Maureen. Je ne peux pas les laisser.

— Eh bien, nous trouverons à satisfaire votre goût de l'aventure dans la région ! Avez-vous déjà essayé le parachutisme ? La spéléologie ?

— Euh… non.

Billy n'hésita pas un instant.

— Je suis partant !

Damon hocha la tête.

— C'est exactement ce que j'attends de vous : de l'enthousiasme ! Kate, ajouta-t-il en tapotant son stylo sur le bureau, c'est vous qui donnerez le coup d'envoi.

Oh ! Non. Elle lui avait dit qu'elle aimerait quelque chose de plus aventureux, mais pas à ce point…

— Brice avait prévu un voyage de prospection à Bali. Connaissez-vous cet endroit ?

— Non.

— Eh bien, j'espère que votre passeport est en règle.

— Oui, dit-elle en laissant échapper un soupir de soulagement.

Bali paraissait sûr. Du sable fin, des boutiques et des hôtels de luxe. Des centres de massage. Des lieux de spectacles. Elle pouvait se rendre à Bali, sans problème.

— Départ mardi, dans ce cas.

— Si tôt ?

— Les réservations sont prises. Pourquoi différer ?

Kate acquiesça de la tête. Elle avait vraiment besoin de s'éloigner, et le plus tôt serait le mieux. Damon Gillepsie représentait un danger pour sa santé mentale ; elle sentait que travailler avec lui la mettrait sur les nerfs. Elle soupira. Peut-être devrait-elle accepter cette place offerte deux mois plus tôt par une agence concurrente ? Agréable, sûre, et garantie sans Damon.

Sauf qu'elle détestait l'idée de lui céder le terrain…

— C'est tout pour le moment, déclara Damon en consultant sa montre.

Il referma son ordinateur.

— Il est presque 9 heures, l'heure d'ouvrir. Si vous avez des questions, je serai dans le bureau de Brice. Passez me voir, Kate. Je vous donnerai les détails de votre voyage.

Durant les trois heures qui suivirent, Damon travailla assidûment. Il ne s'approcha pas de Kate, mais ce fut une épreuve, sachant qu'elle se trouvait seulement à quelques pas de là. Bien sûr, elle était occupée avec des clients, et lui-même avait à faire, mais ce qui le retenait vraiment, c'était son intention de la laisser décompresser. Car il savait qu'elle bouillonnait de rage à l'idée qu'il était désormais son employeur, et ne comptait pas disparaître de sitôt.

Il posa son stylo et contempla le mur qui lui faisait face. Le problème était qu'il désirait Kate Fielding d'une façon déraisonnable. Elle ne ressemblait à aucune des femmes avec qui il était sorti. Enfin « sorti » était un bien grand mot. Il voyait rarement une femme plus de deux semaines ; deux mois, au grand maximum.

Et ces femmes étaient tout à fait d'accord pour passer un bon moment avec lui, et poursuivre ensuite leur route. Pas de promesse, pas d'attachement. La vie vous réservait trop de surprises pour qu'on se fixe sur une seule personne, ou qu'on tombe amoureux de quelqu'un qui ne serait peut-être plus là le lendemain.

Oui, demain, tout pouvait s'achever.

Kate n'était pas du genre à prendre la vie à la légère. Elle avait besoin d'une famille aimante, d'un travail stable, d'un environnement sécurisant. En l'écoutant parler, l'autre soir, il avait bien compris que tout les séparait. Malgré tout, Kate nourrissait des rêves ; simplement, elle n'osait pas essayer de les réaliser. Il avait l'impression que le seul moment de fantaisie qu'elle s'était accordé, ç'avait été sa métamorphose en Shakira. Et il l'avait percée à jour. Dommage, parce qu'elle n'oserait peut-être plus retenter l'aventure.

Il consulta sa montre, et se rendit compte qu'il rêvassait depuis une demi-heure. Il frotta sa barbe naissante sur ses joues. Il avait passé plus de dix heures dans ce bureau ; il avait besoin de courir pour détendre ses muscles et respirer un peu d'air frais.

Kate ferma le programme sur lequel elle travaillait et prit son sac à l'instant où Damon émergeait du bureau de Brice, fatigué, le teint pâle sous la barbe naissante. Presque vulnérable ; ce qui était une idée parfaitement ridicule.

Tout ce qu'elle avait appris de Damon au cours des derniers jours en faisait un homme capable d'affronter n'importe qui, ou n'importe quoi.

Il s'arrêta devant son bureau.

— Vous allez quelque part ? s'enquit-il.

— Je vais manger quelque chose au café d'en face.

« Juste à côté du pub où nous avons fait l'amour samedi soir. »

Poussée par un réflexe professionnel, elle ajouta :

— Désirez-vous que je vous rapporte quelque chose ?

— Merci. Je vais vous accompagner. Ainsi, nous pourrons parler en mangeant.

Du coin de l'œil, Kate vit Sandy qui les observait.

— C'est-à-dire… Je pensais rapporter quelque chose à grignoter en travaillant.

— Pas question ! dit-il fermement. Vous avez passé la matinée à travailler, vous avez besoin d'une pause.

Il posa une main au creux de ses reins, et adressa un petit signe à Sandy de l'autre.

— Nous revenons d'ici une demi-heure.

Quand ils furent dehors, il se tourna vers elle.

— Où est le problème ? demanda-t-il. Si vous me fuyez comme la peste, les gens vont penser que je sens mauvais. Dites-moi la vérité. Est-ce que je sens mauvais ? Je suis là depuis 2 heures du matin, vous comprenez.

— 2 heures ! Mais pour quelle raison ?

Il ralentit le pas et la dévisagea avec insistance.

— A votre avis, Kate ?

Le souvenir du baiser de la veille brûlait dans son regard, de la passion qui les avait emportés quand il avait plaqué sa bouche sur la sienne et frotté son sexe en érection contre son ventre, excitant son désir.

Elle détourna le regard sans répondre. Ils parcoururent les derniers mètres en silence, achetèrent des sandwichs et du café, et s'installèrent à une petite table.

— Pourquoi avez-vous laissé mes boucles d'oreilles et ce mot bien en évidence sur mon bureau ? attaqua-t-elle. Pour que tout le monde les voie ?

Il fronça les sourcils.

— Je n'y avais pas songé. Cela vous contrarie ?

— Sachez que Sandy est la pire commère de tout l'univers.

Kate agita de plus belle sa cuillère dans sa tasse.

— Et je ne fais pas dans l'idylle de bureau, ajouta-t-elle.

— S'agit-il de cela entre nous, Kate ? demanda-t-il, les yeux brillants.

— Quoi… d'une idylle ?

Elle faillit s'étrangler. Comme si Damon était du genre à avoir des histoires d'amour. Il se contentait de faire l'amour. Elle rougit brusquement, certains souvenirs lui revenant avec une précision diabolique. Il faisait magnifiquement l'amour.

Elle se rembrunit. Plus question de songer à ça. C'était son employeur, à présent.

— Si cela vous plaît de l'appeler ainsi, moi, je ne suis pas contre, murmura-t-il.

— J'ignore comment appeler cela ! riposta-t-elle, irritée. Tout ce que je sais, c'est que je n'arrive pas à vous sortir de l'esprit !

Dans son agitation, elle avait lâché cet aveu. Elle s'en rendit compte quand il répliqua :

— Moi non plus.

Il posa un long doigt bronzé sur sa main.

— Et je veux poursuivre l'aventure, découvrir où elle nous mène. Pour cela, je viens avec vous.

- 7 -

— Vous venez avec moi ? répéta Kate, éberluée.

— Avec un peu de chance, répliqua-t-il.

Comprenant soudain, à la lueur moqueuse de son regard, qu'il sous-entendait quelque chose de beaucoup plus intime que la possibilité de l'accompagner en voyage, Kate rougit.

— Ce… ce n'est pas une bonne idée.

— Et pourquoi ?

— Parce que… vous et moi avons une conception différente des vacances.

— Ah ! Kate, vous oubliez qu'il ne s'agit pas de vacances, mais d'un voyage de prospection.

— Vous êtes mon employeur désormais. Comment vont réagir les autres ?

— De leur point de vue, il s'agit strictement de travail. Ce que nous faisons de notre temps libre ne les regarde pas. Kate…

Il lui caressa la main, puis appliqua sa paume contre la sienne.

— Je t'ai dit que je voulais te revoir, dit-il, soudain sérieux. Tu me plais. Tu m'as plu au premier regard.

— C'est une danseuse du ventre qui t'a plu ! A cause du voile, je représentais un mystère à élucider.

— Et toi, tu as été attirée par Indiana Jones. Kate Fielding n'aurait jamais couché avec un individu aussi peu recommandable que moi.

Elle rougit de nouveau. Dans la bouche de Damon, sa sagesse sonnait comme un défaut.

— Ce sont mes affaires, riposta-t-elle sèchement.

Elle voulut dégager sa main, mais il la retint.

— Un petit conseil, Kate. Si tu veux jouer à Shakira, rends-toi dans un night-club bondé, de préférence à l'autre bout de la ville. Et évite les gens que tu connais.

Sous le coup de l'humiliation, elle lui arracha sa main.

— Merci pour tes conseils ! dit-elle en repoussant sa chaise. Et maintenant, si tu permets, cette pauvre refoulée de Kate Fielding a du travail.

— Pour l'amour du ciel, Kate, assieds-toi !

Il lui saisit le bras et, devant la détermination qu'elle lut dans son regard, elle se rassit.

— Ne comprends-tu pas à quel point c'est troublant de savoir que tu me veux alors que tu n'es pas ce genre de femme ?

— Vas-tu continuer longtemps de me retenir contre ma volonté ?

— Ce n'est pas contre ta volonté, dit-il en lui lâchant le bras à l'appui de ses dires.

Kate fut tentée de partir, juste pour lui prouver qu'il avait tort, mais elle demeura paralysée.

— Dis-moi comment tu as deviné que je n'étais pas vraiment libérée sexuellement, dit-elle en le fixant. Comme ça, la prochaine fois que je rencontre quelqu'un qui me plaît, je pourrai rectifier le tir.

Il fronça les sourcils.

— Puisque c'est ainsi, tu n'en sauras rien.

Elle avala d'un trait le contenu de sa tasse de café.

— Je ne comprends pas pourquoi tu t'obstines à me vouloir maintenant que tu sais qui je suis, et que je ne suis pas précisément ton genre.

Comme il baissait les yeux sur ses seins dissimulés sous la veste, elle les sentit instantanément se tendre.

— Cette notion mérite d'être explorée, dit-il après une pause.

Le simple concept d'exploration enflamma l'imagination de Kate qui oublia en un instant sa détermination à éviter les complications sur son lieu de travail.

La sentant plus coopérative, Damon poursuivit :

— Saisissons cette occasion de mieux nous connaître pour le temps dont nous disposons.

Autrement dit, il lui proposait une liaison temporaire.

— A t'entendre, notre relation est condamnée d'avance.

Enfin, du moins les choses étaient-elles claires.

— Pour le savoir, il faut tenter l'expérience. Tu verras, ce seront des vacances formidables !

— Ce ne sont pas des vacances, rectifia-t-elle. Quoi qu'il en soit, j'aime autant te prévenir : je n'irai pas camper dans la nature, ni sauter en parachute, ni à l'élastique, je ne ferai rien de ces…

Elle agita la main.

— … trucs dangereux.

Sauf que laisser Damon l'accompagner à Bali était déjà dangereux.

— Où est passé ton goût de l'aventure ?

— En hibernation permanente.

— Je te promets que nous n'irons pas camper, ni faire du saut à l'élastique.

Devant son adorable sourire, elle se sentit fondre. Pour résister à l'envie de caresser la ride du coin de sa bouche, elle crispa ses doigts sur sa tasse vide.

— Et pour le reste ? demanda-t-elle.

Il se pencha vers elle, les yeux étincelant de malice.

— Nous voyagerons en première classe. Un point pour toi. Un deuxième point, nous descendons dans un hôtel cinq étoiles. Je te propose un marché. Je choisirai les activités de la journée, toi, celles de la nuit.

Si elle comprenait bien, il lui laissait le choix de coucher ou non avec lui. A vrai dire, elle aurait préféré organiser la tranche journée. Sur leurs activités nocturnes, ils tomberaient facilement d'accord, mais pour le reste…

— A quelle sorte d'activités songes-tu ?

— As-tu déjà fait du parapente ?

Une image d'elle-même, condamnée à une mort certaine au bout d'un harnais, lui traversa l'esprit. Et puis, une autre image, qu'elle avait mis des années à essayer d'oublier, se superposa à celle-ci, et le chagrin la terrassa. Mais, pour rien au monde, elle ne l'aurait laissé voir.

— Non, et je n'ai aucune envie de m'y risquer.

— Roulé à moto ?

Juste elle et Indiana Jones, avec une grosse machine vibrant entre ses jambes ? Il y avait de quoi être tentée.

— Dis oui, Kate. En échange, je t'accompagnerai à un spectacle, si tu t'intéresses à la culture.

— A quoi veux-tu que j'acquiesce ? A ta venue, ou à ton prétendu marché ?

— Je t'accompagne, il n'y a pas à revenir là-dessus. Mais le marché est une suggestion.

Cela ressemblait plus à une provocation, se dit-elle. Une provocation inacceptable. A moins que…

Tout en terminant son sandwich, Damon la dévisagea. Allait-elle relever le défi ? Quand elle avait menacé de partir, il avait éprouvé une émotion proche de la panique. Ce qui était impensable, bien sûr. Cela ressemblait à la crispation désagréable dans le ventre qu'il avait ressentie le jour où il avait accompli son premier saut. Soudain, il n'y avait plus eu qu'une seule chose qui comptait. Kate, et seulement Kate.

Il n'aurait pas dû se moquer d'elle à propos de Shakira. Il avait été heureux d'apprendre qu'elle n'était pas franchement adepte d'une liberté sexuelle à tout va, et qu'elle avait fait une exception pour lui.

— Luxe et aventure, murmura-t-elle, songeuse.

— Tu auras tout.

— Pourquoi pas ? dit-elle soudain.

— Entièrement d'accord. On ne vit qu'une fois, n'est-ce pas ?

Il nota une drôle de lueur dans son regard tandis qu'il prononçait ces mots.

Les jours qui suivirent, Damon n'eut guère l'occasion de voir Kate seul à seule. A l'agence, elle se montrait froide, sans doute pour ne pas à afficher une trop grande familiarité avec le patron. Mais il était tellement occupé à essayer de redresser la situation catastrophique que Brice avait laissée derrière lui que cela ne le dérangeait pas.

Le vendredi soir, elle partit sans qu'il s'en rende compte, et, quand il quitta le bureau à 1 heure du matin, il était trop tard pour l'appeler. En prévision de son absence la semaine suivante, il passa tout son week-end à l'agence.

Le dimanche soir, il lui téléphona. Et quand il entendit sa voix à l'autre extrémité de la ligne, ce fut comme un rayon de soleil par une triste journée pluvieuse.

— Bonsoir, Kate.

— Bonsoir, Damon.

Il écarta sa chaise du bureau, et se renversa contre son dossier en fermant les yeux. Il aimait la façon dont elle prononçait son prénom, avec une douceur veloutée qui caressait ses sens, qui lui donnait envie de rouler à tombeaux ouverts jusque chez elle, pour l'entendre le dire de plus près. Pour qu'elle le chuchote à son oreille. Mieux, pour qu'elle le prononce dans un gémissement. Contre sa bouche, contre son torse, contre son…

— Tu as préparé tes bagages ?

— Non ! Mais il me reste la journée de demain. Tu m'as dit que je pouvais prendre mon lundi pour m'organiser.

Il passa une main sur ses yeux, et sourit en l'imaginant recroquevillée sur son canapé, ses cheveux humides de la douche tombant librement sur ses épaules.

— Et c'est l'employée qui ne prend jamais de congé qui parle !

Il y eut une pause, et il l'entendit respirer plus fort.

— Tu me fais faire des choses étranges, dit-elle.

Il l'espérait, sincèrement. Car il avait un tas de projets pour les dix jours à venir.

— Ce n'est pas étrange de prendre un jour de congé pour préparer un voyage éprouvant, fit-il remarquer.

— Pas trop éprouvant. Tu as promis. Et il me semble que le mot luxe était mentionné quelque part…

— Parfaitement !

Il sourit de nouveau en se remémorant avoir vu sur le site Internet de l'hôtel que l'établissement disposait de bains à remous. Elle en aurait très certainement l'usage lorsqu'elle aurait pratiqué les activités qu'il prévoyait, à l'intérieur comme à l'extérieur de la chambre.

— Que fais-tu ? demanda-t-il.

— Maintenant ? J'effectue des recherches sur l'Internet concernant Bali. Je suis dans mon lit.

Avait-elle laissé échapper l'information à dessein ?

— Et es-tu découverte ? Je veux dire, qu'as-tu découvert ?

— Que certaines plages sont de sable blanc, et d'autres

de sable noir. Je regarde un vidéoclip… la mer est d'un bleu étincelant et la plage toute noire.

— Nous la trouverons, et nous y baignerons.

Ils échangèrent encore quelques mots, pour mettre au point les ultimes détails, puis se souhaitèrent une bonne nuit.

Après avoir coupé la communication, il demeura quelques instants les yeux clos. Il n'avait pas goûté la compagnie d'une femme depuis un certain temps, et voilà qu'il allait jouir de celle de la ravissante Kate, vingt-quatre heures sur vingt-quatre, une semaine entière.

Il brûlait d'impatience de découvrir ce qui allait se passer.

— Pourquoi ne nous as-tu pas encore présenté ton nouvel employeur ? demanda le père de Kate lorsqu'elle appela chez elle, le lundi soir, pour leur dire au revoir.

— Voyons, papa, ce n'est pas comme si nous sortions ensemble ! On n'amène pas son patron chez ses parents pour dîner !

Pas même quand on faisait l'amour comme une folle avec lui. Surtout pas dans ce cas.

— Tu as bien dîné chez lui l'autre jour.

— Je suis navrée d'avoir annulé à la dernière minute, mais Damon m'a priée de rester, je ne pouvais pas refuser. Nous avions du travail, se rappela-t-elle d'ajouter au dernier moment.

— J'espère que tu n'accepteras pas tout ce qu'il te demande en dehors des heures de service, Katerina. Tu dois te défendre.

Kate éprouva un familier chatouillement de contrariété. C'était d'abord de son père qu'elle devait se défendre.

— Je voulais rester, d'accord ? Nous avions un tas de choses à voir.

— Tu aurais au moins pu l'inviter à t'accompagner, afin que nous fassions sa connaissance. Tu vas partir à l'étranger, seule, avec cet inconnu. Tu sais comment est ta mère.

— Nous allons travailler, papa. Ce ne sont pas des vacances ! Et puis, je suis assez grande pour me défendre, ajouta-t-elle, tout en ayant conscience de l'inutilité de la remarque.

Quelquefois, elle avait envie de hurler.

— Si tu avais épousé Nick, reprit son père, tu ne serais pas obligée de travailler.

Elle ferma les yeux, se pinça l'arête du nez.

— Nick m'a quittée, tu t'en souviens ?

Parce qu'elle voulait mener de front vie de famille et carrière. Et il l'avait trahie avec une femme qui était prête à renoncer à ses ambitions pour tenir sa maison et élever ses enfants.

— Je téléphonerai de là-bas, dit Kate avant de couper la communication.

Cela faisait partie de la routine quand elle partait à l'étranger : elle devait appeler quotidiennement, sous peine de voir la direction de l'hôtel la poursuivre dans les couloirs avec des messages affolés de ses parents.

Elle poussa un soupir de soulagement, suivi d'un soupir de béatitude mêlée d'appréhension.

Demain, à cette heure, elle serait à Bali.

Avec Damon.

— Tu ne vas pas porter un tailleur jusqu'à Bali ?

En découvrant une Kate impeccablement vêtue, ses beaux cheveux bruns noués sévèrement sur sa nuque, Damon grimaça. Seul détail rachetant l'ensemble : la jupe qui s'arrêtait quelques centimètres au-dessus des genoux.

— Quand je voyage pour affaires, je m'habille, répliqua-t-elle en jetant un regard réprobateur au jean de Damon.

— C'est idiot !

Si, depuis le début, il prétextait un voyage d'affaires, en secret, il avait échafaudé un tout autre scénario. Mais il n'était pas certain qu'elle l'aurait suivi si elle avait su que la prospection réellement envisagée était celle de son corps.

— Va te changer, dit-il. Nous avons le temps. Et, si tu as mis d'autres cottes de mailles dans ta valise, tu peux les retirer.

— Non, décréta-t-elle, après un instant de flottement.

— Voyons, Kate, tu vas être mal à l'aise.

— J'ai l'habitude de voyager correctement vêtue. Tu es peut-être mon employeur, mais tu ne peux pas m'imposer tes goûts vestimentaires en dehors des heures de travail ! D'ailleurs, c'est toi qui devrais te changer, et enfiler une tenue plus convenable !

Il lut du défi dans ses beaux yeux sombres, et s'en réjouit. Car il l'avait entendue s'entretenir avec son père, et jugeait urgent qu'elle réagisse.

— Et si je te disais que ce n'est pas à proprement parler un voyage de prospection ?

A part un léger tressaillement, elle demeura impassible. Comme si elle l'avait su depuis le début.

— Cela m'est égal. Je garde mon tailleur.

Elle soutint son regard. Entre eux, tremblait telle une brume de chaleur, la promesse des délices à venir.

Le trouble envahit Damon.

— Laisse au moins tes cheveux tomber sur tes épaules.

Sans attendre de réponse, il glissa une main sur la nuque de Kate et défit la barrette d'écaille. Les cheveux d'ébène tombèrent en cascade autour de son visage, et il glissa ses doigts dans leur soie odorante pour les arranger sur ses épaules.

— Oh…, dit-elle avec une adorable moue.

Ses lèvres roses étaient si appétissantes, si proches…

Au comble de l'impatience, il l'embrassa. Comme elle se laissait aller contre lui, il la savoura longuement avant de se redresser, et de croiser son regard plein d'une fiévreuse attente.

Ce serait de la prospection, après tout, songea-t-il. Même si le projet n'était pas tout à fait conforme à celui exposé à l'équipe, il mourait d'impatience d'apprendre tout ce qu'il y avait à savoir sur Kate Fielding.

Ils arrivèrent à l'aéroport international de Densapar dans la soirée. Quand ils en sortirent, Kate éprouva un sentiment de malaise en prenant contact avec la lourde atmosphère tropicale. Damon la poussa dans la limousine climatisée envoyée par l'hôtel.

— Ça va ? s'enquit-il en la dévisageant.

— Un peu fatiguée. Normal. Il est presque minuit à Sydney ; à cette heure-là, je suis déjà au lit.

A la mention de son lit, l'atmosphère s'alourdit encore. Cependant, elle se sentait si faible qu'elle n'aspirait plus qu'à dormir. Elle ne pouvait plus ignorer la nausée qui s'était emparée d'elle au cours des deux dernières heures d'un vol qui s'était pourtant déroulé sans histoire.

Un quart d'heure plus tard, ils arrivaient à leur hôtel, situé sur la plage de Nusa Dua. Tandis qu'ils se dirigeaient vers le bureau de la réception, elle oublia son malaise pour examiner les monumentales colonnes blanches, entourées de palmiers en pot, qui supportaient le plafond voûté du hall. Des ventilateurs brassaient l'air. Dans une paisible piscine environnée de bougainvillées se reflétaient un ciel de soie pourpre et une lune opalescente.

Mais, soudain, la puissante odeur de fruit tropical qui imprégnait l'air moite la fit défaillir, et son dos se couvrit de sueur. Etrange. Elle avait déjà voyagé sous les tropiques sans être incommodée.

Heureusement, l'attention de Damon étant tournée vers la réceptionniste revêtue d'une robe traditionnelle, ce dernier ne remarqua rien.

— Selamat datang, monsieur et madame Gillepsie, disait la jeune femme avec un gracieux sourire. Votre suite est prête. Je vous souhaite un excellent séjour.

Kate releva la tête. Mme Gillepsie ?

— Il doit y avoir erreur, entendit-elle Damon préciser. Nous n'avons pas réservé de suite.

— Vous êtes bien monsieur Gillepsie ?

— Oui.

La jeune femme étudia l'écran de son ordinateur. Elle regarda Damon, puis Kate, le front barré d'un pli.

— Vous n'êtes pas mariés ?

— Non, fit la voix lointaine de Damon.

A travers le bourdonnement qui emplissait ses oreilles, Kate l'entendit prononcer son prénom d'un ton inquiet, puis ce fut le noir total.

Damon la rattrapa au moment où elle s'effondrait, blanche comme un linge.

— C'est le climat, dit la réceptionniste par-dessus son épaule.

Il l'espérait de tout son cœur.

— Laissez tomber le changement de chambre pour le moment, dit-il en soulevant le corps inerte de Kate dans ses bras, et montrez-moi le chemin.

Il suivit la jeune femme dans l'ascenseur, puis le long

d'un couloir. Une porte s'ouvrit. Sans prêter attention au luxe du décor, aux arrangements de fleurs et de fruits, à la bouteille de champagne dans son seau à glace, il déposa Kate sur le grand lit.

— J'appelle un médecin, dit la réceptionniste.

— Un instant, pria-t-il.

Il s'assit au bord du lit, et vit les paupières de Kate papilloter.

— Vous pouvez redescendre, ajouta-t-il. Je vous appellerai si besoin est.

Il demeura quelques instants au chevet de Kate. Un léger coup frappé à la porte l'en éloigna un instant quand le groom apporta leurs bagages. Quand il les eut déposés, Damon reprit son poste d'observation.

A un moment, les paupières de Kate battirent, et, enfin, s'ouvrirent, découvrant deux lacs sombres contre la pâleur de la peau. Brusquement, elle se redressa.

— Je… la salle de bains ! dit-elle, une main sur sa bouche.

Il l'aida à se lever et la guida vers la porte.

— Laisse-moi, marmonna-t-elle en la lui claquant au nez.

Des bruits explicites lui parvenant de l'autre côté de la cloison le chassèrent vers le balcon. Il retrouva avec plaisir le paisible paysage baigné de clair de lune et respira l'air embaumé de la nuit.

Au passage, il avait pris le téléphone dans l'intention d'appeler la réception.

— J'avais demandé deux chambres contiguës, expliqua-t-il à un directeur désolé, qui lui assura que la réservation d'origine précisait une suite.

Il n'y avait pas de chambres disponibles pour le soir, mais, dès le lendemain, on trouverait une solution. Si monsieur

Gillepsie le désirait, une femme de chambre lui préparerait un lit sur le canapé du coin salon.

Damon déclina la proposition et raccrocha. De toute façon, il ne fermerait pas l'œil tant qu'il ne serait pas certain que Kate allait bien. Machinalement, il regarda la porte de la salle de bains, et se demanda s'il devait aller aux nouvelles. Mais, à ce moment, il entendit une cascade de jurons plutôt déplacée dans la bouche d'une jeune femme telle que Kate, suivie d'un bruit d'eau.

Du moins était-elle consciente.

Il se replongea dans la contemplation des vagues. Une chose était sûre : Kate n'apprécierait pas l'arrangement.

Dire que Brice avait réservé une suite ! Et commandé du champagne ! Damon secoua la tête. Son oncle avait des goûts de luxe mais des revenus de prolétaire. Qui pouvait dire pourquoi il avait organisé le voyage ? Damon doutait toutefois que ce soit lié à ses affaires.

Kate le croirait-elle quand il affirmerait que l'erreur n'était pas de son fait ? Et en quoi cela affecterait-il la suite du séjour ?

Il poussa un soupir.

Il le découvrirait bien assez tôt.

- 8 -

Quand Damon rentra dans la chambre, un quart d'heure plus tard, Kate dormait, caressée par le clair de lune que déversaient les portes à glissières. Sa jupe s'enroulait autour de ses cuisses, son chemisier paraissait sur le point de l'étrangler et, malgré l'air soufflé par le ventilateur du plafond, son visage et son cou étaient baignés de sueur.

Impossible de la laisser dormir dans cet état.

Il la secoua doucement.

— Kate...

N'obtenant qu'un grognement pour toute réponse, résigné, il entreprit de déboutonner son chemisier. A mesure qu'il découvrait un peu plus de peau nue, ses doigts se faisaient maladroits. Instinctivement, son regard se porta sur son nombril, et il constata que le rubis en avait disparu. Au souvenir des fantasmes que le bijou avait déclenchés, son corps s'émut.

Ecartant le souvenir, il reprit sa tâche. Devant l'impossibilité de lui retirer son chemisier sans la déranger, il y renonça, et, détournant le regard de sa peau nue et du soutien-gorge de dentelle, il chercha la fermeture de la jupe. Tant bien que mal, il la descendit et tira le vêtement le long de ses jambes. Ensuite, il remonta le drap sur Kate.

Soudain, une sonnerie de téléphone le fit bondir. La direction prise par ses pensées lui pèserait-elle sur la conscience ? Possible. Du sac de Kate, il tira l'infâme objet.

— Vous êtes sur le portable de Kate Fielding, déclara-t-il.

— Qui êtes-vous ? demanda une voix bourrue.

— Damon Gillespie.

— Que faites-vous dans la chambre de ma fille ? Quelle heure est-il là-bas ?

— Environ minuit, monsieur.

3 heures du matin à Sydney. Qu'est-ce qui pouvait pousser un homme à téléphoner à sa fille à 3 heures du matin ? Quoi qu'il en soit, Damon avait sans doute fait une erreur en prenant la communication.

— Kate a oublié son téléphone… à la réception, expliqua-t-il. Je l'ai récupéré et ai oublié de le lui rendre.

— Katerina ne nous a pas appelés pour nous dire qu'elle était bien arrivée, fit la voix à l'autre extrémité de la ligne.

— Nous sommes à Bali, et tout va bien. Je suppose qu'elle dort, et je préfère ne pas la réveiller. Je lui dirai demain que vous avez appelé. Bonne nuit, monsieur.

Damon raccrocha, et posa le portable bien en évidence sur la table de nuit.

Katerina. Quel prénom exquis ! Il le murmura à voix haute, cherchant à l'associer à la jeune femme qui dormait près de lui. Il y avait tant de choses qu'il ignorait au sujet de Kate !

Au fond, c'était toujours la même chose. Il connaissait très peu les gens qu'il côtoyait. Il n'avait pas vraiment d'amis parce qu'il ne restait généralement pas assez longtemps quelque part pour nouer de solides relations.

Mise à part leur flamboyante attirance sexuelle, pouvait-on parler d'amitié entre Kate et lui ? Peut-être. Sauf que le terme exigeait une confiance mutuelle, un partage, une ouverture, auxquels ni l'un ni l'autre ne semblait prêt.

Et puis, l'amitié impliquait une relation durable, qui se

prolongeait dans l'avenir. L'idée le fit frémir, et il blinda son maudit cœur contre l'attendrissement. Du diable s'il reprenait jamais ce chemin !

Alors que Kate refaisait lentement surface, des images un peu floues passaient dans son esprit. Elle se voyait tomber évanouie aux pieds de Damon, répandre le contenu de son estomac dans la salle de bains.

Avec un cri de dépit, elle se retourna sur le ventre et enfouit son visage dans l'oreiller. A part une sensation de faim, à présent, elle se sentait tout à fait bien.

Jusqu'à ce qu'elle se rappelle un détail précédant le moment où elle avait perdu connaissance.

M. et Mme Gillepsie ? Elle se retourna, ouvrit les yeux. Il faisait grand jour, et elle était seule dans un immense lit. Elle contempla les draps froissés. Damon avait-il manigancé toute cette affaire ? Il avait paru déconcerté en apprenant qu'une seule chambre était disponible, mais, à vrai dire, elle avait été trop préoccupée à contenir ses haut-le-cœur pour que son impression soit vraiment fiable.

D'ailleurs, il aurait pu exiger deux chambres. Il avait passé la nuit dans cette chambre ; elle sentait son odeur flotter dans l'air. Et sa montre était posée sur la table de nuit, près de son portable.

Soudain, le drap glissa, et elle poussa un petit cri. Sa jupe s'était envolée, son chemisier était entièrement déboutonné…

Elle frissonna. Damon l'avait… déshabillée. Il avait glissé ses grandes mains sur ses hanches pour tirer sa jupe. Il avait effleuré ses seins en défaisant les boutons… A l'idée qu'il l'avait vue aussi démunie, vulnérable, elle éprouva un sentiment de malaise.

Et maintenant il avait disparu.

Exactement comme Nick, qui avait profité de son sommeil pour la tromper avec une autre.

C'était à cause de Nick que, refusant désormais de partager son intimité avec un homme, elle passait ses nuits solitaires. Mais cela lui était égal ; elle n'enviait pas Rosa qui allait fonder une famille. Elle ne voulait pas de l'amour d'un homme.

Alors, pourquoi l'idée de renoncer à tout cela l'emplissait-elle d'une telle tristesse ?

Elle se glissa hors du lit. Après avoir pris une douche rapide, s'être discrètement maquillée et avoir enfilé une robe légère, elle sortit son ordinateur portable des bagages, car elle avait bien l'intention de travailler. Au passage, elle nota que les affaires de Damon gisaient près du canapé où il avait manifestement passé une partie de la nuit. Peut-être n'avait-il pas réservé la suite, après tout. A moins qu'il se soit tenu à l'écart à cause de son état. Que se serait-il passé si elle n'avait pas été malade ?

« Comme si tu ne le savais pas ! »

Elle longea une piscine nichée dans la verdure, et regarda autour d'elle sans trouver trace de Damon. Une bonne odeur de nourriture exotique lui fit venir l'eau à la bouche, mais il n'était pas question qu'elle se restaure avant de l'avoir retrouvé.

Elle finit par l'apercevoir à travers les baies vitrées d'une salle de gymnastique. Torse nu, en cycliste noir et rouge, il roulait vers nulle part sur une bicyclette d'entraînement. La sueur mouillait sa chevelure, et ruisselait sur son visage et sur son corps. Placé comme il l'était, il ne pouvait la voir, et elle profita de cette occasion inespérée de l'observer incognito.

Il paraissait extrêmement concentré. Elle ne se lassait pas d'observer le jeu des muscles de ses bras et de ses cuisses.

Pourtant, à un moment, il ralentit et descendit de bicyclette. Comme mû par une volonté propre, son regard se dirigea vers ce que cachait le short. Ou plutôt, vers ce qu'il ne cachait pas vraiment, et une vague de chaleur la parcourut. Prise d'une soudaine faiblesse, elle s'appuya au mur.

Elle le vit s'essuyer le visage et le torse à l'aide d'une serviette, et passer une chemise tout en souriant à quelqu'un qui se trouvait de l'autre côté de la pièce. Suivant son regard, Kate découvrit une très jolie jeune femme, grande et blonde. Ils s'approchèrent l'un de l'autre, et se mirent à parler, mais, bien sûr, Kate ne put saisir un mot de leur conversation.

Damon n'était pas là depuis vingt-quatre heures que déjà il nouait des relations. Le portrait craché de Nick.

Le cœur de Kate se serra. C'était une sensation trop connue, trop douloureuse. Au prix d'un gros effort, elle jugula sa rancœur. Quelle importance, après tout ? Elle avait l'habitude de passer en second. Et puis, ce n'étaient pas des vacances. Ils étaient à Bali pour travailler.

Laissant Damon et Blondie à leur bavardage, elle partit à la recherche d'une table. Elle en trouva une dans un coin tranquille d'un café restaurant, s'installa, et ouvrit son ordinateur.

Absorbée par son écran, elle ne remarqua pas Damon quand il entra dans le café, vingt-sept minutes plus tard, chemise ouverte, bras et torse luisants de sueur. En l'apercevant, il se dirigea droit vers elle.

— Kate ! Comment te sens-tu ?

— Bien, merci, dit-elle en levant la tête.

Puis elle se remit à tapoter les touches sans avoir la moindre idée de ce qu'elle faisait.

— Ça va ? insista-t-il.

— Oui. J'ai sans doute été victime d'une intoxication alimentaire.

Comme il posait une main sur son poignet, elle sentit la chaleur remonter le long de son bras.

— Que fais-tu ? demanda-t-il.

— Je travaille. Et tu devrais en faire autant. Il est 11 heures, si tu l'ignores.

Il s'assit, tout rembruni.

— Pour l'amour du ciel, Kate, sois un peu indulgente avec toi-même ! Hier, tu étais aux portes de la mort ! Et puis, c'est notre première matinée ici.

Charmante expression ! On aurait dit qu'il s'agissait de leur lune de miel.

Elle s'agita, mal à l'aise.

— Tu pourrais commencer par t'occuper de cette histoire de chambre, dit-elle en le considérant par-dessus son ordinateur.

— Qu'est-ce qui te fait croire que je m'en suis désintéressé ?

— Tu semblais tellement occupé dans la salle de gym, dit-elle en se remettant à tapoter les touches.

Cependant, l'allusion laissa Damon de marbre.

— Si tu veux savoir, le problème sera réglé cet après-midi.

— Ah…

Pourquoi donc cet étrange sentiment de déception au creux de l'estomac ? C'était absurde. Mais non, il s'agissait probablement des tiraillements de la faim. Elle n'avait aucune envie de partager une suite avec Damon durant les nuits à venir.

Aucune.

— Tu te sens vraiment bien ? s'enquit-il.

— Oui, le malaise a disparu.

Il se leva.

— Dans ce cas, je vais nous chercher à manger.

Elle secoua la tête.

— Je n'ai pas faim.

— Un plat tout simple, insista-t-il. Il faut absolument que tu manges quelque chose.

Quelques instants plus tard, il revenait les bras chargés d'un plateau. Il posa une tasse de thé vert, accompagnée d'un petit pain et d'une pomme, devant Kate, se réservant pour lui-même une tasse de café odorant et un assortiment de pâtisseries.

Curieusement, Kate fut encore plus irritée qu'il se soit rappelé sa préférence pour le thé le matin. Et ses doigts, sur le clavier, accélérèrent le rythme.

— Ecoute, Kate, n'importe qui verrait que tu tapes n'importe quoi ! Tu es en colère pour la chambre ?

Avec des gestes mesurés, elle éteignit son ordinateur, le referma.

— Puisque la question est réglée, dit-elle, inutile de revenir dessus.

— Il ne s'agit donc pas de la chambre..., murmura Damon.

Il approcha son visage du sien, si près qu'elle distingua un petit muscle tressautant près de sa bouche.

— Explique-toi, s'il te plaît, reprit-il. Je ne tiens pas à passer une semaine avec une femme coincée et psychorigide !

Elle recula. Coincée, elle voulait bien, mais psychorigide ?

— Comment oses-tu me traiter de psychorigide quand j'accède à tous tes caprices !

Elle se leva.

— Avant de critiquer la paille chez le voisin, tu ferais mieux de regarder la poutre dans ton oeil !

Damon leva une main pour la retenir, mais la reposa

sur la table. Il n'avait jamais couru après une femme, et ne comptait pas commencer de sitôt. Il la regarda s'éloigner, la tête haute, le dos raide.

Sa dernière bouchée de pâtisserie lui parut horriblement fade. Qu'est-ce qui lui avait pris de se conduire ainsi ?

Il lui avait pris qu'il n'avait jamais rencontré de femme comme Kate Fielding. Elle produisait sur lui un drôle d'effet. Car ce n'était pas seulement son corps qui l'intéressait. Kate possédait une personnalité dix mille fois plus riche et plus complexe que ses habituelles compagnes.

Il l'appréciait sincèrement. Il appréciait sa tournure d'esprit, l'intérêt qu'elle portait aux autres. Elle était responsable, digne de confiance, et… souple. Et elle s'attendait à ce que tout le monde soit ainsi autour d'elle.

Bon, il allait lui laisser un peu de temps, et puis il irait la trouver. Et il lui parlerait. Calmement. Sans nœud dans la gorge.

Dix minutes plus tard, il hésitait sur le seuil de leur chambre, se demandant s'il pouvait se permettre d'entrer sans prévenir, et il finit par frapper. Il la trouva sur le balcon, à observer la mer. La brise jouait avec ses cheveux, et il sentit son parfum de citron flotter jusqu'à lui.

Elle paraissait toute petite, fragile, et très jeune dans sa robe de petite fille. Et le remords le saisit.

— Kate…

Elle demeura immobile.

— Regarde-moi, Kate, pria-t-il.

Il vit ses mains se crisper. Quand elle se retourna, elle avait l'air résolu, mais des traces de larmes trahissaient son désarroi. Colère, chagrin, orgueil blessé, il n'aurait su dire. Tout ce qu'il savait, c'était qu'il souffrait de la voir dans cet état. De façon inopinée, son regard tomba sur ses seins, sur sa taille mince, et sur ses belles jambes, visibles à travers la robe. Et, en dépit de la brise marine, son sang s'échauffa.

Il se força à la regarder dans les yeux.

— J'ai envie de toi, Kate.

Et son cœur battit étrangement quand il prononça son prénom.

Elle secoua la tête, essuya rageusement ses larmes. Visiblement, sa propre faiblesse l'écœurait. Sans en avoir conscience, il franchit les derniers pas qui le séparaient d'elle et, soudain, il tint son corps souple dans ses bras, et savoura la façon dont il s'ajustait au sien.

— Non, dit-elle en se dégageant. Pas avec cette tension entre nous.

Il essuya doucement un reste de larmes et plongea son regard dans son regard d'encre.

— Ça va aller, Kate. Je vais faire en sorte que ça aille. Dis-moi seulement ce qui te contrarie.

Il baissa la tête, s'empara de ses lèvres. Et quand elles se firent dociles sous les siennes, il sentit son désir partagé. Pourtant, après quelques instants, elle le repoussa.

— Tout ce que tu veux de moi, c'est mon corps ! s'exclama-t-elle.

— A franchement parler, c'est ce qui nous intéresse tous les deux chez l'autre, répliqua-t-il avec une tranquille assurance.

Toute frémissante, elle pointa un doigt sur son torse.

— Les types comme toi ramènent toujours tout au sexe !

Il sourit, rassuré de constater que sa voix avait perdu de son acrimonie.

— Faites l'amour et pas la guerre. C'est un beau précepte, non ? Et d'ailleurs, qu'entends-tu par « des types comme toi » ?

— Des types qui... Oh ! et puis, tu sais très bien ce que je veux dire !

— Je n'en suis pas certain, répliqua-t-il avec un haussement d'épaules.

Ce qui lui valut un regard courroucé.

Ainsi, elle l'avait catalogué. Pourtant, curieusement, il ne trouvait plus tellement exacte l'image que Kate lui renvoyait.

Tout cela était fort perturbant.

Au risque de se faire rabrouer, il lui caressa la joue.

— Si tu penses que seules les relations sexuelles m'intéressent avec toi, tu te trompes, Kate.

Pour toute réponse, elle posa un regard appuyé sur son entrejambe.

— Bon sang ! s'exclama-t-il, je n'ai jamais dit que le sexe ne m'intéressait pas, j'ai dit que ce n'était pas tout ce que je voulais de toi ! Et je peux le prouver.

Il y eut un silence.

— Je peux savoir comment tu comptes t'y prendre ? demanda-t-elle d'une voix légèrement enrouée.

— En ne faisant pas l'amour avec toi.

Elle en fut toute désarçonnée. Son front se barra d'un pli, et il lut quelque chose qui ressemblait fort à de la déception dans son regard.

— Je ne...

— Tu ne peux pas tout avoir, Kate.

Elle demeura un instant lèvres entrouvertes, comme si elle avait l'intention de finir sa phrase, puis se ravisa.

Il la regarda se tourner vers la mer, bras croisés sur sa poitrine, et soupira. Elle n'était pas la seule à être déçue. Il avait parlé sans réfléchir, et le regrettait amèrement.

Il jugeait malgré tout avoir pris la bonne décision. Les actes parlaient souvent de façon plus éloquente que les paroles.

— Je vais prendre une douche, dit-il. Ensuite, si tu en as envie, nous pourrions partir à la découverte de l'île. Ou paresser au bord de la piscine. Comme tu préfères.

— Je croyais que tu voulais privilégier l'aventure.

— Tu as été malade ; il ne faut pas te surmener. A ce propos, ce matin, j'ai croisé en salle de gymnastique une jeune femme qui m'a demandé de tes nouvelles. Elle est médecin à Perth, et dit que tu peux aller la voir chambre 33 si tu ne fais pas confiance aux médecins locaux.

Ainsi, Blondie était médecin, pensa Kate en entendant la porte de la salle de bains se refermer. Et elle eut honte de tout le mal qu'elle avait pensé de Damon.

Elle devait se pénétrer de l'idée que Damon n'était pas Nick ; il ne lui ressemblait pas du tout. Pourtant, elle ne supportait pas l'attitude qui consistait à disserter sur ses défauts une minute, pour l'embrasser à en perdre le souffle la suivante.

Elle essaya de ne pas penser à ce qui se déroulait dans la salle de bains. Damon, nu, s'enduisant de gel douche. Toute cette peau bronzée luisant sous l'eau et le savon… En quelques pas, elle pourrait…

Reviendrait-il sur sa décision ?

Son pouls s'accéléra. Oserait-elle ? D'ordinaire, elle ne tergiversait pas pendant des heures, mais dans la situation présente…

Si elle choisissait de le rejoindre sous la douche, aventure sans lendemain ou pas, rien ne serait plus comme avant.

« Ce serait mieux », chuchota une petite voix intérieure.

« Jusqu'à ce qu'il retourne à sa vie passée », prévint la même petite voix.

Kate traversa la pièce et fouilla son sac à la recherche de

la boîte de préservatifs qu'elle avait eu soin de glisser sous ses vêtements. Elle en sortit un tout en se débarrassant de ses sandales.

Les horaires de bureau n'avaient pas cours à Bali.

- 9 -

Kate frappa à la porte. N'obtenant pas de réponse, elle l'entrouvrit.

— Damon ?

Une odeur fraîche et verte flotta jusqu'à ses narines.

— Damon, appela-t-elle encore, comme seul le bruit de l'eau lui répondait.

Et puis elle l'aperçut derrière la vitre de protection qui se rinçait les cheveux et… oh… Oh ! Seigneur. Malgré la buée, elle le voyait dans toute sa perfection. La lumière dorait sa peau et soulignait les reliefs de son visage. Et puis, il y avait cette toison brune qui couvrait son torse, et descendait en pointe vers le ventre dur et…

Elle déglutit, voulut rebrousser chemin, mais ses jambes lui interdirent tout mouvement. Où avait-elle la tête en venant ici ?

Comme si elle l'ignorait… Vacances ou voyage de prospection, elle se trouvait à des lieues de sa famille, de son milieu et de ses collègues. Rien de ce qu'elle pourrait faire ne prêterait à conséquence, et elle avait envie d'en profiter.

Il s'ébroua, envoyant voltiger des gouttelettes d'eau, et regarda dans sa direction. En l'apercevant, il demeura imperturbable, comme si tous les jours des femmes le rejoignaient dans sa salle de bains.

Elle s'assit au bord de la baignoire.

— J'ai une question à te poser.

— Ça ne pouvait pas attendre ?

— A vrai dire, non.

Elle se força à soutenir son regard.

— Quand tu as dit que tu ne coucherais pas avec moi, tu voulais dire plus jamais ?

Il prit une bouteille sur une étagère, versa un peu du contenu dans sa main.

— Je parlais de maintenant, dit-il.

Elle vit un muscle se contracter à sa mâchoire, une flamme s'allumer dans son regard, mais ce fut d'une voix posée qu'il ajouta :

— C'est pourquoi je te suggère de sortir, pendant qu'il en est encore temps.

A l'idée d'être la cause de son trouble, son pouls s'accéléra.

— Je pensais… on pourrait peut-être essayer de faire l'amour et pas la guerre…

— Je ne plaisante pas, Kate, dit-il d'une voix sourde.

— Moi non plus.

Ouvrant sa main, elle lui montra le préservatif. Après quoi, elle se leva, glissa les mains dans son dos, et baissa la fermeture de sa robe. Un instant plus tard, cette dernière tombait à terre.

— Tu avais parlé de sports aquatiques, je crois ?

Elle vit sa pomme d'Adam agitée d'un mouvement de va-et-vient, son regard parcourir son corps à moitié nu.

— Tu as dit que je pouvais décider, insista-t-elle.

Elle dégrafa son soutien-gorge, le rejeta, et fit ensuite glisser son slip sur ses hanches.

En entendant Damon pousser un grognement, elle eut un petit rire.

« Très bien, Kate, fit sa petite voix intérieure. Reste légère, flirteuse. »

Elle fit coulisser la porte, et se glissa à l'intérieur de la douche pour en ressortir en criant.

— C'est froid !

Une main ferme la ramena.

— Si c'est froid, c'est ta faute, murmura Damon. Trop tard pour reculer maintenant. Ton destin est scellé !

Pour bien montrer sa détermination, il posa sa bouche chaude et humide dans son cou et le mordilla d'une façon possessive. Ensuite, il fit glisser ses lèvres vers sa gorge, mordillant, suçant, tout en réglant l'eau à une température plus clémente.

A présent, leurs corps nus se pressaient l'un contre l'autre, et elle s'émerveilla. Jamais elle n'avait eu d'amant aussi grand, aussi fort, aussi puissant. Jamais elle ne s'était sentie aussi petite que dans l'aura virile de Damon.

Le fouet de l'eau chaude ajouta une nouvelle sensation à celles qu'elle éprouvait déjà. La chaleur du corps de Damon, et la fraîcheur des carreaux de marbre sous ses pieds. Les angles durs du corps de Damon contre ceux, plus moelleux, du sien. Le parfum exotique du gel dont il avait entrepris d'enduire ses épaules et son dos, en soulignant le dessin des côtes.

Ses mains atteignirent ses fesses, et il la pressa avec emportement contre lui.

Un sourd grondement fit vibrer son torse contre la pointe de ses seins, puis il la retourna, et la mit dos au mur. Elle se sentit glisser le long du marbre tandis que deux bras puissants encerclaient sa taille et la soulevaient comme si elle ne pesait pas plus qu'une plume. Une cuisse musclée se glissa sous elle pour la soutenir.

Les yeux dans les yeux, leurs bouches scellées l'une à l'autre, ils s'embrassaient à en perdre haleine. La langue impérieuse de Damon la fouillait follement, et elle eut le sentiment un peu effrayant qu'il était trop viril pour elle.

Etrange si l'on songeait que, la première fois, elle n'avait pas éprouvé cette crainte. Mais ç'avait été une rencontre brève, et frénétique. Ici, nue comme au jour de sa naissance, privée de l'anonymat procuré par Shakira, c'était différent à bien des points de vue. Point positif : ils se connaissaient mieux.

En même temps, certaines choses n'avaient pas changé, pensa-t-elle vaguement, en s'abandonnant à son étreinte. La sensation grisante du corps de Damon contre le sien, de ses mains sur elle qui exploraient ses seins. Il en pinça les mamelons dressés en pics sensibles, provoquant des flammes dans son ventre. Le goût incomparable de Damon, son odeur unique, la folie qui s'emparait d'eux dès qu'ils se touchaient…

La dure arête de son sexe frôla sa cuisse, et elle s'agita contre lui, se cambra en s'agrippant à ses épaules.

Soudain, il posa ses mains sur la paroi, de chaque côté de sa tête, laissant le poids de son corps reposer sur sa cuisse glissée entre les siennes, et il la regarda. Elle s'attendit presque à ce que la chaleur de son regard transforme l'eau en vapeur.

Ensuite, il ferma les robinets et recula, la laissant glisser sans force au fond de la cabine.

— Je t'avais promis de ne pas te surmener aujourd'hui, dit-il d'une voix légèrement enrouée.

— Je me sens mieux d'instant en instant, assura-t-elle.

— Je pense quand même qu'il vaut mieux que tu retournes t'allonger.

Il prit une serviette, et l'en enveloppa. Et, partout où il la frottait à travers le tissu-éponge, sa peau s'embrasait.

Ensuite, il la souleva dans ses bras, ramassa au passage le préservatif tombé à terre, et l'emporta jusqu'au lit.

Il l'y allongea sur le dos, et s'accroupit au-dessus d'elle, ses cuisses emprisonnant les siennes.

— Détends-toi, ordonna-t-il doucement.

Il écarta doucement la serviette, comme s'il déballait un cadeau précieux, et chaque parcelle de peau découverte frémissait d'anticipation sous le regard intense de Damon. Jamais elle n'avait ressenti un pareil plaisir, qui croissait encore à chaque battement de son cœur.

— Tu as un corps splendide, Kate.

Il lui avait semblé lire une émotion plus profonde dans son regard d'or fondu, et elle éprouva une petite déception. S'était-elle attendue à mots plus tendres ? Ils n'évoluaient pas dans ce registre, se rappela-t-elle. Il s'agissait de plaisir physique, et uniquement de ça.

Elle lui sourit.

— Tu n'es pas mal non plus.

Difficile d'empêcher son regard de s'attarder. Des gouttelettes d'eau brillaient sur sa peau et s'accrochaient aux poils bruns de sa poitrine. Elle aurait voulu se soulever sur les coudes et poser ses lèvres sur le pouls qu'elle voyait battre à son cou, mais une immense faiblesse s'était emparée d'elle. Tout ce qu'elle était capable de faire, c'était de se cambrer sur la serviette et pousser un soupir proche du ronronnement.

Jusqu'à ce que la caresse du regard de Damon ne soit plus suffisante.

— Damon…

— Chut…, murmura-t-il. Je t'ai dit de te détendre.

Elle s'abandonna à la sensation de ses dents mordillant très délicatement un mamelon pendant qu'il caressait ses bras depuis les épaules jusqu'au bout des doigts, puis à la courbe de la taille, pour finir par étreindre ses seins, légèrement, mais avec une détermination qui la fit chavirer.

Elle n'était pas du tout détendue. Les battements de son cœur avaient doublé d'intensité, et son corps exigeait son dû. Mais sa prière demeura vaine. Elle ferma les yeux tandis que Damon promenait sa bouche et ses mains plus bas et plongeait sa langue dans son nombril. Mais, quand son souffle frôla le creux de ses cuisses, elle lui empoigna les cheveux.

— Je…

Il leva les yeux.

— Qu'y a-t-il ?

— Personne n'a…

Elle traînait sur les mots, incapable de terminer sa phrase.

Une expression d'incrédulité passa sur le visage de Damon.

— Jamais ?

Elle parvint tout juste à secouer la tête. Même celui qu'elle devait épouser n'avait pas atteint ce degré d'intimité sexuelle avec elle. Elle avait pris du plaisir à coucher avec Nick, mais ce dernier n'était pas le genre d'homme à chercher à combler les besoins d'une femme. En tout cas, pas les siens.

Damon lui écarta fermement les cuisses.

— Eh bien, je serai le premier.

Elle crispa ses doigts dans ses cheveux, sans plus manifester de résistance. Au premier coup de langue sur cette partie si intime d'elle-même, elle vit des étoiles s'allumer, et le second l'expédia directement au paradis.

Il lui fallut quelques secondes avant de retrouver, haletante, la relative sécurité de leur chambre et les lents remous de l'air tropical agité par le ventilateur.

Et Damon. Il sortit le préservatif de son enveloppe, s'en

revêtit avant de la pénétrer, en appui sur ses bras, son regard rivé au sien.

Avec ses muscles intimes encore agités de spasmes, crispés autour de lui, elle planta ses talons dans ses fesses, se cramponna à ses épaules, et remua en rythme avec lui, remontant une fois de plus, en spirales ascendantes, vers les étoiles.

Ils atteignirent ensemble le point culminant du plaisir.

— Seigneur ! s'exclama Kate, comme ils atterrissaient ensemble. J'ai gagné le gros lot.

— Deux fois, dit Damon d'un air heureux et fier.

— Une autre première, se sentit-elle tenue d'avouer sans savoir pourquoi elle jugeait important qu'il connaisse ce détail.

Il se laissa tomber sur le côté, et entreprit de tracer des cercles paresseux sur le ventre de Kate.

— Tu es incroyable, Katerina.

En l'entendant prononcer son prénom entier, elle tressaillit. Sa voix profonde donnait aux quatre syllabes des accents envoûtants.

— Je parie que mon père a appelé hier soir.

— Exact. Il s'est demandé ce que je faisais dans la chambre de sa fille.

— Je suppose que tu ne l'as pas éclairé sur ce point.

— Je lui ai dit que tu avais oublié ton portable à la réception, et que tu le rappellerais plus tard. Je ne pense pas que tu l'aies fait.

— Pas encore.

Elle n'avait aucune envie que des émotions étrangères viennent ternir l'éclat du moment. Le compte à rebours avait commencé, et elle désirait savourer chaque précieuse seconde de ces fugaces instants.

— Il s'inquiétait à ton sujet, dit Damon. Comme n'importe quel parent.

Devant le ton empreint d'une certaine mélancolie, elle se rappela les parents de Damon, et leur désintérêt à son égard.

— Je sais, dit-elle en haussant les épaules, mais j'ai trente ans, tout de même !

— Si les parents cessaient de s'inquiéter parce que leurs enfants sont grands, ça se saurait ! Accorde-lui le droit de tenir à toi, Kate. Et ne lui donne pas de sujets d'inquiétude.

Elle posa un doigt sur son torse, suivit le contour de son nombril, le chemin de duvet qui descendait vers son sexe, et ouvrit de grands yeux étonnés.

— Un peu tard pour ça, non ?

Damon se contenta d'esquisser un petit sourire.

— Appelle-le, c'est tout ce que j'ai à dire.

— Plus tard, quand nous aurons mangé.

Elle se pencha, et s'empara du menu du service de chambre.

— Mon appétit est revenu. Je meurs de faim !

Une demi-heure plus tard, ils dégustaient un en-cas de milieu d'après-midi, composé de soupe de poulet à la citronnelle, suivie d'un plat typiquement balinais de riz jaune accompagné de poisson cuit dans des feuilles de bananier, le tout installé sur un plateau, au milieu du lit.

— Tu t'y connais en cuisine balinaise, déclara Kate en se léchant les doigts. Tu es déjà venu ici ?

Il prit une bouchée de riz.

— J'ai passé pas mal de temps dans cette partie du monde.

— Pourquoi as-tu quitté l'Australie ?

Brusquement, toute sa gaieté parut le quitter.

— Rien ne m'y retenait, répondit-il d'une voix lointaine.

Il n'avait visiblement aucune envie de se confier.

— Ta grand-mère ? Brice ? insista-t-elle pourtant.

— Brice et moi n'avions plus rien en commun. Quant à ma grand-mère…

Sa voix traîna, son regard se porta vers la mer.

— Elle a fait ce qu'elle considérait son devoir, reprit-il, et je lui en serai toujours reconnaissant, mais l'heure était venue de bouger.

Il repoussa son assiette.

— As-tu voyagé en Asie, Kate ?

Damon savait qu'il la laissait sur sa faim, mais il se refusait à rouvrir les vieilles blessures. Depuis longtemps, il s'était résigné à l'idée que sa grand-mère ne l'avait pas aimé.

— Un peu, répondit Kate.

Il perçut dans son regard une foule de questions. C'était un regard qui lui en rappelait trop un autre, une autre époque. Il ne voulait pas revivre ce calvaire, pour personne.

Elle tendit une main vers lui, mais il feignit d'avoir à ranger les assiettes sur le plateau pour éviter toute confrontation émotionnelle. S'il n'y prenait garde, il allait s'attacher à Kate bien plus qu'il ne le souhaitait. Et il n'en était pas question.

Elle ignora la rebuffade, mais déclara :

— Nous devons régler un certain nombre de choses avant de rentrer. Le problème de notre relation, pour commencer.

— Nous avons dix jours devant nous, Kate. Enfin, neuf maintenant. Ne pense donc pas au retour. Que ferais-tu s'il ne te restait que ces neuf jours à vivre ?

Elle se rembrunit.

— Plutôt morbide, tu ne trouves pas ?

— Fais-moi plaisir. Réfléchis-y.

— Je les passerais avec ma famille.

— Et si c'était juste nous deux, ici ?

Le front de Kate se plissa dans son effort de réflexion.

— Eh bien, je suppose que je suivrais tes conseils. Du plaisir, et une totale liberté. Nous profiterions l'un de l'autre sans aucun engagement. Ai-je bien résumé ?

— Nous allons bien nous amuser, Kate.

Elle hocha lentement la tête.

— D'accord, mais nous ne dormirons pas ensemble.

— Comment ? Tu vas me jeter dehors ? Après ce que nous venons de vivre ?

— Oui, dit-elle d'un ton résolu.

— De quoi j'aurai l'air en me glissant dans ma chambre tous les matins, à l'aube ?

Kate sourit au prix d'un visible effort.

— C'est préférable. Je me transforme en citrouille à minuit.

Elle avait sûrement raison, ils auraient besoin d'un peu d'intimité, chacun de son côté. Etre ensemble vingt-quatre heures sur vingt-quatre, pendant neuf jours, risquait vite de devenir pesant. Mais il sentait qu'elle ne lui avait pas tout dit.

— Que t'a-t-il fait ?

— Qui ?

— Je te pose la question, Kate.

Elle détourna le regard.

— C'est Nick, mon ex-fiancé. Il s'est comporté de façon odieuse. Mais je croyais que nous devions laisser nos histoires personnelles de côté ?

Damon aurait voulu chasser la tristesse du regard de Kate, raviver sa confiance en elle.

— C'était lui le crétin, Kate, pas toi, dit-il en attirant son visage vers lui.

— Oui, eh bien… je suis moins bête à présent. Le long terme ne m'intéresse plus.

Elle secoua la tête, essayant de paraître gaie, décontractée, mais elle n'avait jamais été très forte au poker.

— Est-ce que la répartition des activités jour nuit tient toujours ? s'enquit-elle.

— Oui.

Il lui sourit.

— J'ai déjà prévu la journée de demain.

Ce fut au tour de Kate de sourire malicieusement. Se soulevant sur les genoux, elle l'embrassa.

— Et moi, j'ai planifié les activités de la nuit !

Le lendemain, comme Damon et elle s'arrêtaient près de la Harley Davidson aux chromes étincelants qu'il avait louée pour l'après-midi, Kate poussa un cri d'admiration.

— Elle est magnifique, dit-elle. Ce sera une expérience toute neuve.

— Oui, répondit-il, admirant sa silhouette moulée dans un pantalon et un chemisier bleu.

Ils avaient passé la nuit à s'explorer, jusqu'à ce qu'il se glisse dans le couloir au petit matin pour rejoindre sa chambre. Et, maintenant, l'heure était venue d'explorer Bali, avec ce merveilleux corps blotti contre le sien.

Il lui tendit un casque, et sortit deux blousons de cuir du coffre.

— Protection obligatoire, dit-il.

En enfilant le blouson, elle grimaça.

— Je vais être ridicule !

— Pas du tout.

Il rapprocha les pans du blouson, remonta la fermeture, en frôlant au passage avec délice son ventre ferme et la tendre courbe de ses seins.

— Au contraire, ajouta-t-il, tu es adorablement sexy.

Le regard de Kate vira au noir. L'espace d'un instant, elle fut tentée de remonter dans sa chambre pour reprendre leurs ébats. Finalement, elle enfonça le casque sur sa tête.

— As-tu une destination en tête ? demanda-t-elle.

Il enfourcha la moto et la maintint d'aplomb le temps qu'elle monte.

— Oui, mais je la garde pour moi. Contente-toi de te tenir très fort à moi, d'accompagner les mouvements de la moto, et tout ira bien.

Damon conduisit tranquillement, afin de laisser le temps à Kate de s'adapter à la moto et de profiter du paysage. A un moment, il obliqua sur une route, à l'écart des sentiers battus par les touristes.

Malgré l'épaisseur du blouson de cuir, il sentait la forme des seins de Kate pressés contre son dos, ses cuisses qui épousaient ses hanches. Il aimait la façon dont elle s'agrippait à lui, il aimait la sensation de partager un moment rare avec elle.

Près d'une brèche dans la végétation, il arrêta la moto, coupa le moteur, et retira son casque.

— Regarde, dit-il simplement.

A travers les palmes vertes, une mer d'un bleu intense léchait le sable volcanique d'un noir invraisemblable d'une anse abritée. Il avait découvert cet endroit lors d'un précédent voyage, mais, en le partageant avec Kate, il lui apparaissait sous un jour neuf.

— Ma plage de sable noir ! s'exclama Kate avec un soupir ravi. C'est spectaculaire.

— Descendons, dit-il en sortant du coffre une glacière contenant leur pique-nique.

Et, la prenant par la main, il la guida à travers les palmiers qui plongeaient presque jusqu'au rivage.

Kate inspira longuement l'air chargé d'humidité marine. Pas un être vivant en vue. Tout ce sable, toute cette eau, rien que pour Damon et elle.

Ils se débarrassèrent de leurs blousons et de leurs chaussures. Après quoi, il poursuivit son déshabillage en la défiant du regard.

— Je n'ai pas peur de me déshabiller, dit-elle en redressant le menton.

Elle n'en examina pas moins les environs.

— Les plages de sable noir ne sont pas très fréquentées, dit Damon en ôtant son jean. Elle est toute à nous.

Elle déboutonna son chemisier sans se résoudre à l'ôter.

— J'ai plus à cacher que toi, fit-elle remarquer.

Il retira son caleçon.

— Tu crois vraiment ?

Le regard de Kate tomba sur son impressionnante virilité, et elle ravala sa salive. Peut-être pas, en effet. Ses doigts hésitèrent sur la ceinture de son pantalon.

— C'est l'aventure de la journée ?

— Pas assez osé pour toi ? demanda-t-il en haussant un sourcil taquin.

Elle réprima un rire.

— Oh ! si, bien assez.

Et, prenant sa respiration, elle se débarrassa de son pantalon et de son chemisier. Et elle se retrouva sur cette plage publique, vierge effarouchée en chastes sous-vêtements de dentelle blanche, buvant des yeux un homme nu comme un ver, et qui possédait le corps le plus magnifique de la Terre.

Son pouls fit des soubresauts, non seulement parce qu'elle s'apprêtait à se mettre nue sur une plage, mais aussi à cause des souvenirs de leur nuit.

Il mit ses mains sur ses hanches.

— Le dernier à l'eau…

Un dernier scrupule arrêta Kate. Qu'arrivait-il aux touristes arrêtés pour outrage à la pudeur dans une Indonésie aux mœurs si strictes ? Cependant, sans plus réfléchir, elle défit l'agrafe de son soutien-gorge.

— Attends !

Elle fit tomber le sous-vêtement à terre, et le slip suivit.

— Le dernier à l'eau est quoi ?

Il s'élança en riant vers la mer d'un bleu étincelant, y plongea et en émergea avec un grand sourire.

— Viens. Je vais t'expliquer.

- 10 -

Ils passèrent les jours suivants à écumer les marchés locaux, à s'immerger dans la culture balinaise en visitant les nombreux temples. Ils se rendirent dans des centres de remise en forme pour bénéficier de massages relaxants. Le soir, ils assistaient à des spectacles culturels, ou fréquentaient des lieux de nuit. Et, dans l'intervalle, ils profitaient des aménagements de l'hôtel : piscine, bain à remous, luxueux lit double…

Justement, ce matin-là, Kate était allongée dans son grand lit, seule, et se demandait pourquoi elle en avait chassé Damon, nuit après nuit, alors qu'ils se trouvaient loin de tout. Il était encore allongé près d'elle une heure plus tôt, et son odeur imprégnait les draps.

Dire que, le surlendemain, ils retourneraient à leurs vies.

Evidemment, ils étaient bien d'accord, ils ne désiraient pas davantage. De toute façon, d'ici à quelques mois, tout au plus, Damon serait parti, convaincu, fallait-il espérer, de laisser la direction de l'agence entre de bonnes mains.

Son idée de se livrer à de nouvelles expériences semblait s'être volatilisée dans leur enthousiasme à se découvrir mutuellement. Au fond, peut-être n'était-il pas l'homme toujours pressé, avide de vivre chaque instant à fond, qu'elle avait cru. Elle fixa le ventilateur au plafond. Les premières impressions étaient parfois trompeuses, n'est-ce pas ?

De plus, il avait son propre lot de secrets qui assombrissaient son regard, ajoutaient de l'âpreté à sa voix. Il pouvait toujours prétendre vouloir une vie sans attaches, donner l'impression d'être libre comme l'air, elle n'était pas dupe.

D'une part, il tenait à elle. Il lui avait dit qu'il ne s'agissait pas seulement de désir, et, qui plus est, il avait tenté de le lui prouver. D'autre part, il éprouvait de l'affection pour son oncle, elle s'en rendait compte à présent. Peut-être n'avaient-ils pas été très proches, mais le lien demeurait. Pourquoi, sinon, serait-il resté pour remettre en ordre les affaires de Brice quand il avait si visiblement envie d'être ailleurs ?

A un endroit dont il ne souhaitait pas parler avec elle.

S'ils étaient physiquement aussi proches que deux amants pouvaient l'être, affectivement, c'était une autre histoire. Il tenait à elle, soit, mais il la quitterait tout de même sans jeter un regard en arrière, le moment venu. En ce qui la concernait, il mettait en veilleuse ses émotions, alors qu'elle se trouvait continuellement dépassée par les événements.

Demain, ce serait leur dernier jour à Bali. Et, si la semaine écoulée devait compter au nombre des moments les plus mémorables de son existence, il fallait quand même songer à prendre ses distances.

Sauf que… Elle se rappela Damon, juste avant qu'elle ne le réveille pour le mettre dehors, avec ses cheveux en bataille, son visage noyé dans la pénombre, sa grande main reposant de façon possessive sur son ventre. Elle pourrait très facilement s'habituer à sa présence.

Autant chercher tout de suite à avoir le cœur brisé !

Serait-elle en train de tomber amoureuse d'un homme qui allait la quitter ?

Elle secoua la tête. Non, non, et non ! Elle ne voulait plus jamais souffrir d'un chagrin d'amour.

*
* *

Le dernier jour, alors qu'ils se dirigeaient vers une mystérieuse destination, Kate aperçut les silhouettes ailées de parapentistes qui évoluaient dans le ciel, tels de gigantesques oiseaux et, le cœur serré, elle détourna précipitamment le regard.

Malheureusement, quand Damon emprunta une route serpentant au flanc d'une colline, et qu'il s'arrêta près d'un groupe de parapentistes, ses projets pour la journée devinrent limpides. Une nausée lui tordit l'estomac, et elle serra nerveusement ses mains.

— Je ne peux pas faire ça, dit-elle d'une voix étranglée.

— Voyons, Kate, sois bonne joueuse.

Il ouvrit sa portière, mais Kate ne bougea pas, malade à la seule perspective de sauter.

— Tu avais promis que nous ne ferions rien de dangereux, lui rappela-t-elle.

— Mais nous serons en tandem, Kate ! Je l'ai fait des centaines de fois !

— Je n'irai pas.

Soudain, Damon adressa des signes à un jeune homme blond qui avançait vers eux.

— C'est Sebastian, expliqua-t-il à Kate. Un Australien marié à une Balinaise. Je l'ai rencontré il y a quelques années.

Il descendit de voiture. Après s'être serré la main, les deux hommes échangèrent quelques mots.

— Je te présente, Kate, dit Damon. Elle est un peu nerveuse pour son premier saut. Tu sauras peut-être la rassurer pendant que je vérifie l'équipement.

Sebastian se glissa sur le siège du conducteur tandis que Damon se dirigeait vers un hangar.

— Vous n'avez rien à craindre, vous savez. Damon est un pilote expérimenté.

— C'est lui qui m'a entraînée dans cette histoire ! Je n'ai aucune intention de confier mon sort au vent !

— Qu'est-ce qu'une jolie fille comme vous fait avec un type comme Damon ? Ne me dites pas qu'il s'est finalement rangé ?

Kate frissonna. Elle, vivant avec un homme qui voulait la précipiter dans le vide avec lui ?

— Damon ne se rangera jamais, répliqua-t-elle. Nous travaillons ensemble, c'est tout.

Elle lui jeta un regard en coin.

— Comment réagit votre femme en vous voyant risquer votre vie ? demanda-t-elle un peu sèchement.

— Elle vole aussi, seulement, avec le bébé…

— Vous avez un bébé, et vous continuez à pratiquer ce sport ?

Sebastian s'agita, mal à l'aise, et scruta le pare-brise, visiblement désireux d'être ailleurs.

— Ce n'est pas si terrible, dit-il.

— Non ? Et si elle faisait une chute mortelle, tiendriez-vous le même discours ?

— Ah ! Voilà Damon, s'exclama-t-il, soulagé de la diversion.

Et il bondit hors du véhicule comme s'il était monté sur ressort.

Elle regarda Sebastian courir vers Damon qui revenait, chargé de deux casques et d'un attirail qui, de loin, paraissait beaucoup trop fragile pour supporter leur poids. Tout en haussant les épaules, Sebastian échangea quelques mots avec Damon qui tourna la tête vers elle.

Elle soutint hardiment son regard. Ah ! Ils pouvaient

toujours l'accuser de lâcheté ! Les hommes de cette trempe ne comprendraient jamais rien.

Jusqu'à ce qu'il soit trop tard.

Elle descendit de la voiture. En la voyant approcher, Sebastian s'enfuit à toutes jambes.

Damon laissa tomber sa charge à ses pieds.

— Tout va bien se passer, Kate, dit-il en la prenant dans ses bras.

— Comment peux-tu en être aussi sûr ?

Elle le repoussa, le regard mauvais à travers ses yeux humectés de larmes. Damon n'était pas le seul à être hanté par d'anciennes blessures.

— Risque ta vie si tu veux, déclara-t-elle. Moi, je rentre à l'hôtel.

Le sourire de Damon s'effaça.

— Tu ne crois pas que tu en fais un peu trop, Kate ?

— Vraiment ? rétorqua Kate, hors d'elle. Mon frère est mort en se jetant du haut d'une falaise en parapente. Alors, je ne resterai pas les bras ballants à regarder quelqu'un que j'ai… quelqu'un qui se croit invincible prouver qu'il est fait de chair et de sang comme le commun des mortels !

Un silence stupéfait tomba sur eux. Kate tourna brusquement les talons, mais elle n'avait pas fait deux pas que Damon posait ses mains sur ses épaules et la forçait à lui faire face.

— Kate…

— Lâche-moi, dit-elle en refoulant ses larmes.

— Non !

Quelque chose qui ressemblait à du remords serra le cœur de Damon alors qu'il attirait une Kate toute tremblante contre lui. Il enfouit son nez dans la masse odorante de ses cheveux. Jamais il ne s'était senti si impuissant.

Non, il avait déjà éprouvé ce sentiment… Ses doigts se

crispèrent sur les bras de Kate... Quand il avait vu Bonita mourir.

Il comprenait sa terrible angoisse, mais ils avaient réagi de façon diamétralement opposée à leur deuil. Elle avait renoncé à prendre le moindre risque tandis qu'il se servait du danger pour museler son chagrin.

Elle le considéra de toute sa hauteur.

— Est-ce que le mot mort a un sens pour toi ?

Il secoua la tête.

— La mort ne fait que nous rendre conscients de notre propre fragilité. Elle nous rappelle de vivre le jour présent, parce que nous ne savons jamais si ce ne sera pas le dernier.

Un credo qu'il avait fait sien chaque jour des neuf dernières années.

Il sonda son regard.

— Peux-tu affirmer que tu vis chaque jour pleinement ?

Elle se raidit.

— J'aime *vivre*, oui.

— *Carpe diem*, Kate. Profite du jour présent.

Il sentit un frisson la parcourir.

— Tu peux le faire, insista-t-il. Pas pour moi. Pour toi.

Deux grosses larmes roulèrent sur les joues de Kate.

— Affronte cette épreuve, dit-il en les essuyant, et tu éprouveras un sentiment de liberté tout neuf.

Damon pouvait voir qu'elle livrait une terrible bataille intérieure. Finalement, elle se redressa, et il vit briller une nouvelle lumière dans ses yeux.

— Crois en toi, Kate.

Quelques secondes s'écoulèrent.

— Tu vas me devoir beaucoup de bon temps, murmura-t-elle enfin.

Elle releva la tête et, devant son courage, il eut la sensation de lâcher prise. Qu'elle le veuille ou non, Kate Fielding possédait un immense pouvoir. Et il avait le sentiment que, si elle choisissait de l'exercer sur lui, elle risquait fort de sortir gagnante de la confrontation.

Pour l'heure, ses lèvres étaient blanches comme de la craie quand il glissa le casque sur sa tête.

— C'est comme le sexe, dit-il en l'embrassant. Nous allons voler par-dessus le bord du monde et…

— Et je vais hurler, je te préviens. Et peut-être m'évanouir. Es-tu prêt à affronter cela ?

— Plus que prêt ! Je te l'ai dit, c'est comme le sexe. Un sexe particulièrement spectaculaire !

— Je ne hurle pas quand nous faisons l'amour.

— Tu devrais.

— C'est une critique ?

Le sourire de Damon s'élargit.

— Tu ne te laisses pas suffisamment aller à tes sensations. A moins que je ne fasse pas correctement mon travail.

Une lueur passa dans les yeux de Kate, qui rendait hommage à sa dextérité.

— Si tu cherches les compliments, oublie, riposta-t-elle pourtant.

— Bon, revenons à notre préparation. Pas d'objets dans tes poches susceptibles de tomber ?

— Pour ton info, je ne fais pas ça pour te plaire ! Je le fais pour moi. Pour affronter mes démons, mettre à profit le jour présent, et tout ça.

— Tu me remercieras plus tard, dit Damon.

— Oh ! je crois que sera toi qui me remercieras, dit-elle d'un ton délibérément provocant.

Et il songea aux siestes d'après-midi des derniers jours…

— J'attends avec impatience cet instant.

— Tu ne t'es pas évanouie, constata Damon, sur le chemin du retour vers l'hôtel.

— Je te tournais le dos. Tu ne t'en serais même pas aperçu !

Il ne s'en serait pas aperçu, alors qu'il l'étreignait, son corps pressé contre le sien ?

— Bien sûr que je m'en serais aperçu !

— Je ne savais pas moi-même ce qui se passait, alors, ça m'étonnerait.

— Tu l'as fait, Kate !

— Je l'ai fait, répéta-t-elle.

Elle laissa aller sa tête en arrière et ferma les yeux.

Elle n'avait jamais mentionné l'existence d'un frère, songea Damon. D'une certaine façon, il comprenait pourquoi son père se montrait abusivement protecteur. Il avait perdu un fils, son fils unique. Une perte qui restait à jamais gravée dans sa chair. Tout le contraire de ses parents qui se moquaient pas mal de leur progéniture. Que ressentait-on quand quelqu'un se préoccupait de vous ? Quand quelqu'un s'inquiétait si vous ne rentriez pas à la maison ?

Et, soudain, il se rappela un mot que Kate avait failli dire avant de se reprendre. Elle ne resterait pas les bras ballants à regarder se tuer quelqu'un qu'elle… qu'elle appréciait ? Ou bien qu'elle… aimait ?

Il eut la sensation que son cœur se décrochait, comme quand il se jetait dans le vide. Bon, tous deux connaissaient les règles. Seulement, il n'avait aucune envie de mettre fin à leur relation physique. Il ne voulait pas redevenir le grand méchant patron. Il voulait…

Se sentant soudain oppressé, il baissa sa vitre, et les odeurs typiques de l'Asie flottèrent jusqu'à eux dans une brume humide. Effluves de déchets en putréfaction, parfum d'un curry de légumes, odeur âcre des fruits tropicaux.

Que voulait-il ? Il frotta sa nuque douloureuse. Il voulait l'impossible. Il voulait Kate, celle dont la vue bouleversait ses sens, même quand elle portait ses tailleurs ringards, ou un vieux survêtement et des pantoufles à pompons roses. Ou encore, rien du tout.

Surtout quand elle ne portait rien du tout.

Il s'était attaché à une fille dotée d'un solide sens de la famille, qui n'envisageait l'existence que sous l'angle du risque zéro. Katerina.

Maintenant, il comprenait pourquoi elle était ainsi, et il savait que leur couple ne résisterait pas au temps. Même s'il cherchait à vivre avec une femme, ce qui n'était pas le cas, ce ne serait pas Kate. Ils étaient trop différents. Ses loisirs, il les passait à affronter le danger. Elle aimait la sécurité, que ce soit au travail ou dans la vie.

Et pourtant, bien qu'à moitié morte de peur, elle avait sauté avec lui. Est-ce que cela n'en faisait pas quelqu'un d'exceptionnel à ses yeux ?

Ils regagnèrent l'hôtel dans l'après-midi. Damon ferma les persiennes, plongeant la chambre dans une ombre fraîche. Quand il se retourna, Kate était en train de défaire sa tresse. En voyant ses cheveux se répandre sur ses épaules, le désir s'empara de lui. C'était toujours la même chose ; un simple regard suffisait à l'exciter.

Il avança vers elle, mais elle l'arrêta d'une main.

— Nous partons ce soir, dit-elle. Demain matin, nous serons de retour en Australie, et de nouveau collègues.

Leur dernier après-midi… Une émotion semblable à celle ressentie dans la voiture lui serra la gorge.

— On peut toujours changer une règle, Kate. Nous ne sommes pas obligés de rester seulement collègues.

— C'est pourtant ce qui va se passer, dit-elle en soupirant. Et pas seulement parce que je refuse de mélanger vie privée et vie professionnelle, mais parce que toi et moi ne voyons pas la vie de la même façon.

Qu'attendait-elle de la vie ?

Elle faisait toujours beaucoup d'efforts pour le convaincre que sa carrière passait avant tout, mais son regard tenait parfois un discours très différent. Elle avait envie d'avoir une maison, et une famille à elle, comme toutes les femmes.

Il ignorait la signification des mots « famille » et « foyer » ; comment pourrait-il lui donner ce qu'il n'avait pas connu ? Elle avait raison, mieux valait en rester là. Seul problème : parviendrait-il à la voir quotidiennement sans la toucher ?

Malgré lui, son regard se posa sur ses seins tendus sous le chemisier et il vit qu'elle regardait son entrejambe.

— Pour le moment, dit-il en saisissant le bas du T-shirt de Kate, nous voulons tous les deux la même chose.

— Arrête ! s'exclama-t-elle.

Elle rejeta ses chaussures et le rejoignit.

— Tu prends toujours la direction des opérations, dit-elle. Pour une fois, tu vas me laisser faire, ajouta-t-elle en frottant son visage contre son torse. J'ai envie de réaliser mes fantasmes.

Il laissa ses bras retomber le long de son corps.

— Il ne sera pas dit que Damon Gillepsie aura refusé de rendre ce service à sa partenaire !

Elle mordilla les boutons de ses seins à travers le tissu, ses cheveux odorants frôlant son bras, sa poitrine caressant son nombril. Mais, quand il voulut l'attirer plus près, elle recula, et plaqua une main sur son torse.

— C'est mon fantasme, tu devras te plier à ma volonté. Garde tes mains loin de moi.

Avait-il vraiment affaire à Kate Fielding ? Il avait connu des femmes dominatrices, et il avait apprécié leur compagnie, mais jamais autant qu'aujourd'hui. Bien que le comportement de Kate soit tout sauf innocent, il trouvait une délicieuse fraîcheur à ses nouvelles méthodes de séduction.

Elle glissa ses mains sous son T-shirt et le souleva tout en le caressant, et il sentit les flèches du désir traverser tout son corps. Il voulait sentir le souffle de Kate sur sa peau, le sentir s'accélérer sous l'effet du trouble.

Comme si elle lisait dans ses pensées, elle fit glisser sa langue moite autour de son nombril avant de la plonger à l'intérieur. Il fit entendre une sorte de halètement quand elle le lécha lentement, sensuellement, en remontant vers son torse, et il serra les poings à ses côtés. Un coup de langue sur un mamelon lui arracha un cri. Instinctivement, il porta sa main à la fermeture de son jean, afin de soulager sa tension, ou d'inciter Kate à agir, il ne savait pas exactement, mais elle la repoussa.

— Pas touche ! dit-elle en reculant pour le dévisager avec des yeux brûlants de passion.

Il n'eut d'autre choix que d'obtempérer.

— Retire ton T-shirt, ordonna-t-elle.

Encore une fois, il obéit. Elle détacha alors le bouton supérieur de son jean, et fit descendre la fermeture à glissière, exposant son sexe dressé aux caresses de ses mains fraîches et habiles. Il ravala un soupir. Très habiles, en vérité. Il aurait juré sentir chaque détail des doigts qu'elle promenait le long de son membre, menaçant de l'envoyer en un instant par-dessus bord…

— Attention ! dit-il.

— Je fais toujours attention, décréta-t-elle. Certains me reprochent même de faire trop attention.

Lentement, elle fit descendre le jean de Damon le long de ses cuisses. Parvenue aux genoux, elle s'arrêta et le considéra d'en bas.

— Tes chaussures gênent le passage.

En un instant, chaussures, jean et caleçon volèrent. Durant un moment, ils se contemplèrent, puis elle se mit à détailler son corps de la tête aux pieds jusqu'à ce qu'une fine couche de transpiration couvre son corps tout entier. Son corps dur comme pierre, et prêt à l'action.

Alors qu'elle était encore vêtue.

— Allonge-toi sur le lit, dit-elle sans bouger.

Elle attendit qu'il ait obtempéré, puis :

— Es-tu patient ?

Patient ? Alors que le désir de la posséder le torturait ?

— En ce moment précis, non.

Devant l'étincelle amusée qui passait dans les yeux de Kate, il se sentit… eh bien, vulnérable. Il avait passé des années à lutter contre cette faiblesse, et il croyait l'avoir vaincue. Mais Kate avait fait voler en éclats ses certitudes. Ce n'était pas tant une impression de vulnérabilité physique — même si elle était induite par sa nudité — qu'une sensation de vulnérabilité affective.

Il serra les dents, refusant de l'envisager, refusant de s'y abandonner.

— Viens ici, Kate, ordonna-t-il d'un ton qu'il espérait être celui de l'autorité.

Cependant, au lieu de le rejoindre sur le lit, elle se dirigea vers la porte.

— Ne bouge pas d'un pouce, prévint-elle en ouvrant la porte. Je reviens dans un instant.

— Qu'est-ce que…

Il ne finit pas sa phrase car la porte se refermait derrière elle. Il s'examina, le souffle court. Pour être prêt, il était prêt. Il poussa un juron.

Le rapport de force était décidément inversé. Qu'avait-elle en tête ? Le laisser mourir de désir ?

- 11 -

Damon tenta de se détendre tout en réfléchissant à la situation dans la fraîche pénombre de la pièce.

Il lui accorderait cinq minutes.

Depuis le saut, il ne la reconnaissait plus. Il aurait aimé l'interroger sur son frère, sur ce fiancé qui lui avait fait tant de mal, sur sa famille.

Mais à quoi cela servirait-il ? Ils n'entretenaient pas ce genre de relation où l'on se confie tout, espoirs, rêves, angoisses. Il valait beaucoup mieux — c'était plus sûr — s'en tenir à ce qu'ils avaient.

Mais qu'avaient-ils ?

Il ferma les yeux sous l'effet de la frustration…

Il allait se lever, persuadé que Kate s'était moquée de lui, quand il entendit un léger tintement au pied du lit. Ouvrant les yeux, il découvrit Shakira, et son sexe encore en pleine forme reprit vie de plus belle.

— Où t'es-tu procuré cette tenue ? demanda-t-il d'une voix étranglée.

— On trouve tout ce qu'on veut dans cet hôtel, même des déguisements.

Elle fit tinter les minuscules disques de cuivre de son soutien-gorge.

— Tu peux te déguiser en pirate, si tu veux, ajouta-t-elle.

— Je préfère regarder, dit-il en se redressant.

Elle alla glisser un C.D. dans le lecteur, et une musique orientale répandit ses accents langoureux dans la pièce. Tout en soutenant le regard de Damon, elle se mit à onduler des hanches, lentement, d'abord, puis de plus en plus vite, à mesure que le rythme s'accélérait.

A en juger par l'expression de Damon, il appréciait le spectacle. Il avait eu raison, un sang neuf courait dans ses veines depuis qu'elle avait surmonté sa peur pour oser ce dont elle ne se serait jamais crue capable. Peut-être était-elle prête à prendre d'autres risques dans sa vie, à présent ? La question étant de savoir s'ils incluaient Damon.

Elle repoussa l'idée. Le moment était mal choisi.

— Viens ici, pria Damon avec un geste impatient.

— Mais je n'ai même pas commencé mon strip-tease !

— Si tu continues de me provoquer, je ne réponds plus de mes actes !

Il tapota le lit près de lui.

— Viens, je te dis.

Elle secoua ses cheveux comme elle avait vu des femmes le faire dans les films.

— Comme tu voudras. Mais c'est moi qui dirige !

L'excitation de Damon flattait son orgueil de femme, et elle était heureuse de céder à son impatience. Seulement, pour une fois, elle tenait à garder le contrôle de la situation. Toute sa vie, elle avait courbé l'échine. Elle s'était efforcée de plaire à sa famille, à son fiancé, à Brice. Aujourd'hui, elle avait enfin la chance d'agir comme bon lui semblait.

Elle grimpa sur le lit, en s'arrangeant pour faire voler les pans de sa jupe afin qu'il se rende compte qu'elle ne portait rien dessous, et s'installa à califourchon sur lui. Et elle sentit ses cuisses musclées se contracter sous son poids.

Elle dégrafa son soutien-gorge rehaussé de pièces de

cuivre, et le laissa nonchalamment tomber sur le matelas, offrant ses seins au regard de Damon.

— Pas touche ! lui rappela-t-elle.

— Préservatif, marmonna-t-il.

— Pas question de préservatif. Je veux te sentir en moi, toi, et rien que toi. Je suis sous pilule, ajouta-t-elle devant l'air effaré de Damon. Tu penses bien qu'une fille aussi raisonnable que moi prend ses précautions.

Avec un hochement de tête, il se laissa aller contre le lit. Comme il était grisant de contrôler le cours des événements, découvrit Kate en se penchant afin de caresser le torse de Damon des pointes de ses seins. Elle se frotta tant et plus que les pointes de ses seins palpitèrent d'un plaisir presque insupportable. Kate se mordit les lèvres pour prévenir toute plainte qui aurait donné le signal de sa reddition.

Elle emprisonna les poignets de Damon, et lui donna un petit échantillon des talents de sa bouche, savourant le frôlement de sa toison brune contre son nez.

— Pour l'amour du ciel, Kate ! Tu me tues !

Elle planta son regard dans le sien. Les yeux de Damon paraissaient sur le point de l'engloutir. Et, soudain, confrontée à une émotion beaucoup plus profonde, elle se moqua bien d'exercer un quelconque pouvoir sur lui.

Il lâcha un soupir qui souleva ses cheveux.

— Tu m'excites comme un fou !

— Tu veux dire : Shakira t'excite.

Il secoua lentement la tête.

— Kate m'excite bien plus.

Comment, la sage, l'ennuyeuse Kate ?

— Je ne te crois pas.

— Tu veux parier ?

Déjà, il cherchait fébrilement la fermeture de sa jupe.

— Allons, trésor, assez de fantasmes ! Comment retire-t-on ce truc ?

Il trouva enfin l'agrafe, l'ouvrit. Et, la débarrassant de l'aérien vêtement, l'exposa à ses regards.

— C'est avec Kate que je veux faire l'amour, dit-il, et je veux pouvoir la toucher, partout.

— Et si je n'ai pas assouvi mon fantasme ?

Il tendit les mains vers ses seins, en malaxa les pointes avec une diabolique habileté.

— Tu l'as assouvi.

Pourquoi perdre son temps à argumenter alors qu'elle était aussi pressée que lui ? Sans plus attendre, elle se positionna sur lui et fléchit lentement les hanches. Alors, elle le sentit en elle, nu pour la première fois, elle sentit sa puissance l'étirer tandis qu'elle glissait sur son sexe dur comme pierre.

Elle le prit tout entier, vit son regard devenir plus intense, et néanmoins heureux. Elle se sentit plus proche de lui que jamais. Et elle le prit en elle encore plus profondément. Jusqu'à son cœur.

Même si cet instant de fusion totale ne dura qu'un instant, elle savait qu'elle prenait des risques. Damon ne voulait pas de son cœur. Il ne voulait rien de plus que ce qu'ils avaient. C'était sa témérité qui l'avait mise dans cette situation, et malgré tout, emportée par la passion, elle le chevaucha avec une ardeur débridée, jusqu'à ce que le bleu des yeux de Damon tourne à l'orage.

Jusqu'à ce que les mers paisibles se déchaînent, l'aspirant dans un tourbillon qui ne connaissait ni sens ni raison. Il n'y avait plus que la passion qui les entraînait tous deux vers des rivages inconnus, parce que, toute ballottée par la tempête qu'elle soit, elle savait avec une certitude absolue que, qu'il le veuille ou non, il était là, avec elle.

*
* *

Kate regarda l'Opera House déployer ses voiles roses sur le port de Sydney tandis que leur avion entamait sa descente dans le soleil matinal. Les ferries sillonnaient le port, laissant derrière eux un sillage d'écume blanche, et la circulation du vendredi matin commençait à bloquer les artères principales bien qu'il ne soit que 7 heures du matin.

Le dernier jour de la semaine de travail. Lundi, elle évoluerait au milieu de ces travailleurs. Une travailleuse qui penserait à tout sauf au travail, qui repousserait ses souvenirs de vacances, à quelques mètres de celui qui avait été son amant de dix jours, qui respirerait son odeur quand il serait dans les parages, qui entendrait sa voix profonde dans la pièce à côté, ou, pire, quand il se pencherait par-dessus son ordinateur pour s'entretenir avec elle, avec ces yeux trop perspicaces sondant les siens.

Elle tendit la main vers sa veste de tailleur et mit ses chaussures, seule entorse à la rigueur de sa tenue. Quand elle les avait aperçues, à l'aéroport de Bali, elle n'avait pas su résister. Dans ces escarpins dont le talon vertigineux donnait une élégante cambrure à son pied, elle se sentait tellement, oh ! tellement féminine. Jamais elle n'avait porté de chaussures aussi sophistiquées. Jamais elle ne s'était sentie aussi désirable.

— Pas très pratique pour voyager, avait fait remarquer Damon, caressant ses jambes d'un regard admiratif. Tu vas finir pieds nus, et je devrai te porter.

— Elles en valent la peine, non ? avait-elle riposté.

Et son énergique approbation lui avait fait chaud au cœur.

Sauf qu'elle ne devait plus penser à la façon dont il l'avait regardée. C'était fini.

— Veux-tu que nous prenions le petit déjeuner ensemble avant de rentrer ? proposa-t-il.

Il semblait d'excellente humeur. S'imaginait-il qu'elle avait changé d'avis à propos de leur relation ? Ou bien, présomptueux comme il l'était, qu'il la ferait aisément revenir sur sa décision ?

— Je ne pourrais pas avaler une bouchée, répondit-elle.

Ça lui rappellerait trop les petits déjeuners pris au lit ensemble.

— Il faut que je range mes affaires et fasse la lessive, ajouta-t-elle.

— Et que tu reprennes contact avec ta famille, j'imagine ?

— C'est-à-dire… je pars pour Coffs Harbour demain matin. Mes parents et Rosa y sont allés célébrer les noces d'or de ma grand-tante et mon grand-oncle.

C'était un pur mensonge, car ses parents ne l'attendaient pas, la croyant encore à l'étranger. L'intérêt était qu'elle aurait le temps de souffler.

— Tu joues le rôle d'enfant modèle jusqu'au bout, n'est-ce pas ?

— Que veux-tu, tout le monde n'est pas, comme toi, insensible au remords !

Tout de suite, elle regretta sa sortie. Comment avait-elle pu s'exprimer ainsi, alors que les parents de Damon s'étaient montrés si cruels ?

— Désolée, dit-elle très vite. Je n'aurais pas dû dire ça.

Les paroles blessantes n'en avaient pas moins atteint leur cible, car le front de Damon se plissa, et ses yeux…

Elle refusait de regarder ses yeux.

— Pourquoi ? dit-il d'un ton froid. C'est la vérité.

L'avion s'immobilisa. S'ensuivit l'habituel tourbillon

d'activité jusqu'à ce que, munis de leurs bagages, ils se retrouvent dans l'escalier roulant. Comme ils descendaient, Kate étant deux marches derrière Damon se retrouva à sa hauteur.

Il se retourna.

— Comme j'ai l'impression que tu as envie d'avoir la paix, il vaut mieux que nous prenions deux taxis séparés.

Quelle sotte ! Elle avait gâché leurs derniers instants par sa maladresse. Et, soudain, elle sentit un poids lui oppresser la poitrine.

— Mon appartement est sur le chemin de celui de Brice, ce serait idiot de ne pas faire le trajet ensemble, dit-elle.

— Je ne vais pas chez Brice.

Elle aperçut une drôle de lueur dans son regard avant qu'il ne se détourne. « Il va voir une autre femme », pensa-t-elle. Sa main se crispa sur la poignée de son sac, et elle tapa nerveusement des pieds. Ce maudit escalier ne pouvait-il aller plus vite ?

La suite parut se dérouler au ralenti. Le talon de sa chaussure se coinça dans une rainure, elle ressentit une vive douleur à la cheville… et elle bascula la tête la première dans un vide terrifiant.

Dans la chambre de l'hôpital où on avait admis Kate, Damon la regardait dormir. On l'avait informé qu'elle souffrait d'un léger traumatisme crânien, d'une entorse à la cheville, mais que son état n'inspirait pas d'inquiétude.

Damon connaissait bien la peur, mais quand il avait vu Kate, inconsciente, au pied de l'escalier roulant… Non ! avait hurlé une voix en lui. Le cauchemar ne pouvait pas se répéter. Il ne voulait même pas penser à ce qui aurait pu se passer.

Pour une fois, il avait perdu son sang-froid. Il avait déjà

aimé quelqu'un, mais jamais de cette façon-là. Bonita n'avait jamais fait bouillonner son sang dans ses veines. Il ne savait plus si la peau, en dessous de ses seins, était douce comme de la soie, ni même si elle produisait de petits bruits quand ils faisaient l'amour. Et, pourtant, il l'avait aimée.

Alors, ce qu'il ressentait pour Kate, qu'est-ce que c'était ? Le grand amour ?

L'idée le balaya comme une lame de fond. Il ne voulait pas de cet amour ; il ne saurait qu'en faire !

Il se leva et arpenta l'espace réduit de la chambre, le bruit de ses grosses chaussures trop sonore, tout comme les battements de son cœur. Il n'était pas l'homme qu'il lui fallait. Comme elle l'avait souligné, durant leur dernière nuit à Bali, ils attendaient des choses différentes de la vie. Plus tôt il repartirait, et mieux ce serait.

Il s'approcha de la fenêtre, et contempla le port et son intense trafic, puis la rue, en dessous, elle aussi pleine d'animation. Il avait besoin d'une diversion, de quelque chose qui lui change radicalement les idées. Il avait besoin de sauter. Et très vite.

Sentant un picotement sur sa nuque, il se retourna, et vit Kate qui l'observait. Il ne voulait pas analyser ce regard, pas plus qu'il ne voulait analyser sa propre réaction en le découvrant.

— Tu es réveillée ?

Il traversa la pièce et hésita avant de lui prendre la main. Elle lui parut petite, et fragile, dans la sienne.

— Comment te sens-tu ?

— Comme si j'avais été renversée par un camion.

— Pas étonnant.

— Mes belles chaussures…

Il sourit.

— Tu aurais pu te rompre le cou, et tout ce qui t'inquiète, ce sont tes chaussures ?

— Je n'en ai jamais eu d'aussi belles.

— Je t'en achèterai une autre paire.

Elle secoua la tête, l'air vaincu. Puis elle voulut se redresser et grimaça.

— Quelle heure est-il ?

— Plus de 3 heures de l'après-midi, répondit-il en arrangeant l'oreiller derrière sa tête.

Elle le considéra, sourcils froncés.

— Tu es là depuis ce matin ?

— Où serais-je allé ?

Il lui lâcha la main, soudain gêné par le sentiment d'intimité que procurait le contact. Ce qui était étrange si l'on considérait les ébats auxquels ils s'étaient livrés ces dix derniers jours.

— Ne devais-tu pas aller quelque part ? demanda-t-elle.

— Aucune importance. Et tes parents ? Tu veux que je les appelle pour les prévenir que tu ne pourras pas les rejoindre ?

— Non, je ne veux pas les inquiéter. J'appellerai demain.

Elle poussa un gros soupir, baissa les yeux sur ses mains.

— J'ai menti pour Coffs Harbour, avoua-t-elle. Et je suis désolée pour ce qui s'est passé à l'aéroport.

Il la dévisagea un moment sans parler. Pourquoi avait-elle menti ? Parce qu'elle ne désirait pas sa présence, ou parce qu'elle en avait peur ?

— C'est oublié, finit-il par dire.

Sur ces entrefaites, une très jolie jeune femme entra dans

la chambre. Elle sourit à Damon, et rejeta ses cheveux en arrière d'un geste gracieux.

— Bonjour, je suis le Dr Andrews.

— Damon Gillepsie.

Elle le dévisagea, un peu plus longtemps que nécessaire, avant de reporter son attention vers Kate.

— Comment vous sentez-vous ?

— Ma cheville me fait mal lorsque je bouge.

Le médecin alluma une petite lampe et en braqua le faisceau lumineux dans les yeux de Kate.

— Et votre bosse ?

— Elle est un peu douloureuse.

— Pas de vision floue ? De mal de tête ? De nausée ?

— Non.

Le Dr Andrews éteignit la lampe.

— Eh bien, Kate, si quelqu'un peut veiller sur vous, je vais vous laisser sortir.

— Je vis seule.

— Oh…

Le médecin se tourna vers Damon.

— Dans ce cas, nous allons devoir…

— Je m'en charge, coupa Damon.

Le Dr Andrews parut surprise.

— Il faut quelqu'un qui la surveille un jour ou deux.

— Pas de problème.

— Dans ce cas, je vais signer le bon de sortie.

L'air sombre, Kate regarda sortir le médecin.

— Franchement, Damon, je ne pense pas…

— Chut… Tes parents sont absents, et tu dois te reposer. Je ne te toucherai pas, je te le promets.

Kate n'avait pas eu l'intention de s'endormir. Ils s'étaient rendus en taxi chez Brice, où Damon avait récupéré sa voiture. Et puis, ignorant les protestations de Kate, il était passé devant son appartement sans s'arrêter. Et elle avait fini par s'assoupir.

A présent qu'elle reprenait contact avec la réalité, elle découvrait un paysage entrecoupé de bouquets d'eucalyptus aux troncs rosis par les rayons du soleil.

— Où sommes-nous ?

— A une heure de Sydney, près de Hawkesbury River.

Soudain, il bifurqua vers une allée, et s'arrêta devant une maison nichée au milieu des arbres.

Elle examina la construction de bois blond et de verre qui s'intégrait parfaitement à son environnement.

— Nous allons y passer le week-end, dit Damon. Comment te sens-tu ?

— Bien.

Abstraction faite de la douleur de sa cheville et du mal de tête qu'elle n'avouerait pour rien au monde.

— Parfait, dit-il d'un ton peu convaincu.

Quand il lui ouvrit sa portière, elle respira la bonne odeur propre au bush australien mêlée à celle du feu de bois. Sans lui laisser le temps de réagir, il la souleva dans ses bras et l'emporta jusqu'à la porte qui s'ouvrit avant qu'il n'y frappe.

Une petite femme ronde, au visage auréolé d'un nuage de cheveux gris et aux yeux bleus pleins de vivacité, apparut sur le seuil. Derrière elle, Kate aperçut un homme âgé, grand et voûté.

— Bonjour, Jenny ! dit Damon. Bonjour, Leigh !

— Je suppose que voici Kate, dit Jenny en souriant.

— Kate, je te présente Leigh et Jenny Charlesworth. Des amis.

— Ravie de faire votre connaissance, dit-elle. Mais je ne voudrais pas m'imposer. Damon…

— Vous imposer ? fit Jenny les yeux écarquillés par la surprise. Mais…

D'un froncement de sourcils, Damon la fit taire, puis il pénétra dans la maison avec l'assurance d'un propriétaire.

Kate eut le temps d'apercevoir un feu qui flambait dans la cheminée centrale d'une vaste pièce avant que Damon ne s'engouffre dans un couloir.

Il poussa la porte d'une chambre, la déposa sur le lit ouvert, et lui retira précautionneusement les chaussures confortables qu'il avait dénichées dans ses affaires.

— Veux-tu te déshabiller ? Je vais aller chercher tes bagages.

Elle lui jeta un regard méfiant.

— Pas de problème, Kate, je ne…

— Pourquoi m'as-tu amenée ici ? Je ne connais pas ces gens.

— Moi si.

Il remonta la couette sur elle.

— Nous en reparlerons. Pour le moment, il faut te reposer. Ordre du médecin.

— Mais…

Il posa un doigt sur ses lèvres.

— Plus tard.

Et, après avoir posé un baiser sur son front, il quitta la pièce.

Il retrouva Jenny et Leigh dans la cuisine qu'embaumait une délicieuse odeur de pain frais.

— Est-elle bien installée ? s'enquit Jenny, faisant le tour de la table pour venir le serrer dans ses bras.

— Elle est au lit, dit-il, et je compte jeter régulièrement un œil sur elle.

— Je dirais plutôt les deux, fit remarquer Jenny en se

dégageant de son étreinte pour le dévisager, un peu trop attentivement pour son goût.

— Pas de procès d'intention de la part de mes employés, dit-il en adressant un clin d'œil à Leigh.

Il tendit la main vers le pain tout chaud et récolta une tape.

— Attends le dîner, sacripant ! J'ai préparé un bon ragoût. Mais, dis donc, quand tu es passé, il y a quinze jours, tu n'as pas mentionné qu'il y avait une femme dans ta vie. Après le dîner, il faudra que nous parlions.

— A ta place, j'obéirais, fiston, intervint Leigh.

— Ce serait bien la première fois ! rétorqua Jenny d'un ton moqueur.

Mais leurs regards ne laissaient planer aucun doute sur la tendresse qui les unissait.

Comment les gens arrivaient-ils à passer tant d'années ensemble ? se demanda Damon. Leigh et Jenny s'opposaient sur bien des points, et cela depuis toujours. Il avait eu tout loisir de le constater, quand, gamin, il vivait dans la même rue qu'eux, et que Jenny, n'ayant pas d'enfant, s'était prise d'affection pour lui.

Il s'assit à la table, un peu inquiet, car il redoutait que sa vieille amie, avec sa perspicacité, ne perçoive quelque chose dont il commençait seulement à prendre conscience. Quelque chose qu'il ne voulait pas analyser, encore moins extérioriser.

- 12 -

Kate s'éveilla dans un état de bien-être qu'elle n'avait pas connu depuis longtemps. Se blottissant plus étroitement sous la couette, elle se tourna instinctivement vers la source de chaleur, et rencontra un corps solide et chaud, allongé près d'elle.

Elle ouvrit les yeux. Damon. Endormi sur le lit, un plaid enroulé autour de lui, tout habillé. A la pâle lueur de l'aube, elle devinait les cils bruns effleurant les joues bleuies de barbe, les cheveux en désordre.

Elle frissonna. Violant les règles établies, il avait dormi avec elle. Au lieu d'en ressentir le malaise redouté, elle se sentait en sécurité, protégée, importante. Ses appréhensions concernant ce genre d'intimité s'étaient évanouies. Damon était ici, près d'elle, et c'était bien ainsi.

Damon. Comment avait-elle pu s'éprendre de lui sans songer aux conséquences de ses actes ? Un homme qui ne lui convenait pas, un homme qui ne tenait pas en place, qui ne partageait pas les mêmes valeurs qu'elle. Un homme qu'elle connaissait à peine.

Certes, elle aimait son appétit de vivre, sa morale très personnelle, qui lui permettait d'agir en se moquant de l'opinion des autres. Grâce à lui, elle avait fini par regarder les choses différemment. Consacrer son existence au travail en prenant le moins de risques possible ne l'intéressait plus.

Elle frissonna. Tout cela n'était pas bien ! Au contraire ! Elle était dans les ennuis jusqu'au cou !

Damon remua, ouvrit les yeux, et ses immenses pupilles menacèrent de l'engloutir. Oui, la situation était vraiment préoccupante.

— Bonjour, dit-il.

— Bonjour.

Elle ravala la boule qui lui obstruait la gorge, et, à son grand désarroi, les larmes lui montèrent aux yeux en se rappelant lui avoir annoncé que tout était fini entre eux.

Il se souleva d'un air inquiet, et essuya l'humidité de ses paupières.

— Que se passe-t-il ? Tu as mal quelque part ?

Oh ! oui, elle avait mal. Elle avait mal à son cœur.

Elle se força à sourire.

— Non, mais je me sentirais mieux si tu te déshabillais et me rejoignais sous la couette.

— Tu es sûre ? Tu disais…

— Je sais ce que je disais. Viens.

— Tout ce que tu voudras, trésor !

Elle glissa une main sous le plaid, chercha à tâtons sa peau douce et chaude, découvrit qu'il portait un pantalon de survêtement sous la ceinture duquel il était facile de glisser la main. Elle le trouva dur et chaud.

Elle s'agita contre lui, frustrée par la barrière des vêtements et de la literie.

— Ah, Kate…

Il repoussa le plaid, retira son pantalon, et, avec une incroyable agilité, se glissa sous la couette.

Au cours de la nuit, avant que Damon ne vienne la rejoindre, Kate s'était éveillée, et avait échangé ses vêtements contre un grand T-shirt qui lui permit de l'accueillir commodément. Elle sentit Damon le remonter en s'aidant de son menton râpeux qui gratta son sein tandis que Damon tirait sur un mamelon avec ses dents.

Une secousse de désir violent, douloureux, la parcourut, et elle poussa une plainte en sentant le sexe dur de Damon frôler son ventre, et une deuxième quand il s'introduisit en elle d'un seul coup de reins.

Il était enfin chez lui, là où était sa place légitime.

Il bougea lentement, attentif à ne pas lui faire mal, jusqu'au moment où la tendresse se métamorphosa en passion tyrannique, et ils chevauchèrent la vague ensemble.

— Je pourrais rester toute la journée comme ça, murmura-t-elle quand ils se rallongèrent, sa tête nichée sous le menton de Damon.

Il lui caressa la joue.

— Tu peux rester tant que tu veux, mais j'ai du travail.

— On est samedi ! s'exclama-t-elle, toute rembrunie.

— Je dois faire un tour à l'agence, voir comment ils se sont débrouillés sans nous.

Un bruit de pas à l'extérieur rappela à Kate qu'ils n'étaient pas seuls.

— Tu ne m'as pas dit qui étaient Jenny et Leigh, et ce que nous faisions chez eux.

— C'étaient des voisins de ma grand-mère, et nous sommes ici parce qu'il n'est pas question que tu restes seule aujourd'hui.

Il s'extirpa du lit et renfila son pantalon.

— Je vais prendre une douche.

Kate ne se rendit compte qu'elle s'était assoupie que lorsque Damon lui mordilla le cou, et que sa bonne odeur de savon et de café parvint à ses narines.

— A ce soir.

— Tu pars tout de suite ?

Comme il hochait la tête, elle s'assit et fit passer ses jambes par-dessus le bord du lit.

— Je ne passerai pas la journée au lit chez des inconnus.

— D'accord, d'accord.

Il prit un peignoir et le posa sur les épaules de Kate.

— Je te conseille la véranda où tu pourras te détendre confortablement. Mais pas de marche inconsidérée !

Il la prit dans ses bras, et la porta vers la cuisine. Au passage, elle admira l'ingéniosité de la construction qui laissait pénétrer la lumière extérieure grâce aux grandes baies vitrées. Elle admira également les produits de l'art amérindien, poteries, couvertures, qui ornaient le plancher et les murs.

En pantalon et pull noirs, Jenny était occupée à beurrer des tartines.

— Ah ! Bonjour, Kate, lui lança-t-elle en la voyant.

Elle tira une chaise pour que Damon puisse l'y déposer.

— Une tasse de café ? proposa Jenny. A moins que vous ne préfériez le thé ?

Kate croisa le regard malicieux de Damon.

— Du café, ce sera très bien, dit-elle. Je vous remercie.

— A plus tard, dit Damon en embrassant Kate sur la joue.

Elle eut envie de jeter ses bras à son cou, de le serrer un instant contre elle, mais il n'apprécierait certainement pas ce genre de démonstration de sa part. Ni maintenant, ni jamais.

Elle se contenta de lui envoyer un baiser par la voie des airs.

— Il ne faut pas vous occuper de moi, Jenny, dit-elle

quand le bruit des pas de Damon décrut. C'est déjà bien assez que nous profitions de votre hospitalité.

— Ah, oui… Eh bien… c'est une longue histoire, dit lentement Jenny. Je vous apporte votre petit déjeuner…

Elle alla au fourneau, revint avec une assiette débordant de nourriture qu'elle posa devant Kate, et s'assit en face d'elle.

— Mangez, vous en avez besoin.

Kate regarda son assiette d'un air de doute.

— Je ne suis pas sûre d'en venir à bout.

— Mais si, mais si !

— Vous avez une magnifique maison, dit Kate, en entamant un œuf.

Jenny secoua la tête.

— C'est là où vous faites erreur, mon petit. Cette maison ne nous appartient pas. Elle est à Damon.

Le couteau de Kate dérapa sur la porcelaine.

— A Damon ?

— Il ne vous a rien dit ? dit Jenny, secouant la tête d'un air désabusé.

— Non. Mais alors…

Kate se tut, ne sachant pas comment formuler sa question.

— Vous voulez savoir pourquoi nous vivons là ? dit Jenny, venant à son secours. Damon a acheté cette maison, il y a huit ans. Un investissement, a-t-il prétendu, mais je n'ai pas été dupe. Il traversait un moment très pénible de sa vie. Leigh venait de perdre son emploi, et nous étions sur le point d'être expulsés. Il nous a alors proposé d'habiter ici. Naturellement, il n'accepte pas un centime de loyer. Il dit que c'est pratique d'avoir des personnes de confiance pour veiller sur sa maison quand il est à l'étranger. Mais ne vous faites pas de souci, mon petit, nous ne vous dérangerons pas. Nous avons un appartement au sous-sol. Je ne viens ici qu'une fois par semaine faire un peu de ménage et vérifier que tout va bien.

— Je ne reste pas, dit très vite Kate. J'ai un appartement en ville.

Elle était choquée de se rendre compte qu'elle en savait si peu sur Damon. Mais, bien sûr, ils étaient convenus dès le début de ne pas se répandre en confidences.

— Quand a-t-il habité ici la dernière fois ? ne put-elle s'empêcher de demander.

— Il y a trois ans. Il est resté une quinzaine de jours, et puis, il s'est envolé.

Jenny soupira.

— Il serait temps qu'il cesse de fuir et se pose.

— Fuir ? Damon profite simplement de l'instant présent. Il n'est pas du genre à reculer, devant rien.

Dans les yeux bleus de Jenny, Kate lut des secrets qui n'appartenaient qu'à Damon. Elle changea donc de sujet, et elles bavardèrent à bâtons rompus pendant que Kate dégustait son bacon et ses œufs. Quand elles eurent remis la cuisine en ordre, Jenny lui fit visiter la maison.

— Il a dépensé une fortune en ameublement et décoration, dit-elle en balayant l'air de la main. Et il n'est jamais là pour en profiter.

Rien de Damon n'apparaissait dans les pièces que Jenny lui fit visiter. Pas de photos, pas de souvenirs. Malgré sa beauté, la maison paraissait inhabitée.

Quand Kate eut pris sa douche et se fut habillée, Jenny lui montra la véranda contiguë à la cuisine. Elle y disposait là d'un téléviseur grand écran, d'une vue panoramique sur le paysage, d'un canapé confortable. Pourtant, après avoir regardé distraitement la télé pendant une demi-heure, elle en eut plus qu'assez. Elle trouva un lecteur de D.V.D., mais pas de D.V.D. De vieux romans policiers, des romans d'aventure aux titres peu alléchants. Incapable de rester en place, elle boitilla à travers la maison.

Devant la porte entrouverte de ce qu'elle supposait être la chambre de Damon, que Jenny avait omis de lui faire visiter, elle s'arrêta. L'ameublement était banal. Un lit, une commode. Cependant, remarquant des photographies, elle entra dans la pièce.

Sur l'une d'elles, elle reconnut Damon et Brice, enfants. L'autre montrait un Damon dégingandé, aux cheveux longs, en compagnie d'une adolescente très brune, aux grands yeux noirs.

Qui était-elle ? Il devait tenir à elle pour avoir pris la peine d'exposer sa photo.

— C'est Bonita.

Au son de la voix de Jenny, Kate sursauta et se retourna.

— Je crains que vous m'ayez prise en flagrant délit d'indiscrétion, dit-elle avec un petit rire.

— Je ne suis pas là pour vous espionner, Kate. J'ai juste promis à Damon de veiller sur vous.

— Je vais bien, merci. Qui est-ce ? demanda-t-elle en désignant la photo.

— Bonita et Damon étaient de grands amis de jeunesse. Je suppose qu'il y avait davantage entre eux, mais il ne m'a jamais rien dit, et je ne lui ai rien demandé. Bonita est morte d'une leucémie, il a quelques années.

— C'est épouvantable !

— Par la suite, il n'a plus jamais été le même.

« Pourquoi ? se demanda Kate. Etaient-ils amoureux ? »

— Il tient à donner l'image d'un bon vivant, libre et insouciant, dit-elle, mais j'avoue que je ne suis pas convaincue.

Jenny hocha la tête.

— Venez dans la véranda. Je veux vous montrer quelque chose.

Quand Kate fut installée dans le canapé, Jenny sortit une pile de photos d'un meuble, les posa sur la table basse, et s'assit près d'elle. Elle lui tendit une photo représentant un night-club d'aspect miteux.

— Il a acheté cet établissement avec l'argent hérité de sa grand-mère, et voici à quoi il ressemble maintenant.

Elle lui passa une autre photo.

— Mais je connais ! s'exclama Kate. C'est une des boîtes les plus courues de King's Cross ! C'est Damon qui l'a restaurée ?

— Oui. A la mort de Bonita, il l'a vendue avec un gros bénéfice et est parti à l'étranger.

Jenny lui montra d'autres photos d'établissements divers.

— Ce sont des affaires qu'il a remises sur pied et revendues, dit Jenny.

Ce qu'il s'apprêtait à faire avec Aussie Essential, désormais Ultimate Journey.

Kate poussa un soupir.

— Il ne m'en a rien dit.

— Il s'occupe maintenant de l'entreprise qu'il a créée à Phœnix. Il est très doué.

— Je vois ça. Pourquoi Phœnix ? Pourquoi pas l'Australie ?

— Parce que c'est un écorché vif. Tout ceci…

Elle désigna les photos.

— … ne lui sert qu'à compenser un manque dont il ignore l'existence.

Le regard perspicace de Jenny chercha le sien.

— Vous êtes celle qui pourrait l'aider à combler ce manque.

Le cœur de Kate fit un drôle de petit bond.

— Moi ?

Elle secoua la tête. Allons, ils n'appartenaient pas au même univers. Si elle était tombée amoureuse de lui, c'était son problème, pas le sien.

— Vous vous trompez. Je suis incapable de l'aider.

— Mais vous le désirez. Vous voulez le comprendre.

— Oui.

Même si leur relation ne devait pas durer, oui, elle voulait le connaître mieux.

Jenny sourit.

— Faites-moi confiance.

Il faisait nuit lorsque Damon arriva à la maison, et la vue des fenêtres éclairées lui causa une étrange émotion. Pour la première fois, il avait le sentiment de rentrer chez lui.

Kate était là.

Kate. L'attendait-elle, aussi impatiente de le retrouver qu'il l'était ? Car, oui, il était impatient de la revoir. Il mourait d'envie de se mettre au lit avec elle, de la sentir nue contre lui, de se rassasier de son corps, et de tomber endormi de fatigue à ses côtés. Sous les couvertures, cette fois. Près d'elle.

C'était tout ce qu'il attendait d'elle. Il le fallait, se disait-il en se dirigeant vers la porte d'entrée. Il avait éprouvé une telle frayeur quand elle était tombée qu'il avait réagi de façon exacerbée. Son accident avait ravivé les souvenirs d'une période horrible. Et il ne voulait jamais revivre ces moments tragiques. Ce qui ne l'empêcherait pas d'essayer de persuader Kate de poursuivre leur relation.

Quand il ouvrit la porte, une odeur de vanille mêlée à

celle d'un feu de bois d'eucalyptus l'accueillit. On avait éteint les lumières de la salle de séjour, un feu crépitait dans la cheminée centrale, son conduit de cuivre reflétant les flammes de dizaines de bougies éparpillées à travers la pièce.

Son regard tomba sur Kate, assise sur un tapis, devant la cheminée, une flûte de champagne dans chaque main, et il en eut le souffle coupé.

Elle portait une robe longue, blanche et moulante, offrant une vue plongeante sur ses seins. Les flammes allumaient des reflets d'or dans ses cheveux, et sa peau parfaite semblait illuminée de l'intérieur. C'était une vision enchanteresse, qui dépassait en beauté, et en sensualité, tout ce qu'il avait vu. Dans le silence, il n'entendait que le craquement des branches d'eucalyptus, et les battements de son cœur.

— Bienvenue à la maison, dit Kate.

Elle tapota le tapis près d'elle.

— Je t'invite à pique-niquer.

Malgré son émotion, il éclata de rire. Après avoir ôté ses chaussures, il s'installa sur le tapis.

— C'est le pique-nique le plus original que j'ai connu !

— Combien de pique-niques as-tu connus ?

Il prit l'air penaud. Kate lui tendit un verre.

— On ne peut pas dire que tu sois un expert, n'est-ce pas ?

— Je suppose que non.

Sans la quitter des yeux, il prit le verre, s'arrangeant pour frôler ses doigts au passage.

— Aux retours à la maison et aux pique-niques ! déclara-t-il en levant son verre.

Kate l'imita. Après la première gorgée, il se pencha et lécha délicatement les gouttes de champagne sur ses lèvres. L'espace d'un instant, il fut submergé par le désir de faire l'amour avec Kate sur-le-champ, mais elle avait mis tant de cœur dans la préparation de la soirée qu'il se contint.

— Qu'y a-t-il au menu ? demanda-t-il.

— Toutes sortes de bonnes choses. Des crackers et du pâté, trois sortes de fromages, du poulet épicé, du pain frais. Et, pour finir, un diplomate à la framboise agrémenté de copeaux de chocolat.

Elle tartina un cracker de pâté et le lui tendit.

— Tu ne m'as jamais parlé de ton travail à l'étranger.

— Je croyais que nous laissions de côté nos histoires personnelles.

— Ce n'est pas de l'histoire, c'est du présent.

— Exact. Eh bien, je m'occupe de répertorier et de vendre des équipements pour les sports à risques dans le monde entier.

Elle mordit dans un cracker.

— Sauts en parachute, parapente, etc., dit-elle d'un air entendu.

— Oui. Et l'immense intérêt de l'Internet, c'est que je n'ai pas besoin de stocks, et que je peux travailler n'importe où.

— Ainsi, tu…

La sonnerie de son portable l'interrompit. Jetant un coup d'œil à l'écran, elle prit l'air contrit.

— Désolée, il faut que je réponde.

Elle appuya sur la touche de mise en communication.

— Bonjour, papa… Nous sommes également de retour… Oui… Nous sommes en train de dîner. Oui, Damon et moi…

Il nota avec plaisir qu'elle faisait preuve d'assurance.

— Comment s'est déroulée la fête ? demanda-t-elle.

Une nouvelle pause, puis elle se redressa.

— Oh, je… Bon, d'accord, je vais voir…

Elle posa le téléphone contre sa poitrine.

— Mes parents t'invitent à dîner jeudi soir.

Il leva un sourcil.

— Pas mardi ?

— Ils ne seront pas rentrés de Coffs Harbour.

— Eh bien, d'accord.

— Tu n'es pas obligé, tu sais, murmura-t-elle, anxieuse.

— Aurais-tu honte de moi, par hasard ?

— Espèce d'idiot !

Elle reprit le téléphone, et, se détournant, conversa encore quelques instants avec ses parents. Ce ne fut que lorsqu'elle raccrocha que Damon se demanda ce qui lui avait pris d'accepter.

La rencontre avec les parents. Le titre d'un film qu'il préférait ne pas voir. Aucune femme jusqu'à présent ne l'avait invité à rencontrer sa famille. Et il leur en était infiniment reconnaissant.

Il y repensa tard dans la nuit, Kate endormie dans ses bras. Le pique-nique s'était déroulé dans une ambiance décontractée ; ils avaient parlé de leurs métiers respectifs, puis de leur enfance. Damon avait éprouvé du soulagement à se confier après des années de silence. Ils s'étaient tout de même débrouillés pour éviter le sujet des ex.

Oui, pourquoi avait-il accepté cette invitation ? Qu'avait de particulier la rencontre avec les parents de Kate ? Son père tenait sûrement à le rencontrer pour s'assurer qu'il ferait un bon mari pour sa fille.

Eh bien, il en serait pour ses frais ! M. Fielding le mettrait à la porte s'il savait ce que Damon avait fait à sa précieuse Katerina, peu de temps après leur rencontre.

En tout cas, c'était ainsi qu'il réagirait s'il avait une fille comme Katerina. S'il avait une fille… comme Katerina.

Un enfant… à lui. Il chassa la soudaine image de Kate avec une minuscule version d'elle-même dans les bras. Pas assez vite, cependant, pour ne pas se mettre à trembler. D'où avait donc surgi cette vision ?

Le regard fixé au plafond, il se demanda une fois de plus pourquoi c'était différent avec Kate. Au fond, ce n'était pas si compliqué. Il voulait rencontrer ses parents parce qu'ils faisaient partie de son monde, et que, ainsi, il la comprendrait mieux. Il voulait les rencontrer pour leur assurer qu'il avait les meilleures intentions du monde à son sujet.

Il voulait qu'elle sache, quand il partirait, qu'elle avait été aimée.

Mais… dîner à 7 heures. Se sauterait-on à la gorge à 8 ? Comment se passait ce genre de choses de nos jours ?

- 13 -

Le dimanche matin, ils se promenèrent aux environs d'Hawkesbury, et firent une sieste l'après-midi. Damon insista pour que Kate se repose encore le lundi et, pour couper court à ses protestations, quitta la maison avant qu'elle n'ait eu le temps de se préparer. Le soir, il la reconduisit toutefois à son appartement. Il fut tenté de lui demander de rester, mais, connaissant son opinion sur les relations entre employeur et employé, s'en abstint.

Leur relation avait évolué depuis la nuit de leur retour, quand il avait dormi avec elle. On aurait dit qu'ils admettaient que leur lien était plus fort que ce qu'ils avaient cru, ou même souhaité, et il se demandait où tout cela les mènerait.

Il n'était pas prêt à renoncer à Kate, et pourtant, tôt ou tard, il devrait rentrer aux Etats-Unis. Ce qui signifiait soit vendre l'agence, soit en confier la direction à Kate…

Ou encore garder Ultimate Journey et déménager son affaire en Australie. Pour la première fois, il envisageait cette hypothèse.

Durant les trois nuits précédentes, Kate lui avait terriblement manqué quand il gagnait seul son lit. A l'agence, il avait à peine réussi à lui glisser quelques mots en privé, mais ils échangeaient des regards passionnés par-dessus leurs ordinateurs.

Et puis le jeudi arriva. Il avait beau se dire que rencontrer les parents d'une amie était plutôt banal, son estomac était noué d'appréhension. D'abord, il n'avait jamais rencontré les parents d'une amie, ce qui impliquait quand même une idée de continuité dans la relation. Cette notion de continuité existait-elle dans leur relation ? Et, connaissant son mode de vie, était-ce honnête de sa part de la suggérer ?

Encore une fois, après cette soirée, leur relation appartiendrait peut-être au passé.

Dans l'escalier menant chez Kate, il déboutonna la veste de son costume, la reboutonna, tira sur ses manchettes.

Incroyable. Il était moins stressé lorsqu'il avait exécuté un *base jump* à Perrine Bridge, dans l'Idaho !

Et sa tension ne fit que croître lorsque Kate ouvrit la porte et qu'il la découvrit en jean et T-shirt.

— Bonjour, dit-elle en l'examinant du nœud de sa cravate de soie à ses chaussures italiennes de cuir fin. Dis donc ! Tu es à croquer !

— Plus tard.

Pourquoi ne s'était-il pas renseigné sur la tenue adéquate ?

— Tu ne portes jamais de jean, fit-il remarquer avec une pointe d'amertume.

— Mais si ! C'est juste que tu ne m'as pas fréquentée assez longtemps pour t'en apercevoir.

Il songea à lui demander de retourner chez lui passer une tenue moins formelle, mais elle avait saisi sa veste et claqué la porte derrière elle avant qu'il n'ait pu dire un mot.

— Allons-y ! dit-elle avec un éblouissant sourire.

Alors, résigné, il la suivit dans l'escalier. Dans la voiture, comme il gardait le silence, Kate lui jeta un regard en coin.

— Tu es nerveux, j'ai l'impression ?

— Pourquoi serais-je nerveux ?

Elle haussa les épaules.

— Parce que c'est une expérience nouvelle pour toi.

— Je t'assure que ça va.

Se sentant sur le point d'étouffer, il porta une main à sa cravate pour en desserrer le nœud. Mais Kate l'arrêta d'un geste.

— Ne touche à rien ! Tu es parfait comme ça !

Suivant ses instructions, il finit par tourner dans l'allée d'une maison modeste mais bien entretenue. Quand il coupa le moteur, elle posa un léger baiser sur ses lèvres et lui sourit.

— J'en ai eu envie toute la journée.

— Et c'est maintenant que tu le fais ? Ici ?

S'agissait-il d'une provocation destinée à son père, peut-être embusqué derrière les rideaux de dentelle ?

— Allons, ne t'inquiète pas. Tu auras une deuxième chance à la fin de la soirée.

Il la caressa d'un regard chargé de la promesse des plaisirs à venir. Puis elle descendit de voiture. Le temps qu'il récupère dans le coffre le bouquet de roses et la bouteille de vin qu'il destinait à ses hôtes, elle était à la porte. Il la rejoignit sous le porche au moment où ses parents sortaient, tous deux vêtus d'un jean et d'un pull.

Quand Kate les eut embrassés, elle se tourna vers lui, et son sourire s'évanouit.

— Oh ! Damon… J'ai oublié de te prévenir que maman est allergique aux roses et que papa ne boit pas.

Touché.

— Katerina ! s'exclama sa mère d'un ton réprobateur. Ne vois-tu pas que tu mets ce pauvre jeune homme mal à l'aise. Comme il est élégant ! J'aime qu'on s'habille pour dîner.

Elle souriait, sincère.

— J'apprécie votre geste, vous savez, reprit-elle. Ces

roses sont splendides, mais je ne peux pas me risquer à les respirer. Merci !

Mme Fielding, à qui Kate ressemblait beaucoup, paraissait plus jeune que sa cinquantaine. Il lui sourit.

— J'aurais mieux fait d'apporter des chocolats. Je m'en souviendrai la prochaine fois.

La prochaine fois ? Parce qu'il y aurait une prochaine fois ?

Il déposa le bouquet de roses et la bouteille de vin dans un coin du porche. Il s'ensuivit un moment de silence embarrassé avant que Damon ne tende la main.

— Damon Gillepsie. Je…

— Papa, c'est Damon Gi…

Kate et lui avaient parlé en même temps.

— Paul et Maria, dit la mère de Kate. Bienvenue, Damon. Entrez, le dîner est presque prêt. Rosa vous prie de l'excuser. Elle rentrera tard.

Maria et Kate disparurent dans la cuisine, laissant Damon en compagnie du très austère Paul Fielding et d'une bonne odeur de tomates et de basilic filtrant jusqu'à la salle de séjour. Lorsqu'ils furent assis dans l'inconfortable canapé de la petite pièce au décor rétro, Paul se tourna vers Damon.

— Ainsi, Kate et vous êtes satisfaits de votre voyage, m'a-t-elle dit.

— Oui. Les résultats sont intéressants. Etes-vous déjà allé à Bali ?

— Non. Je ne supporte pas les vols longue distance.

— C'est parfois stressant, reconnut Damon. Vous revenez de Coffs Harbour, je crois ?

— Réunion de famille. C'est très fâcheux que Kate n'ait pu y assister. La famille, c'est important.

— Je suis d'accord avec vous.

Il sentait que Paul Fielding le jaugeait, comme s'il le

rendait responsable de l'absence de Kate à leur réunion de famille. Il faisait peut-être une tête de moins que lui, mais il compensait largement cette infériorité par une très forte personnalité. Damon glissa un doigt dans le col de sa chemise.

— Vous avez de la famille, Damon ?

Dans un bref accès de sentimentalité, il souhaita pouvoir compter ses parents au rang de membres de sa famille.

— Je n'avais que Brice.

Paul hocha la tête.

— Katerina nous a appris la triste nouvelle. Ainsi, vous allez retourner à... où vivez-vous ?

— A Phœnix, en Arizona. Oui, je vais rentrer. Mon affaire m'attend là-bas.

— Ce n'est franchement pas la porte à côté.

D'étonnants yeux bleus transpercèrent Damon.

— Je ne veux pas que ma fille souffre, ajouta M. Fielding.

Damon sentit la moutarde lui monter au nez. Entendre ce reproche voilé de la part d'un homme capable, par ses coups de téléphone, d'effacer toute joie de vivre du visage de Kate, d'étouffer son exubérance par son autoritarisme, le faisait voir rouge.

— Je n'ai aucune intention de faire souffrir Kate.

— Si, par hasard, vous la faisiez quand même souffrir, n'oubliez pas que vous auriez affaire à moi.

Si Paul Fielding était autoritaire, il n'en aimait pas moins sa fille, et souhaitait la protéger du mal. Il fallait juste qu'il admette que ce n'était pas toujours possible. Un jour ou l'autre, tout le monde devait affronter ses propres démons.

— Je comprends, dit Damon, mais, avec tout le respect que je vous dois, Kate est adulte. Elle mène sa propre vie.

Paul grimaça.

— Elle est douce comme un agneau. Si elle ne peut compter sur moi, sur qui comptera-t-elle ?

— Elle se débrouille très bien à l'agence.

— Tant mieux pour elle.

Il poussa un énorme soupir qui parut dégonfler son corps.

— Je veux juste ce qu'il y a de mieux pour Katerina. Rosa va épouser un Français. Qui sait s'ils ne décideront pas d'aller vivre en France ? Katerina est tout ce qui nous reste.

La tristesse voila son regard. Oui, c'était terrible. Il avait perdu son fils unique.

— Kate ne vous quittera pas de sitôt, Paul. A ses yeux, la famille passe avant toute chose.

Paul le regarda un moment sans parler, puis, hochant la tête, fit un visible effort pour alléger l'atmosphère.

— Préférez-vous le rugby, le football américain ou le football australien ? demanda-t-il soudain.

— J'essaie de suivre tout. Mais ce n'est pas facile de voir du football australien aux Etats-Unis.

— Je comprends, fit Paul en hochant la tête.

Allons, sous ses piquants, Paul avait aussi bon cœur que Kate.

Kate… Elle n'avait mentionné son fiancé qu'une seule fois, mais il sentait en elle une profonde blessure. A cette idée, son cœur se serra douloureusement. Pourtant, lui aussi la blesserait lorsqu'il quitterait l'Australie. Exactement comme son père le redoutait.

Ils quittèrent le domicile des parents de Kate à 10 heures. Dès qu'ils furent hors de vue, elle poussa un soupir de soulagement. Sa mère appréciait visiblement Damon. Quant à son père… eh bien, il lui avait fallu un peu de temps, mais elle sentait qu'il le respectait. En tant qu'employeur, bien sûr, mais en tant qu'amant, qu'en penserait-il ?

Ses pensées furent interrompues par le brutal coup de frein de Damon qui arrêta la voiture le long du trottoir. La lumière du lampadaire durcissait les traits de son visage et soulignait l'intensité inquiétante de son regard. Elle n'eut toutefois pas le temps de lui poser de questions, car, la saisissant par la nuque, il l'attira à lui et écrasa ses lèvres sur les siennes. Elle perçut une sorte de désespoir dans son baiser, une âpreté qui la toucha. Quand il finit par la lâcher, ils étaient au bord de l'asphyxie.

— J'en ai eu envie toute la journée, dit-il, reprenant l'expression de Kate.

Il caressa ses seins soudain gonflés, puis, soulevant son pull, en chercha les pointes durcies sous le soutien-gorge.

— Et j'ai eu envie de faire ça toute la soirée, dit-il en les prenant entre ses lèvres. Permets-moi de rester avec toi.

Ces mots produisirent sur Kate l'effet d'un aphrodisiaque. Pourtant, elle ne répondit pas tout de suite. Elle laissa sa tête aller contre le dossier de son siège pendant qu'il agaçait ses seins du bout des dents, avec les petits poils de sa barbe qui lui piquaient la peau.

— Mon lit est trop petit pour deux, dit-elle.

— Nous nous serrerons.

Il se redressa, rabattit le pull de Kate. Puis, après avoir desserré sa cravate et défait le bouton du col de sa chemise, il prit son visage entre ses mains.

— Dis oui, Kate.

Il ne lui demandait pas de rester pour toujours, il s'était montré parfaitement honnête sur ce point. Il n'empêchait que, ce soir, il s'était efforcé de plaire à ses parents. Pourquoi ? Leur opinion comptait donc à ses yeux ? Elle eut un petit sourire en se rappelant son air gêné, engoncé dans son costume, avec ses roses et son vin.

Il avait fait ça pour elle.

— Oui, murmura-t-elle.

Aucun homme n'était jamais rentré dans sa chambre, et, comme elle n'envisageait pas de revenir sur sa décision, elle l'avait décorée de rose et de blanc, et meublée dans un style romantique.

Malgré ses trente ans, Kate avait conservé son âme de petite fille.

A la porte, elle s'arrêta.

— C'est plutôt féminin comme ambiance, tu sais.

— Ce n'est pas la chambre qui m'intéresse, marmonna-t-il.

Déjà, il retirait sa cravate et la laissait tomber à terre tout en pressant ses lèvres dans le cou de Kate. Quand il la suivit dans l'appartement, l'obscurité les enveloppa.

— Lumière ! dit-il d'une voix rauque de désir. Je veux voir celle à qui je vais faire l'amour.

Elle tâtonna jusqu'à la lampe de chevet. Quand elle l'alluma, une clarté rose réchauffa la pièce.

Quelques instants plus tard, ils étaient nus, serrés l'un contre l'autre sur les draps roses.

— Tu m'as tellement manqué, murmura-t-il à son oreille avant de la pénétrer avec un cri de plaisir.

Elle gémit à son tour.

— Tu m'as manqué aussi.

Elle écarta les lèvres pour mieux laisser sa bouche la dévorer. Il sentait le tiramisu maternel, le café noir, et la passion. Il était facile d'oublier que, durant le jour, il avait été un employeur impatient, avec un emploi du temps surchargé. Ce soir, il était à elle. Et rien qu'à elle.

Damon profondément fiché en elle, besognant le cœur

même de son être, l'emporta très vite vers les sommets de la passion.

Comme ils atteignaient ensemble la jouissance, elle plongea son regard sans le sien, et son cœur lui parut trop gros pour sa poitrine.

« Je t'aime. »

Voilà, elle l'aimait, se dit-elle avec émerveillement, tandis qu'elle dérivait lentement vers la terre, sous le regard attentif de Damon dont les cheveux ébouriffés formaient une auréole dans la lumière. Il se laissa retomber près d'elle, dans le lit étroit, glissa un bras autour de sa taille, et ferma les yeux.

Ah bon ? Pas de discussion sur l'oreiller ? Vaguement déçue, elle éteignit la lumière.

Etait-ce une impression, ou se montrait-il plus distant ? Pourtant, il l'avait suppliée de le laisser rester. Enfin, suppliée, le terme était peut-être exagéré. Elle n'avait pas opposé une trop vive résistance. Peut-être était-il las des efforts fournis ce soir ? Et s'il avait décidé que s'encombrer d'une fille dotée de parents conservateurs dépassait ses forces ?

Elle venait de vivre un rêve, mais il était temps de regarder la réalité en face. Elle l'aimait, d'accord, mais cet amour n'y changerait rien : tôt ou tard, leur relation s'achèverait. C'était inévitable.

Damon fixa le plafond avec lassitude. Mille pensées se télescopaient dans sa tête. Il mourait d'envie de serrer Kate très fort contre lui, comme il le faisait seulement quelques jours plus tôt, autant dire une éternité. Il mourait d'envie de la caresser, de sentir son cœur battre sous sa paume, de presser son nez au creux de son cou, et de s'immerger dans son parfum.

Il mourait d'envie d'oublier ce qui avait précédé, de se laisser aller, et de l'aimer. De l'aimer simplement.

Mais il ne pouvait prendre ce risque. Pas avec la vie

qu'il menait. Il avait surpris ce regard plein d'étoiles dans ses yeux.

Il marchait sur des sables mouvants affectifs. Elle devenait trop proche, caressait des rêves irréalisables. Et, s'il n'y prenait garde, ce serait l'enlisement pour tous les deux.

Il devait rejoindre la terre ferme avec prudence, s'éloigner pas à pas du lieu de tous les dangers. Demain n'existait pas pour lui. Il n'y avait qu'aujourd'hui. Et aujourd'hui était un excellent moment pour organiser ce *base jump* en Malaisie.

Kate tombait d'une très haute falaise. Son hurlement se mêlait au vent sifflant à ses oreilles, et les rochers se rapprochaient d'elle à une vitesse vertigineuse…

Elle s'éveilla, en sueur, le cœur tambourinant dans sa poitrine. De la main, elle chercha Damon, mais sa place était vide. Et puis elle entendit le bruit réconfortant de l'eau qui coulait.

Elle n'avait pas fait ce rêve depuis une éternité.

— Bonjour.

Tout en frottant ses cheveux avec une serviette, Damon rentra dans la chambre, vêtu d'un caleçon qui ne laissait rien ignorer de la musculature de son ventre et de ses cuisses.

Secouant les dernières images de son cauchemar, elle regarda le réveil.

— Tu te lèves bien tôt, dit-elle.

Elle s'étira, pour chasser les courbatures nées de leur position inconfortable. Elle espérait qu'il la rejoindrait avant de partir, mais il passa sa chemise, et la boutonna sans lui adresser le moindre regard.

— Des détails de dernière minute à mettre au point. Je pars pour le week-end.

— Ah… Tu ne m'avais rien dit.

Mais pourquoi l'aurait-il fait ? Une sensation désagréable chatouilla l'estomac de Kate. Il n'était pas tenu de lui faire part de ses projets. Ils ne se devaient rien.

— Il n'y avait rien de définitif jusqu'à ce matin, expliqua-t-il.

— Tu as arrangé un voyage de si bonne heure ? demanda-t-elle malgré elle.

Sans répondre, il secoua son pantalon et l'enfila.

Oh ! pourquoi cette soudaine froideur, comme s'il s'était recroquevillé dans sa carapace ?

— Je serai à l'agence lundi matin, à la première heure, dit-il.

Elle passa sa robe de chambre posée au pied du lit, en noua la ceinture.

— Où vas-tu ?

— A Kuala Lumpur.

— En Malaisie ! Mais nous revenons juste de Bali ! Que…

Elle se tut, consciente d'outrepasser les règles.

— J'ai organisé un saut avec Sebastian et un ami, expliqua néanmoins Damon. C'est une occasion à ne pas rater.

La sensation de malaise de Kate s'amplifia. Elle savait qu'il sautait. Elle avait beau savoir que beaucoup de gens sautaient, cela ne la rassurait pas plus.

— Crois-le ou non, on peut sauter en parachute à Sydney, dit-elle d'un ton caustique.

Il la dévisagea.

— Je pratique le *base jump.*

Kate laissa échapper un son étranglé. Il ne s'agissait pas de saut en parachute, mais d'un sport beaucoup plus dangereux.

— Tu connais ? demanda-t-il en voyant qu'elle demeurait silencieuse.

Un sport extrême. Des sauts à partir d'objets fixes, tels des immeubles, des ponts ou des montagnes, muni d'un simple parachute. Une acrobatie terriblement périlleuse qui pouvait vous coûter la vie en un quart de seconde.

— Du suicide, voilà ce que c'est, dit-elle froidement. J'avais raison. Tu es bien l'imprudent, irresponsable, égoïste, enfant de salaud que j'avais d'abord cru !

Elle crut voir un éclair de remords dans le regard de Damon.

— Tout va bien se passer. Je suis suffisamment entraîné. Ne t'inquiète pas pour moi.

— Que je ne m'inquiète pas ?

Les mains crispées dans ses cheveux, elle se détourna, une profonde amertume au cœur.

Il posa une main sur son épaule.

— Tu me reverras à l'agence, lundi matin, en pleine forme, comme d'habitude.

Des larmes plein les yeux, elle le repoussa. Puis elle se tourna vers lui, et se força à le regarder.

— Et si je te disais que je t'aime, et te demandais de renoncer à ton saut, cela changerait-il quelque chose ?

Elle le vit pâlir.

— Oh, Kate…

Il y eut un silence stupéfait.

— Je suis comme je suis, dit-il enfin.

Il secoua lentement la tête.

— Tu ne veux pas m'aimer.

— Tu as sacrément raison ! Je ne veux pas ! Seulement, il semble qu'on ne choisit pas la personne dont on tombe amoureux !

Elle resserra les pans de sa robe de chambre contre elle. Damon était blême, les traits tirés, les rides d'expression encadrant sa bouche profondément creusées. Elle voyait enfin ce que dissimulait son assurance. Cependant, même en cet instant, il luttait contre la part blessée de lui-même. Oui, blessée. A présent, elle le voyait très clairement.

— Tu n'as pas besoin d'un type comme moi dans ta vie, Kate, dit-il avec une profonde émotion. Tu mérites quelqu'un qui te donnera ce que tu veux, un foyer, des enfants.

— Seule ma carrière m'intéresse !

Elle devait bien s'en persuader, en tout cas, puisqu'elle devrait reconstruire sa vie sans Damon. Sans amour.

— Réfléchis-y pendant que tu risqueras stupidement ta vie ! s'écria-t-elle. Si téméraire sois-tu, il existe un risque que tu n'oseras jamais prendre, Damon ! Le risque le plus important, le plus audacieux de tous !

- 14 -

Après le départ de Damon, sans un baiser, sans un adieu, Kate décida de ne pas se rendre l'agence. Après tout, sa vie ne se résumait pas à sa carrière ; dommage qu'elle ne l'ait pas compris plus tôt. Et, ironie du sort, c'était à Damon qu'elle devait cette révélation.

Le fait, si extraordinaire, de prendre un jour de congé sans être malade la laissa vide et désœuvrée. Elle songea un instant à aller quand même à l'agence, mais l'idée de voir Damon lui faisait trop mal. Elle se livra donc à des tâches ménagères et, le soir, se mit au lit épuisée, avec le vague espoir que Damon appellerait pour dire qu'il avait changé d'avis.

Mais, quand vint le samedi matin, elle comprit qu'il s'en tiendrait à sa décision. Incapable de supporter l'idée de parler à quiconque, elle débrancha donc ses téléphones.

Sa sœur, venue lui rendre visite un peu plus tard dans la matinée, la trouva assise à la table de la cuisine, les yeux fixés sur l'horloge.

— Je pensais aller faire les magasins avec toi, dit Rosa, mais je n'ai pas réussi à te joindre au téléphone. Que se passe-t-il ?

Soudain, les larmes contenues de Kate jaillirent.

— Rosa, j'ai fait une énorme bêtise.

Rosa s'assit près d'elle et lui caressa les cheveux.

— De quoi s'agit-il, Kate ?

— Je suis tombée amoureuse.

Il y eut un moment de silence.

— Oh, Kate…, murmura enfin Rosa.

Nouvelle pause.

— Je suppose qu'il s'agit de Damon Gillepsie ? reprit Rosa.

Tout en hochant la tête, Kate prit un mouchoir dans la boîte posée sur la table et s'essuya les yeux.

— Mon employeur, tu te rends compte ? Tu sais ce que je pense des liaisons sur son lieu de travail après le tour que m'a joué Nick.

— Nick était un pauvre type, ce n'est pas un exemple. Tous les jours, des gens tombent amoureux sur leur lieu de travail.

— Eh bien, moi, je refuse ! Dire que je croyais avoir retenu la leçon !

Rosa contempla sa sœur avec affection.

— Je suppose qu'il ne partage pas tes sentiments ?

— Je crois qu'il ne sait pas lui-même ce qu'il ressent.

Elle avait vu passer quelque chose dans ses yeux, entendu quelque chose dans sa voix, et, oh… quand il lui faisait l'amour… Malheureusement, connaissant Damon, il donnait probablement à toutes ses maîtresses l'impression d'être uniques au monde.

— Il n'est vraiment pas fait pour moi, Rosa. Pourquoi faut-il que je choisisse toujours le mauvais numéro ?

— Parle-moi un peu de celui-ci, Kate.

Cette dernière esquissa un sourire mélancolique.

— Tu as quelques heures devant toi ?

Rosa lui prit la main et l'entraîna vers le canapé.

— Toute la journée, si tu veux !

*
* *

L'ascenseur chargé des amateurs de *base jump* s'élevait vers le sommet de la KL Tower. Damon, Sebastian et Brad, l'ami de ce dernier, leur parachute en place, émergèrent sur la terrasse d'où ils allaient prendre leur envol.

Kate.

Le cœur de Damon se mit à battre violemment, et il passa une main sur son visage. « Si je te disais que je t'aime, et te demandais de renoncer à ton saut, est-ce que ça changerait quelque chose ? »

— Hé ! Damon, tu rêves ? demanda Sebastian en l'examinant d'un air intrigué.

Damon fit quelques mouvements d'assouplissement, ferma et ouvrit ses poings, étira sa nuque.

— Je saute juste derrière vous.

— D'accord ! A tout de suite, en bas ! dit Sebastian en riant.

Et il vint se placer sur le rebord, Brad et Damon derrière lui.

Sebastian se tint un instant immobile, les manches de sa chemises gonflées par le vent, avant de se précipiter dans le vide, immédiatement suivi par Brad.

« Trop près », maugréa Damon. Les paumes, le dos en sueur, il les regarda dégringoler vers le sol. Cinq secondes... six...

Quand leurs parachutes s'ouvrirent, à une fraction de seconde d'intervalle, il poussa un soupir de soulagement. Ces secondes pleines de tension étaient les pires. Kate avait perdu son frère dans des circonstances similaires et, en cet instant, il comprenait ce qu'elle ressentait.

Il regarda ses compagnons devenir de plus en plus petits. A un moment, Brad se rapprocha dangereusement du mur, mais il réussit à rétablir la situation.

Damon se frotta la nuque tandis que, derrière lui, les

amateurs de sensations fortes s'agitaient. Il allait falloir qu'il se décide à sauter, sous peine qu'on lui demande de se pousser.

Kate.

Il la revit perdant l'équilibre dans l'escalier roulant, et atterrir, petite poupée désarticulée, au pied de l'escalier. Il se rappela sa terreur, son sentiment d'impuissance de n'avoir pas su la rattraper.

Repoussant le souvenir, il se redressa, oscilla sur le bord. La ville de Kuala Lumpur s'étalait en dessous de lui dans une brume de chaleur. Un coup de vent, fouettant son parachute, menaça de lui faire perdre l'équilibre.

« Saute avant qu'il ne soit trop tard. *Carpe Diem.* »

Il ne vivait que pour le présent. Le présent était tout ce qui lui importait. Prendre des risques, c'était toute sa vie.

« Il existe un risque que tu n'oseras jamais prendre. Le plus important, le plus audacieux de tous. »

La sagesse de Kate, son chagrin, son amour…

Brutalement, la vérité l'aveugla.

Drôle de moment pour une révélation…

Il recula, avec un luxe de précautions. Quand il reprit contact avec la terrasse, il détacha son parachute, le tendit à son voisin éberlué, et se rua sur l'ascenseur.

L'avenir existait. Pour la première fois depuis une éternité, il avait une bonne raison de vivre.

L'aéroport de Sydney grouillait de monde. Il s'était douché et changé au terminal avant de reprendre sa voiture et de rouler vers l'agence. Son espoir de surprendre Kate chez elle avait été anéanti par l'arrivée tardive de l'avion.

Il avait de grands projets pour la soirée. A commencer par un dîner dans l'un des meilleurs restaurants de la ville, et ensuite… Il lui dirait ce qu'il aurait dû lui dire avant son départ, ce qu'il avait eu trop peur d'avouer, à lui-même, et encore plus à un autre.

Il se sentait différent. Il était un homme différent.

En cet instant précis, il était surtout un homme impatient, brûlant de rattraper le temps perdu. Après avoir rajusté sa cravate, consulté sa montre, il entra dans l'agence.

Devant le siège vide de Kate et l'écran noir de son ordinateur, il ressentit une immense déception. Elle avait été absente le vendredi, soit, mais, étant donné sa rigueur, elle aurait dû être à l'agence, aujourd'hui, à la première heure.

Il trouva Sandy dans son coin préféré, près de la machine à café. Elle lui adressa un sourire éblouissant par-dessus son cappuccino.

— Bonjour, Damon.

— Bonjour, Sandy. Kate n'est pas arrivée ?

Elle indiqua la direction de la porte avec sa tasse.

— Vous l'avez ratée. Elle est repartie, il y a environ une demi-heure.

Il sentit son sourire s'effacer, et l'appréhension lui serrer le cœur.

— A-t-elle dit quand elle revenait ?

Sandy haussa les épaules.

— Je l'ai vue poser quelque chose sur le bureau de Bri... sur votre bureau, et puis elle nous a juste salués.

— Très bien, merci.

Maintenant, il avait l'impression qu'un poids lui écrasait la poitrine. Comme assommé, il se dirigea vers son bureau.

— Vous l'avez virée ?

Il se retourna, dévisagea Sandy.

— Qu'est-ce qui vous fait croire ça ?

— C'est juste qu'elle a emporté Smiley.

— Smiley ?

— Le tournesol rose tout rabougri qu'elle garde sur son bureau.

— Non… je ne l'ai pas virée, dit-il avec difficulté.

Lorsqu'il s'installa derrière son bureau, son regard se posa sur une photographie encadrée de Kate et lui buvant un cocktail dans un night-club de Bali. En l'examinant, l'étau dans sa poitrine se resserra, plus fort que jamais. Sur le coup, il n'avait pas remarqué l'expression radieuse de Kate. Plus. La sienne aussi était radieuse. Transportée, ravie.

L'expression d'un homme follement épris.

De quel aveuglement il avait fait preuve !

Il caressa l'image du pouce.

— Tout n'est pas perdu, Kate, murmura-t-il.

Un sentiment d'urgence le submergea. Il fallait qu'il la trouve.

La voiture de Kate n'était pas devant son appartement. Une demi-heure plus tard, il passait devant la maison de ses parents. Pas de Kate en vue, là non plus. Il tapota avec agacement le volant. Où pouvait-elle être ? Il ne lui restait plus qu'à retourner à l'appartement de Kate, et à se résigner à l'attendre sur le pas de sa porte… Sauf qu'il se sentait beaucoup trop nerveux pour ça.

Il repassa devant Ultimate Journey sans l'apercevoir. Et puis, en roulant, désemparé, au hasard des rues, il tomba sur l'agence qu'ils avaient prétendu vouloir espionner, quelques jours plus tôt.

Une voiture semblable à celle de Kate était garée devant. Il freina brutalement, ce qui lui valut un coup de Klaxon indigné du conducteur de la voiture suivante, et il examina les environs. Une silhouette solitaire, en jean, pull, aux cheveux bruns, était assise sur une balançoire de l'aire de jeux…

— Tu sais que tu me dois quinze jours de préavis ?

En entendant la chaude voix de Damon, Kate tressaillit. Et, dans son soulagement de le découvrir indemne, elle eut l'impression que ses forces l'abandonnaient.

Il s'était glissé sur la balançoire voisine, mais elle ne tourna pas la tête. Il était là ; c'était suffisant.

— Je suis consciente de mes obligations, dit-elle, mais j'ai choisi de les ignorer. Tu peux porter plainte contre moi si tu veux.

Du bout du pied, elle imprima un mouvement à la balançoire.

— Je n'ai pas sauté.

La nouvelle produisit sur elle l'effet d'une bombe. Elle aurait voulu crier sa joie, et pleurer en même temps. Elle se contenta de se balancer.

— Ne me dis pas que l'intrépide Damon Gillepsie a perdu ses moyens ?

— Ce n'est pas cela.

Evidemment. Damon possédait des nerfs d'acier.

— Que s'est-il passé ?

— J'ai pensé à toi.

Elle s'immobilisa. La tendresse avec laquelle il avait prononcé ces derniers mots la touchait profondément.

— Tes paroles m'obsédaient, ajouta-t-il.

Elle se souvenait mal de ce qu'elle avait pu dire, car elle se trouvait, à ce moment-là, dans un état d'intense agitation. Les paroles de Damon, en revanche, étaient marquées au fer rouge dans son esprit.

Elle se résolut à le regarder, et son cœur saigna.

— Tu as dit : « je suis comme je suis ». Alors, j'espère que ce n'est pas à cause de moi que tu as renoncé à sauter. Parce que ce serait bien inutile. Si tu renonçais à ce que tu es, tôt ou tard, tu m'en voudrais.

— Je n'ai pas changé d'avis pour te faire plaisir. J'ai toujours pris mes décisions par rapport à moi.

Il haussa les épaules.

— C'est sans doute de l'égoïsme forcené, mais je dois dire à ma décharge que je tenais à vivre seul pour que personne n'en pâtisse. Enfin, jusqu'à aujourd'hui.

Le cœur plein d'émotions contradictoires, elle remit la balançoire en route. Mais il l'arrêta brutalement et approcha son visage du sien.

— Est-ce que tu m'entends, Kate ? J'ai changé d'avis à cause de toi. Je n'ai compris qu'au moment où, debout sur ce mur de béton, à quatre cents mètres du sol, j'ai regardé en bas.

L'image la fit frissonner d'horreur.

— Qu'as-tu compris ?

— Ce que tu m'avais dit avant mon départ me hantait. Et, idiot que je suis, je n'en ai compris le sens qu'au dernier moment. Cet amour est le risque le plus important que tu aies jamais pris. Kate… Tu es tout ce que je veux, tout ce dont j'ai besoin.

Il s'accroupit devant elle, les yeux rivés aux siens, son souffle chaud contre son visage dans l'air piquant de l'automne.

— J'ai vécu si longtemps pour le seul bénéfice de ressentir de temps en temps ces terribles décharges d'adrénaline que j'avais oublié qu'il y a mieux à faire que de se jeter dans le vide. Jamais plus je ne sauterai.

Il lui caressa la joue avec une tendresse qui la bouleversa. Elle refusa pourtant de se laisser influencer.

— Je suis heureuse, Damon, d'avoir pu t'aider un peu.

— Un peu ?

Il secoua la tête, posa une main sur la sienne.

— Ce soir, Kate, nous irons dîner dans le meilleur restaurant, et puis je…

— Je ne suis pas libre, Damon.

Il se figea, incapable d'en croire ses oreilles.

— Bien sûr que si !

— Non. J'ai promis à mon cousin Sean d'aller voir *Don Juan* avec lui à l'opéra.

— Annule !

Il agissait en tyran. Il s'en rendait compte, mais s'en moquait.

— Il a déjà pris les billets.

— Tu savais pourtant que je revenais ce soir !

— Oui.

Sous le regard de Kate qui soutenait le sien sans faiblir, il prit peur et lui lâcha la main.

— Et, même s'il n'avait pas dépensé une fortune pour obtenir ces billets, reprit-elle, même si nous avions seulement prévu d'aller manger un hamburger, je n'annulerais pas. Vois-tu, si tu as refusé de renoncer à ton saut pour la raison la plus valable du monde, c'est que je ne venais pas en priorité sur ta liste.

Elle consulta sa montre.

— J'ai un rendez-vous dans une heure. Il vaut mieux que j'y aille.

— Tu ne cherches pas à te faire recruter ? demanda-t-il le cœur serré.

Seigneur, faites que non !

Elle l'observa un moment en silence, puis se leva.

— Quelle importance ? Damon Gillepsie n'a besoin de personne.

Même s'il l'avait bien mérité, le coup était rude.

— Tu te trompes, Kate, et j'ai l'intention de te le prouver dès demain soir.

— Demain soir, je…

— Le Premier ministre pourrait bien être invité chez tes

parents que tu trouverais le temps de me voir ! s'exclama-t-il.

Elle demeura quelques instants interloquée.

— D'accord, dit-elle enfin. 9 heures chez moi ?

Malgré son calme apparent, il décela un léger frémissement dans sa voix.

— 8 heures.

— 8 h 30.

— Je serai là à 8 heures. Je peux attendre.

— Comme tu voudras.

Elle se laissa glisser à bas de la balançoire, épousseta son jean d'un geste gracieux.

— Je suppose que tu ne viens pas travailler demain ? dit-il comme elle s'éloignait.

Elle ne répondit pas, et ne se retourna pas.

— Très bien, très bien, marmonna-t-il à son dos qui s'éloignait. Le repos te fera le plus grand bien.

S'éloigner de Damon sans regarder en arrière fut l'expérience la plus douloureuse de la vie de Kate. Il l'aimait. Il l'aimait vraiment. Elle l'avait vu dans ses yeux, entendu dans sa voix. Mais, si un avenir était possible entre eux, Damon devait apprendre quelques vérités sur lui-même.

Elle fit de son mieux pour apprécier l'opéra. Sean se montra une compagnie agréable, comme toujours. Il était de surcroît, beau comme un dieu, et doté d'un sourire à faire fondre les cœurs.

Quand Sean la déposa devant chez elle, elle songea à un autre délicieux sourire, et son cœur s'emplit de nostalgie.

— Merci pour cette sortie, Sean. J'avais besoin de m'aérer un peu l'esprit.

— C'était un plaisir, Kate.

Soudain, regardant en direction de la porte d'entrée, il se rembrunit.

— Tu attends quelqu'un ?

— Non.

Elle suivit son regard, et découvrit la silhouette d'un homme assis sur ses marches, et son cœur battit violemment.

— Enfin… si.

— C'est donc lui, dit Sean d'un air sinistre. Tu veux que je lui casse la figure ?

— Inutile. Je pense qu'il souffre suffisamment.

Elle avait porté un coup à son orgueil masculin, un coup dont il n'était sûrement pas coutumier. On ne prenait pas congé de Damon Gillepsie ; c'était lui qui remerciait les gens qu'il quittait.

Depuis combien de temps était-il assis sur ces marches, dans le froid piquant ? En le voyant se lever, elle s'immobilisa. Ses yeux… ses yeux étaient un maelström d'émotions.

— Je croyais que nous étions convenus de mardi soir, dit-elle.

— La patience n'est pas mon fort, riposta-t-il. Je peux entrer ?

Elle acquiesça d'un signe de tête. Une fois à l'intérieur, il la suivit à la cuisine. Quand ils eurent pris place à la table, il sortit une grosse bougie d'un sac en papier et l'alluma. Après quoi, il éteignit la lumière, et la pièce se trouva baignée dans la chaude lueur ambrée.

— Il est temps que nous parlions, Kate. Nous étions tombés d'accord pour ne pas évoquer notre passé, mais je crois que c'est devenu inévitable.

Elle était d'accord. Entièrement d'accord. Elle laissa toutefois le silence s'étirer.

— Parle-moi de Bonita, dit-elle après quelques instants. C'était avec elle que tu te promenais sur les falaises, n'est-ce pas ?

Il hocha la tête.

— Bonita et moi étions amis d'enfance. Elle était tout pour moi, car, avec Brice, nous avions peu en commun. Nous sommes devenus amants alors qu'elle n'avait que quinze ans. Quand elle est morte, j'ai eu la sensation de tomber dans un trou sans fond, et j'ai compris qu'on pouvait mourir du jour au lendemain.

— Personne ne connaît la date de sa mort, dit Kate d'une voix tremblante. C'est ce que nous faisons lors de notre passage sur Terre qui est important.

— Et cela inclut l'amour, dit-il en lui prenant la main. Parce que, sans amour, on ne vit pas vraiment. Il a fallu que je te rencontre pour le comprendre.

Après un instant de silence, il ajouta :

— Parle-moi de Nick.

Au prix d'un visible effort, elle se décida à parler.

— Nous travaillions dans la même agence de voyages. Il était beau, séduisant, et je m'émerveillais qu'il aime quelqu'un d'aussi insignifiant que moi. Un jour, nous sommes partis en voyage pour le compte de l'agence. Ce que j'ignorais, c'était qu'il entretenait une liaison avec une de nos collègues qui participait aussi au déplacement.

Il lui serra la main.

— Kate…

— A l'agence, poursuivit-elle, imperturbable, tout le monde était au courant, mais personne n'a cherché à me dessiller les yeux. Ils trouvaient plus drôle de rire derrière mon dos. Je n'ai découvert le pot aux roses que lorsqu'il m'a quittée pour épouser sa maîtresse qui était enceinte de lui.

— C'est pour cette raison que tu as une sainte horreur des idylles de bureau.

Elle contempla la flamme de la bougie, se remémorant le chagrin, l'humiliation.

— Si elle n'était pas tombée enceinte, j'aurais épousé

Nick, j'aurais renoncé à mes ambitions, et j'aurais eu des enfants. Il m'a ridiculisée.

— Non ! Ce n'était qu'un ver de terre, et je suis heureux qu'il ait disparu de la circulation, parce que, ainsi, il m'a laissé la place libre. Dire que j'aurais pu continuer la même existence, jusqu'à ce que je prenne un risque de trop. Et je ne t'aurais jamais rencontrée.

Elle sentait le bonheur gonfler son cœur, mais n'osait pas encore s'y abandonner. Il fallait qu'elle lui dise tout, qu'elle se mette à nu.

Parce qu'elle voulait tout.

— Autrefois, dit-elle, je voulais mener de front carrière et mariage. Je le veux toujours.

Elle poussa un profond soupir. Voilà, c'était dit. Elle avait gâché ses chances de bonheur avec lui. Une liaison, c'était une chose, le mariage en était une autre.

— Tu peux avoir les deux. L'agence a besoin d'un directeur. Et moi, j'ai besoin de toi.

Il prit ses deux mains dans les siennes.

— Je veux que nous vivions ensemble, avec nos enfants. Epouse-moi, Kate.

— T'épouser !

Kate avait l'impression que les rôles étaient inversés, que c'était elle qui se tenait au sommet d'une tour vertigineuse, s'apprêtant à faire le grand plongeon dans le vide. Sauf qu'elle avait peur.

— Je travaille ici, tu vis à l'étranger, balbutia-t-elle.

— Grâce à l'Internet, je peux travailler n'importe où. Tout ce qu'il me faut, c'est un ordinateur. Et toi.

Damon repoussa une mèche de cheveux de la joue de Kate.

— Qu'en dis-tu ? Veux-tu prendre ce risque avec moi ?

— Je…

La mâchoire de Damon se contracta. Il ne s'était pas attendu à une telle hésitation de sa part.

— J'espère que ceci te persuadera de mon sérieux.

Du sac, il sortit un objet qu'il posa dans ses mains. En le découvrant, elle plissa le front.

— Un oignon ?

Il aimait quand elle prenait l'air étonné ; cela lui donnait envie de caresser le petit pli sur son front. Il s'autorisa ce plaisir tout en sondant son regard.

— C'est un bulbe de jonquille, expliqua-t-il.

Il aimait le moindre trait de son visage, les yeux pleins d'âme, le petit grain de beauté qui ornait le gauche, la bouche parfaite, qui s'adoucit quand il dit :

— Je veux m'enraciner avec toi, Kate. Quand ce bulbe fleurira, au printemps, je veux que nous nous mariions. Tu as six mois, Kate, pour te décider.

Elle caressa le bulbe soyeux, posa sur Damon un regard étincelant, et éclata de rire.

— Il ne me faudra pas six mois !

Et, se penchant, elle posa un baiser sur ses lèvres.

Le plus doux baiser qu'il ait jamais reçu. Tout frémissant de promesses d'avenir, de lendemains ensoleillés, de serments d'éternité. Toutes choses dont il avait cru n'avoir jamais besoin.

Elle se redressa, les yeux pétillants de joie.

— Quoique… Il me faudra peut-être six mois pour organiser un grand mariage à l'italienne !

— Tout ce que tu voudras, Katerina.

Il ne put résister à l'envie de l'embrasser une fois de plus.

— Ce qui me rappelle…, reprit-il. La tradition veut sans doute que je demande ta main à ton père.

— Il sera enchanté, tout comme maman et Rosa. Pourquoi n'irions-nous pas les voir tout de suite ?

Il poussa un gros soupir.

— Tout de suite ? Demain ne suffira-t-il pas ?

— Tu vis dans l'instant présent, lui rappela-t-elle.

— Plus seulement. Quoique… Le présent est drôlement bon.

Il referma ses bras sur elle, et l'attira sur ses genoux, tout contre son cœur.

— Voyons, dit-il, nous avons un avenir à planifier…

Il embrassa sa joue, ses yeux, et, enfin, ses lèvres.

— Pour commencer, à quoi allons-nous occuper l'heure qui vient ?

Elle caressa ses lèvres avec les siennes, et lui sourit.

— Ou les deux heures qui viennent…

Elle regarda le bulbe, dans sa main.

— Demain, je vais le planter dans un pot où nous le regarderons grandir. Et, quand il s'épanouira, je porterai sa fleur épinglée à ma robe pour aller à ta rencontre, au pied de l'autel.

Il la souleva, et l'emporta vers la chambre.

— Commençons donc à répéter. L'avenir attendra.

Jamais il ne lui avait paru si lumineux.

Passions

— Le 1er mars —

Passions n°191

Au-delà des mensonges - Barbara Dunlop

En épousant Reed, Elisabeth est persuadée de faire le bon choix. Elle comprend cependant très vite, que son mari est un homme occupé et qu'il la fera toujours passer après son travail. Même si cette attitude la blesse, elle décide de n'en rien montrer, certaine de la force du lien qui les unit. Mais lorsque Reed se met à rentrer de plus en plus tard et à l'éviter elle sent toutes ses belles certitudes vaciller...

Une passion orageuse - Day Leclaire

Lorsqu'elle apprend que Joc Arnaud convoite sa propriété familiale, Rosalyn n'hésite pas un instant et se précipite chez ce richissime homme d'affaires. En dépit de la terrible réputation de Joc, elle est bien décidée à se battre pour garder ses terres.

Passions n°192

Un lien si fort - Stacy Connelly

Parce qu'elle est persuadée que Connor McClane est amoureux de sa cousine, Kelsey est profondément bouleversée par la violence des sentiments qui l'assaillent lorsqu'enfin elle fait sa connaissance. Des sentiments violents, intenses, qu'elle va donc devoir refouler. Comment en effet pourrait-elle attirer l'attention d'un homme qui en aime une autre depuis des années ?

Rendez-vous à Sweet River - Cindy Kirk

A l'instant même où elle croise le regard de Josh Collins, Stacie comprend qu'elle va devoir se tenir à distance du séduisant rancher. Car si elle se sent irrésistiblement attirée par son allure sombre et mystérieuse, il ne fait aucun doute que Josh n'est pas un homme pour elle et que rien ne sera jamais possible entre eux...

Passions n°193

La maîtresse du prince - Olivia Gates

Le jour où Phoebe se retrouve de nouveau en présence du prince Leandro de Castaldini, elle est secrètement troublée par la violence du désir qu'elle voit briller dans ses yeux. Elle-même n'a jamais réussi à oublier les moments merveilleux qu'ils ont passé ensemble quelques années plus tôt. Pourtant elle est bien décidée à lui résister. Car, elle sait bien qu'il n'y aura jamais de vraie place pour elle dans la vie de Leandro...

Une troublante situation - Trish Wylie

Arrogant, irresponsable, coureur de jupons... Shane Dwyer est typiquement le genre d'homme que Finn déteste. Mais alors pourquoi se sent-elle fondre à chaque fois qu'elle croise son profond regard bleu ? Et pourquoi ne peut-elle s'empêcher d'imaginer quel effet cela ferait de se retrouver dans ses bras ?

Passions n°194

La force de l'amour - Lois Faye Dyer

En acceptant de s'occuper des trois petites triplées dont l'homme d'affaires Nicholas Fortune vient d'hériter la garde, Charlène était loin d'imaginer à quoi elle s'exposait. Car si elle s'entend tout de suite à merveille avec les trois fillettes, elle ne supporte pas le mépris et la froideur que lui témoigne Nicholas Fortune.

Sentiments interdits - Marie Ferrarella

Alors qu'il sent les lèvres d'Irina se poser sur les siennes, Brody Hayes est envahit par un intense sentiment de bonheur. N'attend-il pas ce moment depuis dix ans ? Mais sa joie laisse pourtant vite place à l'amertume, car il sait que dans quelques jours à peine ils seront de nouveau séparés par des milliers de kilomètres...

Passions n°195

Une nuit à Vérone - Natalie Anderson

En vacances pour quelques jours à Vérone, Emily fait la rencontre de Luca Bianchi, un richissime italien. L'attirance qu'elle éprouve pour lui est si forte, si immédiate, qu'elle n'hésite pas un instant à s'abandonner entre ses bras. Même si elle n'ignore pas que Luca n'a rien d'autre à lui offrir qu'une simple nuit de plaisir...

L'héritière scandaleuse - Maureen Child

Servir de garde du corps à Lisa Chambers ? Pour Travis Hawks, c'est tout simplement hors de question. Jamais en effet il ne pourra supporter de passer toutes ces journées en compagnie de cette richissime héritière à la sulfureuse réputation. Mais lorsqu'il la rencontre enfin, il est surpris de découvrir que celle qu'il prenait pour une insupportable enfant gâtée est en réalité une jeune femme adorable et peu sûre d'elle...

Best-Sellers n°416 • thriller

Le secret des marais - Amanda Stevens

Le travail est devenu un refuge pour Evangeline Theroux, jeune inspectrice de police à la Nouvelle-Orléans. Terrassée par la mort soudaine de son mari, effrayée de ne pas être à la hauteur avec son bébé de cinq mois, elle se jette à corps perdu dans une enquête de premier plan sur le meurtre d'un célèbre avocat. Pourtant, les jours passant, ses recherches piétinent et elle accepte l'aide de Declan Nash, agent du FBI. Mais lorsqu'un terrifiant coup de théâtre place soudain son petit garçon au centre de l'affaire, tout change. Désormais prête à tout pour protéger son enfant, Evangeline décide de tout risquer, y compris sa carrière, pour découvrir la vérité, sans imaginer que celle-ci la touche de près et va bientôt remettre en question sa propre identité.

Best-Sellers n°417 • roman

Un parfum de Lilas - Sherryl Woods

Bouleversée par l'échec de sa dernière pièce, qui précède de peu la fin de sa relation amoureuse avec son mentor, la dramaturge Bree O'Brien quitte Chicago et le théâtre où elle a commencé à se faire un nom pour regagner Chesapeake Shores, sa ville natale. Dans ces lieux qu'elle aime tant, elle est persuadée qu'un nouveau départ l'attend. Mais ce retour, en plein cœur de l'été, n'est pas aussi serein que Bree l'espérait. Car il fait aussitôt ressurgir des fantômes de ce passé qu'elle a en vain tenté de fuir. Des fantômes au premier rang desquels se trouve Jake Collins, qu'elle n'a jamais réussi à oublier.

BestSellers

Best-Sellers n°418 • roman

Un printemps à Blossom Street - Debbie Macomber

Blossom Street, c'est une petite rue de Seattle, encore préservée et pleine de charme. Un endroit où il fait bon vivre, et où le quotidien a un parfum de bien-être. Debbie Macomber nous y fait partager la vie de quatre femmes que tout sépare et oppose, mais qui vont se retrouver indissolublement liées les unes aux autres. De cette alchimie, que soulignent des scènes dramatiques et cocasses, intenses et émouvantes, douces-amères et drôles, ironiques et chaleureuses, naissent ces petits riens de la vie qui se transforment en un récit extraordinairement attachant.

Best-Sellers n°419 • historique

L'héritière des Romanov - Susan Wiggs

Russie et Angleterre, 1533

Issue d'une famille princière de Russie, Juliana Romanov a vu les siens se faire massacrer par des traîtres boyards qui se sont emparés du pouvoir. Sauvée par des Gitans, elle se réfugie avec eux en Angleterre, où ils vivent de charité et de larcins. Or un jour, au cours d'une partie de chasse royale, elle est prise en flagrant délit de vol par le roi Henri VIII en personne ! Certaine de sa condamnation prochaine, Juliana est abasourdie lorsqu'on lui propose, à la place, d'épouser Stephen de Lacey, baron de Wimberleigh. Mais elle ignore encore que son futur époux est un rival du roi auquel ce dernier a voulu imposer une union dégradante…

Composé et édité par les

*éditions*Harlequin

Achevé d'imprimer en France (Malesherbes)
par Maury-Imprimeur
en janvier 2010

Dépôt légal en février 2010
N° d'imprimeur : 151930 — N° d'éditeur : 14789